R & L

Owen King

Der wahre Präsident von Amerika

Aus dem Amerikanischen von Thomas Haufschild

Rütten & Loening
Berlin

Die Originalausgabe unter dem Titel
We're all in this together
erschien 2005 bei Bloomsbury Publishing, New York.

ISBN-10: 3-352-00730-6
ISBN-13: 978-3-352-00730-9

1. Auflage 2006

Einbandgestaltung Gundula Hißmann, Hamburg
Druck und Binden Clausen & Bosse, Leck
Printed in Germany

www.ruetten-und-loening.de

Für Kelly,
das hübscheste Mädchen von Yuma

Der wahre Präsident
von Amerika

Berichte, laut denen gar nichts passiert ist, sind für mich stets von Interesse, denn wie wir wissen, gibt es bekannte Tatsachen; Dinge, von denen wir wissen, daß wir sie wissen. Wir wissen außerdem, daß es unbekannte Tatsachen gibt; das heißt also, wir wissen, es gibt einige Dinge, von denen wir nichts wissen. Darüber hinaus gibt es Tatsachen, deren Relevanz uns nicht bewußt ist – Dinge, von denen wir nicht wissen, daß wir sie wissen. Ein Blick auf die Geschichte unseres Landes und anderer freier Nationen verrät, daß es diese letzte Kategorie ist, die häufig die größten Schwierigkeiten bereitet.

Donald Rumsfeld
im Hinblick auf den Irak und dessen
Massenvernichtungswaffen, 12.02.2002

KLAGT NICHT!

Wenn du noch klein bist, erzählen die Erwachsenen dir immer von ihren Momenten der Erkenntnis, in denen alles klar wurde und sie begriffen, was sie eigentlich wollten, oder in denen irgendwas endlich einen Sinn ergab.

Mein Großvater zum Beispiel erzählte mir von dem Ereignis, das ihn bewogen hatte, Gewerkschafter zu werden. Eines Morgens sah er den Mann, der in dem Pensionszimmer neben seinem eigenen wohnte, wie er von der Nachtschicht in der Papiermühle nach Hause kam, an der Tür die Schuhe auszog und sie seiner Frau gab, die sie sogleich überstreifte und sich nun ihrerseits auf den Weg zur Arbeit machte. Mein Großvater erkannte, daß der Nachbar mit den Schuhen zugleich auch seine Würde weiterreichte und daß ein Leben ohne Würde gleichbedeutend mit einem Leben ohne Liebe war. Wie sollte jemand ohne Würde es bewerkstelligen können, eine andere Person zu lieben, wo er sich selbst doch so sehr hassen mußte?

Dr. Vic behauptete, er habe sich in meine Mutter verliebt, als er eines sonnigen Nachmittags aus dem Fenster seines Sprechzimmers schaute und sah, wie sie zu dem betagten katholischen Geistlichen eilte, der auf dem Gehweg vor dem Zentrum für Familienplanung bisweilen stundenlang betete. Der alte Priester schien ein wenig zu schwanken. Emma half ihm von den Knien auf und führte ihn zu einer Bank. Danach ging sie wieder hinein und kehrte gleich darauf mit einer Flasche kalten Wassers für den frommen Mann zurück. Dr. Vic beobachtete das alles und fragte sich, wie viele Male dieser alte Spinner meine Mutter wohl ermahnt haben mochte, sie werde auf direktem Weg zur Hölle fahren. Trotzdem war sie nun zur Stelle und bewies Anstand, indem sie ihn vor einem Sonnenstich oder gar Schlimmerem bewahrte. Bis dahin hatte ich bloß vermutet, wie wunderbar sie ist, sagte Dr. Vic, aber dieser Vorfall hat es bewiesen.

Bei einer Kundgebung für streikende Hafenarbeiter in Portland hörte meine Großmutter, wie Grandpa die Geschichte von den Nachbarn erzählte, die sich ein einziges Paar Schuhe teilen mußten. Obwohl die Worte ihr zu Herzen gingen, reichten sie noch nicht aus, meine Großmutter vollends von der gemeinsamen Sache zu überzeugen. Das kam erst nach der Veranstaltung, als mein Grandpa vom Podium stieg und ihr die Hand schüttelte. Meine Großmutter hatte erlebt, wie andere Gewerkschafter ihre Reden hielten, theatralisch ihre Jacken von sich schleuderten, in Hosenträgern umherstampften und gegen die Bosse wetterten. Einen dieser Schaumschläger hatte sie sogar kurz kennengelernt, und sein Händedruck hatte sich wie ein totes Stück Leber angefühlt. Als sie nun jedoch meinem Großvater vorgestellt wurde, merkte Grandma sofort, daß er nicht zu dieser Sorte Funktionäre gehörte: Ungeachtet seines Anzugs war mein Großvater weder ein verweichlichter Akademiker noch ein Politiker, sondern ein waschechter Stauer, genau wie ihr Bruder und ihr Onkel. Grandma konnte es an dem feinen Staub erkennen, der sich in den Fältchen unter seinen Augen abgesetzt hatte, den »Arbeiternarben«, wie ihre Mutter sie zu nennen pflegte. Dann streckte mein Großvater die Hand aus und sagte: »Hallo.« Meine Großmutter nahm sie. Es war eine saubere und trockene Hand. Grandma mußte unwillkürlich daran denken, wie ausdauernd er wohl geschrubbt hatte, um so sauber zu werden. Endlich mal ein junger Mann, der aufrichtig an etwas glaubt, dachte sie.

Aus diesen Geschichten ergibt sich für mich der Eindruck,

daß wir alle außerhalb des uns vorbestimmten Lebens ausharren, bis der gewisse Moment eintritt, das Erwachen, der Wink des Schicksals – so wie der Wohnungssuchende, dem gar nichts anderes übrigbleibt, als sich auf die Vordertreppe zu setzen und auf die Immobilienmaklerin zu warten. Dann kommt sie schließlich mit großen Schritten die Auffahrt entlang, eine wilde Verheißung mit klirrenden Schlüsseln. Sie stößt die Tür auf, drängt dich hinein, und dann weißt du es auf einmal. Das ist der Ort, der einzig wahre Ort, an den du gehörst.

Allerdings bin ich inzwischen zu der Überzeugung gelangt, daß es bei den meisten Leuten komplizierter abläuft. Womöglich hebt sich im Augenblick der Erkenntnis gar kein Schleier hinweg, sondern wird sogar noch dichter, gewinnt an Farbe, Geruch und Geschmack. Vielleicht steht das Haus zum Verkauf, weil es dort spukt; vielleicht spukt es in jedem Haus.

Als mein Großvater sah, wie der Mann seiner Frau das Paar Schuhe gab, begriff er zwar, daß etwas nicht stimmte, zog aber eventuell voreilige Schlüsse, indem er die Würde eines Menschen zu oberflächlich beurteilte. Als meine Mutter dem alten Priester eine Flasche Wasser brachte, überschätzte Dr. Vic möglicherweise Emmas Edelmut und zog nicht in Betracht, daß sie als alleinerziehende Mutter und motivierte Aktivistin auf die harte Tour gelernt hatte, stets mit dem Schlimmsten zu rechnen, und daher zweifellos weniger um das eigentliche Wohlergehen des Mannes besorgt war als vielmehr um die Schlagzeilen, die der Tod eines Geistlichen auf dem Gehweg vor der Klinik zur Folge haben würde. Und hatte meine Großmutter sich jemals gefragt, was mein Grandpa mit seinen Anstrengungen im Grunde bewirken konnte? Viele Jahre nachdem sie an jenem Tag im Hafen die saubere Hand des schmutzigen Schauermanns ergriffen hatte, fanden die beiden sich in einer Gesellschaft wieder, in der es beinahe als schlimmste Beschimpfung galt, jemanden »liberal« und »sozial« zu nennen.

Als Grandma starb, hatte sie jedenfalls keineswegs ihren

Frieden gefunden. Ab Januar setzte sie keinen Fuß mehr vor das Gästezimmer, und eines Morgens Anfang März fand ich sie tot im Bett. Auf ihrem Gesicht lag ein säuerlicher, grüblerischer Ausdruck, eine durch und durch unzufriedene Miene, als habe sie mit einer Überraschung gerechnet, die dann aber nicht ganz ihren Erwartungen entsprach. Ihre Augen waren offen und starrten ein Porträt von Joseph Hillstrom an, das dort an der Wand hing.

Was hatte sie während ihrer letzten Sekunden im Blick des größten Märtyrers der Arbeiterbewegung gesehen? Die kühle Gelassenheit eines aufrichtigen Gewerkschafters? Oder die leidenschaftslose Kälte eines Mörders?

Vier Monate später, bei sommerlicher Hitze, die das dichte Gras auf ihrem Grab bereits zu braunem Stroh verbrannt hatte, sah auch ich etwas, das mich überraschte. Damals hielt ich es für eine Sinnestäuschung, denn es konnte einfach nicht real sein. Heutzutage jedoch würde ich mich hüten, meinen Augen zu trauen. Manchmal ist oben in Wahrheit unten, der Boden in Wahrheit Wasser und der Himmel eine Klippe.

Bevor ich mich morgens auf den Weg mache, esse ich eine Schale Müsli und schreibe meiner Mutter eine kurze Nachricht. Hab mit Deinem Gewissen einen schönen Tag. *Daran ist nichts Ungewöhnliches; Emma und ich hinterlassen uns häufig Zettel. Ohne anzuklopfen, gehe ich ins Bad, wo sie gerade unter der Dusche steht, und klatsche den großen gelben Block gegen die Milchglasscheibe, damit meine Mutter die Botschaft lesen kann. Ich verbuche ihr Schweigen, das Tröpfeln des Wassers im Abfluß und das Quietschen ihrer Fußsohlen als kleinen Sieg.*

Als ich mein Fahrrad aus der Garage schiebe, streckt Dr. Vic den Kopf zum Fenster seines BMW heraus und fragt, ob er mich auf dem Weg zur Arbeit mitnehmen soll. »Tut mir leid, aber ich steige nicht zu einem Fremden ins Auto«, sage ich und bedeute dem Verlobten meiner Mutter mit herablassender Geste, er solle gefälligst abhauen.

Es ist zum Verrücktwerden, aber Dr. Vic begegnet dieser Provokation mit völliger Gleichgültigkeit. Er nickt mir freundlich zu und rollt einfach die Auffahrt herunter, wo doch jeder normale Mensch das Gaspedal durchgetreten und mir mit qualmenden Reifen ein wütendes »Leck mich!« signalisiert hätte.

Dennoch fühle ich mich gut, als ich auf die Route 12 einbiege und das hohe weiße Haus an der Dundee Avenue ansteuere, in dem meine Mutter aufgewachsen und Grandma gestorben ist. Im Wind und dem sommerlichen Geruch nach Gras und Teer fliege ich nur so dahin, und in meiner Phantasie scheint das öde Stück Straße jedesmal zwischen zwei nahezu beliebigen anderen Orten dieser Welt zu liegen. Wenn ich aufbreche, dann stets in Hochstimmung, und der unangenehme Teil, die Rückkehr, liegt noch einen ganzen Tag entfernt. Die Route 12 hebt und senkt sich. Ich lehne mich in eine Kurve, und der erste Vorbote der Stadt kommt in Sicht. Gegenüber der Auffahrt zur Interstate breitet sich geduckt das Beachcomber *aus, ein beliebtes Motel in rustikalem Stil, und bietet all jenen nächtlichen Reisenden Unterkunft, die zu müde sind, um nach Boston im Süden oder nach Bangor und Kanada im Norden weiterzufahren.*

Da plötzlich sehe ich es, sehe ich sie. Ich werfe einen Blick auf das Motel und entdecke drei Männer, die vor einem der Zimmer auf der hölzernen Veranda stehen und den Kofferraum eines Taxis beladen. An den Männern ist nichts Besonderes: Sie sind alle weiß und scheinen von durchschnittlicher Größe und Statur zu sein; alle tragen sie Anzug und Krawatte. Mit anderen Worten, sie sind drei Männer, drei normale Männer, die in ein Taxi einsteigen. Der Wagen gehört zu einem ortsansässigen Unternehmen, ein klapprig aussehender Kombi, dessen Bleche mit Holzimitat beklebt sind.

Als das Trio Platz nimmt, sehe ich die Karosserie unter dem zusätzlichen Gewicht ein Stück nach unten sacken. Dann biege ich um die Ecke und überquere die Stadtgrenze.

Erst einen Block später wird mir bewußt, was mir an den drei Fremden so komisch vorgekommen ist: daß sie nämlich gar keine Fremden waren, sondern Mutters Exfreunde. Paul, Dale und Jupp, alle drei auf einmal. Es dauert einen weiteren Block, bis ich mir die zahlreichen Gründe zurechtgelegt habe, aus denen das unmöglich ist, darunter die nicht unerhebliche Tatsache, daß keiner der ehemaligen Freunde meiner Mutter die anderen je kennengelernt hat. Überdies wohnt Paul weit im Norden, und zur Zeit ist Hochsaison, in der er immer am meisten zu tun hat. Jupp lebt, soweit wir wissen, nicht einmal mehr in den Vereinigten Staaten. Darüber hinaus habe ich nur einen von ihnen jemals mit Krawatte gesehen, und zwar Dale bei Grandmas Beerdigung, und das war genaugenommen eine Fliege gewesen.

Nein, natürlich nicht. Ich muß mich getäuscht haben.

Der Vorfall geht nicht einmal als Halluzination durch; dazu ist er zu langweilig. Er hat eher etwas von einer Art traurigem Kleinkinderwunsch, wie ein eingebildeter Freund oder dein echter Vater. *Nicht der verrückte Säufer, den der Exfreund deiner Mutter bei einer Gelegenheit mit einer Schneeschaufel verprügeln mußte, nicht der kriminelle Wichser, der dir in deinem ganzen Leben lediglich einen überzähligen Zeh und zum zehnten Geburtstag einen Fünfdollarschein vermacht hat, nicht er, nicht dieser Betrüger, sondern dein* echter Vater, *der Superheld. Deinem* echten Vater *tut es leid, daß er dir all das zumuten mußte, aber er durfte kein Risiko eingehen; falls nämlich seine Feinde hinter seine geheime Identität gekommen wären, hätte seine Familie sich in schrecklicher Gefahr befunden. Nun aber kann sich alles ändern, denn er braucht* deine *Hilfe. Das unsichtbare Spionageflugzeug wartet bereits mit laufendem Motor auf einer weiten Grasfläche außerhalb der Stadt, und es geht los, los, los! Das Schicksal der ganzen Welt kann davon abhängen!*

Während ich alles logisch durchdenke und dann den alten (wenngleich nicht allzu alten) Echter-Vater-*Tagtraum abschüttele, lege ich noch zwei Blocks zurück. Außerdem habe ich angefangen zu weinen. Ich steige in die Bremsen und mache kehrt zum Motel, stehe sogar in den Pedalen, um auf der Steigung nicht an Schwung zu verlieren. Aber der kiesbedeckte Parkplatz ist leer; die Männer und das Taxi befinden sich irgendwo unterwegs und sind längst außer Sicht.*

Als ich beim Haus meiner Großeltern eintreffe, schniefe ich immer noch. Im Vorgarten stehen ein paar Leute. Mein Großvater und die Nachbarn, Gil Desjardins und seine Frau, Mrs. Desjardins. Sie stehen direkt vor der fünf mal fünf Meter großen Tafel, die mein Großvater kürzlich dort aufgestellt hat und auf der er unmißverständlich seine tief empfundene politische Überzeugung kundtut. Anlaß war die zurückliegende Präsidentschaftswahl zwischen Al Gore und George W. Bush.

Ich rolle auf den Rasen und bis zu der kleinen Gruppe. Hinter den Schultern der Leute sehe ich rosafarbene Buchstaben aufblitzen, und noch bevor ich die jüngste Schmähung lesen kann, wird mir klar, was geschehen sein muß: Steven Sugar, der Vandale, der faschistische Zeitungsjunge, hat zum drittenmal in einem Monat zugeschlagen.

»Dieses Rosa macht es irgendwie noch schlimmer, nicht wahr?« sagt Gil.

Mrs. Desjardins kratzt mit ihrem Fingernagel ein wenig von der Farbe ab und gluckst mitfühlend.

Grandpa verschränkt die Arme und mustert schweigend die rosafarbene Botschaft.

Mrs. Desjardins spitzt den Mund in meine Richtung und drückt kurz meinen Oberarm. Sie trägt einen Kimono und um den faltigen Hals ein schmales schwarzes Band. Gils Frau gilt gemeinhin als sonderbar.

»Wer hätte geahnt, daß wegen einer bourgeoisen Zeitung ein derartiger Zank losbrechen könnte?« Ihr Blick fällt erwartungsvoll auf mich.

Ich zucke die Achseln.

»Ach, Lana, was soll der Scheiß?« fragt Gil.

»Sie ist bourgeois. Die New York Times *ist bourgeois.«*

»Mag sein, aber wenn du ›bourgeois‹ sagst, klingst du wie ein Arschloch. Angeblich benutzen Arschlöcher ›bourgeois‹ sogar als Codewort, um einander in ungewohnter Umgebung zu erkennen. Auch wenn du es bloß beim Scrabble legst, wirkst du schon wie ein Arschloch.«

»Ich glaube eher, du bist mal wieder begriffsstutzig, Gilbert«, sagt sie, klingt aber nicht ungehalten.

Mein Großvater, der zwischen den beiden steht, hat sich kaum gerührt. Ich kann nun sehen, was der Übeltäter diesmal quer über die Tafel gesprüht hat: die eigentlich belanglose und doch in gewisser Weise furchtbar vernichtende Beschimpfung KOMMUNISTENLUMP. *Grandpa streckt den Arm aus und zieht mit dem Knöchel den Buchstaben K nach. Seine schmallippige Miene ist nicht zu deuten. »Es reicht aus, um dich nachdenklich zu machen …«, setzt er an und läßt den Gedanken dann für sich stehen.*

Mein Großvater folgt mit dem Knöchel sanft der Rundung des Buchstaben O.

»Ach, Henry, nimm's nicht so schwer. Ich geh jetzt nach Hause, um im Wörterbuch zu lesen. Dann werde ich mal versuchen, ob ich heute pinkeln kann.«

Gil schlurft mit seiner Gehhilfe zurück auf sein Haus zu. Am Rand der Auffahrt schafft er es nicht, die Beine des tragbaren Geländers über die Kante des Pflasters zu schieben, und ich eile ihm zu Hilfe. Er legt mir den Arm um die Schultern, und ich stelle die Gehhilfe auf den Asphalt.

»Danke, George«, sagte er und hält inne, um wieder zu Atem zu kommen. Als er dann fortfährt, scheint er eher mit

sich selbst als zu mir zu sprechen. »Der Mann ist zu alt, um sich noch so aufzuregen. Vor allem wegen so etwas. Als gäbe es einen wirklichen Unterschied zwischen den beiden. Der eine ist ein Schwachkopf aus Tennessee, der uns vorschreiben will, wie wir leben sollen, und der andere ist ein dämlicher Schwachkopf aus Texas, der uns vorschreiben will, wie wir leben sollen. Egal, wer von beiden gewinnen würde, es würde ein Schwachkopf sein. Einer wie der andere.« Er schlurft in Richtung Gehweg weiter. Seine Frau bleibt neben ihm und streicht ihm über den Rücken. Die beiden verschwinden hinter der Hecke.

Ich kehre zu meinem Großvater zurück. Er hat die Handfläche auf die Tafel gelegt und sieht aus, als würde er beten, ähnlich wie auf dem Foto, das ich kürzlich in einer Zeitschrift gesehen habe. Es zeigte einen bußfertigen Bittsteller vor der Klagemauer in Israel.

»Grandpa«, sage ich und verspüre auf einmal das dringende Bedürfnis, mich zu vergewissern, daß ich nicht verrückt bin. Falls es jemanden gibt, der erklären kann, was ich gesehen habe, was ich vermeintlich *gesehen habe, dann Grandpa. »Auf dem Weg hierher habe ich vom Fahrrad aus dieses Taxi gesehen.«*

Er wendet sich mir zu und sieht mich verwundert an.

Jetzt erst wird mir klar, daß Grandpa mich bislang gar nicht wahrgenommen hat und nicht einmal merkt, daß die Desjardins’ gegangen sind. Vielleicht weiß er nicht mal, daß sie überhaupt da waren. Aus diesem Grund gibt es für ihn auch nur eine mögliche Erklärung für meine roten Augen und Wangen, die ihm nun an mir auffallen.

Der alte Mann tritt vor und umschließt mich fest mit beiden Armen. »Keine Angst, George«, sagt er, »die Farbe geht wieder ab.«

Ich öffne den Mund und mache ihn wieder zu.

Wir brauchen eine Stunde, um die rosafarbene Schrift von

der Tafel abzuwaschen. Dann fahren mein Großvater und ich zu dem Sportgeschäft und schauen uns so lange um, bis wir eine geeignete Waffe gefunden haben.

1.

Ich ging in die Garage meiner Großeltern, um dort im Trödelschrank nach einer geeigneten Rüstung zu suchen. Als ich die Tür öffnete, ergoß sich daraus ein wahrer Sturzbach aus zwanzig Jahre altem Halloween-Zierat, zerlegten Angelruten und zahlreichen anderen interessanten Gegenständen: mottenzerfressene Schwimmwesten, stapelweise uralte Rundschreiben des Gewerkschaftsverbands, die sich an den Kanten wie Zwiebelschalen eingerollt hatten, ein paar Rattenköder, ein Reifendruckmesser mit geborstener Skala, eine Richard-Nixon-Maske. Ich setzte mich auf einen Milchkasten, nahm die Maske und ließ sie mit mir sprechen. Ich hatte es nicht eilig. »Vielleicht wird er es einfach vergessen«, sagte Tricky Dick. »McGlaughlins haben ein gutes Gedächtnis«, sagte ich. »Aber du bist ein Claiborne«, sagte Dick, »das erkenne ich an dem Teufelszeh.« Das überraschte mich und ließ mich verstummen. Ich saß in der kühlen Garage und versuchte mir ein albernes Lied für Nixon auszudenken. Vielleicht hatte er es tatsächlich vergessen und war wieder zur Vernunft gekommen, dachte ich, doch gleich darauf hörte ich durch die Wand die Stimme des alten Mannes, der nach mir rief.

Ich seufzte, legte die Maske weg und holte die Softball-Ausrüstung aus dem Schrank, den zu großen Brustschutz und die rissigen Schienbeinschützer, die nach Schimmel rochen. Leider gab es weder eine Fängermaske noch ein Suspensorium.

Dann meldete ich mich hinter dem Haus bei meinem Großvater auf der Veranda.

»Tja, da kann man nichts machen«, sagte er. »Dann darf ich eben nicht zu hoch zielen.«

Grandpa war stoned und aß Erdnüsse. Er nahm eines der kleinen salzigen Dinger, rollte es zwischen den Fingerspitzen hin und her und ließ sich die Erdnuß schließlich in den Mund fallen. Das automatische Gewehr lag quer über den Lehnen seines Liegestuhls.

Gil, der nicht nur der Nachbar, sondern auch der beste Freund meines Großvaters war, gab ein mißbilligendes Knurren von sich. Er versuchte den Joint anzuzünden, der in einer aufgebogenen Büroklammer steckte, betätigte mehrmals das Feuerzeug und saugte schmatzend an dem schwarzen Stummel.

Mein Großvater forderte ihn mit ungeduldiger Geste auf, die Utensilien weiterzureichen, was zunächst nur ein zweites mürrisches Grunzen zur Folge hatte, bevor Gil der Aufforderung nachkam.

Die trockene Luft des sonnigen Nachmittags hing voller Blütenstaub, und vom öffentlichen Schwimmbad hallte Kindergeschrei herüber. Die Schachteln mit je fünfhundert Schuß Munition waren zu einer Pyramide aufgestapelt, wie Bierkartons in einem Supermarkt. Ich schob eine Hand in die Tasche meiner Shorts und vergewisserte mich, daß dort alles an seinem Platz war.

Mein Großvater betätigte das Feuerzeug und nahm einen tiefen Zug. Der Joint erwachte knisternd zum Leben, und Grandpa atmete genußvoll aus. Dann sah er mich an und zog eine seiner grauen Brauen hoch. Sein blutunterlaufener Augenwinkel zuckte. »Wo liegt das Problem?«

Ich verlagerte unbehaglich mein Gewicht von einem Bein aufs andere und suchte nach einer Antwort, die nicht zu feige klingen würde. Der Brustschutz schlenkerte mir um den Oberkörper. Wenn ich mir vorstellte, daß auf mich geschossen wurde, sah ich mich selbst immer schneller und schneller im Kreis rennen, bis meine Ausweichmanöver so absurd wie ein Film im schnellen Vorlauf wirkten und ich dem Trottel in einer Stummfilmklamotte ähnelte, der auf lauter explodierenden Feuerwerkskörpern einen panischen Steptanz aufführte. Einen Sekundenbruchteil später sah ich vor meinem inneren Auge, daß ich einen Volltreffer zwischen die Beine abbekam und wie ein nasser Sack zu Boden stürzte, tot, mit pulverisierten Eiern.

Ich beschloß, doch nicht so zu tun, als sei ich mutig. »Warum schießt du nicht auf Gil, Grandpa?«

»Mit dieser Gehhilfe? Er ist zu langsam.«

»Danke, mein Junge.«

»Ich sagte doch, ich ziele nicht zu hoch.« Sein Auge zuckte immer noch.

»Ob hoch oder tief, Henry, ich schätze, der Junge hat allen Grund, beunruhigt zu sein. Sein Gesicht und seine Weichteile sind ungeschützt. Deine Vorsicht ist absolut angebracht, George.« Der beste Freund meines Großvaters hielt kurz inne und fügte dann hinzu: »Falls es falsch ist, sich Sorgen um den eigenen Sack zu machen, möchte ich jedenfalls lieber nicht das Richtige tun.« Um diese Behauptung zu bekräftigen, zwinkerte er mir zu, steckte sich gleichzeitig eine Hand unter die Achsel und produzierte dort ein langgezogenes, pfeifendes Furzgeräusch.

Früher war Gil eine bedeutende Stütze der Gesellschaft gewesen, ein Psychologieprofessor und Fakultätsleiter. Nun war er bloß noch ein alter Mann, der mit ungewöhnlich guter Laune starb.

Auch mein Großvater, Henry McGlaughlin, hatte einst eine wichtige Funktion innegehabt: die Leitung der Ortsgruppe 219, und zwar dreißig Jahre lang. Auf seine Anweisung hin war das Stahlwerk von Amberson vollständig lahmgelegt worden, so daß ein halbfertiger Flugzeugträger monatelang in der Werft festgesessen hatte und zum Schutz mit Planen verhüllt werden mußte, als handle es sich um die Segeljacht irgendeines Neureichen, der sein Boot nur im Sommer benutzte. Natürlich lag auch das inzwischen viele Jahre zurück, und nun war er ebenfalls ein alter Mann – wenngleich er langsamer starb als sein Freund und bei ihm von guter Laune keine Rede sein konnte.

Ich war fünfzehn Jahre alt und wollte meinem Großvater gern jeden Gefallen tun, doch zugleich war ich ungeschickt und unglücklich, faßte nur schwer Zutrauen und rechnete stets mit dem Schlimmsten. Seit einigen Monaten kam mein Leben mir wie ein zu enger Anzug vor, der überall drückte und kniff. Dr. Vic hatte gemeint, das alles sei lediglich eine Phase, »ein Lebensabschnitt«, wie er es nannte, und ich würde daraus als ein Mann hervorgehen. Ich fragte Dr. Vic, wann er denn damit rechne, seinen aktuellen Lebensabschnitt hinter sich zu lassen. Er brauchte eine Weile, aber dann schlug er sich auf die Schenkel und sagte, das sei ein guter Witz gewesen.

Mein Großvater gab Gil die Büroklammer zurück. »Hier, Gilbert. Steck dir das in den Mund.«

Als mein Großvater sich dann wieder mir zuwandte, lag in seinem Blick plötzlich tiefe Rührung. »Wir ziehen das gemeinsam durch, George«, sagte er. »Nur darauf kommt es an.«

Wir waren also gewissermaßen eine Gewerkschaft aus zwei Personen, und in einer Gewerkschaft trat man für den Nebenmann ein, blieb absolut linientreu und brachte mit einer geschlossenen Front den Bossen, Streikbrechern und angeheuerten Schlägertrupps das Fürchten bei. »Wir ziehen das gemeinsam durch«; so lautete das grundlegende Versprechen, das ein Gewerkschafter den Arbeitern gab, die mit einem Ausstand den Lebensunterhalt ihrer Familien riskierten. Falls die Angehörigen eines Kumpels Hunger litten, gabst du ihnen die Hälfte von dem, was du selbst hattest.

Falls ein Kollege mit der Miete im Rückstand war, krempeltest du deine Taschen um. Falls ein Freund Hilfe brauchte, reichtest du ihm die Hand.

Hier und in diesem Fall benötigte Grandpa meine Unterstützung, um mit einem Dreckskerl fertig zu werden, einem jungen Faschisten und Vandalen namens Steven Sugar. Und ich brauchte eine Zuflucht, einen sicheren Ort.

»Gemeinsam«, wiederholte er und verschränkte die Finger, um die Bedeutung des Wortes zu unterstreichen.

Ich wußte, daß dies eine eingeübte Geste war, ein Überbleibsel seiner zahllosen Kundgebungen, aber ich zweifelte nicht daran, daß er es ernst meinte.

Falls ein Freund Hilfe brauchte, reichtest du ihm die Hand.

Daher ging ich zurück in die Garage, polsterte meinen Schritt mit einem Paar Sportsocken aus, zog mir die Richard-Nixon-Maske über das Gesicht und setzte einen Südwester auf. Dann lief ich eine Stunde lang in der Sonne hin und her, während mein Großvater versuchte, mir eins auf den Pelz zu brennen.

Grandpa saß in ungefähr dreißig Metern Entfernung auf der Veranda und eröffnete das Feuer. Ich hingegen rannte am hinteren Ende des Gartens zwischen den Bäumen umher. Die Farbgeschosse sausten mir um die Ohren, zerfetzten das Laub und zerplatzten mit lautem feuchten Klatschen an den Baumstämmen. Er rief, ich solle gefälligst nicht so schnell machen, sondern die Rolle richtig spielen, aber ich tat, als hätte ich ihn nicht gehört, und lief nur um so schneller. Jeder Schuß klang wie der Korken einer Sektflasche und spornte mich weiter an. Unter meinen Füßen brachen Zweige, die Luft roch nach Ozon, und farbverschmierte Äste schlugen gegen meinen Rücken. Ich rannte, bis ich völlig durchnäßt war und mir schwarz vor Richard Nixons Augen wurde.

Dann hörte ich Grandpa fluchen. »Das reicht«, rief er. Gottverdammt, und wie es mir reichte.

Ich blieb im Schutz der Bäume, bis er das automatische Gewehr von dem Dreibein abgeschraubt und verärgert zu Boden geworfen hatte. Der Verkäufer in dem Sportgeschäft hatte behauptet, diese spezielle Waffe, ein IL-47, sei das Beste, was man für Paintball kriegen könne; das IL stand für »Illustrator«.

Ich wagte mich mit erhobenen Händen vor. »Ich bin unbewaffnet.«

»Sei nicht so vorlaut.«

Gil saß schlafend auf seinem Liegestuhl, mit weit gespreizten Beinen und einem feuchten Fleck auf der Vorderseite seiner Pyjamahose. Im Sonnenlicht hatte seine Glatze die Farbe von Magermilch, so blaß, daß sie fast schon bläulich wirkte. Mein Großvater hatte mir erzählt, der Krebs habe mittlerweile seinen ganzen Körper befallen, so wie bei Grandma, als es mit ihr zu Ende ging. Bei dem Wort »befallen« mußte ich automatisch an ein Wirrwarr aus schwarzen Kletterpflanzen denken, als würde die Krankheit sich immer dichter und fester um Gils Knochen schlingen, bis irgendwann irgendwas brach oder riß, und dann wäre es vorbei mit ihm.

Nachdem ich die Rüstung ausgezogen und Richard Nixons verschwitztes Gesicht zum Trocknen über den Zaun gehängt hatte, ging ich zu Gil und schüttelte ihn, um sicherzugehen, daß er noch lebte.

Er blinzelte ein paarmal, registrierte beiläufig die Feuchtigkeit im Schritt und ließ den Blick durch den Garten schweifen. »Hier sieht's aus, als sei jemand ermordet worden. Und zwar ziemlich brutal.«

Er hatte recht. Die Szenerie wirkte, als wäre jemand mit

durchschnittener Kehle noch stundenlang herumgetorkelt und hätte dabei sein kirschrotes Blut sprudelnd in der Gegend verteilt. Die Bäume waren über und über mit Farbe besudelt, an Stämmen, Ästen und Laub, genau wie der wilde Rhabarber und der hintere Zaun, das Gras und die Erde. Auch das wie ein Iglu geformte Vogelhaus hatte es erwischt, als wäre dort ein winziger Eskimo explodiert, und sogar im Pool schwamm ein kleiner rosafarbener Fleck, den ein verirrtes Geschoß hinterlassen hatte.

Gil zog sich ächzend an seiner Gehhilfe hoch und tapste ein paar Schritte vor, um besser sehen zu können. Dann blieb er stehen und betrachtete die trübe Wasseroberfläche. Der blaßrote Fleck trieb langsam davon und faserte allmählich aus.

»Du hast den Pool erschossen, Henry«, sagte Gil.

»Das ist meine Schuld«, sagte ich. »Ich hätte nicht so wild umherspringen sollen.«

Gil war zu Scherzen aufgelegt. »Mach dir keine Vorwürfe. Vielleicht hatte der Pool es verdient.«

Mein Großvater hockte sich stöhnend hin und sammelte die Verpackungsreste der Munition ein, die auf der Veranda verstreut lagen. »Hör nicht hin, George, beachte ihn gar nicht. Er ist bloß ein störrischer alter Knacker. Typen wie ihn gibt's fast überall. Sie halten sich am liebsten ein Stück abseits und kritisieren, sticheln und nerven, bis jeder sie für eine echte Landplage hält. Damals in der Gewerkschaft hatten wir eine Bezeichnung für diese Leute: Betriebsmütterchen. Sobald ein Streik ausgerufen wurde, verkrochen sie sich zu Hause, beklagten sich und klammerten sich an irgendeinem Rockzipfel fest. Wenn wir die Bosse aber endlich zu Verhandlungen genötigt, einen Tarifvertrag abgeschlossen und ein paar Dollar mehr für uns herausgeschunden hatten, warfen die Betriebsmütterchen uns vor, es wäre viel mehr drin gewesen.«

Er richtete sich auf und stützte sich auf das Dreibein des Gewehrs, um wieder zu Atem zu kommen.

Ich hatte die hoch aufgeschossene und schmale Statur meines Großvaters geerbt, doch wenngleich er mich immer noch um mehrere Zentimeter überragte, hatte seine Wirbelsäule sich im Laufe der Zeit deutlich gekrümmt, so daß er nun ständig vornübergebeugt lief, als habe ihn jemand soeben vors Schienbein getreten. Er schirmte die wäßrigen Augen vor der spätnachmittäglichen Sonne ab, und die Geste wirkte beinahe mädchenhaft. Meine Mutter glaubte, daß Grandmas Tod ihm das Herz gebrochen und die letzte Kraft geraubt hatte.

Meine Mutter wußte ja auch nichts von der Scharfschützenstellung, die wir im Gästezimmer einrichteten.

»Natürlich ist mir bewußt, daß dieser Spitzname eine grobe Beleidigung älterer Frauen darstellt, die zumeist noch in der Lage sind, hin und wieder eine leckere Nachspeise zuzubereiten, und die früher gewiß zu den nützlichen Mitgliedern der Gesellschaft gezählt haben. Wie dem auch sei, obwohl dieses spezielle Exemplar bald tot sein wird, solltest du dich mit zunehmendem Alter darauf einstellen, immer mehr von seiner Sorte zu treffen.«

»Nur zu wahr«, sagte Gil, hielt die Büroklammer mit dem Joint ins Licht und rauchte erfreut die letzten paar Krümel auf. »Aber eines kann ich dir versichern: Al Gore höchstpersönlich wäre da bestimmt ganz anderer Meinung.«

»Willst du morgen noch mal auf mich ballern?« fragte ich hoffnungsvoll.

Mein Großvater klopfte mir auf die Schulter. »Keine Sorge, George. Du hast dich prima gehalten. Du hast deinen Teil erfüllt. Ich mußte bloß ein Gefühl für die Waffe bekommen. Bleib einfach weiterhin deiner Rolle treu, und geh diesem alten Mann zur Hand, dann wird alles gut.«

Er schaute hinaus über den farbbespritzten Rasen, und ein

nachdenkliches Lächeln legte sich auf sein Antlitz, als würde er in weiter Ferne etwas Wunderbares erblicken, das uns anderen verborgen blieb. »Wenn es soweit ist, werd ich diesem kleinen Mistkerl eine verpassen.«

Wir nahmen das Dreibein auseinander und packten die Waffe samt Munition ein, um alles nach oben zu bringen.

Grandpa wies Gil an, sich nützlich zu machen, vor das Haus zu gehen und sich neben die Tafel zu stellen, damit wir ihn probeweise anvisieren konnten. »Und dreh noch einen«, sagte er und hob zwei Finger zum Mund, als würde er rauchen.

Dann, als wir gerade im Haus waren, hielt mein Großvater inne und drehte sich um. Er riß die Schiebetür auf und streckte den Kopf hinaus, um eine letzte Bemerkung loszuwerden: »Und laß gefälligst Al Gore aus dem Spiel, verflucht noch mal. Der hat schon genug gelitten.«

2.

Im Gästezimmer setzte ich das Gewehr wieder zusammen und stellte es hinter dem kleinen Fenster auf, das den Vorgarten überblickte. Mit dem Zielfernrohr nahm ich Gil ins Visier. Er stand über seine Gehhilfe gebeugt und drehte auf der Motorhaube des Buick, der meinem Großvater gehörte, vergnügt einen Joint. Ein Stück entfernt auf dem Rasen stand die fünf mal fünf Meter große Tafel schräg zur Straße, so daß jeder Autofahrer, der in nördlicher Richtung der Dundee Avenue zum South-Portland-Einkaufszentrum und der Auffahrt zur Interstate 95 folgte, sie nicht übersehen konnte. Von hinten war die Tafel lediglich eine schlichte hellblaue Plastikwand, aber als wir einige Stunden zuvor die Sprühfarbe abgeschrubbt hatten, hatte ich mir die Aufschrift der Vorderseite eingeprägt. Die klare und eindeutige Botschaft war in großen schwarzen Buchstaben verfaßt:

Albert Gore jr. hat die Wahl des Jahres 2000 mit 537 179 Stimmen Vorsprung gewonnen, die Präsidentschaft jedoch um eine Stimme verfehlt. SCHANDE. Der Führer der freien Welt ist ein Mann, der sich unerlaubt von seiner Einheit der Nationalgarde entfernt hat, der durch betrügerische Geschäftspraktiken aufgefallen ist, der jahrelang Alkoholiker war und der geistig Behinderte schadenfroh hinrichten ließ. VERBRECHER. Unsere Nation ist Opfer eines Staatsstreichs, begangen von einer rechtskonservativen Clique, die im Namen der Konjunktur die Umwelt zerstört, im Namen der Lauterkeit Reichtümer anhäuft, im Namen des Patriotismus ihre Kritiker einschüchtert und sich dabei auch noch auf Gottes Wort beruft. FARCE.

Darunter befand sich ein ernstes Porträt von Gore, versehen mit der Bildunterschrift:

DER WAHRE PRÄSIDENT
DER VEREINIGTEN STAATEN.

Ich zog den Vorhang zu und legte ihn über das Gewehr. Das Ende des Laufs schaute noch immer ein Stück zum offenen Fenster hinaus, aber im Schatten des Dachvorsprungs würde es von außen nicht zu erkennen sein, selbst wenn jemand hinsah.

Es hatte meinen Großvater erschöpft, das ganze Zeug nach oben zu schleppen. Er ließ sich auf einen Sessel in der Ecke des Zimmers fallen und sah mir schweigend dabei zu, wie ich die Waffe wieder zusammenbaute. Auf dem Beistelltisch stand ein Glas Erdnüsse. Er schraubte den Deckel ab und stocherte mit einem Finger darin herum. »Tja, ich schätze, jetzt ist es soweit«, sagte er, ohne aufzublicken. »Jawohl, Sir, allerdings. Das war's. Dein Großvater ist nun ein ausgewachsener Irrer.«

»Und was bin ich dann?« fragte ich.

»Mein Handlanger«, sagte er. »Wie weit ist Gilbert?«

Ich bückte mich und spähte durch das Zielfernrohr des Illustrator. Gil kramte immer noch in seiner verbeulten Bonbondose voller Dope herum. »Er arbeitet daran.«

Mein Großvater seufzte. Im blauen Halbdunkel wirkte sein Gesicht müde und eingefallen. Er zerbiß eine Erdnuß.

In diesem Zimmer hatte noch vor ein paar Monaten meine Großmutter auf ihrem Sterbebett gelegen.

An den Wänden des Raumes hingen, nebeneinander aufgereiht, zahlreiche Fotos, jeweils dreizehn mal dreiundzwanzig Zentimeter groß, die meisten schwarzweiß, alle in schmucklosen Rahmen: Martin Luther King jr., Franklin D. Roosevelt, John F. Kennedy, Walter Reuther, Mother Jones, Cesar Chavez, Joseph Hillstrom und andere, alle tot, häufig zu Märtyrern gemacht. Bei einem unserer Besuche bezeichnete meine Mutter dieses Dekor als »historisch-progressiv« und überlegte laut, ob man nicht etwas tun könne, um den Raum ein wenig aufzuhellen. Darauf erwiderte Grandpa schlau, soweit es ihn betreffe, sei noch mehr Helligkeit hier kaum vorstellbar, denn die Wände seien »voller leuchtender Vorbilder«. Grandma konnte nicht sprechen, bekundete ihre Zustimmung zu dieser Behauptung aber dadurch, daß sie ihre kleine faltige Faust in die Höhe reckte, so wie 1968 die schwarzen Kurzstreckenläufer bei der Olympiade. Meine Mutter verdrehte die Augen. Falls ich mich je fragen würde, weshalb sie mit achtzehn schon schwanger geworden sei, sagte Emma, dürfe dies wohl als Antwort genügen.

Einige Wochen später kam ich mit der Tageszeitung die Treppe herauf, um meiner Großmutter einen Artikel über die neueste hirnverbrannte Idee der Regierung Bush vorzulesen, nämlich die Aufkündigung des Kyoto-Protokolls, und fand sie tot in ihrem Bett vor, den Blick auf das Foto von Joseph Hillstrom gerichtet, die Miene zu einem mißmutigen Ausdruck erstarrt, als hätte sie unmittelbar vor ihrem Ableben einen Schluck geronnene Milch getrunken.

Mittlerweile war Juli, im Sommer des Jahres 2001, und mein Großvater war allein, abgesehen von der ihn ständig begleitenden und nie nachlassenden Unzufriedenheit. Ich konnte ihn verstehen; ich hatte selbst Probleme.

Auf den gerahmten Fotos über dem Kopf meines Großvaters schien sogar Woody Guthrie eine Ahnung davon zu haben, welchen Verlauf die Dinge nehmen würden. Woody saß auf einem Gitarrenkoffer, seine Kleidung war mit weißem Staub bedeckt, auf seinem Kinn wuchsen spärliche Bartstoppeln, und er hatte einen zerlumpten Strohhut weit in den Nacken geschoben. Sein freudloses Lächeln war das eines Mannes, der mit weiteren Tiefschlägen rechnete und die Sache einfach nur hinter sich bringen wollte.

»Nun? Was meinst du? Bin ich übergeschnappt?« Mein Großvater rieb sich das zuckende Auge und schaute blinzelnd zu Boden.

Ich musterte meine Fingernägel. »Nein«, sagte ich.

Er hob den Kopf, sah mich forschend an. Das Auge zuckte weiterhin.

»Vielleicht«, sagte ich.

»Ich weiß es auch nicht, George.« Er stand mühsam auf, und seine Knie knackten dabei rhythmisch, als würde jemand Kastagnetten spielen. »Und was ist mit ihm? Hältst du ihn für verrückt?«

Mit *ihm* war natürlich Steven Sugar gemeint, Grandpas ehemaliger Zeitungsjunge. Ich kannte ihn eher als einen von zwei Schülern meiner Highschool, die sich beim Reserve Officers' Training Corps, dem Ausbildungsprogramm für angehende Reserveoffiziere, verpflichtet hatten. Der Streit zwischen Sugar und meinem Großvater begann im Juni, als die Sonntagsausgabe der *New York Times* plötzlich ohne den Reiseteil eintraf.

Als Grandpa anrief, um auf diesen Mangel hinzuweisen,

gab der Zeitungsjunge sogleich schneidig zurück, er werde persönlich vorbeikommen, um das Problem »von Mann zu Mann, Sir«, zu besprechen. Ungefähr zehn Minuten später tauchte Steven Sugar auf der vorderen Veranda meines Großvaters auf und ließ den Türklopfer aus Messing, der eigentlich nur zur Zierde da war, ein halbes dutzendmal gegen die Tür donnern, bis Grandpa es schaffte, ihm zu öffnen.

Steven Sugar war ein großer, dicklicher Junge mit schwarzem Bürstenhaarschnitt und runden Wangen voller Sommersprossen, was ihn irgendwie niedlich wirken ließ. Die gescheckte Tarnuniform, die er trug, vermochte daran nicht das geringste zu ändern. Er hörte sich die Beanstandung meines Großvaters in steifer Habachtstellung an, das Kinn nach oben gereckt, die leichte Wampe vorgewölbt. Ungeachtet dieser Pose meinte Grandpa, wie er später erzählte, an dem Jungen eine affektierte Selbstgefälligkeit wahrzunehmen, ein amüsiertes Funkeln im Blick. Es war ein Funkeln, das er von kleinlichen Beamten kannte, von Verkehrspolizisten, Stadträten und Postangestellten.

»Ich kann Ihnen versichern, daß ich jedes einzelne Exemplar gründlich prüfe, Mr. McGlaughlin«, sagte Steven Sugar.

»Nichtsdestoweniger«, sagte der im Ruhestand befindliche Leiter der Ortsgruppe 219 zu dem ROTC-Captain der Joshua Chamberlain Highschool der Amberson County, »fehlt in meiner *New York Times* der Reiseteil.«

»Sie müssen ihn verlegt haben, Sir«, sagte Steven Sugar. »Alte Leute verlegen dauernd irgendwas«, fügte er hilfsbereit hinzu.

Dieses Gespräch führte zu Grandpas erster Beschwerde beim Zustellservice. Im Juli, als auch die Gesellschaftsbeilage zu verschwinden begann, ohne daß der Reiseteil inzwischen wieder beigelegen hätte, beschwerte er sich zum zweitenmal. Als Folge davon beschloß der Zustellservice, sich mit sofortiger Wirkung von Steven Sugar zu trennen, woraufhin der nun Ex-Zeitungsjunge erneut auf Henry McGlaughlins Veranda erschien.

»Hören Sie mal, junger Mann«, sagte mein Großvater und riß die Tür auf, bevor Steven Sugar sich wieder an dem Türklopfer vergreifen konnte. »Ihre Arbeitseinstellung war unbefriedigend. Ich habe meine Unzufriedenheit zum Ausdruck gebracht. Offenbar hat man Sie gefeuert. Das war nicht meine Absicht. Mein Absicht war, eine vollständige Sonntagsausgabe der *New York Times* zu erhalten, die ich immerhin auch bezahlt habe. Soviel zu meiner Beteiligung an dieser Angelegenheit. Ihr Beschäftigungsverhältnis liegt gänzlich außerhalb meiner Verantwortlichkeit.«

Steven Sugars breites Gesicht lief rot an.

Mein Großvater sah, wie erregt der Junge war, und versuchte ihm mit einem guten Rat beizustehen. »War das eine feste Anstellung? Falls Zeitungsjungen wie Festangestellte behandelt werden, können Sie vielleicht Ansprüche geltend machen.«

»Ansprüche? Ansprüche?« Der Zeitungsjunge nahm seine Tarnmütze ab und schlug sie sich klatschend gegen den Oberschenkel.

Am Fuß der Treppe stand sein Lieutenant, der einzige andere Angehörige des ROTC-Programms unserer Highschool, mit ihren Fahrrädern. Er war ein schlaksiger, schmächtiger Junge namens Tolson, der genau wie ich im Herbst sein zweites Jahr an der Joshua Chamberlain Academy beginnen würde, während für Sugar dann das letzte Schuljahr anbrach. Tolson starrte zu Grandpa hinauf und quetschte wütend die Bremsgriffe.

»Ja, Ansprüche. Sie können womöglich Beschwerde gegen Ihre Kündigung einlegen.«

»Leck mich«, sagte Steven Sugar zu meinem Großvater

und streckte ihm beide Mittelfinger entgegen. »Deine Ansprüche kannst du dir in den Arsch schieben.«

Der Zeitungsjunge stieg auf sein Fahrrad und drehte mit seinem Lieutenant ein paar Runden auf dem Gras, wobei beide abermals ihre Mittelfinger in die Höhe reckten. Dann fuhren sie weg. Tolson riß mit dem Hinterrad ein Stück Rasen heraus, und Steven Sugar brüllte: »Die Sache ist noch nicht gegessen, du Lump!«

Das war die Stelle, an der immer alle lachten. »Lump«, sagte Gil mit deutlicher Belustigung. »Das habe ich ja schon lange nicht mehr gehört.«

»Alte Schule«, sagte ich.

Gil kicherte und hüllte sich in eine Qualmwolke.

»He, du Witzbold.« Mein Großvater schnippte ungeduldig mit den Fingern und streckte die Hand nach der Pfeife aus, die sie sich teilten. »Her damit!«

Zufälligerweise wurde kurz nach dem Vorfall mit Steven Sugar die Tafel geliefert. Mein Großvater hatte den Text eine Weile nach Grandmas Tod entworfen und dann von einer gewerkschaftlich organisierten Druckerei in Providence professionell auf Kunststoff drucken lassen.

»Sieh gut hin, George«, sagte er zu mir, als ich die Tafel zum erstenmal zu Gesicht bekam. Er grinste breit und wies auf die Zeilen. »So sieht Demokratie aus.« Sein Finger richtete sich auf das Porträt von Al Gore. »Und so, so sieht ein Präsident aus.«

Der erste Anschlag fand eine Woche später statt. Quer über Al Gores Gesicht stand in grellem Rosa die folgende Botschaft aufgesprüht: *FIND DICH DAMIT AB, DU LUMP! DU HAST VERLOREN!*

Es gab von Anfang an nur einen einzigen Verdächtigen. »Mich damit abfinden? Mich damit abfinden?« murmelte mein Großvater entrüstet, während wir beide mit Seife und

Schwamm die Farbe entfernten. »Für wen hält sich dieser kleine Terrorist? Für George Will, diesen konservativen Schmierfinken?«

Kaum war die Tafel wieder sauber, wurde sie zum zweitenmal verunstaltet, aber diesmal hörte mein Großvater ein Geräusch und eilte aus dem Bett nach draußen. Die Täter ergriffen die Flucht, bevor er sie genau erkennen konnte, doch er glaubte auf der Straße zwei sich entfernende Gestalten auf Fahrrädern zu erspähen. Darüber hinaus gab es noch weitere Beweise: eine zweite Schmähung auf der Tafel – *SCHLUCK'S RUNTER ODER ERSTICK DRAN, DU LUMP!* – und eine bei Jägern übliche Leuchtfackel, die qualmend und nicht ganz ungefährlich in der Hecke neben dem Haus lag.

Grandpa trat die Fackel aus, ging hinein und rief Gil an. Gemeinsam saßen sie bis zum Morgengrauen vor dem Fernseher und rauchten Joints. Dann trat Henry McGlaughlin in Aktion.

Er wählte drei Telefonnummern: die von Mr. und Mrs. Rodney Sugar im Elkington Drive 113, die der Polizei von Amberson und schließlich auch noch die der American Civil Liberties Union, der Vereinigung zum Schutz der Bürgerrechte.

Bei den Sugars hielt Grandpa sich nicht lange mit irgendwelchen Floskeln auf, sondern kam gleich zur Sache. »Ihr Sohn hat mein Recht auf freie Meinungsäußerung verletzt, und ich will wissen, was Sie deswegen zu tun gedenken.«

»Wie bitte?« fragte die verschlafene Frauenstimme am anderen Ende der Leitung.

»Mein Recht auf freie Meinungsäußerung wurde verletzt. Widerrechtlich mit Füßen getreten. Mein Recht nach dem Ersten Zusatzartikel der Verfassung. Von Ihrem Sohn.«

Einen Moment lang herrschte Schweigen. Dann hatte Mrs. Sugar ihre fünf Sinne beisammen. »Freie Meinungsäußerung? Um fünf Uhr zwanzig morgens? Soll das ein Witz sein? Ach … leck mich doch, du verrückter alter Esel.«

Sie legte auf, und noch am Vormittag ließ der Anwalt der Sugars meinem Großvater ein Schreiben zustellen. *Mr. McGlaughlin*, stand dort zu lesen, *wir sind uns Ihres kürzlich erlittenen Verlusts bewußt und fühlen mit Ihnen … Falls Sie uns jedoch weiterhin belästigen, werden wir im Interesse unseres Sohnes ein Unterlassungsurteil gegen Sie erwirken …*

Der ermittelnde Sergeant der Polizei nahm die Stelle rund um die Tafel flüchtig in Augenschein und kratzte sich mit dem zugeklappten Notizblock herzhaft an seinem Spitzbart. »Okay, Chef«, sagte der Officer, »es scheint sich eindeutig um einen Fall von Vandalismus zu handeln.«

»Ja, mein ehemaliger Zeitungsjunge …«

»Ich weiß, aber es gibt dafür keine Beweise. Die Eltern sagen, er sei es nicht gewesen und Sie seien reif für die Klapsmühle. Nun, das kann ich nicht beurteilen, aber …« Der Beamte hielt inne und sog prüfend die Luft durch die Nase ein. »Sind Sie sich eigentlich bewußt, daß Cannabis im Staate Maine illegal ist, Mr. McGlaughlin?«

Mein Großvater atmete tief durch und richtete den Blick gen Himmel. »Sind Sie sich eigentlich bewußt, Officer Corcoran, daß es so etwas wie die Verfassung der Vereinigten Staaten gibt? Sie wurde mit einigen Zusatzartikeln versehen, deren erster mir das Recht auf freie Meinungsäußerung zusichert.«

Der Beamte klappte den Notizblock auf, musterte ein leeres Blatt und klappte ihn wieder zu. »Wenn Sie es unbedingt auf diese Tour wollen, Chef, dann soll es mir recht sein.« Er stemmte die Hände in die Seiten und schaute kopfschüttelnd zu Boden. Dann fuhr er sich mit der Zungenspitze über den Schnurrbart. »Seien wir ehrlich, ein solches Schild dürfte vielen Leuten gewaltig gegen den Strich gehen. Um die Wahrheit zu sagen, es geht auch mir gegen den Strich. Es ist verflucht unpatriotisch, wenn Sie mich fragen. Hören Sie, ich bin genauso für die freie Meinungsäußerung wie jeder andere, aber dieser Dreck geht eindeutig zu weit. Was sagen Sie nun, Chef?«

»Sie haben da einen wirklich hübschen Bart, Officer«, antwortete mein Großvater.

Die Anwältin der American Civil Liberties Union war als dritte an der Reihe. Mein Großvater erzählte ihr die ganze Geschichte. Sie stellte nur wenige Zwischenfragen und hörte ihm ruhig zu. Als er fertig war, konnte sie ihm leider nicht behilflich sein. »Es gibt keinen Ansatzpunkt, Mr. M.«

»Was ist mit meinem Recht auf freie Meinungsäußerung? Wie wäre es damit als Ansatzpunkt? Immerhin habe ich euch Spaßvögeln Geld gespendet, als es darauf ankam. Das war während Hoovers Amtszeit.«

»Ihr Recht auf freie Meinungsäußerung wird in diesem Fall nicht durch eine Körperschaft verletzt, sondern bloß durch einen Zeitungsjungen. Falls Ihr Zeitungsjunge Geld von einer Interessengruppe bekäme oder Mitglied des Ku-Klux-Klan wäre, würde ich diese Sache schon morgen auf die Titelseite von *USA Today* bringen können.« Grandpa hörte ein leises Zischen, als die ACLU-Anwältin eine Flasche Mineralwasser öffnete. »Außerdem gehen derzeit noch ganz andere Dinge vor, und ich mache wirklich keine Witze. In Washington ist Ashcroft vermutlich gerade damit beschäftigt, eine Datenbank aller Bürger zusammenzustellen, die jemals in ihrem Leben Spaß gehabt haben. Falls wir diesen Kerl auch nur eine Minute aus den Augen lassen, verhängt er die Prügelstrafe für jeden, der am heiligen Sonntag Golf spielen geht. Wirklich, Sir, bei allem schuldigen Respekt für die gute und ehrenwerte Arbeit, die Sie geleistet haben: Verglichen mit Ashcrofts Plänen, war der alte Hoover ein Waisenknabe. Glauben Sie mir, als amerikanischer Bürger im Jahr 2001 haben Sie größere Probleme als einen unterbelichteten Zeitungsjungen.«

Mittlerweile war für meinen Großvater aus der Sonntagsausgabe der *New York Times* längst etwas völlig anderes erwachsen. Was uns zum heutigen Tag brachte und damit zu dem dritten Anschlag, der ihn dazu bewogen hatte, die Sache selbst in die Hand zu nehmen.

Ich konnte mich nicht daran erinnern, je mit Steven Sugar gesprochen oder auch nur seine Stimme gehört zu haben, obwohl er in der Schule ein vertrauter Anblick war: ein untersetzter Junge, zwei Klassen höher als ich, der in Kampfstiefeln und weiten sandfarbenen Drillichhosen durch die Gänge stapfte, normalerweise dicht gefolgt von seinem Lieutenant Tolson.

Dennoch, ich weiß nicht, ob ich vor all diesen Zwischenfällen – vor *FIND DICH DAMIT AB, DU LUMP! DU HAST VERLOREN!*, vor *SCHLUCK'S RUNTER ODER ERSTICK DRAN, DU LUMP!* und vor *KOMMUNISTENLUMP!*, die alle in grellem Rosa über die Tafel meines Großvaters und Al Gores Gesicht gesprüht worden waren – jemals auch nur einen einzigen Gedanken an Steven Sugar verschwendet hatte.

Jetzt stellte ich mir vor, wie er auf seinem Fahrrad durch die dunklen Vororte strampelte, die sommerliche Nachtluft durch sein kurzes Haar strich, die große Zeitungstasche voller Sprühdosen gegen seine Hüfte schlug – ein absolut ruhiger und zielstrebiger Aktivist, konzentriert und bereit, ein Rechtgläubiger und bewaffneter Streiter. Die Vorstellung faszinierte mich, und ein Teil von mir beneidete ihn, diesen Nachwuchsfaschisten, der die *New York Times* meines Großvaters geschändet und quer über seine verfassungsmäßigen Rechte geschmiert hatte. Ich konnte nur staunen, wie selbstsicher und unbeirrt dieser Kriminelle vorging. Steven Sugars Motive blieben mir fremd, aber ich spürte seine Befriedigung wie eine dunkle Masse auf einem Radarschirm, wie einen Eisberg und auch so groß wie einen Eisberg.

Ich stellte mir vor, wie Steven Sugar mit einer Taschenlampe unter seiner Bettdecke kauerte und in den gestohlenen Zeitungen blätterte. Er las von den letzten unberührten Inseln des Mittelmeers, den weißen Stränden und uralten Gemäuern, und er verschlang gierig die Kolumnen, in denen von den Hochzeiten wohlhabender junger Frauen in Manhattan berichtet wurde, die an Eliteuniversitäten studiert und danach erfolgreich Handtaschen entworfen hatten.

Was hatte er davon? Stellte er sich vor, diese herrlichen Gegenden in Schutt und Asche zu legen und mit Panzern durch verträumte Dörfer zu rollen? Malte er sich aus, wie es wohl wäre, diese strahlenden Bräute aus ihren Flitterwochen und von der Seite ihrer Ehemänner zu reißen? Womöglich haßte er unsere kleine Stadt in Maine und sehnte sich inständig danach, einfach nur weit wegzufahren und in einem anderen Land von vorn anzufangen. War es möglich, daß Steven Sugar die Hochzeitsartikel las, um sich auf die eigene Zukunft vorzubereiten, auf jene Zeit in zehn Jahren, wenn er Chirurg (oder Hedgefonds-Tycoon) sein und seine eigene sechsundzwanzigjährige Produzentin einer Kinderfernsehsendung (oder Marketingchefin eines Hochglanzmagazins) heiraten würde, seine eigene hübsche, blaßäugige Hannah (oder Caroline)? Vielleicht traf nichts von alldem zu. Vielleicht hatte Steven Sugar meinen Großvater aus dem simpelsten aller Gründe bestohlen: einfach nur, weil er es konnte.

Einfach nur, weil er es konnte. Bei dem Gedanken richteten sich die Härchen auf meinen Unterarmen auf. Ich atmete tief durch.

Mein Großvater legte mir erwartungsvoll eine Hand auf die Schulter und wiederholte seine Frage. »Nun, was glaubst du? Wie lautet deine ehrliche Meinung, George? Ist er verrückt, oder ist er wütend?«

»Nein«, sagte ich. »Ich halte Steven Sugar nicht für verrückt. Ich glaube, er ist bloß wütend.«

Grandpa drückte meine Schulter und ging quer durch den Raum zum Fenster. »Dann herrscht Gleichstand, denn ich mag vielleicht verrückt sein, aber ich bin mit Sicherheit auch wütend.« Der alte Mann beugte sich über das Gewehr und schaute durch das Zielfernrohr. »Und ich habe begriffen, daß man mit solchen Barbaren einzig und allein in einer Sprache reden kann, die sie verstehen.«

3.

Auch bei mir waren Verständigungsschwierigkeiten die Ursache allen Kummers. Ich kam nicht mit meiner Mutter zurecht, und ich legte keinen Wert darauf, mit Dr. Vic zurechtzukommen. In letzter Zeit machte mir weniger das Gefühl zu schaffen, meine Stimme werde nicht gehört, als vielmehr der Eindruck, daß ich eine vollkommen fremde Sprache sprach. Oder es lag eventuell daran, daß ihre Ohren meine Stimme gar nicht wahrnahmen, überlegte ich, weil sie wie eine Hundepfeife auf einer anderen Frequenz erklang? Daher warteten die beiden einfach nur, bis ich nicht mehr meine Lippen bewegte, und lächelten dann, schüttelten die Köpfe und erklärten mir, was ich jetzt gerade wieder nicht verstanden hatte.

Letzten Winter waren wir bei Dr. Vic eingezogen, in ein geräumiges neues dreigeschossiges Haus direkt am Lake Keynes. Vom Fenster meiner Mansarde aus hatte ich einen ungehinderten Ausblick auf den mehrere Meilen breiten See, die mit Kiefern bewachsenen Hügel am anderen Ufer und den kahlen Berghang dahinter, auf dem im Dezember die Touristen Ski fuhren. Außerdem konnte ich von hier aus den Steg und den Anleger überblicken, an dem Dr. Vic sein Motorboot und das Kajak vertäut hatte.

Zu Anfang des Sommers hatten die beiden sich verlobt, und seit es richtig warm geworden war, pflegten meine Mutter und ihr Liebhaber ein allabendliches Ritual: Sie tanzten auf dem Anleger am Ende des Stegs. Sie nahmen einen tragbaren CD-Player mit, dazu einen Stapel CDs, ein paar Getränke und eine Dose Insektenspray, blieben manchmal stundenlang dort und tanzten langsam bis zum frühen Morgen. Ihre Absicht war, ein »Hochzeitslied« zu finden, den perfekten Song für ihren ersten Tanz als Ehepaar.

Der Klang von Dr. Vics Musiksammlung hallte blechern bis zu mir herauf, und wenn ich wollte, konnte ich die beiden vom Fenster aus beobachten. Statt dessen setzte ich mich lieber unter das Fensterbrett, lehnte mich an die Wand und haßte mich dafür, daß ich insgeheim auf ihr blödes Spiel einging und mich fragte, welchen Titel sie letztendlich auswählen würden. Zwischen den Liedern hörte ich vereinzelte Gesprächsfetzen, ihr Lachen und das Klirren der Gläser, wenn sie miteinander anstießen.

Dr. Vics Musikgeschmack löste bei meiner Mutter häufig regelrechte Lachkrämpfe aus, und dann hörte ich, wie sie sich haltlos über den Steg wälzte, als wäre er der lustigste Mann der Welt. Das Geräusch ging durch mich hindurch wie ein schweres Gewicht aus großer Höhe, das niemals auf dem Boden aufzuschlagen schien.

Eines Abends hörte ich sie verzückt aufkreischen, als sie eine CD von Don Johnson entdeckte. Das sei ja, als habe sie seine versteckten Pornos gefunden, jauchzte sie und trampelte lachend mit bloßen Füßen auf dem Steg herum.

»Ach, hör doch auf«, sagte Dr. Vic. »Du hast ihn auch gemocht, gib's zu. Bestimmt hast du keine einzige Folge verpaßt.«

Das hier sei ein Porno, ein Gefühlsporno, johlte sie. *Crockett singt nur für dich!* Meine Mutter hatte Lachtränen in den Augen.

»Moment mal. ›Heartbeat‹ ist gut. Im Ernst, du mußt doch zugeben, daß ›Heartbeat‹ ein ziemlich guter Song ist.« Nun mußte auch Dr. Vic kichern.

Es dauerte eine Weile, bis meine Mutter wieder sprechen konnte. Sie dachte, sie habe sich mit einem achtbaren Landarzt eingelassen, keuchte Emma, doch in Wahrheit sei sie auf ein neunjähriges Mädchen aus dem Jahr 1984 hereingefallen. O mein Gott, sei es etwa falsch, daß sie ihn trotzdem liebe? Denn das tue sie. Sie liebe ihn, liebe ihn, liebe ihn.

Ihre Küsse waren nicht zu hören, aber ich war alt genug, um zu wissen, daß die nun an der Reihe waren. Manchmal hörten die beiden bis zum Morgengrauen CDs, und nachdem ich eingeschlafen war, bahnte Dr. Vics angestaubte Musik sich einen Weg in mein Unterbewußtsein und wurde zum Soundtrack meiner Träume: Wynton Marsalis, Phil Collins und die gräßlichen Popgruppen der Siebziger, deren Namen alle etwas mit Speisen oder Getränken zu tun haben schienen: Bread, Juice Newton und Humble Pie. In meinen Träumen lief ich hinter den beiden her, hinter meiner Mutter und ihrem Verlobten, während sie Arm in Arm über belebte Gehwege, durch Parks und durch Einkaufszentren schlenderten. Ich holte sie ein, hüpfte herum und schrie meine Mutter an, sie solle mir zuhören, solle endlich diese Scheißmusik abschalten und mir zuhören, denn ich hätte etwas zu sagen, etwas sehr Wichtiges. Doch die beiden blieben niemals stehen. Es kam allenfalls vor, daß Dr. Vic mir den Mund verbot oder meine Mutter ihn entschuldigend ansah. Wenn ich morgens aufwachte, spürte ich unter meinen Augen die getrockneten Tränen, die ich im Schlaf aus Frust geweint hatte. Es war mir peinlich, wie kindisch offensichtlich diese Träume waren und daß ich sogar in wachem Zustand merken konnte, wie sie sich in mir anstauten. Jede wütende Beobachtung stieg auf wie ein kleiner schwarzer Ballon, bis es wieder Nacht wurde und mein Himmel voll von ihnen hing.

Es schien, als würde ich den ganzen Tag lang eine Ballonschnur nach der anderen loslassen: jedesmal wenn ich sah, wie er ihre Schultern rieb, während sie dasaß und ein Buch las; jedesmal wenn ich sie draußen mit ihm im kalten Nieselregen stehen sah – sie hielt den Schirm, er ging mit seinen Hunden Gassi; jedesmal wenn wir irgendwohin fuhren und Dr. Vic zu mir sagte, ich solle vorausgehen und die Führung übernehmen, während ich wußte, daß sie nun etwas miteinander besprechen und mich dann vor vollendete Tatsachen stellen würden.

Für die beiden war ich bloß das eifersüchtige Kind einer alleinerziehenden Mutter, ohne Verständnis für Sex oder Intimität oder den Unterschied zwischen der Liebe eines Paars und der Liebe eines Kindes und wieso ein Erwachsener beides benötigte. Für mich war das eine hundsgemeine Lüge. Dr. Vic stellte eine Ausnahme dar. Wir hatten an den verschiedensten Orten gewohnt, und meine Mutter war schon mit allen möglichen Arten von Männern ausgegangen, und es hatte noch nie irgendwelche Schwierigkeiten gegeben.

In Blue Hill war es Paul gewesen, der dunkeläugige Eigentümer einer Töpferwerkstatt für Touristen. Er hatte mir dabei geholfen, einen Kekstopf in Form von Jerry Bär zu brennen und zu bemalen, als Geburtstagsgeschenk für Emma. Als meine Mutter an der Universität von Maine gearbeitet hatte, war sie mit einem deutschen Gaststudenten namens Jupp zusammen gewesen, der mich alles im Fernsehen anschauen ließ, was ich wollte, und dabei immer schallend lachte, ganz egal, ob es in der Sendung um Skiunfälle oder den Urknall ging. Im ersten Jahr nach unserer Rückkehr, bevor Grandma krank wurde und meine Mutter die Stelle im Zentrum für Familienplanung annahm und Dr. Vic kennenlernte, ging sie mit Dale aus, dem Chefredakteur der örtlichen Wochenzeitung *The Amberson Common*. Dale und ich spielten häufig ein Spiel, bei dem es darum ging, daß ich die Kleinanzeigen erraten würde, die er sich nur ausgedacht hatte, wie zum Beispiel

Hilfe!
Einsamer Junggeselle sucht
Cheeseburger, Coke und Respekt.

oder

Spielst du Baseball?
Linkshänder bevorzugt. Unbedingt Beidfüßer, flink.
Interessenten melden sich bitte sofort im Stadion
Fenway Park, Boston, MA.

Nachdem die beiden sich getrennt hatten, druckte Dale eine Kleinanzeige speziell für mich:

Alter Knacker verfügbar!
Kann Fragen beantworten, illegales Feuerwerk
beschaffen, Hausmittelchen brauen etc.
Coole Kids sind stets willkommen.

Ich mochte sie alle, sogar Jupp, der nach Mundwasser stank und mir mit seiner irren Lache manchmal auf die Nerven ging. Das lag daran, daß diese Männer meine Anwesenheit einfach akzeptierten und mich selbst bestimmen ließen, wie viel oder wenig wir miteinander zu tun hatten. Dadurch erwiesen sie mir in gewisser Weise ihren Respekt.

Am Abend nachdem mein Großvater mich als Zielscheibe benutzt hatte, bot ich an, eine Runde mit Dr. Vics zwei kläffenden kleinen Pekinesen zu drehen – den »Schlingeln«, wie er sie beharrlich nannte –, solange das Abendessen noch auf dem Terrassengrill lag. Ich hatte das in letzter Zeit öfter gemacht, und Dr. Vic war davon sichtlich angetan. »Sogar nach dem längsten Winter kommt ein Tauwetter«, hörte ich ihn meiner Mutter zuflüstern.

Aber Emma kannte mich besser. Sie saß in der Nähe auf

einem Liegestuhl und brachte ihren Argwohn durch vernehmliches Einatmen zum Ausdruck.

»Laß dir von den beiden Rackern keine Frechheiten gefallen, okay?« sagte der Verlobte meiner Mutter. Er lachte in sich hinein und trank einen Schluck Weißwein. Seine aufsteckbaren Sonnengläser saßen nicht ganz gerade.

»Schicke Brille, Doc«, sagte ich.

»Vielen herzlichen Dank«, sagte er mit gespielter Coolness.

Ich sah meine Mutter an und lächelte spöttisch. Sie zuckte die Achseln und klopfte mit einem Finger auf den Reißverschluß ihrer Shorts. Ich verdrehte die Augen. Sie wiederholte die Geste. Ich schaute nach unten, machte meinen Hosenschlitz zu und ging ins Haus.

»Weißt du, Emma, ich glaube, unser junger George hier hat womöglich eines der großen Geheimnisse der Männerwelt für sich entdeckt«, sagte Dr. Vic, und ich brauchte sein breites Grinsen nicht zu sehen, um zu wissen, daß es da war. »Als ich noch Single war, bin ich mit den Schlingeln auch immer von Pontius zu Pilatus gelaufen. Es mag ein wenig hinterlistig erscheinen, aber ein gewöhnlicher Kerl muß sehen, wo er bei den Mädchen bleibt, und nicht jeder kann Gitarre spielen. Wenn man also kein Musiker sein kann, stellt ein Hund die zweitbeste Wahl dar. Man könnte sogar sagen, daß die Schlingel ›der Hammer‹ sind.« Er verlieh seiner Behauptung Nachdruck, indem er mit den Zeigefingern die Gänsefüßchen andeutete. »Oder nenn sie von mir aus ›oberaffengeil‹.«

Das war mal wieder typisch für Dr. Vic. Er machte aus allem eine dämliche große Nummer, sogar aus seinen Hunden. Immer wenn er redete, öffnete sein breites teigiges Gesicht sich auf eine Weise, die mich an die singenden Muscheln aus Disneys *Alice im Wunderland* denken ließ, und jedesmal starb vor lauter Scham ein kleines Stück von mir. Für mich war Dr. Vic der mit Abstand peinlichste Mensch auf diesem Planeten.

Zum Beispiel verfaßte er diese kleinen absurden Gedichte, die seine unendlich große Liebe für meine Mutter zum Thema hatten und in denen er regelmäßig ausbreitete, was er tun würde, falls Emma sich plötzlich in etwas anderes verwandelte, zumeist etwas Unbelebtes wie einen Toaster oder eine Weintraube ...

Die Frau, die ich liebe, ist eine Traube
(zumindest in diesem Gedicht)
von Victor Lipscomb

Sie ist eine Traube, und ich bin ein Mann,
will fest daran glauben, daß ich sie retten kann.
Tagelang harr ich aus, will sie nicht essen,
doch sehe ich sie, könnt ich mich vergessen.

Denn Emma ist so süß.

Damit wir uns alle daran erfreuen konnten, hängte er diese Gedichte am Kühlschrank auf, so wie ein Erstkläßler es mit seinen selbstgemalten Bildern tun würde.

Dann natürlich seine Musik, diese scheußlichen Lieder, die Dr. Vic ständig im Wagen oder seinem Arbeitszimmer hörte, Zeug wie *Seasons In The Sun* und *Dreamweave*r; Songs, die sich hartnäckig in deinen Gehörgängen festkrallten, als wären sie alberne kleine Haftnotizzettel, die an der Innenseite deines Schädels klebten. Solange der Klebstoff nicht eintrocknete und der Zettel nicht abfiel, konntest du gar nicht anders, als ständig den öden, endlos dahinplätschernden Synthesizer aus *Dreamweaver* zu hören oder unwillkürlich immer wieder »We had joy, we had fun, we had seasons in the sun« vor dich hin zu singen.

Außerdem sprach Dr. Vic mit seinen Kreuzworträtseln; sobald die Antwort »Yoko« oder »Ono« lautete, rief er: »Da ist sie ja wieder!«, als säße er in einer Bingo-Halle. Und wenn er meiner Mutter Wein einschenkte, stand er mit einem Geschirrtuch über dem Unterarm da und zwirbelte das Ende eines unsichtbaren Schnurrbarts, während er auf ihr Nicken wartete. In Restaurants reichte Dr. Vic seine Kreditkarte mit stets dem gleichen Kommentar an den Kellner weiter: »Meine tragbare Kuh, bitte nicht zu heftig melken.« Und schließlich – und meiner Meinung nach am aufschlußreichsten – waren da seine weiten Arbeitshosen mit den zahlreichen kleinen Taschen, in denen er unendlich viele Bonbons und Hundeleckereien verstaut hatte, deren Gewicht den Stoff nach unten zog. Also hielt Dr. Vic mit einer Hand ständig seinen Gürtel fest, wie ein verdammter Clown.

Bei allem, was er tat, stellte er einen entsetzlichen Optimismus zur Schau, der mir von Grund auf falsch vorkam, auch wenn ich wußte, daß Dr. Vic sich absolut authentisch gab und wirklich niemals imstande gewesen wäre, unaufrichtig zu sein. Alles an ihm, seine trampelnden Schritte, seine leuchtend bunten Flanellhemden, der schlaffe Bauch, der ihm über den Gürtel hing, zeugte von dieser unwiderlegbaren Tatsache.

Man konnte Dr. Vic verletzen, aber er ließ sich nicht entmutigen. Als er mir erzählte, das alles sei »ein Lebensabschnitt«, sah ich ihm an, daß er dabei vor seinem inneren Auge tatsächlich die Vorstellung irgendeiner abstrakten Strecke hatte, an deren Ende ein helles Licht wartete. Wahrscheinlich hörte er sogar die Vögel zwitschern und die Glocke des Eisverkäufers klingeln.

Vielleicht lag meiner Abneigung gegen Dr. Vic nichts anderes als schlichte Skepsis zugrunde. Ich war der Sohn einer alleinerziehenden Mutter. Ich hatte in Gegenden gewohnt, in denen es keine Eisverkäufer gab. Ich war überzeugt, daß guter Wille einem Menschen nur begrenzt weiterhelfen konnte. Letzten Endes war man völlig auf sich allein gestellt.

Nicht einmal mir selbst war vollständig klar, wie sich aus dieser Haltung mein gegenwärtiger Sabotagefeldzug erklären ließ, aber ich wußte, daß dies nicht der geeignete Zeitpunkt für Bedenken oder halbe Sachen war.

Aus der Gefriertruhe in der Vorratskammer holte ich einen kleinen Plastikbeutel, der unter einem Haufen Eis hinter einem Stapel Schwertfischsteaks versteckt lag. Ich streifte mir einen Ofenhandschuh über und scheuchte die Schlingel in den Vorgarten. Von da aus ging es einige hundert Meter nach Westen zu einer großen Wiese. Die Pekinesen waren diese Strecke seit mehreren Wochen von mir gewohnt und liefen ausgelassen voran und wieder zurück, um mich zu größerer Eile anzuspornen. Vor lauter Begeisterung wedelten praktisch ihre gesamten Hinterleiber.

»Okay, okay«, sagte ich, holte einen der gefrorenen Haufen aus der Tüte und schleuderte ihn weit über das Feld. Die Schlingel rannten dem fliegenden braunen Klumpen hinterher und verschwanden zwischen den wogenden blauen Blumen.

Bisweilen beschlich mich eine Ahnung, daß es irgendwie grausam war, die Hunde meines potentiellen Stiefvaters darauf abzurichten, ihren eigenen Kot zu apportieren. Außerdem mußte man schon mehr als nur ein wenig bescheuert sein, einen solchen Aufwand zu betreiben: Ich hatte mich im Dunkeln nach draußen geschlichen, um die Haufen einzusammeln, und sie dann tiefgefroren, so daß ich sie werfen konnte. Zum Glück gelang es mir meistens, derartige Gewissensbisse wieder abzuschütteln. Falls dies ein Krieg wäre – denn das war es –, würde ein echter Soldat wie Steven Sugar sich da Gedanken über zwei kackefressende Spielzeughunde machen, die so blöd waren, daß sie nicht einmal Namen hatten? Irgendwo, vermutlich in einem Vietnamfilm, hatte ich mal den Begriff »Kollateralschaden« aufgeschnappt, und er schien mir ziemlich gut zu der vorliegenden Situation zu passen.

Ich hatte mir sogar schon zurechtgelegt, was ich zu Dr. Vic sagen würde, und ich stellte mir vor, es wie Gil zu sagen, mit einem Zwinkern, einem verschmitzten Lächeln und einem lauten fröhlichen Achselfurz. »Ich kann mir nichts Schlimmeres als einen scheißefressenden Hund vorstellen«, würde ich trocken anmerken und einen Moment warten, bevor ich hinzufügte: »Außer vielleicht zwei scheißefressende Hunde.«

Nach ein paar Würfen wurden die gefrorenen Haufen unweigerlich weich. Daher arbeitete ich mich zügig durch die Tüte und schmiß Kot ins hohe Gras, bis mir die Schulter weh tat. Die Hunde machten unermüdlich weiter, hasteten immer wieder davon und kehrten mit Schaum vor den Mäulern und harten dunklen Brocken zwischen den Zähnen zu mir zurück.

Ungefähr nach dem zwanzigsten Wurf schleppte einer von ihnen sich auf mich zu, ließ einen Haufen fallen und brach vor meinen Füßen zusammen. Der Hund keuchte vernehmlich und würgte ein paarmal. Seine Augen zuckten verängstigt umher, dann hustete er und schien immer heftiger zu japsen.

Der andere Schlingel spürte die Schwäche seines Bruders, rannte herbei, schnappte sich die Kacke und lief damit weg, um eifersüchtig seine Beute zu horten.

Der kranke Pekinese sank auf die Seite. Ich kniete mich hin, und mein Magen zog sich ein wenig zusammen. Scheißevergiftung, dachte ich und war mir nicht sicher, ob es so etwas überhaupt gab.

Als ich dem Hund eine Hand auf die Flanke legte, hob er den Kopf, schaute unter seinem struppigen Pony zu mir hoch und grinste. Dann leckte er mir die Handfläche. Ich ließ es zu, bis mir einfiel, wo seine Zunge zuvor gewesen war. Dann gab ich ihm einen Klaps auf die Schnauze. Der Hund zuckte zurück und jaulte protestierend auf.

»Herrje, schon gut«, sagte ich. »Okay, es tut mir leid.«

Ich führte die Hunde zurück und erinnerte sie daran, daß ich keinerlei Mitgefühl für sie empfand. »Ihr kapiert ja nicht mal, was los ist«, sagte ich.

Meine Mutter verfolgte, wie ich ein paar Kauknochen aus der Keksdose nahm. Die Schlingel machten sich fröhlich darüber her. Emma blies sich eine dunkle Haarsträhne aus dem Gesicht und blickte fragend auf den Ofenhandschuh, den ich immer noch trug. Ich zuckte die Achseln und legte ihn zurück in seine Schublade.

Ich bin dreiunddreißig Jahre alt und kann, verdammt noch mal, tun und lassen, was mir gefällt, schrieb meine Mutter.

Als Form des gewaltlosen Widerstands hatte ich aufgehört, mit ihr zu sprechen. Da ich mich nicht herablassen wollte, die Natur meiner Protestaktion zu erläutern noch daß es sich überhaupt um eine Protestaktion handelte, trug ich für all die Gelegenheiten, bei denen sich eine Kommunikation nicht vermeiden ließ, eben fortan einen großen gelben Schreibblock mit mir herum. Verrückterweise hatte meine Mutter sich daraufhin ebenfalls geweigert, weiterhin mit mir zu sprechen, und sich einen eigenen gelben Block gekauft. Nun schrien wir uns bei einem Streit nicht mehr gegenseitig an, sondern schoben unsere Blöcke über Dr. Vics Eßtisch hin und her.

Unser jüngster Streit wurde durch den Ofenhandschuh ausgelöst. Was ich damit getan habe, wollte meine Mutter wissen, und wieso er so seltsam rieche. Meine Ausflüchte führten alsbald zu dem unausweichlichen Thema all unserer Auseinandersetzungen der letzten Zeit, dem Kern der Sache.

Ich zitiere: Warum tust du mir das an? Hast du dir den Kerl, der dort beim Essen sitzt, eigentlich mal angeschaut? Diesen albern aussehenden Mann da drüben? Das Pummelchen, dessen Krawatte wie die amerikanische Flagge gemustert ist? Er hat sie sich über die Schulter geworfen. Du willst ihn heiraten? Diesen Kerl? Ihn?

Wie kannst Du nur so dumm sein? Wie kann überhaupt irgend jemand so dumm sein?

Ich habe in meinem Leben jede Menge *Dummheiten gemacht, George Claiborne, darunter die nicht ganz unerhebliche, mit neunzehn Jahren ein Kind zu bekommen. Wie dem auch sei, gerade dieser Fehler hat mir das* größte Glück meines Lebens *beschert, trotz Deines momentanen Verhaltens. Viele Leute haben mich dumm genannt, als ich Dich behielt. Manchmal ist eine vermeintliche Dummheit eben doch die richtige Entscheidung.*

Ich wußte, daß ich im Hinblick auf meine eigene Empfängnis angreifbar war, also reagierte ich mit einer Lieblingsstrophe aus einem von Dr. Vics Gedichten:

Wär sie ein Toaster, ich baute ihr ein Tischchen.

Wär sie ein Toaster, ich äße nur noch Toast.

Mein Mutter drückte den Stift beim Schreiben so fest aufs Papier, daß er knackte. *Was hat das alles mit ihm zu tun? Er hat dir* nie etwas getan. *Obwohl man es ihm nicht verdenken könnte.*

Ich haßte es, daß sie ständig Worte unterstrich. *Du bist eine* Anstreicherin.

Du bist ein kleiner Klugscheißer, und außerdem hast Du oft nicht die geringste Ahnung, was Du eigentlich von Dir gibst, solange es nur verächtlich ist. Spiel Dich gefälligst nicht so auf, George. Du bist ein kleiner Junge, der noch verdammt viel lernen muß, *bis er erwachsen ist.*

Am anderen Ende des Tisches saß Dr. Vic und säbelte mürrisch an einer Hühnerbrust herum. Dann tupfte er sich das feuchte Gesicht mit seiner Patriotenkrawatte ab. »Ich sollte mir wohl auch so einen Notizblock besorgen«, sagte er, aber niemand reagierte darauf.

Während Emma auf meine Antwort wartete, nahm sie mit gefalteten Händen eine Haltung nonnenhafter Gelassenheit ein. Ihr langes schwarzes Haar lag ordentlich hinter den Ohren. Im Frühling hatte sie ihre erste graue Strähne bekommen. Ich hoffte, daß dieser schmale silbrige Vorbote eine biologische Reaktion darauf war, wie sehr sie innerlich mit sich rang, wenngleich sie bislang nichts dergleichen eingeräumt hatte. An so manchem Morgen hatte ich neben ihr im Badezimmer unserer schäbigen Wohnung in Orono, Blue Hill oder Waterville gekniet und dieses Haar hochgehalten, weil sie sich nach einer Sauftour mit ihren Freunden oder ihrem Liebhaber übergeben mußte.

Meine Großeltern hatten mir beigebracht, daß es verschiedene Seiten gab, die durch eine Linie klar voneinander getrennt waren, und daß es unmöglich war, mit einem Bein hier und dem anderen Bein dort zu stehen. Man befand sich entweder auf der einen oder auf der anderen Seite. Bis Dr. Vic auftauchte, hatten die Männer im Leben meiner Mutter sich stets bemüht, auf *unsere* Seite zu gelangen. Aber als es um Dr. Vic ging, teilte meine Mutter mir mit, daß manche Dinge nicht verhandelbar seien. Während all der Jahre, die wir von einer Stadt zur anderen gezogen waren, derweil Emma in einem Zickzackkurs auf ihren Studienabschluß hinsteuerte, während all der Jahre in miesen Apartments mit drei verrauschten Fernsehkanälen, keiner vernünftigen Dusche und Katzenhaar in den Ecken hatten wir immer fest zusammengehalten. Nun stellte ich fest, daß Emma und Dr. Vic sich auf ihrer Seite befanden und ich mich auf der anderen, getrennt durch eine mehr als deutliche Linie.

Auf einmal sah sie mich auf diese Weise an, mit verschränkten Händen und geradem Rücken, als würde sie bei einer Klassenarbeit die Aufsicht führen.

»Und ich habe begriffen, daß man mit solchen Barbaren einzig und allein in einer Sprache reden kann, die sie verstehen.« So hatte mein Großvater es formuliert.

Ich wollte ihr die Bratensoße ins Gesicht schütten.

Er hat Grandma sterben lassen, schrieb ich und schob meinen Block über den Tisch.

Später an jenem Abend klopfte es an meiner Tür, und als ich öffnete, stand sie einfach da. Ihr liefen Tränen über die Wangen, und ihr Blick schien auf einen Punkt irgendwo über meiner Schulter gerichtet zu sein.

»Und?« fragte ich.

Ihre Hand zuckte hoch, und ich hörte das Klatschen der Ohrfeige, bevor ich sie spürte. Das Geräusch schien anzuschwellen und das ganze Haus auszufüllen, dann hinaus über den See und bis in die bewaldeten Hügel zu hallen, so wie ein Gewehrschuß. Ich wich nicht mal zurück; ich war zu erschrocken.

Der Gesichtsausdruck meiner Mutter veränderte sich nicht. Auch ihr Blick fixierte weiterhin den imaginären Fleck hinter mir. Emma griff in die Tasche und warf einen zerknüllten Zettel auf den Boden. Dann schloß sie leise die Tür.

Als ich wieder allein war, empfand ich die Erinnerung an ihre Tränen als durchaus tröstlich, obwohl ich mich zwang, ein wenig zu weinen. Auf dem Zettel stand: *Eines Tages wirst Du Dich dafür schämen, wie Du Dich heute abend benommen hast.* Ferner wertete ich es als gutes Zeichen, daß unten die Türen knallten und meine Mutter lauthals schrie, während ihr Liebhaber, der Onkologe meiner verstorbenen Großmutter und mein potentieller Stiefvater, Victor Lipscomb, Dr. med., Dr. phil., sich bemühte, sie zu beruhigen. Seine tiefe Stimme drang durch den Heizungsschacht nach oben:

»Emma, Liebling« und »Komm schon« und »Wir müssen einfach weiter daran arbeiten«. Kurz bevor ich einschlief, registrierte ich zufrieden, wie wohltuend still eine Nacht ohne Musik sein konnte.

Im Morgengrauen schreckte ich aus einem Alptraum hoch und rieb keuchend mit der Bettdecke auf meiner Brust herum, um die Worte abzuwischen, die Steven Sugar dort aufgesprüht hatte.

In dem Traum war ich an einen Baum gefesselt und hatte die Richard-Nixon-Maske vor dem Gesicht, so daß ich kaum Luft bekam. Aus den Schatten trat eine Gestalt vor; Steven Sugar trug seine Armeeklamotten, und seine Augen waren die Augen meiner Mutter, dunkel und unversöhnlich. Er hatte eine Sprühdose in der Hand.

Während ich mich wand und um Hilfe rief, sprühte er in aller Seelenruhe einen Buchstaben nach dem anderen auf, bis die Worte sich in billiger roter Farbe um meinen Oberkörper wanden: *FIND DICH DAMIT AB, DU LUMP! DU HAST VERLOREN!*

4.

Am nächsten Nachmittag bezogen mein Großvater und ich im Gästezimmer Position, um Steven Sugars nächsten Zug abzuwarten. Damit es im Raum nicht zu warm wurde, ließen wir die Lampen ausgeschaltet. Das einzige Licht stammte von draußen und drang als helle orangefarbene Säule durch den Stoff der Vorhänge. Grandpa saß auf dem Sessel neben dem Dreibein mit der Waffe und schlug immer wieder kurz die Übergardine zurück, um das vom Fenster aus sichtbare halbrunde Straßenstück nach etwas Verdächtigem abzusuchen.

Die meiste Zeit schwiegen wir. Ich hatte mich bei meiner Ankunft einfach auf das Bett fallen lassen. Mein Großvater hatte mich mit einem »Howdy« begrüßt und sich wieder seinem Fenster zugewandt. Auf dem Dachboden war mir ein Karton mit Mutters zerfledderten alten Abenteuerspielbüchern in die Hände gefallen. Man bewegte sich darin anhand eigener strategischer Entscheidungen durch die Geschichte, und ich blätterte beiläufig in *Das Grab des Außerirdischen*. Aus dem Augenwinkel behielt ich Grandpa im Blick; Licht fiel quer über seine Stirn und ließ ihn jung aussehen. Ich fragte mich, ob er wohl gerade an meine Großmutter dachte.

Falls du dem toten Außerirdischen vertraust und ihm durch die Tür ins Ewige Land folgst, lies weiter auf Seite 12. Falls du zum nächstgelegenen Zeitportal zurückkehren möchtest, lies weiter auf Seite 34.

»Du solltest draußen mit deinen Freunden unterwegs sein.« Er hob eine Ecke des Vorhangs an, verzog beim Anblick der Straße das Gesicht und ließ den Stoff wieder sinken.

»Ich hab keine«, sagte ich. »Nicht wirklich.«

Er lutschte auf einer Erdnuß herum und zerkaute sie dann gemächlich. »Ich halte das für eine reichlich fragwürdige Behauptung.«

»Wir sind zu oft umgezogen.« Meine Mutter und ich hatten im Verlauf meiner Schulzeit in bislang sechs verschiedenen Städten gewohnt, was nach den Maßstäben eines Jugendlichen einem echten Vagabundenleben gleichkam. Nicht, daß ich nicht mit anderen Leuten ausgekommen wäre, und wenn ich in der Schule ein bekanntes Gesicht sah, nickte ich ihm freundlich zu. Es war eher eine Vernunftentscheidung: Erwachsen zu werden war schon unangenehm genug, auch ohne daß ich mich zwanghaft um Anschluß bemühte. Vielleicht war ich einsamer, als ich mir anmerken ließ; vielleicht war es nach zwei Jahren in Amberson an der Zeit, die Tatsache zu akzeptieren, daß mein Kindheitstraum sich endlich erfüllt hatte: Wir waren seßhaft geworden. Andererseits wollte ich mich nicht damit abfinden, daß Dr. Vic Bestandteil irgendeines wahr gewordenen Traums sein könnte.

Falls du bei dem Volltrottel und seinen scheißefressenden Hunden bleibst, lies weiter auf Seite 11. Falls du in eine andere Stadt weiterziehst, lies weiter auf Seite 45.

»Ein Junge sollte Freunde haben, George.«

»Ich bin fünfzehn.«

»Verzeihung. Ein Teenager sollte Freunde haben, George.«

»Ich komme gut mit anderen zurecht.«

»Tja«, sagte er.

»Tja«, sagte ich.

Er zog den Vorhang zurück, sah hinaus, ließ ihn wieder los. Mein Großvater warf einen Blick in meine Richtung. Ich zog beide Augenbrauen hoch und wischte mit der Hand über den Kragen meines T-Shirts. Er schnaubte und fegte sich die Erdnußkrümel vom Hemd.

»Du hast Angst, nicht wahr? Es ist riskant, oder? Zu versuchen, das Eis zu brechen.«

»Ja.« Ich hatte nicht vor, es zu leugnen.

Mein Großvater lehnte sich zurück, klopfte sich auf beide Knie und nickte, als wäre dadurch alles klar. »Tja, dann bist du wohl ein gottverdammter Freak, was?«

Der Satz blieb eine Weile zwischen uns im Raum stehen. Mein Großvater musterte mich selbstsicher; ich war zu verblüfft, um gekränkt zu sein.

»Vielen Dank«, sagte ich schließlich. »Das ist wirklich überaus hilfreich.«

»Ich meine, Kids sind neugierig. Die stehen auf Freaks.«

»Herrje, Grandpa. Das ist ja super. Könntest du mir vielleicht auch einen Tritt in die Eier verpassen?«

»Nein, nein«, sagte er, schlug ein Bein über das andere und wies auf seinen Pantoffel. »Dein Zeh – zeig deinen Zeh! Damit läßt sich gut ein Gespräch anfangen. Es ist interessant.«

Ich ließ mich wieder auf das Bett sinken.

»Zeig schon her«, sagte er. »Na los.«

»Wie wär's statt dessen damit?« fragte ich und zeigte ihm den ausgestreckten Mittelfinger.

Der alte Mann lachte gackernd und widmete seine Aufmerksamkeit dann wieder der Straße.

Ich setzte meinen Weg durch *Das Grab des Außerirdischen* fort und stellte nach einer Reihe von falschen Entscheidungen und Mißgeschicken fest, daß ich am besten zum Ausgangspunkt meiner Reise zurückkehren sollte.

Irgendwann nickte ich ein. Als ich wieder aufwachte, starrte Joseph Hillstrom mich an. Der Mann auf dem Schwarzweißfoto besaß ein scharf geschnittenes Gesicht, und sein Blick war auf schaurige Art klar, fast wie die Augen eines Blinden. Er schien nicht so sehr in die Kamera als vielmehr auf einen Punkt jenseits davon gerichtet zu sein. Ich wandte mich ab.

Mein Großvater saß immer noch auf seinem Sessel, war aber leicht in sich zusammengesunken, so daß das Sonnenlicht nun auf sein Haar fiel und die rosafarbene Kopfhaut erkennen ließ.

Ich rollte mich auf den Rücken, schaute zur Decke und erinnerte mich.

Grandma hatte mir einst die Geschichte von Hillstrom erzählt, dem Protestsänger und Gewerkschafter, der 1915 in Utah in einem reinen Indizienprozeß zum Tode verurteilt und hingerichtet wurde, weil er angeblich zwei Männer beraubt und ermordet hatte. Meine Großmutter sagte, ein Zeuge wolle in der Tatnacht beobachtet haben, daß Joe eine Pistole hinaus auf ein Feld schleuderte, aber die Waffe wurde nie gefunden. Die Polizei wußte zudem, daß es einem der Opfer gelungen war, einen Schuß abzufeuern. Als man Joe verhören wollte, fand man ihn mit einer Schußwunde im

Bett vor. Joe sagte, er habe eine Frau verteidigt und sei dabei angeschossen worden, wollte aber den Namen der Betreffenden aus Gründen der Ehre nicht preisgeben. Am Vorabend seiner Hinrichtung war Hillstrom klar und furchtlos genug, um einem Freund eine letzte Nachricht zu schreiben: *Klagt nicht! Organisiert euch!*

Und er war das letzte gewesen, das Grandma in ihrem Leben gesehen hatte. Ich spürte Schweiß auf meinen Unterarmen und wußte nicht, wieso ich mich plötzlich so unbehaglich fühlte. Ich schaute erneut zu dem Foto des Toten.

»Der alte Joe ist eine Art Schutzheiliger der Bewegung, Georgie«, hatte Grandma zu mir gesagt und im nächsten Moment auf ihre eigene Nasenspitze geschielt, um nach dieser Geschichte von Mord, Hinrichtung und Märtyrertod die ernste Stimmung zu durchbrechen. Ich war zu jener Zeit ungefähr sieben Jahre alt. »Es ist allerdings wenig wahrscheinlich, daß der Mann in Rom, der immer so komische Hüte trägt und in direkter Verbindung mit dem lieben Gott steht, ihn in nächster Zeit als Heiligen anerkennt.«

Ich zwang mich, das Foto unverwandt zu betrachten, und nach einer Weile legte sich das nervöse Gefühl. Vermutlich sollte ein Heiliger so aussehen: ruhig und unschuldig, von einer stählernen Härte, die kein heidnischer Scheiterhaufen je zum Schmelzen bringen würde. Ich nahm an, daß es das war, was meine Großmutter gesehen hatte.

»Gore hätte die NAFTA wieder eingeschränkt«, sagte Grandpa aus heiterem Himmel.

Ich richtete mich auf.

Mein Großvater saß noch immer so reglos da wie zuvor, in sich zusammengesunken, das weiße Haar von der Sonne beschienen. Er war die ganze Zeit wach gewesen.

»Das ist Gils neues Lieblingsthema. NAFTA hier, NAFTA da.« Er schlug gereizt den Vorhang zurück. Seine gute Laune schien verflogen zu sein. »Und wenn es nicht das eine N-Wort ist, dann das andere.« Er räusperte sich, um seiner Abscheu angemessenen Ausdruck zu verleihen: »*Nader*. Während Al Gore letzte Nacht in seinem Bett gelegen und geschlafen hat, hat er mehr für die arbeitende Bevölkerung getan als Ralph Nader in seinem ganzen Leben. Dieser alte Mann stichelt gern, George, und er weiß genau, wie er mich packen kann.«

»Was ist die NAFTA?« fragte ich.

»Die North American Free-Trade Area, die nordamerikanische Freihandelszone. Ein Fehler«, sagte Grandpa und schien vergeblich nach einer besseren Beschreibung zu suchen, bevor er fortfuhr. »Ein gutgemeinter Fehler. Das unzulängliche Ergebnis multilateraler Verhandlungen. Ein Kompromiß. *Ein Kom-pro-miß*. Etwas, wovon dieser Mistkerl Nader nicht das geringste versteht.« Er lüftete eine Ecke des Vorhangs. »Allmählich hab ich es satt, immer nur blaue Autos zu sehen.«

Auf meiner abendlichen Rückfahrt fing das Hinterrad plötzlich an zu eiern. Ich hielt an und sah nach: ein Plattfuß. Ich konnte entweder Dr. Vic anrufen und mich abholen lassen oder einen Abstecher zur Klinik machen, damit meine Mutter mich zur Tankstelle fahren würde. Ich entschied mich für Emma und schob das Fahrrad einen knappen Kilometer bis zu dem Ärztehaus, das außer dem Zentrum für Familienplanung noch mehrere andere Praxen beherbergte.

Ich konnte ja nicht wissen, daß die GLA wieder mal zugeschlagen hatten.

Meine Mutter war mit einer Flasche Lösungsmittel und einem Spachtel an der gläsernen Eingangstür zugange und schabte das fingierte Foto eines mißhandelten Säuglings ab, das jemand dort angeklebt hatte. Das Kind sah aus, als habe man es zunächst in die Mikrowelle gesteckt und dann mit rotem Kerzenwachs übergossen. Und es schien sich auch eher um eine Puppe als um ein Baby zu handeln.

Ich blieb am Bordstein stehen, und meine Mutter schaute kopfschüttelnd zu mir herüber. Einige Haarsträhnen klebten ihr an Wangen und Stirn.

»Du kommst gerade recht, George«, sagte Charlie Birdsong, der Sicherheitschef der Klinik. Er hatte sich das Hemd ausgezogen, saß auf einem umgedrehten Farbeimer und blätterte in einer Ausgabe von *Elle Girl*. »Die GLA haben am Computer mal wieder mit Photoshop herumgespielt und diesmal gleich eine ganze Wagenladung Sekundenkleber benutzt.«

Meine Mutter seufzte erschöpft auf und ließ die Stirn gegen die papierbeklebte Tür sinken.

GLA stand für Gottes Lieblingsarschlöcher, ein Name, den meine Mutter jener Gruppe Evangelischer Christen verliehen hatte, die in dem kargen Hügelgebiet nördlich von Amberson in einer abgeschiedenen Kommune lebte. Hin und wieder bekam ich einen von denen in der Stadt zu sehen, zumeist im Supermarkt oder Sam's Club. Die weiblichen GLA waren überwiegend helläugig und wirkten beinahe wie Eichhörnchen, wenn sie deinen Blick herausfordernd erwiderten und gleichzeitig mit einem riesigen Paket grauen Toilettenpapiers an dir vorbeihuschten. Der typische männliche GLA war mürrischer, trug langes Haar und oft eines jener T-Shirts mit aufgemalten Wölfen oder Karibus, wie man sie für einen Dollar an jeder Tankstelle bekam. Ihren kargen Lebensunterhalt bestritten diese guten Christen hauptsächlich mit dem Verkauf von Eimern voller Würmer an angelnde Touristen. Ansonsten blieben sie lieber für sich.

Für die Klinik, in der meine Mutter arbeitete, machten die GLA leider eine Ausnahme. Bis vor kurzem hatten sie sich darauf beschränkt, vor dem Gebäude herkömmliche, wenngleich drastische Schilder aufzustellen, aus ihrem rostigen blauen Kleintransporter christliche Rockmusik dröhnen zu lassen und mit Megaphon-Parolen die schwangeren Frauen zu bedrängen, die im Schutz mehrerer Freiwilliger über den Parkplatz liefen. »Verlaßt euren Hurenmeister, und wendet euch dem Herrn zu!« schrie eine der GLA mit Vorliebe und lief dabei auf dem Dach des Transporters hin und her.

In letzter Zeit hatten die GLA jedoch offenbar die Vorzüge von Photoshop entdeckt und sich seitdem auf überdimensionale Poster von zerfetzten Föten verlegt, wie jenem, das nun an der Glastür hing. Die Übergriffe erfolgten meistens am späten Abend, und benutzt wurde dabei ein hartnäckiger Industriekleber. Sachbeschädigung kam in dieser Stadt anscheinend so richtig in Mode.

(Nach dem ersten Anschlag auf Grandpas Tafel hatte meine Mutter angemerkt, ein solcher Vandalismus passe zur Vorgehensweise der GLA. »Nein«, hatte mein Großvater nach kurzem Nachdenken entgegnet. »Es ist der verfluchte Zeitungsjunge. Diese bekloppten Wurmsammler sind im Auftrag des Herrn unterwegs. Politik interessiert die nicht.«

Es bestand kein Anlaß zu der Befürchtung, die GLA würden von Steven Sugar instruiert – oder umgekehrt –, aber falls die beiden Parteien sich jemals zusammentaten, war kaum abzusehen, welchen Schaden sie anrichten würden.)

Was ist die NAFTA? fragte ich meine Mutter. Nachdem ich gemeinsam mit Charlie eine Viertelstunde in *Elle Girl* geschmökert hatte, war ich ins Grübeln geraten.

Emma trat von der Scheibe zurück und nahm mir den Block aus der Hand. *Im Ernst?* Sie trocknete sich die verschwitzten Hände am Ärmel meines T-Shirts ab.

Ich riß mich los und tippte ungeduldig mit dem Finger auf die Frage: *Was ist die NAFTA?*

Meine Mutter blies sich eine feuchte Haarsträhne aus den Augen und sah auf die Uhr. Ihr Gesicht war vor Anstrengung gerötet, und das Poster hing in klebrigen Streifen vom Glas. Sie schüttelte den Kopf. *Frag Charlie. Ich will mit dem abgeschlachteten Ungeborenen hier fertig werden, damit ich es rechtzeitig zu den Nachrichten nach Hause schaffe.*

»Charlie, was ist die NAFTA?«

Charlie war ein blasser, stoischer Mann indianischer Abstammung und wirkte trotz seiner Waffe alles andere als bedrohlich. Er vertrieb sich die Zeit an der Sicherheitsschleuse am liebsten mit der Lektüre der Frauenzeitschriften, die in der Lobby auslagen. Unter dem Kolben seiner Pistole klebte noch immer das Preisschild: $ 241,99.

Ohne von der *Elle Girl* aufzublicken, sagte er nun: »NAFTA. Okay. Ich hab früher in einer Schuhfabrik gearbeitet. Volle Krankenversicherung, achtzehn fünfzig pro Stunde, Urlaub und ein Parkplatz entsprechend der Betriebszugehörigkeit. Jetzt arbeitet irgendein armes Schwein in Guatemala in der neuen Fabrik meiner alten Firma für ungefähr einen Dollar pro Stunde. Ich hingegen arbeitete nun hier, werde von Weißen als Mörder beschimpft, kriege zehn Dollar die Stunde und muß am Wochenende zusätzlich in der Bettenabteilung vom Kaufhaus jobben, um überhaupt über die Runden zu kommen. Da gibt's zwar jede Menge Parkplätze, aber ich mußte mein Auto verkaufen. Nun fahre ich mit dem Bus.«

»Was ist mit der Gewerkschaft?« fragte ich.

Charlie lachte verbittert auf. »Was soll schon mit ihr sein? Clinton war Demokrat, oder etwa nicht?«

Ich dachte eine Weile darüber nach, während der Spachtel meiner Mutter ein Geräusch verursachte, als würde jemand ein Schaufelblatt über einen Felsen ziehen.

Charlie blätterte die Zeitschrift um und seufzte. »O Mann, es ist echt beschissen, ein fettes Mädchen zu sein.«

Meine Mutter setzte mich an der Tankstelle ab, und ich brachte ein paar Minuten an der Servicestation zu, bis ich den Reifen wieder aufgepumpt hatte. Durch die zerkratzte

Scheibe konnte ich die Glastür eines Kühlschranks erkennen, in dem die Styroporeimer mit Köderwürmern der GLA standen. Jedes Etikett war von Hand mit einem kleinen goldenen Kreuz sowie dem Versprechen versehen, dies seien *FETTE WÜRMER! FETTER GEHT'S GAR NICHT!*

Ein Auto hupte, und als ich mich umdrehte, sah ich Gil und Mrs. Desjardins in ihrem Landrover sitzen. Sie winkten mich zu sich. Ich schob mein Rad zur Fahrerseite, Gils Seite, und er kurbelte die Scheibe herunter.

»Guten Nachmittag, mein Hübscher«, sagte Mrs. Desjardins, beugte sich herüber und hauchte mir einen Kuß zu.

»Es ist Abend, Lana.«

»Guten Abend, mein Hübscher.« Mrs. Desjardins lächelte mir zu. Ihr Lippenstift war grellgrün, und sie trug ein glitzerndes Cocktailkleid.

»Wie läuft's, mein Junge?« Gil trug seinen seidigen schwarzen Pyjama.

»Prima«, sagte ich. »Aber ich steig durch diese ganze NAFTA-Sache irgendwie nicht durch.«

Er biß sofort an. »Okay, geh in die Tankstelle, hol mir ein Wassereis mit Cola-Geschmack, ein paar Kaubonbons, ein Glas Vaseline und ein Packung Schmerztabletten.« Gil zog einen Zwanzigdollarschein aus der Tasche. »Das Wechselgeld kannst du behalten. Danach erzähle ich dir alles, was du über die NAFTA wissen mußt.«

Der Verkäufer musterte mich skeptisch und bongte die Artikel ein. »Wie alt bist du eigentlich?« fragte er. Er war ein Gothic-Typ Anfang Zwanzig, mit Ringen in beiden Nasenlöchern und der Tätowierung einer Gabel auf dem Adamsapfel.

»Bitte?«

»Vergiß es.« Er stopfte alles in eine Papiertüte und sagte, ich solle abhauen.

Draußen gab ich Gil die Tüte durchs Fenster in den Wagen,

und er reichte sie an seine Frau weiter. »Gab's Probleme mit Graf Dracula da drinnen?«

»Nein«, sagte ich, weil ich keine Lust hatte, es näher zu erläutern.

»Also gut«, sagte Gil. »Die NAFTA.«

Ich nickte.

»Ganz im Vertrauen?«

»Na klar«, sagte ich.

»Dann stopf ich mir solange die Ohren zu«, sagte Mrs. Desjardins.

»Alles, was du über die NAFTA zu wissen brauchst, mein Junge, ist folgendes: Sie war unvermeidlich. Dein Großvater wird dir sagen, sie sei ein Kompromiß gewesen. Ich sage, sie ist durch stete Aushöhlung entstanden.« Gil hatte fröhliche Fältchen um die Augen. Mir kam der Gedanke, daß ich in ein paar Monaten oder einem Jahr vermutlich auf sein Gesicht hinunterblicken würde, wenn er in Samt gebettet und mit vor der Brust verschränkten Händen dalag. »Die Lobbyisten hatten fünfzig Jahre daran herumgemeißelt. Das Zentrum, politisch gesehen, konnte nicht mehr standhalten, George. Ob Demokraten oder Republikaner, spielt keine Rolle. Das Geld benötigt mehr Geld.«

Ich nickte.

»Verstehst du?«

»Nicht so richtig.«

Gil kicherte und befingerte den obersten Knopf seines schwarzen Pyjamas. »Sieh mal, es ist alles eine große Verarschung. Die Politiker sagten, es ginge um ›freien Handel‹. Blödsinn. Es ging um ›billige Arbeit‹. Die NAFTA hatte das gleiche zum Ziel wie jede andere Deregulierungsmaßnahme in diesem Land, nämlich unter dem Deckmantel des ›American Way‹ die Firmenprofite immer weiter aufzublasen. Gore hat dabei mitgemacht, genau wie alle anderen. Jeder einzelne von denen ist entweder eine Marionette der Wirtschaft oder ein scheinheiliger Heuchler, und alle machen sie die Augen zu und halten die Hände auf. So funktioniert das System. Gore, Bush, sie gehören beide dazu und fahren beide dieselbe Schiene. Steck ihnen einen Vierteldollar in den Hintern, und sie machen den ganzen Tag so weiter. Und sosehr Henry ihn auch verachten mag, es gab tatsächlich nur einen einzigen Kandidaten, der nicht zum System gehörte.« Er zwinkerte mir zu. »Und das war Big Ralph.«

»Big Ralph«, wiederholte Mrs. Desjardins und rollte dabei das R. »Ach, du liebe Zeit!«

Eine meiner ersten Erinnerungen ist die an meine Großmutter, wie sie den Tonarm auf eine zerkratzte 78er von Phil Ochs aufsetzt. Seine Gitarre erklingt, zugleich flach und tief, als säße er auf dem Grund eines Schachts und sänge von dort zu uns herauf:

I dreamed I saw Joe Hill last night,
Alive as you and me.
Says I, »But Joe, you're ten years dead.«
»I never died«, says he.
»I never died«, says he.

Dabei muß ich stets auch an die Kekse denken, die sie gebacken hat, und an das Neue Testament, das wir für meine Leseübungen benutzt haben. Auf der Titelseite des schmalen blauen Buches sehe ich immer noch die winzige Klammer vor mir, in der Grandma mit ihrer gedrängten Schreibschrift hinzugefügt hatte:

DAS NEUE TESTAMENT
UNSERES HERRN UND ERLÖSERS
JESUS CHRISTUS († Jerusalem)

»Es spielt keine Rolle, ob du an Gott glaubst, Georgie, mein Schatz«, sagte meine Großmutter einmal, während sie mir mit einem nassen Waschlappen das schokoladenverschmierte Kinn abwischte. (Niemand außer ihr durfte mich je Georgie nennen, ohne in Lebensgefahr zu geraten.) »Aber du mußt dir unbedingt vor Augen halten, daß Jesus ein echter Mensch war. Du darfst nie vergessen, daß er ein Mann war, den die heutigen sogenannten Christen als Agitator und Kommunisten anprangern würden. Sie haben ihn ermordet, weil er offen liberal war.«

Während der letzten Wochen ihres Lebens wurde meine Großmutter weder kurz vor Toresschluß religiös, noch bat sie um geistlichen Beistand, wenngleich sie bei einer Gelegenheit, als Dr. Vic ihr eine hohe Dosis Morphium verabreicht hatte, die Jesus-Ferrotypie musterte, die zwischen den Fotos von Emma Goldberg und Joseph Hillstrom an der Wand hing. Mein Großvater saß neben dem Bett und hielt ihre Hand. »Immer wenn ich meine Dröhnung bekomme, wird der Jesus so klein, Henry. Ich rechne damit, daß er bald ganz verschwindet.«

Mein Großvater räusperte sich.

»Dann hätten wir mittendrin auf einmal einen weißen Fleck. Was würden wir dann tun, Henry?«

Grandpa lächelte erleichtert, als hätte er bereits darüber nachgedacht, daß Jesus eines Tages dahinschwinden und eine Lücke hinterlassen könnte. »Gore. Was meinst du dazu, Geraldine? Wir könnten ein hübsches Bild von Al Gore aufhängen.«

Grandmas Blick klärte sich, und einen Moment lang war sie wieder die Frau, die im Garten mit mir Fangen gespielt hatte, als ich noch klein war, die mich geneckt und mit mir herumgealbert hatte; die Frau, die rief: »Ist das etwa mein teufelszehiges Enkelkind?«, wenn ich ans Telefon ging; die Frau, die zur Rechten meines Großvaters saß und forderte, die Schwachköpfe aus der Firmenzentrale sollten den Arbeitern gefälligst einen fairen Anteil abgeben, sonst könnten die Direktionsmitglieder sich genausogut ein paar Liegestühle holen und dabei zusehen, wie die Tauben das Skelett des Flugzeugträgers im Trockendock so lange zuschissen, bis es sich komplett weiß verfärbt hatte.

Meine Großmutter drückte Grandpas Hand und warf gleichzeitig mir einen wissenden, heiteren Blick zu. »Glaubst du etwa, dieser läppische Al Gore sei für unsere Sünden gestorben, mein Liebling?«

Und so hatte ein Foto von Al Gore den begehrten Platz zur Linken von Joseph Hillstrom eingenommen, und der Sohn Gottes mußte sich fortan direkt neben den Lichtschalter quetschen.

Als ich am nächsten Tag meinen Platz hinter dem Gewehr einnahm und Grandpa sich auf dem Bett ausstreckte, dachte ich darüber nach, was für ein seltsames Bild die beiden nebeneinander abgaben: der geschniegelte Politiker im dunkelblauen Anzug und der verurteilte Mörder mit dem markanten Gesicht und dem Stehkragen.

Falls du glaubst, daß Al Gore die NAFTA wieder eingeschränkt hätte, lies weiter auf Seite 32. Falls du glaubst, daß Joseph Hillstrom einen Kerl wie Al Gore lächelnd zum Frühstück verspeist hätte, lies weiter auf Seite 44.

Ich wandte den Blick ab und hob den orangefarbenen Vorhang an. Abgesehen von einem einsamen Eichhörnchen, das im Schatten der Hecke gewissenhaft eine Eichel abnagte, rührte sich nichts. Ein leuchtend blauer Pick-up kam um die Kurve und verschwand nach einem Dutzend Metern hinter der Dachkante des Hauses. Ich ließ den Vorhang sinken. Vom Bett her hörte ich den flachen Atem meines Großvaters.

»Grandpa«, sagte ich.

Er antwortete nicht. Er schlief. Vielleicht war es besser so. Ich wollte etwas fragen, es einfach laut aussprechen, nur mal versuchsweise. Er hatte die Hände auf dem Schoß verschränkt.

»Sieht es nicht so aus, als wäre Joseph Hillstrom ... mit der Waffe, der Schußwunde und dieser geheimnisvollen Frau, sieht es da nicht so aus, als ...«

»Nein.« Seine Stimme war klar und entschieden; sie klang, als würde sie direkt hinter meinem Ohr ertönen, und ich zuckte kurz zusammen.

»Nein?«

»Ein Verdacht ist kein Beweis, George. Ein Verdacht ist niemals ein Beweis. ›Jemanden verdächtigen‹ bedeutet, die Dinge so zu sehen, wie man sie sehen will. Es ist eine Ausrede für scharfes Durchgreifen. Bosse tun so etwas, die Cops tun es. Präsidenten tun es. Aber es ist nichts wert.« Seine Hände lagen immer noch auf der Gürtelschnalle, und seine Augen blieben geschlossen.

Und was ist mit Steven Sugar? Was hast Du bei ihm denn außer einem Verdacht? schrieb ich auf meinen Notizblock. Falls mein Sommer der schriftlichen Kommunikation mich eines gelehrt hatte, dann die Tatsache, daß es einfacher war, ein Klugscheißer zu sein, wenn man dazu nicht den Mund aufmachen mußte.

Ich hob die Ecke des Vorhangs und sah einen meerblauen Sportwagen um die Kurve fahren. »Du hast recht, was die blauen Autos angeht«, sagte ich, riß den Zettel ab, knüllte ihn zusammen und steckte ihn ein.

Später an jenem Nachmittag tauschten wir die Plätze, und ich döste auf dem Bett ein. Der Korkenknall des Gewehrs ließ mich hochschrecken. »Oh, verdammt!« fluchte Grandpa.

Wir liefen nach unten und hinaus auf den Rasen.

Das Eichhörnchen lag zuckend im Gras, inmitten einer roten Pfütze. Die Farbkugel hatte es am Kopf getroffen, und sein Hals sah furchtbar verdreht aus, beinahe wie eine Spirale. Die Glieder des Tiers zitterten in dem kleinen Farbtümpel, als wollte es sich aus Sand oder Schlamm freistrampeln, würde statt dessen aber immer tiefer versinken.

Mein Großvater fuhr sich mit der Hand durch das Haar. »Ich habe aus dem Augenwinkel eine Bewegung gesehen, George. Es war ein Reflex.«

Das Eichhörnchen bewegte sich nicht mehr, und etwas später hob ich mit der Pflanzkelle meiner Großmutter hinten im Garten ein Grab aus. Gil kam mit seiner Bonbondose herübergeschlurft. Er drehte einen Joint, aber mein Großvater lehnte ab. »Ich fühle mich beschissen, Gil. Ein Eichhörnchen, um Gottes willen.«

»Damals in Vietnam wurde so etwas als ›Kollateralschaden‹ bezeichnet, glaube ich.«

»Ja«, sagte ich. Damit kannte ich mich aus.

»Oh, Scheiße«, sagte Grandpa. »Verdammte Scheiße.«

Gil zündete den Joint an. In der kühlen Abenddämmerung vermischte sich der Cannabisrauch mit dem herrlich frischen Duft der blühenden Sommerbäume zu einem eigentümlichen Geruch, der stechend und süßlich zugleich war.

Mein Großvater trat die frisch aufgeworfene Erde mit der Schuhspitze fest und schüttelte den Kopf. Seit wir den farbbespritzten Leichnam gefunden hatten, hatte er fast ständig den Kopf geschüttelt.

»Es ist ja nicht so, daß du den Präsidenten erschossen hättest, Henry. Es ist bloß ein simples Eichhörnchen«, sagte Gil.

»Es ist ein übler Wink des Schicksals, das ist es«, sagte Grandpa, ging ins Haus und knallte die Schiebetür zu.

Gil sah mich an und zog eine Augenbraue hoch. Dann beugte er sich vor und streckte mir den qualmenden Joint entgegen. »Auch mal?«

Ich schüttelte den Kopf. Zwar war ich neugierig und nicht allzu gesundheitsbewußt, aber Drogen reizten mich kaum. »Wenn die Leute in meiner Familie high sind, werden sie verhaftet. Oder mit achtzehn schwanger.«

»Oder sie töten Eichhörnchen«, sagte Gil und zwinkerte mir zu, während er den nächsten tiefen Zug einsog.

Als ich den Heimweg antrat, war Grandpa bei laufendem Wasserhahn im Badezimmer und schneuzte sich laut.

5.

Am nächsten Vormittag machten wir eine Erkundungsfahrt im Buick meines Großvaters. Gil lenkte den Skylark in langsamen Schleifen durch das Wohnviertel im Nordteil Ambersons, das aus etwa zwölf Blocks bestand. Ich saß vorn neben ihm und achtete darauf, daß er nicht einnickte. Grandpa saß hinten und hatte das Gewehr unter einer Decke zu seinen Füßen versteckt. Er hoffte, wir könnten Steven Sugar überraschen und ihn mit den eigenen Waffen schlagen.

Die Bewohner der gepflegten Reihenhäuser waren entweder zur Arbeit gefahren oder hatten die Vorhänge ihrer Fenster zum Schutz vor der Hitze zugezogen. Ein paar Rasensprenger schwenkten hin und her, und im Vorgarten irgendeines Sonderlings drehten sich ein paar glitzernde Windrädchen in der schwachen Brise. Ansonsten regte sich kaum etwas außer der flirrenden Luft über dem heißen Asphalt.

»Henry, ist dir eigentlich klar, daß wir uns in unzufriedene junge Schwarze verwandelt haben? Bewaffnete Bandenmitglieder, die ihr Viertel nach Feinden absuchen? Die Parallele drängt sich doch wirklich auf«, sagte Gil, als wir an den Windrädern vorbeifuhren.

Es war jetzt mehr als eine Woche her, daß Steven Sugar in grellem Rosa *KOMMUNISTENLUMP!* über Al Gores Gesicht gesprüht hatte, die bisher längste Pause zwischen zwei Angriffen. Aus Juli war August geworden. Wenn die kleinen Windmühlen sich drehten, streuten sie bunte Sprenkel auf die Straße.

»Versteh mich nicht falsch, das ist keine Beschwerde«, sagte Gil. »Es gefällt mir nämlich irgendwie, ein unzufriedener junger Schwarzer zu sein.« Er zwinkerte mir aus blutunterlaufenen Augen verstohlen zu.

Mein Großvater nahm eine Erdnuß aus der Dose auf seinem Schoß und steckte sie sich in den Mund. Er trug eine Sonnenbrille, wie sie vom Augenarzt bei erweiterten Pupillen verschrieben wurde; zwei hauchdünne orangefarbene Vierecke.

Gil fielen die Augen zu, und sein Kopf sackte nach vorn. Der Skylark driftete nach links. Ich stieß Gil an, und er schreckte hoch. »Du weißt schon, Henry, wie in der Rapmusik. Compton und South Central. Long Beach.«

»Wie bei einem Attentat im Vorbeifahren«, sagte ich.

»Alte Schule«, sagte Gil.

»Das ist nicht das gleiche«, sagte mein Großvater, der sich nicht länger beherrschen konnte.

»Nicht?«

»Wir wollen diesen kleinen Scheißer nicht umbringen. Das ist der Unterschied. Wir schicken ihm bloß eine Botschaft.«

»Die Vorgehensweise ist die gleiche. Es ist ein Anschlag, Henry.«

»Nein, ist es nicht.« Mein Großvater stampfte mehrmals mit dem Fuß auf. »Das ist es nicht.«

Wir fuhren an einem winzigen Spielplatz vorbei, einem Klettergerüst, einer Rutsche, ein paar Bänken und Bäumen. Eine gescheckte Katze lag bäuchlings im Gras und wartete darauf, daß eine der Tauben unvorsichtig sein würde.

»Damals zu Gewerkschaftszeiten«, fing Grandpa an, und ich mußte nach unten auf meine Schuhe blicken, um mein Lächeln zu verbergen. Diese Einleitung gehörte zu den Lieblingsfloskeln meiner Mutter und entsprach in unserer Familie dem verbreiteten »Als ich noch ein Junge war, mußte ich kilometerweit zu Fuß zur Schule gehen ...«.

Falls ich mich über die leistungsschwache Dusche unserer neuesten Wohnung beklagte, reagierte meine Mutter darauf mit einer gekonnten Imitation von Grandpas barscher Stimme: *Damals zu Gewerkschaftszeiten haben wir uns schon glücklich geschätzt, wenn die Schlägertrupps der Firma sich gelegentlich herabließen, unsere Käfigtüren zu öffnen, damit wir uns draußen in den Regen stellen konnten.*

Das Grinsen spielte noch immer um meine Mundwinkel, als ich den Kopf hob und meinen Großvater im Rückspiegel sah. Ein Sonnenstrahl fiel auf sein Gesicht, und die billige Brille wurde für den Bruchteil einer Sekunde durchsichtig. Ich bemerkte, daß die Augen meines Großvaters starr auf mich gerichtet waren, und schaute schnell weg. Wir bogen rechts ab. Die neue Straße sah wie all die anderen aus: Häuser, Rasen und Asphalt.

»Wir haben nie einen Kampf verloren«, fuhr er fort. »Denn wir wußten, daß es ein Kampf war. Wenn ein dahergelaufener Streikbrecher die Linie überschritt, trat er dadurch dem Kind eines anderen direkt ins Gesicht, riß der Frau eines anderen die Kleider vom Leib und brannte sein Haus nieder. Das ist ein gottverdammter Kampf.« Er stampfte abermals auf, und diesmal rutschte ihm die Brille von der Nase und fiel zu Boden.

Er bückte sich und suchte danach. Dann hörte man etwas knistern, gefolgt von einem triumphierenden Grunzen. Grandpa setzte sich auf, und ich sah im Rückspiegel, daß er wieder seine Brille trug. Allerdings waren die dünnen orangefarbenen Folien nun eingedellt, als hätte ihm jemand mit der Faust ins Gesicht geschlagen. Einige Sekunden lang saß er da und atmete schwer.

Als er weitersprach, klang er merkwürdig ruhig. »Ich gebe euch ein Beispiel«, sagte er, und dann erzählte er uns von Tom Hellweg.

Mein Großvater, Henry McGlaughlin, wuchs gemeinsam mit Tom Hellweg in Bangor auf, einer Stadt im nördlichen Teil des Bundesstaats. Sie wohnten in derselben Straße, und einmal brachen sie sich sogar gleichzeitig die Beine, nämlich bei einem Schlittenunfall auf dem Drummond Street Hill, als sie beide dreizehn waren, nur zwei Jahre jünger als ich heute. Die Drummond Street war die steilste Straße der Stadt und verlief vom Ufer des Penobscot River bis hinauf zu der ehemals vornehmen Wohngegend, in der die längst verstorbenen Holzbarone des neunzehnten Jahrhunderts ihre Anwesen errichtet hatten. Das dafür notwendige Vermögen stammte aus der Arbeit unorganisierter Holzfäller.

In einem dieser viktorianischen Prachtbauten, der mittlerweile wie die meisten der großen Villen des vergangenen Jahrhunderts in eine barocke Pension ohne Heizung umgewandelt worden war, lernten die beiden Jungen sich kennen, fünfzig Jahre nachdem man den letzten Baumstamm den Penobscot hinuntergeflößt hatte.

Tom und Henry paßten gut zusammen, und wenn es nur wegen ihrer Väter gewesen wäre: Sie hatten nämlich keine. Tom hatte seinen im Schlamm von Amiens verloren, und geblieben war ihm lediglich die einzelne Gamasche, die man nach Hause geschickt hatte und die nun einen Ehrenplatz auf dem Kaminsims einnahm, gleich unter dem Kruzifix. Henrys Vater war nicht tot, aber der alte Renny McGlaughlin hatte einen Arbeitsunfall an der Dreschmaschine erlitten. Seitdem saß er tagein, tagaus im *Whig & Courier*, nippte schweigend an seinem Dunkelbier und hatte den Beinstumpf auf den Nachbarstuhl gelegt, damit jedermann Bescheid wußte und sich von ihm fernhielt.

Tom und Henry gingen gemeinsam zur Schule, spielten gemeinsam Ball, angelten gemeinsam und stellten Listen der Dinge auf, die sie mit der Beute aus ihren gemeinsam begangenen Banküberfällen kaufen würden. Mit Hilfe zweier

Seilrollen und einer Leine schickten sie Zettel mit Nachrichten zwischen Toms Zimmer im ersten Stock und Henrys Zimmer im Erdgeschoß hin und her, und nachdem sie die Gamasche auf dem Kaminsims mit Osterglocken und Riedgras gefüllt hatten, wurden die beiden nach Mrs. Hellwegs Rückkehr gemeinsam in den Garten beordert und mußten für den jeweils anderen die Rute aussuchen.

Kurz gesagt, die beiden Freunde waren genau die Sorte Jungen, die eines Sonntagmorgens im Februar die lange eisbedeckte Flanke des Drummond Street Hill betrachten und dabei sehen würden, daß es sich nicht etwa um eine Straße handelte, sondern um eine gewaltige, schimmernde schwarze Zunge, die höhnisch und herausfordernd in ihre Richtung ausgestreckt wurde.

Sie zerrten ihren Schlitten hinaus in den gefrierenden Regen und folgten dem Gehweg bis zum Hügelkamm. Die Fahrbahn war mit einer zentimeterdicken Eisschicht überzogen, und die flacheren Abschnitte und Kurven glitzerten bis hinunter zur Valley Avenue.

Eine Weile saßen sie einfach nur da und ließen den beachtlichen Höhenunterschied auf sich wirken. Ihre Hände lagen neben den Kufen flach auf dem kalten Boden. Bis nach unten waren es bestimmt anderthalb Kilometer, vielleicht auch drei, vielleicht fünfzehn. Am Fuß des Hügels strömte knapp hundert Meter hinter dem Ende der Straße der dunkle Penobscot River zwischen verschneiten Ufern entlang und riß zahlreiche Eisbrocken mit sich.

»Weißt du, in Wahrheit hat mein Dad auf diese Weise sein Bein verloren«, sagte Henry und klopfte gegen eine der Schlittenkufen.

Tom wandte sich um und sah ihn an.

»Es wurde ihm direkt unterm Knie sauber abgetrennt.«

Tom biß sich auf die Unterlippe und kratzte sich an der Stirn.

Henry lachte gackernd.

»Na warte«, sagte Tom und stieß sich ab.

Henry schlang beide Arme um Toms Taille, und obwohl er damit rechnete, daß sie ziemlich schnell sein würden, war er nicht auf die rasende Schußfahrt gefaßt. Schon nach wenigen Metern ging der Schlitten praktisch in den freien Fall über. Henry öffnete den Mund, um zu schreien, doch er wurde nach vorn geworfen. Seine Zähne krachten gegen Toms Hinterkopf. Die Bäume beidseits der Straße verschwammen zu einem dunkelgrünen Streifen unter schiefergrauem Himmel, und Henry schmeckte das Haar seines Freundes, seinen Schweiß und sein Blut. Der Wind fegte durch seine Kleidung, seine Jacke blähte sich wie ein Ballon auf. Er flog.

Unten fanden sie sich mehr als dreißig Meter jenseits der Kreuzung von Drummond und Valley inmitten eines Haufens Feuerholz wieder. Toms rechtes Bein hatte sich um Henrys linkes gewickelt, und Blut tropfte in den Schnee. Der Eisregen fiel auf ihre bloßen Köpfe, denn ihre Mützen hatten sich selbständig gemacht oder sich vielleicht sogar in ihre Bestandteile aufgelöst.

»Wir befanden uns eine Meile von zu Hause entfernt, es war unter Null, und wir hatten beide den gleichen Knochenbruch. Ob es weh tat? O ja, und wie.« Grandpa sah mich im Rückspiegel an, öffnete den Mund und wies auf einen verfärbten Schneidezahn. »Und der hier ebenfalls. Er war nicht mehr da, sondern steckte in Toms Hinterkopf. Was meinst du wohl, wie höllisch das geschmerzt hat?«

Und das erste, was Tom sagte, war: »Glaubst du, wir können den Schlitten wieder zusammenbauen? Die Rodelbahn bleibt nicht mehr lange so gut.«

Worauf Henry erwiderte: »Nein, der ist hinüber, aber ich wette, wir können uns einen leihen.«

Dann lehnten die beiden Jungen sich gegeneinander und

humpelten – immer abwechselnd – auf Henrys rechtem und Toms linkem Bein zurück nach Hause.

»Und so bin ich mit diesem Teufelskerl Tom Hellweg noch öfter durch dick und dünn gegangen.«

Später zogen Tom und seine Mutter nach New Hampshire, und Henry hörte zwanzig Jahre nichts von ihm. Dann stand Tom eines Morgens plötzlich vor Henrys Tür und bat ihn um einen Job. Das Band zwischen ihnen war immer noch dermaßen stark, daß Henry keine Sekunde überlegen mußte. »Tom, setz um Himmels willen den Hut wieder auf, wir kommen zu spät zur Arbeit.«

Noch vor Ablauf des Tages hatte Tom Hellweg eine Festanstellung in der Malerwerkstatt, und als die Feierabendglocke ertönte, hatten einige Männer ihren freien Tag bereits dazu genutzt, Toms Frau und den drei Kindern eine Wohnung zu besorgen und ihnen beim Einzug behilflich zu sein.

Tom Hellweg war vorbestraft. Er hatte acht Monate wegen Betrugs im Gefängnis gesessen, weil er Umsiedler aus Quebec mit fingierten Telefonanrufen dazu gedrängt hatte, ihren vermeintlich schwer erkrankten Müttern telegrafisch Geld in die Heimat zu schicken, das dort natürlich nie eintraf. In der einflußreichsten Gewerkschaft von Maine wurden Straftäter normalerweise nicht toleriert, aber Henry McGlaughlin ließ sich davon nicht beeindrucken. Er glaubte, daß jeder eine zweite Chance verdiente, und Tom Hellweg war immerhin der Mann, der ihn einst gestützt und sein Gewicht getragen hatte, als wäre es das eigene gewesen.

Daß der Tom, den er gekannt hatte, zu einem skrupellosen, arglistigen Drückeberger herangewachsen sein könnte, dem es nichts ausmachte, Menschen zu hintergehen, die sich vor lauter Armut Schuhe aus Kartoffeln anfertigen mußten, kam Henry nicht in den Sinn. Ebensowenig ließ er zu, daß sein Freund in seiner Achtung sank, obwohl Tom nicht nur der langsamste Arbeiter der Werkstatt war, sondern zudem wie bei einem Ritual stets zunächst das Wort *FOTZE* auf jedes Brett und jede Tafel malte, die ihm vor den Pinsel kam, und erst dann den Anstrich vollendete. Es zählte einzig und allein, daß die Arbeit erledigt wurde, und irgendeiner mußte schließlich der langsamste sein. Henry sah geflissentlich darüber hinweg, daß Tom zuviel trank und in der Mittagspause so gut wie nie bei den anderen Männern saß. Und wenngleich es ihm schwerfiel, machte er auch dann nicht den Mund auf, als jemand ihm erzählte, die Kinder der Hellwegs würden Zigarettenstummel aus dem Rinnstein aufsammeln und ihrem Vater nach Hause bringen. Manche Männer tranken eben, manche Männer aßen lieber allein, und manche Männer hatten ganz eigene Vorstellungen von der Erziehung ihrer Kinder.

Außerdem war Tom sein Freund, verdammt noch mal. Das war etwas, das man niemals vergaß, ein unbedingtes Gebot des Anstands.

»Es war der Grundgedanke der Gewerkschaft«, sagte mein Großvater.

Gil räusperte sich.

Noch bevor er etwas sagen konnte, kam Grandpa ihm zuvor. »Keinen Mucks, klar? Fahr einfach weiter.«

Nachdem einige Monate vergangen waren, ergab sich eine Situation, die Henry nicht ignorieren konnte. Man berichtete ihm, Tom habe bei zwei Gelegenheiten, jeweils weit nach Mitternacht, andere Arbeiter vergnügt gebeten, ihn von einer örtlichen Bar zur Montagehalle auf dem Gelände des Stahlwerks zu fahren, denn er wolle sich »den Laden mal anschauen«. Tom sagte, er habe vor, sich zu Hause eine eigene Werkstatt einzurichten, und benötige einfach ein paar Anregungen.

Dazu paßte eine Meldung aus der Montagehalle, wo der

Vorarbeiter der Frühschicht mehrmals eine seltsame Unordnung festgestellt hatte. Die herumliegenden Werkzeuge deuteten darauf hin, daß dort nach Feierabend Schweißarbeiten durchgeführt worden waren.

»Wonach sieht das für dich aus, Gerry?« fragte Henry seine Frau, ohne vom Tisch aufzublicken.

»Nach einer heimlichen Schulung«, sagte Geraldine McGlaughlin und holte eine Flasche aus dem Schrank. Dann schenkte sie zwei ordentliche Drinks ein.

Die Ortsgruppe 219 machte gerade eine schwere Zeit durch, denn das Taft-Hartley-Debakel hatte ihr und allen anderen Gewerkschaften des Landes den Boden unter den Füßen weggezogen. Nach fünfzig Jahren mühsam errungener Fortschritte war der Taft-Hartley-Act eine Botschaft an die gesamte Arbeiterbewegung und besagte, daß Roosevelt inzwischen unter der Erde lag und nun wieder die Erben der Familienmonopole das Sagen hatten, gestützt durch die unangreifbare Macht des Kongresses. Im Namen des freien Handels entfernten die Taft-Hartley-Deregulierungen die Kommunisten aus der Bewegung, beschnitten das Streikrecht der Gewerkschaften und sorgten vor allem dafür, daß gewerkschaftlich organisierte Arbeitskräfte nicht länger in die mittlere Managementebene der Betriebe vordringen konnten.

Die einfachen Arbeiter sollten sich ruhig organisieren, schien Taft-Hartley zum Ausdruck zu bringen, aber das hieß noch lange nicht, daß so etwas auch im Rest der Gesellschaft zur Gewohnheit wurde, wo die Männer Krawatten trugen und an Schreibtischen arbeiteten. Das kam auf gar keinen Fall in Frage.

Dieser letzte Punkt hätte eigentlich sicherstellen sollen, daß die Ortsgruppe 219 nichts von der nächtlichen Arbeit in den Werkstätten erfahren würde, denn die Vorarbeiter des Stahlwerks von Amberson gehörten allesamt dem niederen

Management an und verfaßten Berichte für die New Yorker Zentrale. Allerdings ...

Allerdings hatte Henry McGlaughlin bereits bei der Verabschiedung von Taft-Hartley und somit sehr viel schneller als die meisten anderen begriffen, was dieses Gesetz nach sich ziehen würde, und entsprechende Vorkehrungen getroffen. Konkret bedeutete das, daß er im Interesse seiner Wählerschaft sofort damit begann, einer ausgesuchten Gruppe von Vorarbeitern des Stahlwerks einen monatlichen Beweis der Wertschätzung der Ortsgruppe 219 zukommen zu lassen, ein überaus maßvolles Schmiergeld. Außerdem mag es im Jahre 1952 immer noch eine Rolle gespielt haben, daß die Vorarbeiter Henry als einen der Ihren betrachteten, der in der gleichen Gegend wohnte wie sie selbst und nicht in einem New Yorker Apartment, von dessen raumhohen Fenstern aus man den Central Park überblickte und in dessen Badezimmer ein vergoldetes Becken stand, in dem man sich den Arsch waschen konnte.

Oder, wie Gerry es ausdrückte, wenn sie an jedem dritten Montag den Frauen dieser Vorarbeiter einen nachmittäglichen Besuch abstattete und den druckfrischen Zehndollarschein überbrachte, der das Wohlwollen der jeweiligen Ehemänner versprach: »Du weißt doch, Schätzchen, wir sitzen alle im selben Boot.«

Während die Ortsgruppe 219 sich noch gegen den starken Taft-Hartley-Gegenwind stemmte und neue Sicherheitsbestimmungen sowie volle Lohnnebenleistungen für ein Dutzend Teilzeitkräfte einforderte, machte Henry McGlaughlin sich beträchtliche Sorgen: Die *Lewiston Sun-Times* meldete unter Berufung auf mehrere ungenannte Quellen, daß eine Aussperrung unausweichlich bevorstehe.

»Wir [Firmenvertreter] mögen sie [die Ortsgruppe 219] nicht«, sagt eine anonyme Quelle. »Diesen Leuten [den Arbeitern] wurde ein übersteigertes Selbstverständnis eingeredet. Das ist sowohl schlecht für sie [die Arbeiter] als auch schlecht fürs Geschäft. Schließlich führen wir hier keinen sozialistischen Betrieb. Wir haben vor, die ursprüngliche Befehlshierarchie wiederherzustellen. Wir brauchen Arbeiter, die arbeiten und ihre Aufgaben erledigen wollen. Was wir nicht brauchen, sind irgendwelche Jammerlappen, Kommunisten oder andere unerwünschte Subjekte, die von den Gewerkschaften stets mitgeschleift und genährt werden.«

Das alles ließ Tom Hellwegs nächtliche Besuche in der Montagehalle nur um so verdächtiger erscheinen. Es war seitens der Firmen durchaus üblich, im Vorfeld größerer Entlassungswellen einige Leute möglichst umfassend zu schulen, damit die Produktion nicht darunter litt, daß plötzlich einem Teil der Belegschaft gekündigt wurde. Leiden würden allein die Familien der Männer, die ihre Jobs verloren.

Nach einem zweiten Drink in Gesellschaft seiner Frau, diesmal mit ein wenig Eis, machte Henry McGlaughlin sich auf den Weg zu seinem alten Freund Tom Hellweg. Er ging los, um Tom – den Jungen, mit dem er einst die steile Schußfahrt des Drummond Street Hill gemeistert hatte, den Jungen, der Henrys Gewicht getragen hatte, als wäre es das eigene gewesen – zu fragen, was bloß los war.

Oder, wie Henry McGlaughlin es dann formulierte: »Scheiße, was ziehst du hier ab, Tommy?«

Tom stand an seinem Platz in der Malerwerkstatt. Er starrte Henry unter hängenden Lidern an; es war der Blick eines Krokodils, der besagte, daß das Krokodil dich gefressen hätte, falls die karge Mahlzeit eine solche Anstrengung wert gewesen wäre. Dann spuckte Tom einen winzigen Zigarettenstummel zu Boden, den vermutlich seine Kinder aus der Gosse aufgelesen hatten, damit er noch drei Züge davon rauchen konnte.

»Los, red schon, Tommy«, sagte Henry. »Ich habe dir eine Frage gestellt.«

Tom wandte sich zu der Metallplatte um, die er mit roter Industriefarbe besprühte, und schrieb sorgfältig das Wort *HENRY*. Dann schrieb er das Wort *WICHSER* darüber.

»Nein«, sagte Tom. »Ich stelle dir eine Frage, Mr. McGlaughlin: Für wen, zum Teufel, hältst du dich?«

Dann holte sein alter Freund den nächsten schmutzigen Zigarettenstummel aus der Tasche, zündete ihn an, drehte seinem Gewerkschaftsvertreter den Rücken zu und machte sich wieder an die Arbeit.

Von da an wurde bald immer klarer ersichtlich, welch simples Komplott die großen Bosse in New York und Washington ersonnen hatten. Ein solches Vorgehen galt bei diesen Leuten als üblich. Das Stahlwerk von Amberson war für sie lediglich die dritte Zahlenspalte im monatlichen Geschäftsbericht.

Ein paar oberflächliche Nachforschungen ergaben, daß ein Fremder, ein Mann aus Boston, der seine Zigaretten in einem Elfenbeinetui mit sich herumtrug, während der letzten Wochen in den örtlichen Kneipen jede Menge Drinks spendiert hatte. Zu den Trinkgenossen des Fremden hatten mehrere Mitglieder der Ortsgruppe 219 gehört, darunter auch Tom Hellweg.

Nachdem sie dies in Erfahrung gebracht hatten, rief Gerry in dem Hotel in Portland an, wo der Fremde mit dem Elfenbeinetui offenbar wohnte. Sie sprach mit tiefer Stimme und ließ den Portier gar nicht erst zu Wort kommen: »Ich bin Mr. Fink, Leiter der Ostküstenabteilung der Pinkerton Detective Agency, und möchte unverzüglich mit meinem Mitarbeiter sprechen. Ich weiß nicht, unter welchem Namen er bei Ihnen abgestiegen ist. In unserer Branche kann man nie vorsichtig genug sein, denn wir haben ständig mit irgendwelchem Gesindel zu tun. Wie dem auch sei, er rechnet das Zimmer über ein Firmenkonto ab, und ich muß wirklich sofort mit ihm sprechen.«

Der erschrockene Portier blätterte hektisch in seinen Unterlagen. »Meinen Sie Edgar Hallsworthy in Zimmer 16? Oh, halt, warten Sie: Er zahlt sein Zimmer über ein Konto der St. Cloud Detective Agency ...«

»Ganz recht«, fiel Mr. Fink ihm ins Wort. »Stimmt genau. Er gehört zu einem unserer Filialunternehmen. Stellen Sie mich bitte direkt zu ihm durch.«

Der Portier kam der Aufforderung nach, und kurz darauf meldete sich ein Mann mit kultiviertem Akzent. Gerry fragte ihn, ob er vier Hemden in die Wäscherei geschickt habe. »Falsche Zimmernummer, Süße«, entgegnete die fröhliche, gebildet klingende Stimme. »Ich vertraue meine Wäsche doch nicht irgendeinem alten Chinesen an.« Sie entschuldigte sich und legte auf.

»Und?« fragte Henry.

Gerry schüttelte den Kopf und wollte die Gläser nachfüllen, aber die Flasche war leer. Henry versetzte seine Vorarbeiter in Alarmbereitschaft und erhielt bis zum Ende der Woche mehrere Berichte, die den Verdacht erhärteten: In allen Werkstätten war nachts gearbeitet worden, und überall hatte man Werkzeuge und Arbeitsmaterial in Unordnung gebracht.

Der Leiter der Ortsgruppe 219 rechnete die gemeldeten Zahlen hoch und kam zu dem Ergebnis, daß die Firma sich auf einen Streik vorbereitete, indem sie eine Notbelegschaft geschulter Arbeiter zusammenkaufte, die während einer Aussperrung dafür sorgen sollte, daß das Stahlwerk weiterlief.

»Wir haben Streikbrecher, Schatz«, sagte Gerry.

»Also boten wir jedem geständigen Verräter drei Monatsrenten, und für drei weitere Monatsrenten verpfiffen die Ratten ihre Mitverschwörer. Alle außer diesem Hurensohn Tom Hellweg. Die anderen zeigten alle mit dem Finger auf ihn, aber er weigerte sich zu gestehen.«

Gil war mit dem Skylark eine große Runde gefahren und nun wieder bei dem Haus angekommen, in dessen Vorgarten die Windrädchen standen. Es war fast Mittag. Die Stimme meines Großvaters nahm einen monotonen Klang an, als hätte er die Geschichte irgendwann aufgeschrieben und würde sie nun von den Zetteln ablesen. Ich riskierte einen Blick in den Rückspiegel und sah, daß er sich ganz in die Ecke der Sitzbank zurückgezogen hatte, als würde sein schmaler Körper langsam in die Polsterritzen gesogen.

»Also bekam er gar nichts, und das war's dann. Aber Tom wollte es uns immer wieder unter die Nase reiben. Er blieb in der Gegend und schickte seine Familie zum Betteln auf die Straße. Fast jeden Abend klopfte die Frau an unsere Tür und bat um eine weitere Chance, doch wir schickten sie weg. Sie blieben den ganzen Winter hindurch, bis von den Kindern kaum etwas übrig war. Man konnte aus dem Fenster sehen und beobachten, wie der Wind sie die Straße hinaufschob. Aber wir gaben ihnen nichts. Und als Tom schließlich selbst zu uns kam, gaben wir auch ihm nichts. Er weinte, doch auch das machte keinen Unterschied, denn wenn Tom Hellweg weinte, nahm niemand auch nur die geringste Notiz davon. Das hätten unsere Frauen und Kinder sein können. Denn das war ein gottverdammter Kampf.

Und so ist es auch heute noch, darauf will ich hinaus. Diese sogenannten Christen an der Spitze unserer Regierung wollen alles für sich selbst und scheißen auf den Rest der Welt. Wir sind für die nicht mal Menschen. Tja, die sind für mich auch keine Menschen, nun nicht mehr. Tom hat es mir damals eindrucksvoll bewiesen, aber ich hatte die Lektion offenbar nicht gründlich genug gelernt.«

Die Reifen rollten nun dröhnend über Beton. Gil lächelte und blickte unverwandt nach vorn auf die Straße.

Mein Großvater ließ ächzend den Kopf gegen die Rückenlehne sinken und stampfte ein letztes Mal halbherzig auf.

»Weißt du, ich fühle mich beinahe so, als hätte dieser kleine Mistkerl *mich* besprüht. Das alles zeugt beispielhaft von dem erbärmlichen Zustand unserer Nation. Wir alle haben gesehen, was unten in Florida geschehen ist: Ein kleiner elitärer Klüngel wollte nicht, daß die Stimmen ausgezählt wurden, also hat man so lange Lärm geschlagen, bis die Auszählung aufhörte. Ein unverfrorener Haufen Geldaristokraten konnte sich erfolgreich in eine Präsidentschaftswahl einmischen. Die haben uns das Land einfach weggenommen. Wir dürfen uns nicht länger einschüchtern lassen. Ich jedenfalls lasse mir das nicht mehr gefallen.«

Wir warteten darauf, daß er fortfahren würde, aber mein Großvater hatte keine Lust mehr.

6.

Mein Großvater schlief, als wir auf die Dundee Avenue einbogen. Gil hielt an einer roten Ampel, knapp zweihundert Meter vor einem kleinen Einkaufszentrum. Es war ein halbrundes Gebäude und beherbergte eine Filiale der Kraftfahrzeugzulassungsstelle, einen Waschsalon, ein Sportgeschäft und mehrere leerstehende Ladenlokale, in deren Fenstern zahlreiche *Zu vermieten*-Schilder hingen, die im Laufe des langen Sommers ausgeblichen waren und die Farbe von Pergament angenommen hatten.

Vor dem Sportgeschäft hißten zwei Teenager an einem schrägen Mast soeben eine amerikanische Nationalflagge. Die beiden hatten ihre T-Shirts ausgezogen, und einer von ihnen, spindeldürr und leichenblaß, saß auf den Schultern des anderen, der größer und deutlich beleibter war. Der kleinere Junge zog an der Leine, aber sie hing irgendwo fest, und die Flagge blieb auf halbmast. Er hielt inne, um wieder zu Atem zu kommen. Dabei lehnte er sich ein Stück vor und ließ die Schultern hängen, so daß er plötzlich wie ein Affe aussah. Die beiden trugen weite Tarnhosen.

Es dauerte einen Moment, bis mir klar wurde: Das waren Tolson und Sugar.

»Grandpa …«, setzte ich an, aber Gil legte mir eine Hand auf den Arm.

Er hielt sich einen Finger vor die Lippen. »Pst.«

Als wir losfuhren, sah ich, daß Tolson sich ruckartig aufrichtete und Steven Sugar auf den Kopf klopfte. Sugar fuhr herum und machte einen Schritt, als wolle er uns verfolgen. Dann blieb er stehen und spähte hinter uns her. Obwohl ich aus dieser Entfernung seine Augen nicht sehen konnte, spürte ich, wie sein Blick mich durchbohrte. Steven Sugar wirkte größer, als ich ihn aus dem letzten Schuljahr in Erinnerung hatte, irgendwie länger, nach oben gezogen wie die Flagge.

Tolson, der weiterhin auf den Schultern seines Partners saß, hob ein imaginäres Gewehr an die bloße Schulter und visierte uns an.

Wir fuhren um die Kurve, und die beiden verschwanden außer Sicht. Sie wußten Bescheid. Sie kannten meinen Großvater. Sie kannten uns. Kannten mich. Die jähe Erkenntnis war wie die Hand eines Babys, die plötzlich mit winzigen Fingern meinen Magen zusammenquetschte.

Der Skylark überquerte die Hügelkuppe, und auch das Einkaufszentrum verschwand.

»Ich möchte heute auf niemanden schießen, George«, flüsterte Gil. »Das ist doch verrückt. Dein Großvater kann nicht mehr klar denken. Er glaubt, jemand habe es auf ihn abgesehen. Er braucht Ruhe. Vergiß seine *New York Times*, und vergiß Al Gore. Das ist es nicht wert. Wie schon der alte Jude sagte: ›Wir sind alle bloß Figuren in einem großen Spiel.‹«

Er bog in die Auffahrt ein. Grandpa murmelte etwas im Schlaf. Ich stieg aus und holte Gils Gehhilfe aus dem Kofferraum. Dann stützte ich ihn an seinem knochigen Ellbogen, während er sich zittrig auf die Beine mühte.

»All diese Aufregung wegen Politik? Wegen eines Politikers? Wegen Al Gore? Ergibt das für dich irgendeinen Sinn, George?«

In der Mittagssonne wirkten sein kahler Kopf und das runde, glatte Gesicht, als wären sie aus Wachs geformt.

Ich zuckte die Achseln.

Mit zufriedenem Grunzen stützte Gil sich auf das Geländer. »Natürlich nicht. Ich würde es zu schätzen wissen, wenn das unter uns bliebe, aber herrje, ein Mann mit den Überzeugungen deines Großvaters sollte sich freuen, Gore los zu sein. Vier Jahre Bush, und die Leute werden vielleicht genug gelitten haben, um einen Mann mit echten Prinzipien zu wählen. Jemanden mit ein paar Zentimetern mehr in der Hose, wenn du verstehst, was ich meine.«

Er sah, daß ich mich am Kopf kratzte. »Halt, halt«, sagte Gil. »Ich habe nicht das N-Wort benutzt, George, keine Angst. Ich habe nicht Nader gesagt.«

»Doch, jetzt gerade.«

Gil hob einen Finger an die Nase und zwinkerte mir zu.

Als ich ihm zum Gehweg helfen wollte, lehnte er ab. »Geh und kümmere dich um deinen Großvater, George. Ich komme schon klar. Ich möchte nur noch nach Hause, einen Joint rauchen und ein Nickerchen machen. Falls ich einen richtig guten Tag erwische, werde ich vielleicht sogar versuchen, meine Frau zu vögeln, aber das ist auch schon alles.«

Er schlurfte ein paar Schritte und blieb stehen, drehte sich jedoch nicht zu mir um. »Siehst du jemanden?« fragte er.

Ich wirbelte herum und fürchtete, unmittelbar hinter mir Sugar zu entdecken, auf dessen Schultern Tolson wie ein Ungeheuer thronte. Aber die Straße war leer, genau wie die

Zufahrt zum Haus gegenüber. Es war ein heißer, ruhiger Tag, abgesehen von dem fernen Gejohle aus dem Schwimmbad. Und im Buick saß Grandpa und schnarchte.

Ich atmete aus. »Nein.«

»Gut.« Gil fummelte an irgendwas herum, das ich nicht sehen konnte.

»Gil? Alles in Ordnung?«

Statt einer Antwort gab er ein tiefes, langgezogenes Seufzen von sich und fing an, auf den Boden zu urinieren. Ein gelbes Rinnsal folgte einem Riß im Asphalt und floß die Auffahrt hinunter.

Ich harrte nervös aus und wußte nicht, wo ich hinsehen sollte. Falls ein Auto vorbeifuhr …

Gil schien meine Gedanken zu lesen. »George, wenn man in meinem Alter Druck auf der Blase verspürt, kann man nicht lange abwarten, sondern muß sich erleichtern.«

»Ja«, sagte ich und hielt mir vor Augen, daß er starb. Wenn man starb, konnte man vermutlich alles machen, wozu man Lust hatte.

Grandpa schlief immer noch. Ich öffnete die Wagentür, um ihn zu wecken. Er hatte den Kopf in den Nacken gelegt, und sein Mund stand weit offen, so daß sein Atem wie ein feuchtes Rasseln klang. Seine linke Hand lag zitternd auf seinem Schoß, die andere ruhte still auf dem Kolben des IL-47. Vielleicht träumte er friedlich von meiner Großmutter, vielleicht aber auch von Steven Sugar und dessen verblüfftem Gesicht, wenn eine Farbkugel ihn schmerzhaft hinter dem Ohr erwischen und die rote Farbe wie echtes Blut auf sein Haar spritzen würde. Vielleicht träumte er einfach nur von alten Freunden.

Ich dachte daran, wie Gil die Welt sah: als durch und durch verrottet. Bis die Menschen bereit waren, von vorn anzufangen, schienen ein Joint und ein Nickerchen das höchste der Gefühle darzustellen. Mein Großvater hingegen betrachtete das Leben als Krieg, und falls man sich nicht rechtzeitig wappnete und als erster schoß, konnte es leicht dazu kommen, daß dir der Reiseteil deiner *New York Times* geklaut, dein Eigentum mit Farbe besprüht oder ein gelber Stern auf deinen Ärmel genäht wurde. Letztendlich würde man dir alles abnehmen und dir dann eine Schaufel in die Hand drücken.

Es kam mir so vor, als hätte jeder der alten Männer auf seine eigene Weise recht, als wären ihre Ansichten nebeneinander errichtete Bollwerke der unantastbaren Wahrheit. Ich stand breitbeinig auf beiden zugleich. Ich wußte, daß kein Aufbäumen mir zu dem verhelfen konnte, was ich wollte; doch ich wußte auch, daß mir keine andere Möglichkeit blieb, als Widerstand zu leisten.

Ich legte meinem Großvater eine Hand auf die Schulter und schüttelte ihn, bis er aufwachte.

Später verbrachte ich ungefähr eine Stunde in der öffentlichen Bücherei und blätterte die Sonntagsausgaben der *New York Times* durch, die in diesem Sommer erschienen waren. Ich beschränkte mich dabei auf die Reise- und Gesellschaftsbeilagen, denn ich wollte verstehen, wieso Steven Sugar sie gestohlen hatte. Das Sonnenlicht fiel durch die bleigefaßten Fenster neben dem Lesetisch, wärmte mein linkes Ohr und verlieh den bunten Titelseiten einen goldenen Schimmer.

Hier gab es ferne Länder und prächtige Sehenswürdigkeiten zu entdecken; hier wurde vorgestellt, welch neue Lebensweisen die Menschen für sich gefunden hatten, und hier waren die Hochzeitsberichte. Ich folgte den Zeilen mit dem Finger und musterte die Fotos der Landschaften und lächelnden Gesichter, aber das Sonnenlicht lenkte mich ab. Draußen saß ein rothaariges Mädchen mit blauem Oberteil auf einer Bank und las in einem Taschenbuch. Zwischendurch legte sie mit ihrer Fingerspitze zahlreiche Schichten Lipgloss auf. Einer der BH-Träger hing lose von ihrer weißen Schulter herab. An ihrem Hals sah ich Feuchtigkeit glänzen.

Meine Aufmerksamkeit wanderte zwischen der Zeitung und dem Mädchen hin und her, zwischen den Texten und dem Finger, der immer und immer wieder um ihren Mund strich. Später würde ich feststellen, daß ich mich nur noch an zwei Artikel erinnern konnte, die sich, was wenig überraschend war, beide um sexuelle Inhalte drehten: Der erste war ein Reisebericht von Rhodos, der zweite eine Schilderung der Subkultur älterer Swinger.

Der Reisebericht stammte von einem Professor, der nach jeder seiner vier Scheidungen die Insel Rhodos besucht hatte. Er schrieb, er empfinde beim Anblick der gleichnamigen Stadt, der großen verlassenen Wehrtürme und der gewundenen Straßen des alten Viertels eine grenzenlose Traurigkeit. Ein Teil der Bauten war von Kreuzrittern errichtet und später kampflos erobert worden, und es erschien dem Professor tröstlich, daß auch andere engagierte Männer gescheitert waren. Er stellte sich gern vor, die letzten Ritter des Johanniterordens hätten sich auf irgendeine Weise in die unzähligen herumstreunenden Katzen verwandelt, die um alle Ecken strichen, Eiscreme von den Pflastersteinen leckten und auf den Felswänden oberhalb des Nacktbadestrandes in der Sonne dösten. Falls die Schwertträger Gottes sich mit einem so schlichten Vergnügen bescheiden konnten, würde auch er selbst vielleicht wieder lieben können, schrieb der Professor.

Im Gesellschaftsteil las ich einen Artikel, der mich zwar fesselte, mich gleichzeitig aber auch erschaudern ließ. Es ging um die Herausforderungen und Gefahren, die Swingern im vorgerückten Alter drohten. Viagra funktionierte nicht bei jedem, und bei manchen funktionierte es zu gut: Männer verrenkten sich den Rücken; eine Frau schlug mit dem Kopf gegen das Bettgestell, trug eine Gehirnerschütterung davon und litt seitdem an Schwindelanfällen. »Ich weiß nicht so recht, ob ich sexuell erregt oder bloß eigensinnig bin«, wurde ein pensionierter Börsenmakler anläßlich einer Seniorenorgie zitiert. Laut der Beschreibung saß er auf einem Klavierhocker und trug nichts außer schwarzen Strümpfen und Sockenhaltern. »Aber wie dem auch sei«, sagte der Mann. »Es ist schön, unter Gleichaltrigen zu sein. Wir sitzen alle im selben Boot. Niemand hier wird es im Stehen treiben, davon kann man wohl ausgehen.«

Ich wurde schläfrig und warf dem Mädchen da draußen immer wieder verstohlene Blicke zu. Ihr Mund beschäftigte uns alle beide. Ich legte den Kopf auf die Vermählung eines Theaterdirektors mit der stellvertretenden Vorsitzenden einer Bank und fuhr mit der Fingerspitze versonnen über die kühle Bleifassung des Fensters.

Ein lauter Knall unmittelbar neben meinem Ohr ließ mich hochschrecken. Die Beine meines Stuhls ruckten quietschend zurück. Steven Sugar stand mit roten Wangen und großen Augen auf der anderen Seite des Fensters. Seine fleischige Hand lag flach auf der Scheibe, nur wenige Zentimeter von meinem Gesicht entfernt.

Er beugte sich vor, bis seine Nase das Glas berührte. Ich konnte die borstigen schwarzen Stoppeln sehen, die aus seinem Kinn wuchsen, und die Scharen von Sommersprossen unter seinen Augen.

»Kannst du mich hören?« fragte er. Seine Stimme war gedämpft, aber deutlich zu verstehen.

Ja, formte ich mit den Lippen.

»Sprich laut«, sagte Sugar.

»Ja«, sagte ich.

»Ich hab dich bei den alten Knackern im Wagen gesehen. Der alte McGlaughlin ist dein Großvater, nicht wahr?«

Ich nickte.

»Richte ihm aus, daß ich seine Zeitungen nicht geklaut habe.«

»Okay«, sagte ich.

Steven Sugars Nasenlöcher blähten sich auf, und er nickte nachdenklich. Dann wich er einen Schritt zurück, ohne mich aus den Augen zu lassen.

Plötzlich sprang er vor und preßte sein Gesicht an die Scheibe, so daß ihm die rechteckige Tarnmütze vom Kopf fiel. »Sag deinem Großvater, daß ich ihm seine verschissene Hütte unter dem Arsch anzünde, falls er mich nicht in Ruhe läßt.«

Tolson, der Lieutenant, schaute Sugar über die Schulter. Er grinste höhnisch und klopfte gegen das Fenster. »Vielleicht zünden wir auch dein Haus an, du Arschloch.«

»Ich mache ihn zu meinem privaten Vietnam«, sagte Steven Sugar. »Hast du das verstanden, Kleiner? Ich mache euch alle zu meinem privaten Scheißvietnam.«

Ich sagte, ich hätte verstanden.

»He, Arschloch, du bist ganz schwarz in der Fresse«, sagte Tolson und deutete auf seine Wange.

Dann drehten sie sich um und gingen zu ihren Fahrrädern, die an einem Baum lehnten. Sugar blickte zurück, zeigte mir seinen dicken Mittelfinger und stieg aufs Rad. Sie fuhren quer durch den Park zur Straße und verschwanden im Verkehr.

Am Waschbecken der Herrentoilette spritzte ich mir Wasser ins Gesicht und rieb mir die Druckerschwärze von der Wange.

Auf den Stufen vor dem Gebäude blieb ich stehen und blinzelte in die Nachmittagssonne. Nach der kühlen und trockenen Bücherei ließ die drückende Schwüle meine Haut kribbeln. Die Begegnung mit Steven Sugar und seinem Lieutenant kam mir rückblickend wie ein unwirklicher Traum vor, obwohl ich wußte, daß sie tatsächlich stattgefunden hatte.

Ich schirmte meine Augen ab und ließ den Blick durch den Park schweifen, um herauszufinden, ob die beiden mir irgendwo auflauerten. Mir fiel wieder ein, daß Grandpa mich seinen »Handlanger« genannt hatte. Wenn in Mafiafilmen ein Bandenkrieg ausbrach, schickten die Dons einander häufig die toten Handlanger zu, als wären es Briefe. Ich stellte mir vor, wie Tolson auf Sugars Schultern saß und meinen Leichnam an dem Flaggenmast vor dem Sportgeschäft hochzog.

Der Park war leer. Sogar das rothaarige Mädchen mit den Lippen war verschwunden.

»He, du! He, Sexy!«

Die Stimme erklang dicht hinter mir. Ich machte unwillkürlich einen Schritt, und die Sohle meines Turnschuhs rutschte auf dem glatten Marmor weg. Einen Moment lang hing ich halb in der Luft und wäre fast nach vorn gekippt. Sie packte meine Schulter. Ich streckte blindlings den Arm aus, bekam etwas Kleines, Weiches und mit Stoff Bedecktes zu fassen und hielt mich daran fest.

Das rothaarige Mädchen räusperte sich und lachte.

Ich nahm meine Hand von ihrer Brust. Mein Gesicht wurde schlagartig heiß.

»Du hast mich erschreckt«, sagte ich. »Ich hab einfach zugegriffen.«

»Ja, das hast du«, sagte sie.

Ich schaute blinzelnd an ihr vorbei und rang verzweifelt nach irgendeiner Entgegnung.

»Ich bin Myrna Carp«, sagte das rothaarige Mädchen und streckte die Hand aus. »Und du mußt George sein.« Ich schätzte sie auf achtzehn oder neunzehn.

Wir gaben uns die Hände. Ihre war klein und feucht.

»George«, wiederholte sie und schüttelte kichernd den

Kopf. Ich rechnete halb damit, daß sie ein Stöckchen werfen und mir auftragen würde, es zu holen. Wahrscheinlich hätte ich es getan.

Myrnas verschmitztes Lächeln schien zu besagen, daß sie schon vorher wußte, was ich als nächstes tun würde. Und tatsächlich hatte Myrna Carp mir einiges voraus; sie wußte zum Beispiel, wie ich hieß.

»Woher kennst du mich?«

»Ich hab vor einer Weile beim Zentrum für Familienplanung gearbeitet, als Praktikantin deiner Mutter. Emma hat ein Foto von dir auf dem Schreibtisch stehen. In deinem Baseballdreß. Nummer fünfundzwanzig? Tri-City Autoteile? Du hast richtig schick ausgesehen.«

»Ach, weißt du, das Bild ist schon ein paar Jahre alt«, sagte ich.

Myrna lehnte sich ein Stück zurück und betrachtete mich eingehend. Dann lächelte sie auf ihre komisch schiefe Weise, als sei sie zu dem Schluß gelangt, daß ich ein entzückender, aber durch und durch falscher Diamant war.

»Das ist nicht zu übersehen. Du bist ganz schön gewachsen. Und du hattest damals noch keine Koteletten, oder?«

Das war meines Wissens das erstemal, daß jemand die paar schütteren Haare an meinen Schläfen als Koteletten bezeichnete.

»Egal, ich hab dich jedenfalls erkannt. Mann, George, weißt du eigentlich, was für eine tolle Mutter du hast?«

»Ja«, sagte ich und schluckte den Kloß in meinem Hals herunter. »Na klar.«

»Deine Mutter hat mir eine erstklassige Beurteilung geschrieben, was vermutlich der einzige Grund dafür ist, daß ich am Vassar College angenommen wurde. Und sie hat meine verklemmte Mutter dazu überredet, daß ich die Pille nehmen durfte, was vermutlich der einzige Grund dafür ist, daß ich in meinem letzten Jahr an der Highschool niemanden umbringen mußte. Deine Mutter ist ein Kumpel, ein echter Kumpel.« Myrna Carp lachte und fuhr sich mit den Fingern durch das rote Haar. »Meinst du nicht auch?« Etwas in meiner Miene ließ sie zurückrudern. »Na ja, bei dir ist es vielleicht ein wenig anders. Sie ist ja immerhin deine Mutter und so.«

Sie legte eine erwartungsvolle Pause ein. Die Türen hinter uns glitten zischend auf, und ein Mann mit einem Armvoll Bücher kam zum Vorschein. Ein kühler Schwall klimatisierter Luft hüllte mich ein.

»Habe ich dir etwa gerade eben erzählt, daß deine Mutter mir zur Pille verholfen hat?«

Ich nickte.

Sie hielt sich eine Hand vor das Gesicht und spähte zwischen den Fingern hindurch. »Ich habe dich in Verlegenheit gebracht, nicht wahr?«

»Nein, nein«, sagte ich. »Nein, ehrlich.«

Myrna neigte den Kopf und musterte mich.

»Ehrlich«, wiederholte ich. Es klang fast flehentlich.

Ihr Blick wurde milder, blieb aber weiterhin auf mich gerichtet. Als sie sich in den hellen Fleck Sonnenlicht vorbeugte, der zwischen uns lag, wechselte die Farbe ihrer Augen von Grün zu Bernstein. Sie nahm meine Schultern. Dann zog sie mich langsam an ihre Brust und umarmte mich. Ein Moment verstrich. Ich erwiderte die Umarmung. Myrna seufzte. »Die Menschen sollten sich immer auf diese Weise begrüßen«, sagte sie und küßte meine Stirn.

Dann ließ sie mich los, drehte sich um, sprang mit zwei großen Schritten die Treppe hinunter und eilte davon. »Schön, daß wir uns getroffen haben, George! Du bist noch viel niedlicher als auf dem Foto«, rief sie über ihre Schulter hinweg. »Und sag deiner Mutter, wie klasse ich sie finde!«

Ich bin also polydaktyl; ich habe sechs Zehen am rechten Fuß. Das kommt nur bei einem oder zwei von tausend Menschen vor. Es beruht auf einer genetischen Veranlagung und stammt in meinem Fall vom väterlichen Zweig meiner Familie. Als Zeh ist es kaum mehr als ein rosafarbener Auswuchs ganz außen an meinem Fuß. Er sieht wie etwas aus, das herangekrochen ist und sich irgendwie festgesaugt hat; der Nagel ist bloß ein schimmernder kleiner Punkt. Meine Großmutter hat mich oft damit aufgezogen und ihn meinen »Teufelszeh« genannt. Grandpa behauptet, er mache aus mir einen Freak. »Es beweist, daß du einer von uns bist«, sagt er.

Ich habe meine Mutter mal gefragt, ob man den Zeh nicht entfernen lassen könnte. Zu dem Zeitpunkt saß ich auf dem Küchenboden unserer Wohnung in Farmington und hielt ein Stück grobkörniges Sandpapier in der Hand.

Meine Mutter zog fragend eine Augenbraue hoch.

»Ich dachte, ich könnte ihn vielleicht wegschmirgeln«, sagte ich. Ich war damals noch ein Kind, zehn Jahre alt.

»Ach so«, sagte Emma.

Zweimal schmirgeln hatte mir bereits Tränen in die Augen getrieben. Der Teufelszeh war winzig, aber er war fest mit meinem Körper verbunden, daran bestand kein Zweifel.

Sie setzte sich mit übergeschlagenen Beinen zu mir auf das rissige Linoleum und legte mir die Hände auf die Knie. Dann fragte sie mich nach dem Grund, und ich antwortete, das sei doch wohl klar, nämlich wegen meines Vaters. »Ich will nichts von ihm an mir haben.«

Die letzten paar Tage waren hart gewesen. Mein Vater hatte irgendwie unsere Telefonnummer herausgefunden. »Wer spricht da?« hatte er gefragt, als ich beim erstenmal ans Telefon gegangen war. »Bist du das, George? Bist du das? Hier ist dein Vater, dein alter Herr.« Ein Moment verging. Ich brachte lediglich ein Summen über die Lippen. Mein Vater lachte und fing dann plötzlich an zu schluchzen. »Sag doch was, George! Kannst du denn nicht irgendwas zu deinem Vater sagen? Oder bist du dir etwa zu gut dafür?«

Seitdem ließen wir das Telefon einfach klingeln. Manchmal klingelte es zwanzig Minuten lang, und jedes Klingeln klang für mich wie schreiende Stimmen. Ich hatte ins Bett gemacht, weil mir in einem Alptraum ein Mann erschienen war, der statt eines Kopfes ein schimmerndes schwarzes Telefon auf den Schultern trug. Er war wie eine scheußliche Spinne die steinerne Wand eines Brunnenschachts emporgekrabbelt, und ich hatte mich nicht von der Stelle rühren können.

»Ich hasse dieses Ding«, sagte ich und schlug gegen das kümmerliche Anhängsel an meinem Fuß, das bereits wundgescheuert war.

Emma nickte. Ihr Gesichtsausdruck war gütig wie der eines Friedhofsengels, bekümmert, aber voller Zuversicht, daß nun kein Unheil mehr drohte.

»Stell dir mal vor, ein Geburtsfehler sei eine Art Arbeitsunfall«, sagte sie.

»So wie bei Grandpas Vater, als der sein Bein an der Dreschmaschine verloren hat?«

Meine Mutter verdrehte die Augen. »Ja«, sagte sie, »aber ohne all das Blut und Geschrei, mein süßer kleiner Psychopath.«

»Also«, fuhr sie fort, »du ziehst dir bei der Arbeit einen zusätzlichen Zeh zu. Daher wendest du dich an deine Unfallversicherung, denn schließlich bist du gewerkschaftlich organisiert und kriegst Sozialleistungen und so weiter.«

»Na klar«, sagte ich. Mit meinen zehn Jahren war ich im Hinblick auf solche Notwendigkeiten schon gut bewandert.

»Aber deine Verletzung ist anders, George, denn du hast nichts verloren.« Sie sah mich durchdringend an, um die Bedeutung dieser Tatsache zu unterstreichen. »Du hast etwas gewonnen, etwas hinzubekommen. Du bist in keiner Weise benachteiligt.«

»Und wieso wende ich mich dann an die Unfallversicherung?« fragte ich.

Meine Mutter atmete tief durch. »Für Arbeiter, die mit einem zusätzlichen Zeh geboren werden, gibt es eine Sonderklausel«, sagte sie. »Sie bekommen eine Vergütung, obwohl der zusätzliche Zeh sie nicht einschränkt.«

»Das klingt nach einer Überversorgung«, sagte ich. »Falls meine Gewerkschaft nicht aufpaßt, werden die Behörden sich dafür interessieren.«

Sie sah mich an.

»Okay«, sagte ich. »Aber es ist bloß ein Zeh. Das Scheißding ist völlig überflüssig.«

»Es ist eine Gabe«, sagte Emma. »Eine Gabe. Und während du lernst, diese Gabe zu nutzen, erhältst du eine Vergütung. Später wird die Gewerkschaft dir einen anderen Job besorgen, eine Aufgabe, bei der deine besondere Gabe dir zugute kommt.« Sie hielt kurz inne. »Und achte gefälligst auf deine Ausdrucksweise.«

Ich berührte meinen Zeh. Er war ein Witz, ein winziges Knötchen. Er konnte beim besten Willen keine Funktion haben.

»Was für eine Aufgabe?«

Sie zuckte die Achseln. »Wir befinden uns derzeit noch in der Rehabilitationsphase«, sagte sie. »Ich bin übrigens deine Unfallversicherung. Das ist es nämlich ungefähr, was Mütter für ihre Kinder tun. Sie bereiten sie aufs Leben vor.«

Ich musterte meinen Zeh. Er war ein Nichts.

»Du wirst schon sehen«, sagte sie. »Er wird dir noch sehr gelegen kommen.«

Dann sagte meine Mutter: »Ich liebe dich.« Dann sagte sie: »Und er liebt dich auch. Wirklich, er liebt dich.«

Das Telefon fing an zu klingeln, und wir saßen noch eine Weile schweigend auf dem Küchenfußboden.

Zum Zeitpunkt meiner Empfängnis im Jahre 1985 hatte Ty Claiborne eine gute, gewerkschaftlich organisierte Stellung als Filmvorführer in einem Kino in Amberson. Das war natürlich ein maßgeblicher Grund dafür, daß er und Emma McGlaughlin, die Tochter der hiesigen Ortsgruppenleiter Henry und Geraldine McGlaughlin, sich überhaupt kennenlernten. Es war Emmas erster Ferienjob, und Ty Claiborne, groß und breitschultrig und mit dem grüblerischen, gefühlvollen Blick eines viel älteren Mannes, war ihr erster richtiger Schwarm. Er verstaute seine Schachtel Lucky Strike immer im aufgerollten Ärmel seines schwarzen T-Shirts und trug eine riesige Sonnenbrille, als wäre er ein Motorradpolizist. »Ich wünschte, er würde mich mal rechts ranwinken«, erzählte Emma ihren Freundinnen.

Wenn die Filmvorführergewerkschaft nicht eine Woche nach Sommeranfang einen Streik ausgerufen hätte, wäre es vielleicht bei einer Schwärmerei geblieben. Aber die Kinokette stellte der Gewerkschaft ein Ultimatum, und noch im Juni wurden alle Filmvorführer gefeuert. Aus Solidarität kündigte auch Emma prompt ihren Ferienjob und backte eine große Tüte Haschkekse, um ihre Kollegen aufzumuntern.

Ty war zehn Jahre älter, fuhr einen fast neuen Wagen, hatte eine eigene Wohnung gemietet und besaß ausnahmslos jedes Album, das Bob Dylan je aufgenommen hatte, und zwar als *Schallplatte*. Außerdem konnte Ty Claiborne jede Menge Haschkekse verdrücken. In Emmas Jugendzimmer hing ein Poster von River Phoenix gleich neben einem Zeitungsartikel über Woody Guthrie, der mit seiner »This Machine Kills Fascists«-Gitarre posierte. Sie hatte keine Chance. Ty schien die perfekte Mischung aus beidem zu sein: Märchenprinz und Gewerkschafter.

Was Ty Claiborne nicht zu sein schien, war ein Mann mit einem Alkoholproblem. Und er wirkte auch weder wie ein Mann mit einer Kokainsucht noch wie ein Mann, der sehr bald gezwungen sein würde, seine komplette Dylan-Sammlung zu verkaufen, um diese Sucht zu finanzieren. Er sah nicht nach einem Mann aus, der bei der Filmvorführergewerkschaft bereits den dritten Streik mitmachte, der mit seiner Miete drei Monate im Rückstand war und der aus dem mit einem Bild von Minni Maus verzierten Kunstlederportemonnaie seiner siebzehnjährigen Freundin fünf Dollar stehlen würde. Und vor allem schien Ty Claiborne nicht zu den Männern zu gehören, die ein Kondom benutzen würden, das in der Hülle eines gebraucht gekauften Exemplars von *Another Side of Bob Dylan* gesteckt hatte (ein Kondom mit einem deutlich aufgedruckten Verfallsdatum auf der Rückseite: 01.03.66), und die dieses besagte Kondom sogar dann benutzen würden, wenn sie es wochenlang in der Werkzeugtasche mit sich herumgeschleppt hatten, gleich neben den Schraubenziehern und Ahlen, mit denen die Projektoren gewartet wurden. Ty Claiborne war jedoch alles das zugleich, und von meinem Standpunkt aus hatte ich Glück, daß meine Mutter nichts davon wußte.

In den folgenden fünfzehn Jahren erfuhren wir beide dann noch sehr viel mehr über meinen Vater. Dabei ging es zum Beispiel um Konkurse, um Gläubiger, um Entzugsprogramme und um die Kosten von R-Gesprächen zwischen drei und fünf Uhr morgens. Einmal, auf dem Parkplatz vor unserer Wohnung in Blue Hill, lernten wir, daß der ruhige Paul Bagley, ein langhaariger Töpfer, zeitweiliger Narkoleptiker und treuer Anhänger der Grünen, daß ebendieser Paul Bagley in der Lage war, einen unter Drogen stehenden Junkie und Exmann, der zudem mit einem Schweizer Armeemesser herumfuchtelte, mit Hilfe einer Schneeschaufel zu entwaffnen und bewußtlos zu schlagen. Wenig später wußten wir auch, was ein Unterlassungsurteil ist.

Mein Vater entdeckte unterdessen, daß er sich sein Drogengeld mit dem Diebstahl von Autos beschaffen konnte, doch eines Abends in Lewiston merkte er, daß es keine gute

Idee war, ausgerechnet dann das Bewußtsein zu verlieren, wenn man in einem geklauten BMW saß und zum Bestellschalter eines Drive-in-Restaurants rollte. Danach machten meine Mutter und ich die Erfahrung, daß Briefe, die von Insassen eines Hochsicherheitsgefängnisses verschickt wurden, zunächst durch die Hände eines Beamten gingen, der den Text auf Obszönitäten, Drohungen, belastende Äußerungen und sonstige interessante Details prüfte, bevor er den Umschlag wieder zuklebte und den Brief für den Versand freigab.

Und irgendwann im Laufe dieser Zeit erlernte ich ganz von selbst die unentbehrliche Fähigkeit des Wunschdenkens und träumte von einem echten Vater, einem Superhelden, der leider aufgehalten wurde, weil er das Universum retten mußte. Das war die einzige Art von Vater, die ich zulassen wollte, denn nur die Sterne und Planeten waren wichtig genug, ihm vergeben zu können, was er uns alles durchmachen ließ.

Als ich nun nach Hause fuhr und Myrna Carps Studentinnenlippen immer noch auf der Stirn spürte, machte sich in meinem Innern kurz die alte Verzweiflung breit. Ich wußte, daß ich sie nie wirklich losgeworden war. Dieses Gefühl war genauso ein Teil von mir wie der zusätzliche Zeh; es war fest mit mir verbunden.

Ich hielt mir vor Augen, daß es an der Universität unzählige schöne Mädchen gab, die mit meiner Mutter nicht über ihre Empfängnisverhütung gesprochen hatten. An einem Ort wie dem Vassar College, wo auch immer und was auch immer das sein mochte, fielen sie praktisch vom Himmel, davon war ich überzeugt. Ich hätte wetten können, daß man am Vassar College einen Helm tragen mußte, um sich vor all den wunderbaren hinabregnenden Mädchen zu schützen – und vor den Antibabypillen, die wie Hagelkörner zu Boden prasselten. Ich versuchte mir einzureden, daß Myrna Carp mich gemocht hatte.

Es gelang mir nicht, und so radelte ich mit einem Ständer in der Hose und einem allgemeinen Gefühl des Trübsinns die Route 12 entlang. Ich stellte mir vor, wie Myrna Carp nackt vom Himmel fiel und jauchzend auf den breiten Schultern von Steven Sugar landete, wobei ihre weichen Brüste hin und her hüpften. »Laß uns die Flagge hissen, Babe«, sagte Steven. »O ja, bitte!« kreischte Myrna.

Später beim Abendessen wäre ich fast an einem Klumpen Kartoffelbrei erstickt. Ich fing an zu husten und trank ein halbes Glas Wasser, um ihn hinunterzuspülen.

»Alles in Ordnung?« fragte Dr. Vic.

»Hast du jemals eine Bob-Dylan-Platte verkauft?« Ich spuckte ein Kartoffelstück in meine Serviette.

Dr. Vic kratzte sich am Kopf. »Wie bitte?«

Meine Mutter senkte den Kopf und seufzte.

Ich wiederholte die Frage.

Dr. Vic antwortete, das sei ganz gewiß nie passiert. »Weißt du, ich bin mir nicht sicher, ob ich je hip genug für Bob Dylan war.«

»Ja«, sagte ich erleichtert. »Das haben wir uns schon gedacht.«

7.

Dr. Vic räumte seinen Teller weg und verkündete, er werde jetzt zum Bootssteg gehen. Er fragte nicht, ob meine Mutter ihn begleiten wollte, zog mit äußerster Sorgfalt die gläserne Schiebetür hinter sich zu und ging dann mit hängenden Schultern davon. Seine schweren Schritte ließen die Bodenbretter der Terrasse knarren.

Emma blieb sitzen und zeichnete etwas auf ihren Notizblock: eine Karikatur von Bob Dylan, mit dem unglaublichen Afro-Look der sechziger Jahre, der tiefschwarzen Sonnenbrille, der großen Nase und der zweifelnd gerunzelten Stirn. Dann schob sie den Block zu mir herüber.

Ich reckte anerkennend den Daumen hoch. Dann malte ich Dylan ein Lichtschwert in die Hand und verpaßte ihm eine Sprechblase: *LUKE, ICH BIN DEIN VATER.*

Ihr plötzliches helles Lachen überraschte mich. *Möchtest Du mir bei einer geheimen Mission behilflich sein?*

Ja, schrieb ich zurück.

Wir treffen uns beim Wagen. Sie stand auf, klopfte mir auf die Schulter und ging, um ihre Sachen zu holen. Ich wischte mir über die Augen.

Bevor wir losfuhren, verstaute meine Mutter etwas im Kofferraum, und als sie einstieg, sah ich, daß sie einen dunkelblauen Jogginganzug angezogen hatte. Sie reichte mir meinen schwarzen Anorak, und ich streifte ihn über. Das hier fing recht vielversprechend an.

Wir bogen auf die Route 12 ein und fuhren in das stille Amberson. Es war einundzwanzig Uhr an einem Dienstagabend.

Die alten Backsteinbauten der Innenstadt ragten dermaßen würdevoll nebeneinander auf, daß ich mich bei ihrem Anblick immer an die abgetragenen, aber penibel polierten und in gedeckten Farben gehaltenen Oxfordschuhe erinnert fühlte, die im Kleiderschrank meines Großvaters standen. Der Konjunkturrückgang der letzten Zeit machte sich auch hier bemerkbar. Das Schuhgeschäft warb mit *einmaligen Sonderangeboten*, der Laden für Künstlerbedarf führte einen Räumungsverkauf durch, und im Schaufenster des Hippieladens hing ein Jimi-Hendrix-Poster, das mit einer psychedelischen Sprechblase versehen worden war: *Tut uns leid, aber wir haben endgültig dichtgemacht, Leute!* Im Kino von Amberson lief in beiden Sälen ein Film namens *Rat Race* –

Der nackte Wahnsinn; es ging darin um Leute, die zu jeder Erniedrigung bereit waren, um ein Vermögen zu gewinnen (gespielt von Darstellern, die offenbar zu jeder Rolle bereit waren). Der Pfandleihe schien es gutzugehen.

Mir wurde klar, daß mein Leben sich während der letzten Tage auf ein Fenster reduziert hatte, das gerade mal groß genug für das Zielfernrohr des IL-47 gewesen war. Grandpa sollte öfter vor die Tür gehen, bevor hier in der Stadt auch noch der letzte Laden schließt, dachte ich.

Auf dem kleinen Marktplatz fuhren ein paar Rollschuhläufer umher. Ihre weiten Jeans hingen ihnen fast in den Kniekehlen, und ihre Geldbörsen waren an langen klirrenden Ketten befestigt. Sie zogen wacklige Kreise um das Denkmal, auf dem eine zusammengekauerte, kriegsmüde Soldatengruppe an die Gefallenen des Ersten Weltkriegs erinnerte. Am Straßenrand stand ein Streifenwagen mit zwei Beamten, die vermutlich einer Sportübertragung im Radio lauschten. Die Red Sox gingen wohl mal wieder gegen New York unter – oder diesmal vielleicht gegen Oakland.

Mein Blick fiel wie von selbst auf ein Büro im ersten Stock des zehngeschossigen Flachdachgebäudes, das den Platz überragte.

Es war das Büro von Dale Crispin, dem letzten Exfreund meiner Mutter, der von dort aus die örtliche Wochenzeitung *The Amberson Common* schrieb, redigierte und herausgab. Als die beiden noch zusammen waren, hatte ich viele glückliche Stunden dort verbracht, Cribbage gespielt und erstaunt und bewundernd Dales Stimme gelauscht, die melodisch vor sich hin pöbelte.

»Sieht aus, als würdest du jämmerlich abkacken, junger Freund«, hatte er bei einer Gelegenheit zu mir gesagt, nachdem ein geschicktes Manöver ihm beinahe schon den Gewinn der Partie eingebracht hatte.

Aber als er danach ein schlechtes Blatt bekam und ich fast mühelos an ihm vorbeizog, warf er bestürzt die Hände empor und rief: »Heilige Scheiße! Das Glück ist eine miese Hure! Wie kann man nur so einen verfluchten Dusel haben?«

Dale nahm die Karten und fing an zu mischen. Während er sie von einer Hand in die andere schwirren ließ, musterte er mich spöttisch unter dem Schirm seiner zerlumpten Red-Sox-Mütze. Die zwanzig Jahre alte Mütze und der grau gesprenkelte Zweitagebart, der niemals länger oder kürzer zu werden schien, verliehen ihm das ultracoole, gelassene Aussehen eines Kriegsberichterstatters. Dale war mein Lieblingskandidat gewesen.

»Also. Es beschäftigen mich zwei Fragen, mein Freund: Erstens, kann diese verdammte Glückssträhne durch das simple Eingreifen eines Juju-Priesters durchbrochen werden, oder werde ich ein Blutopfer darbringen müssen? Zweitens, glaubst du, daß deine Mutter sich jemals bereit finden würde, einen Mann zu heiraten, der cribbagemäßig dermaßen weit unter ihrem Sohn rangiert?«

Die zweite Frage stand im Raum.

Ich spürte, wie mein Nacken heiß wurde. »Häh?« fragte ich und wäre am liebsten im Boden versunken.

»Ich plappere bloß so vor mich hin«, sagte Dale.

Ich zuckte die Achseln und schnippte gegen den Kopf der Ross-Perot-Wackelfigur auf Dales Schreibtisch. Ross nickte wie ein Idiot. Sag etwas, schrie ich mir innerlich zu, wenngleich ich mir immer noch nicht sicher war, was genau hier vor sich ging.

»Was ist ein Juju-Priester?« fragte ich.

»Gute Finte, Kumpel.« Dale lächelte gequält und setzte mir seine Mütze auf. »Nimm die Karten und gib, du Nutznießer des verräterischen Spielglücks.«

Meine Mutter schrieb etwas und reichte mir dann ihren Block sowie eine kleine Stablampe.

Wir saßen im Wagen und warteten. Emma hatte hinter einem Müllcontainer geparkt, der im rückwärtigen Teil des Parkplatzes gleich neben dem Zentrum für Familienplanung stand. Motor und Scheinwerfer waren ausgeschaltet. Von hier aus konnten wir durch einen senkrechten Schlitz zwischen dem Container und der Gebäudeecke den Bereich vor dem Eingang der Klinik im Blick behalten. Bislang gab es nichts zu sehen. Zwei Bogenlampen erhellten die Zufahrt zum Parkplatz und ließen die Insekten aufblitzen, die über dem trockenen Gras der rautenförmigen Verkehrsinsel kreisten.

Ich nahm den Block und die Lampe und las: *Du mußt eine Weile das Lenkrad übernehmen.*

Ich nickte ihr zu. Soweit ich mich entsinnen konnte, hatten wir in sechs verschiedenen Apartments gewohnt, ferner in einer Doppelhaushälfte, einem Dreifamilienhaus sowie in Rockland für ein paar Wochen im Sommer auf einem viereinhalb Meter langen Boot; ich schlief in der Kabine, meine Mutter in einem aufblasbaren Zelt an Deck. Seit ich groß genug war, mit meinen Füßen die Pedale zu erreichen, hatte ich immer dann hinter dem Steuer unseres Wagens Platz genommen, wenn wir bei einem Umzug in zweiter Reihe hielten und meine Mutter unsere Habe auslud. Sobald jemand mit seinem am Straßenrand geparkten Wagen wegfahren wollte, machte ich ihm Platz.

Es geht um die GLA, nicht wahr? Um diese Uhrzeit schlugen sie meistens zu. *Was hast Du vor?*

Meine Mutter grinste durchtrieben. *Es wird Dir gefallen.*

Ich versuchte mir ebenfalls ein Lächeln abzuringen. Als ich das Fenster herunterkurbelte, stieg mir sofort der Gestank des Müllcontainers in die Nase, also kurbelte ich es wieder hoch.

Auf dem Parkplatz war es windstill. Die Insektenwolke

über der Verkehrsinsel wechselte beständig ihre Größe und Form. Mein Rücken juckte.

Emma schrieb wieder etwas auf den Notizblock.

Woran denkst Du?

Das erforderte eine komplexere Antwort, als meine Mutter vermutlich erwartet hatte. Vielleicht auch nicht. Ich dachte daran, wie schön es war, mit ihr allein zu sein und etwas zu unternehmen, von dem Dr. Vic wahrscheinlich nichts wußte. Und ich dachte, wie kläglich und kindisch es war, so etwas für die eigene Mutter zu empfinden, wenn man in fünf Monaten alt genug sein würde, den Führerschein machen zu dürfen.

Außerdem dachte ich an Dale. Er fehlte mir. Er und die Cribbagepartien in seinem Büro. Auch das war zutiefst und unbestreitbar erbärmlich. Immerhin war er ja kein Superheld. Dale Crispin leitete eine mickrige Zeitung, die dermaßen unbedeutend war, daß man nicht einmal Fisch darin eingewickelt hätte. Dennoch wurde mir ganz seltsam zumute, wenn ich daran dachte, wie er mir diese Frage gestellt hatte, auf die mir aus irgendeinem Grund keine Antwort einfallen wollte.

Ich sah sie an; sie erwiderte den Blick.

Manchmal verblüffte es mich – urplötzlich und ohne jede Vorwarnung –, wie jung sie noch war. Ihr Gesicht unterschied sich nicht wesentlich von dem Gesicht, das mein Vater vor ungefähr sechzehn Jahren gesehen hatte, und womöglich hatte auch er dabei in einem dunklen Wagen neben ihr gesessen. Die Situation hatte nichts Inzestuöses an sich, sondern kam mir eher heilig vor, wie ein magischer Schnappschuß, eine Momentaufnahme jenseits von Zeit und Raum.

Woran denkst Du?

Ich antwortete mit einer Gegenfrage: *Warum hast Du nicht Dale geheiratet?*

Der Strahl zweier Scheinwerfer huschte über die Windschutzscheibe, und ich sah den vertrauten rostigen blauen

Kleintransporter auf den Parkplatz einbiegen. Meine Mutter drückte meinen Arm, öffnete leise die Fahrertür und schlüpfte hinaus in die Nacht.

Der andere Wagen schaltete das Licht aus und kam scheppernd am Bordstein zum Stehen. Die Schiebetür öffnete sich, und drei GLA stiegen aus: zwei Männer, die mehrere Papierrollen trugen, gefolgt von einer Frau mit Bürste und Eimer. Ich erkannte die Frau an der Baseballmütze, deren Emblem weder ein Vereinswappen noch ein Maskottchen, sondern ein glitzerndes Kreuz war. Es handelte sich um die GLA, die bevorzugt auf dem Dach des Transporters stand und den Patientinnen zuschrie, sie sollten »den Hurenmeister verlassen und sich dem Herrn zuwenden«. (Als meine Mutter damals Dale von dieser eigentümlichen Parole und der Kruzifix-Mütze der Frau erzählte, schickte er uns die folgende Kleinanzeige:

Jetzt am Abschlag:
Nr. 69 der Jerusalem Jesusse, die verrückte Schlampe,
gegen den Werfer der Hurenmeister.)

Ich sah im Rückspiegel, daß meine Mutter unseren Kofferraum öffnete, etwas herausnahm und den Kofferraumdeckel mit leisem Klicken wieder schloß.

(Emmas Geschick erstaunte und erschreckte mich. Nur eine Mutter konnte dermaßen geräuschlos sein. Ich faßte den stillen Entschluß, mir nie wieder einen runterzuholen, ohne zuvor auf dem Flur nachzusehen und einen Stuhl unter den Türknauf zu klemmen.)

Gottes Lieblingsarschlöcher verschwanden um die Ecke und außer Sicht. Ich hörte, wie einer von ihnen etwas fallen ließ und fluchte. Sie befanden sich nun an der Eingangstür, dem Ziel ihrer bisherigen Anschläge.

Mein Mutter schlich geduckt um den Müllcontainer herum

und stützte sich daran ab. Ich sah, wie sie tief durchatmete, kurz um die Ecke schaute und sofort wieder zurückwich. Sie wandte sich zu mir um und reckte den Daumen hoch. An ihrer anderen Hand baumelte etwas.

Nun richtete sie sich auf. Ich hielt die Luft an. Meine Mutter ging in aller Seelenruhe quer über den Parkplatz, als wäre es mitten am hellichten Tag und als würden keine drei potentiell gefährliche und mit Sicherheit kriminelle, nach Würmern grabende religiöse Fanatiker in unmittelbarer Nähe lauern. In der Hand hielt Emma eine kleine Plastiktüte, die mir bekannt vorkam. Es war die Tüte, in der ich während der letzten Zeit den Kot der Schlingel gesammelt und sorgfältig in der Gefriertruhe versteckt hatte.

Es versteht sich vielleicht von selbst, aber es gibt im Leben eines jungen Mannes kaum eine großartigere Situation, als die eigene Mutter dabei zu beobachten, wie sie mit einer Tüte gefrorener Hundekacke auf den Kleintransporter einer Gruppe militanter Abtreibungsgegner zuschleicht.

Nach einem Dutzend Schritten erreichte Emma die Rückseite des Wagens. Sie nahm den Türgriff, und ich sah, daß sie die Zähne zusammenbiß. Dann drückte sie den Griff langsam herunter und öffnete die hintere Doppeltür. Meine Mutter schaute sich zu mir um, winkte mir kurz zu, stieg in den Transporter und schloß die Tür hinter sich.

Aus der nächsten Minute wurden zwei, dann drei Minuten. Die kommen gleich zurück, dachte ich und hörte die Worte wie den Refrain eines Liedes. (*Die kom-men gleich zurü-hück. Beeil dich doch gefäl-ligst.*) Zu Beginn der dritten Minute wurde mir klar, daß sie gar nicht zurückzukommen brauchten, weil nämlich eines von Gottes Lieblingsarschlöchern am Steuer sitzen geblieben war, damit sie notfalls schnell abhauen konnten. In diesem Moment stach er vermutlich bereits mit derselben Pflanzkelle auf meine Mutter ein, mit der er normalerweise Köderwürmer ausgrub.

Da öffnete sich eine der hinteren Türen, und meine Mutter stieg vorsichtig aus. Anstatt sofort wegzulaufen, machte sie die Tür leise wieder zu und ließ im Zeitlupentempo den Griff nach oben gleiten. Dann lehnte sie sich mit der Schulter dagegen. Die Tür rastete ein, und Emma ließ los.

Sie drehte sich zu mir um und sah mich quer über den Parkplatz an.

Dann atmete sie aus, warf mir Kußhände zu und verbeugte sich.

Das war meine Mutter.

Es dauerte mehr als zwei Monate, bis Gottes Lieblingsarschlöcher die Tüte voller Hundescheiße fanden, die Emma unter einem Bodenbrett versteckt und dieses dann mit dem Klebstoff fixiert hatte, der sonst dazu diente, die Poster an der Eingangstür der Klinik zu befestigen. Die Feuchtigkeit in der Tüte ließ den Kot im Verlauf des August und September immer wärmer werden und schmelzen. Er vermischte sich mit den Anchovis, die meine Mutter als zusätzliche Würze beigelegt hatte. Es fing als schwacher Geruch an, der zunächst an verschwitzte Turnschuhe denken ließ, und wurde dann stechender und prägnanter, als gäbe es ein Problem mit dem Motor. Schließlich aber explodierte es zu einem widerlichen Verwesungsgestank, der eindeutig von einem toten Tier zu stammen schien – oder gar von einem toten Menschen. Als eine der GLA endlich das Bodenbrett hochstemmte, flog ihr ein Schwarm Insekten direkt ins Gesicht, und sie wurde ohnmächtig. Der Anblick war einfach zuviel für sie und sogar noch schrecklicher als Puppenteile voller Blut.

Emma stieg auf der Beifahrerseite ein, und ich ließ den Motor an. Dann fuhr ich rückwärts an dem Gebäude entlang und herum auf die andere Seite der Klinik, wo ein dreieinhalb

Meter hoher Maschendrahtzaun an den Hang grenzte, der hinunter zur Interstate verlief.

Wir umarmten uns, und ich spürte, daß sie schweißgebadet war und zitterte. Etwa eine Viertelstunde lang saßen wir einfach dort im Dunkeln und mußten immer wieder kichern.

Ihr Mobiltelefon vibrierte. Der Anrufer war Charlie Birdsong; er hatte alles von weitem beobachtet, um bei Bedarf eingreifen zu können.

Charlie meldete, die GLA seien wieder weg. Emma bot an, ihn nach Hause zu fahren, aber er wollte lieber noch bleiben, den Rest der neuen *Glamour* lesen und sich danach um das Poster mit dem toten Baby kümmern. Meine Mutter sagte, er solle nicht die ganze Nacht damit zubringen, sondern möglichst nur den schmierigen Kopf des Fötus abkratzen. »Alles klar«, hörte ich Charlie erwidern. »Es ist eindeutig der schmierige Kopf, der die Leute am heftigsten ausflippen läßt.«

Emma ließ mich zurück zur Straße fahren. Wir sprachen kein Wort. Sie kurbelte das Fenster herunter, und der Wagen füllte sich mit dem herrlichen Geruch der Nacht, dem Duft nach Eichenholz und nassem Rasen.

An einem Stoppschild hielt ich an. Meine Mutter hatte den Notizblock in die Hand genommen.

Warum hast Du nicht Dale geheiratet?

Sie sah mich an und runzelte die Stirn. Dann fuhr sie sich mit der Zunge über die Lippen, als setze sie zu einer Antwort an.

Ich klopfte auf das Armaturenbrett und schüttelte den Kopf. Nicht reden. Noch nicht.

Sie schrieb etwas auf und hielt es für mich hoch. *Komisch, daß Du ausgerechnet dieses Thema ansprichst. Wir haben gerade erst eine Einladung zu Dales Hochzeit erhalten. Übrigens, was glaubst Du wohl, wie sehr Dale unser kleines Abenteuer genossen hätte?*

Ich sah kurz aus dem Fenster. Auf der Hauptstraße sauste ein Bus quer an uns vorbei, erst der Schimmer der Instrumentenbeleuchtung, dann Reihen dunkler Fenster. Vielleicht kam er an, vielleicht fuhr er ab.

Mein Mutter schrieb weiter: *Er heiratet Gail Dahl, die Kunstlehrerin von der Highschool. Du hattest letztes Jahr Unterricht bei ihr, oder? Mrs. Dahl? Nun wohl eher Mrs. Crispin, was?*

Ich streckte den Arm aus und wies auf die ursprüngliche Frage. Mir war nicht bewußt, was für eine Antwort ich eigentlich erwartete, aber es schien plötzlich unglaublich wichtig zu sein.

Im grellen Licht der Straßenlaternen wirkte meine Mutter nicht mehr ganz so jung. Die silberne Haarsträhne glänzte wie poliert. Emma verzog das Gesicht und klopfte sich mit dem Stift gegen das Kinn. *Ich glaube, wir waren noch nicht soweit*, schrieb sie dann.

Ich starrte die Worte an. Ich nahm den Stift. Ich unterstrich ein Wort: *wir*.

Sie nickte und unterstrich es erneut: *wir*.

Ich stieg aus und machte mich zu Fuß auf den Heimweg.

Doch Emma weigerte sich, mich allein zu lassen; es war nach Mitternacht, und sie war immerhin meine Mutter. Der Wagen rollte im Schneckentempo auf dem Seitenstreifen vor mir her, und ich folgte dem Kofferraum. Die Scheinwerfer erhellten die Bäume am Straßenrand, und ich wäre am liebsten verschwunden, verglüht wie ein Funken. Ich wünschte mir, sie würde mich noch einmal kurz im Rückspiegel sehen und sich dann für den Rest ihres Lebens fragen, was wohl geschehen sein mochte, daß ich mich in Luft aufgelöst hatte. Ein Dutzend Mücken umkreiste meinen Kopf, aber ich wollte trotzdem nicht wieder in den Wagen steigen.

Bevor wir auf die Route 12 einbogen und das letzte Stück des Heimwegs anbrach, ging ich zu der rund um die Uhr geöffneten Tankstelle hinüber, um die Mücken loszuwerden. Meine Mutter parkte draußen.

Ich kaufte eine Orangenlimonade, und der Gothic-Kassierer mit der tätowierten Gabel auf dem Adamsapfel bongte den Betrag ein. »Dammit. Janet.« Dann starrte er mich aus dunkel geschminkten Augen erwartungsvoll an.

»Was?« fragte ich. »Ich will bloß die Limo.«

»Bist du nicht neulich mit den alten sexgeilen Säcken abgezischt?« Er kratzte sich die Gabel. »Haben sie dich nicht ins Kino eingeladen, kleiner Mann?«

»Eine Limo«, sagte ich und legte einen Dollar auf den Tresen.

»Damn it«, sagte er und nahm den Dollar. »Janet.«

Ich lief hinaus in die Nacht, und Emma wendete, um auf der Route 12 die Vorhut zu übernehmen. Als wir die Auffahrt des Hauses erreichten, taten mir die Füße weh, und meine nackten Waden waren mit Mückenstichen übersät. Als meine Mutter ausstieg, würdigte sie mich keines Blickes, sondern schaltete lediglich die Alarmanlage ein und ging hinein. Nur aus einem einzigen Grund beendete ich nicht sogleich meine Protestaktion und schrie sie an: Ich war zu müde.

Ein paar Minuten später fand ich irgendwie in mein Bett. Noch bevor die beiden zu streiten anfingen, war ich bereits eingeschlafen.

8.

Am nächsten Morgen hielt Dr. Vic mich zurück, als ich mit den Schlingeln losgehen wollte. »Ich war schon mit ihnen draußen, George«, sagte er. Er saß am Tisch über sein tägliches Kreuzworträtsel gebeugt. »Dabei fällt mir ein, wir sollten es vorerst dabei belassen. Der Spaziergang mit den beiden tut mir gut. Ich kann die Bewegung gebrauchen.«

»Wie Sie wollen, Doc.« Ich nahm meinen Hausschlüssel von dem Haken neben der Tür.

»Da ist ja wieder diese verdammte Frau«, flüsterte er vor sich hin und schrieb *Yoko* oder *Ono* in die Felder. Dann legte Dr. Vic seinen Stift und das Heft mit den Kreuzworträtseln beiseite und stand auf. Die Stuhlbeine scharrten kreischend über den Boden. »Ich setze dich bei deinem Großvater ab. Wir müssen reden.«

»Ich rede nicht mit Fremden«, sagte ich.

Auf der Route 12 holte der BMW mich ein. Dr. Vic verringerte das Tempo, rollte auf den Seitenstreifen und ließ das Fenster herunter. »Bist du sicher, daß ich dich nicht mitnehmen soll?«

»Ich steige nicht zu einem ...«

Dr. Vic lenkte den BMW ruckartig zurück auf die Fahrbahn und gab Gas, so daß der Schotter aufspritzte.

Als ich das Haus an der Dundee Avenue erreichte, traf ich Dr. Vic dort an; er war mit meinem Großvater im Vorgarten und half ihm, Al Gore einen Bart zu verpassen. Dr. Vic tat so, als sei nichts geschehen, begrüßte mich mit einem »Howdy« und redete weiter mit Grandpa. Mein Großvater stand auf einer Milchkiste und malte dem früheren Vizepräsidenten mit einem Filzstift peinlich genau den vieldiskutierten neuen Backenbart an, den der jetzt trug. So mancher Gelehrte hatte öffentlich darüber spekuliert, ob Gore damit womöglich etwas zum Ausdruck bringen wolle und ob dies ein weiteres Anzeichen für seine unerträgliche liberale Gesinnung sei.

»Die lassen dem Mann nicht mal die Ruhe, sich zu pflegen«, sagte mein Großvater. »Also rasiert er sich nicht mehr. Wahrscheinlich hat er Depressionen. Und das mit Recht. Nicht genug, daß sie die Wahl gestohlen haben, jetzt wollen sie ihm auch noch die Würde nehmen.«

Dr. Vic blieb auf dem Rasen und hielt Grandpa am Gürtel fest, damit er nicht abstürzte. »Habe ich das richtig verstanden? Bevor dieser kleine Halunke Ihr Schild verunstaltet hat, hat er Ihre Reisebeilage gestohlen?«

Ich setzte mich auf die Haube des Buick und verschränkte die Arme.

»Damit fing alles an.«

Dr. Vic schüttelte den Kopf. »Was für ein Junge interessiert sich für den Reiseteil der Sonntagsausgabe der *New York Times*? Da stehen bloß Geschichten über Orte, die man sowieso nie besucht, oder noch schlimmer, an denen man schon war, und am Ende des Artikels macht man sich Vorwürfe, daß man all das wirklich tolle Zeug verpaßt hat, weil man als blöder Tourist einfach nicht Bescheid wußte.«

Mein Großvater hielt inne, um eine zerknitterte Zeitschriftenseite aus der Tasche zu ziehen und ein Foto des nunmehr bärtigen ehemaligen Vizepräsidenten zu konsultieren. »Ich finde, er sieht würdevoll aus.«

»Betrachten Sie's doch mal positiv, Henry. Der Junge hat Ihnen die Mühe abgenommen, den Reiseteil eigenhändig wegzuwerfen.«

»Er hat außerdem die Gesellschaftsbeilage geklaut«, sagte Grandpa und klang dabei gereizt. Er widmete sich Gores Wangen und füllte die letzten paar Quadratzentimeter mit Bartstoppeln.

»Tja«, sagte Dr. Vic. »Ich kann schon verstehen, daß man sich über so etwas ärgert.«

Als Grandpa fertig war, stützte er sich auf Dr. Vics Schulter und stieg von der Kiste. Mit einem leisen Ächzen setzte er die Schuhe auf das Gras. Dr. Vic fragte ihn, ob alles in Ordnung sei. »Ja, ja«, sagte Grandpa und schüttelte die Hand des anderen Mannes ab.

Dann traten wir alle hinaus auf die Straße und begutachteten die überarbeitete Tafel:

Albert Gore jr. hat die Wahl des Jahres 2000 mit 537179 Stimmen Vorsprung gewonnen, die Präsidentschaft jedoch um eine Stimme verfehlt. SCHANDE. Der Führer der freien Welt ist ein Mann, der sich unerlaubt von seiner Einheit der Nationalgarde entfernt hat, der durch betrügerische Geschäftspraktiken aufgefallen ist, der jahrelang Alkoholiker war und der geistig Behinderte schadenfroh hinrichten ließ. VERBRECHER. Unsere Nation ist Opfer eines Staatsstreichs, begangen von einer rechtskonservativen Clique, die im Namen der Konjunktur die Umwelt zerstört, im Namen der Lauterkeit Reichtümer anhäuft, im Namen des Patriotismus ihre Kritiker einschüchtert und sich dabei auch noch auf Gottes Wort beruft. FARCE.

Darunter das aktualisierte Porträt von Gore, versehen mit der Bildunterschrift:

DER WAHRE PRÄSIDENT
DER VEREINIGTEN STAATEN.

Gore und sein Bart schauten nach Süden.

Mein Großvater hob die Zeitschriftenseite mit dem aktuellen Foto von Gore, und wir verglichen die beiden Bilder. Meiner Meinung nach war die Zeichnung ziemlich gelungen: Der Bart des einstigen Vizepräsidenten wirkte weich und beinahe zurückhaltend; man ahnte die Locken, die sich bilden würden, falls man ihn lang genug wachsen ließ. Es war der Bart eines weitaus jüngeren Mannes, und er verlieh Al Gores Gesicht einen mürrischen Ausdruck, als würde der Politiker hier vergeblich darauf warten, abgeholt zu werden.

»Gut getroffen«, sagte Dr. Vic.

Grandpa faltete die Zeitschriftenseite zusammen und ging zu der Tafel. Dort zog er einen Lappen aus der Tasche und polierte kurz das Gewerkschaftsemblem in der unteren Ecke, das auf die Druckerei in Providence verwies.

»Noch besser«, sagte Dr. Vic.

»Aha«, sagte Grandpa, brachte aus einer anderen Tasche eine Handvoll Erdnüsse zum Vorschein und fing an, sie zu verspeisen.

»Hören Sie, Sie sollten mit diesen Dingern lieber vorsichtig sein, Henry. Nicht zu viele und nicht zu hastig.«

»Ich will Sie nicht länger aufhalten. Dr. Lipscomb.« Grandpa ging zu dem BMW, der am Straßenrand parkte. Ich gesellte mich zu ihm. »Bitte richten Sie Emma meine Grüße aus.« Er warf mir einen spöttischen Blick zu. »Oder schreiben Sie es ihr. Oder tun Sie, was auch immer die Leute heutzutage tun, um miteinander zu kommunizieren.«

»Mach ich«, sagte Dr. Vic.

Grandpa hielt seinem potentiellen Schwiegersohn die Wagentür auf.

Falls Dr. Vic sich gedrängt fühlte, ließ er es sich nicht anmerken. Nachdem er meinem Großvater die Hand gegeben hatte und eingestiegen war, suchte er in aller Ruhe nach dem Schlüssel. »Und Sie sagen Gil, daß ich ihn grüßen lasse?«

»Sehr gern, Dr. Lipscomb.«

Dr. Vic blickte nicht auf, sondern klopfte seine Brusttasche ab. »Wer ist eigentlich sein Arzt? Und wie geht es ihm? Emma hat gesagt, sie habe den Eindruck, es sei ziemlich ernst.«

»Ich weiß es nicht. Das müssen Sie Gilbert schon selbst fragen. Aber ich schätze, er tut, was er kann.«

»Gewiß tut er das«, sagte Dr. Vic. »Gewiß.«

Mein Großvater beugte sich vor, streckte den Arm durch das Wagenfenster und zeigte auf den Schlüssel. Er steckte im Zündschloß. An ihm baumelte ein Plastikanhänger: ein Zeichentrickpekinese mit Sonnenbrille und einem Surfbrett. »Da.«

»Ah.« Dr. Vic schnippte mit den Fingern. Dann legte er die Hand auf den Schlüssel und lächelte Grandpa an. »Ich muß Sie das fragen: Geht es Ihnen gut, Henry? Sie wirken, ich weiß auch nicht ... ein wenig ausgelaugt.«

Der alte Mann seufzte. Er schob die Hand in die Hosentasche und nahm sich mehr Erdnüsse. Ein paar davon fielen herunter und rollten über den Asphalt.

»Es geht mir gut«, sagte Grandpa und warf sich die Nüsse in den Mund. Er fing an zu kauen und sprach zwischen den einzelnen Bissen und Atemzügen. »Wohlgemerkt, unser Land wird von einem Mann regiert, der sich mit der Verfassung gern den Hintern abwischen würde, mein Recht nach dem Ersten Zusatzartikel wird von einem Angehörigen der örtlichen Hitlerjugend mit Füßen getreten, und alle laufen herum, als wären sie taub, blöd oder blind.« Er breitete die Arme aus, um das Ausmaß der Katastrophe zu verdeutlichen. In seinem Mundwinkel klebte ein Erdnußkrümel. »Aber davon abgesehen ist alles in Ordnung, Dr. Lipscomb. Alles ist prächtig.«

Dr. Vic hielt dem Blick des älteren Mannes stand und nickte. »Und Sie haben Ihre Frau verloren, Henry.«

»Das stimmt«, sagte mein Großvater. »Ich habe meine Frau verloren.«

»Haben Sie jemals in Erwägung gezogen, eine Trauerberatung aufzusuchen?«

»Nein. Haben Sie Bush gewählt?«

»Nein.«

»Haben Sie es in Erwägung gezogen?«

»Ja.«

Mein Großvater nickte. »Nein.«

Dr. Vic zog eine Augenbraue hoch.

»Nein, ich habe es nie in Erwägung gezogen. Zu einem Psychologen zu gehen. Wegen meiner Trauer.«

»Ich kenne einen guten«, sagte Dr. Vic.

Sie lächelten sich einige Sekunden an, doch ihre verkniffenen Blicke verrieten, daß sie nicht unbedingt glücklich waren.

Dr. Vic drehte den Schlüssel herum, und mit dem Motor

erwachte gleichzeitig das rauschende Gebläse der Klimaanlage zum Leben. »Ich muß darauf bestehen, daß Sie endlich anfangen, mich Vic zu nennen.«

»Also gut«, sagte Grandpa. »Vic.« Er klopfte auf das Dach des BMW.

Dr. Vic betätigte den elektrischen Fensterheber. »Ich hole dich um vier Uhr ab, George«, sagte er noch, lächelte mir hinter der Scheibe schmallippig zu und fuhr los.

Nachdem der BMW hinter der Biegung verschwunden war, legte Grandpa mir eine Hand auf die Schulter und hielt sich fest. Ich konnte spüren, daß er zitterte. »Ich muß mich setzen.«

Wir hockten uns hin. Er hielt meine Schulter umklammert, lehnte sich zurück und ließ sich die letzten paar Zentimeter ächzend zu Boden sinken. Ich setzte mich neben ihn.

Der Asphalt hatte sich in der Sonne bereits erwärmt. Grandpa atmete schwer und verschränkte die Finger im Schoß. Ich hob die Hand und wischte den Erdnußkrümel aus seinem Mundwinkel. Er nickte und wiegte sich ein wenig hin und her. Sein Atem klang stockend. Die Sekunden verstrichen und wurden zu Minuten. Ein Wagen fuhr vorbei, dann noch einer, ein Lastwagen, gefolgt von weiteren Autos und Lastern.

Ich fürchtete, mein Großvater könnte in Tränen ausbrechen. Ich hatte nicht die geringste Ahnung, was ich dann tun würde.

»Ich hab bis jetzt noch nie in der Auffahrt gesessen«, sagte ich.

»Ich schätze, es ist einer der Orte, an denen man normalerweise nicht sitzt.«

Seine Stimme klang müde, aber kontrolliert. Mein Großvater ließ den Blick in die Runde schweifen, betrachtete den

Rasen, die Tafel, das vom Boden aus noch größer wirkende hohe weiße Haus. »Tja. Nun kannst du's auf deiner Liste als erledigt abhaken.«

»Meiner Liste?«

»Der alten Dinge-die-ich-vor-meinem-Tod-noch-tun-will-Liste.«

»Du auch«, sagte ich.

»Ich auch«, sagte er mit nachdenklich entrückter Miene. »Weißt du, wessen Liste bestimmt noch mörderisch lang ist?«

»Nein.«

Grandpa deutete in Richtung des Nachbarhauses. »Gilberts.«

»Echt?«

»Er ist ein Hedonist.«

»Was ist das?« fragte ich.

Mein Großvater grinste. »Besser, du weißt es nicht.« Er fing an zu lachen, und dann lief ihm plötzlich eine Träne über die Wange, und er hielt inne. Er hustete mehrere Male und rieb sich die Augen. »Sieh nicht hin«, sagte er, und ich wandte den Kopf ab, während er sich auf den Asphalt schneuzte.

Als wir drinnen waren und hinauf in den ersten Stock gingen, stützte er sich wieder mit festem Griff auf meine Schulter. Auf dem Treppenabsatz legten wir eine kurze Pause ein. Ich konnte die Vibration seines Atems in meiner Brust spüren.

Letzten Herbst hatte mein Biologielehrer Mr. Capers, ein spindeldürrer und leicht reizbarer Dozent, der von der University of Southern Maine an unsere Schule ausgeliehen worden war, im Terrarium der Klasse eine Tarantel namens Boris großgezogen und sich dadurch einige Berühmtheit erworben. Voller Abscheu bewunderten wir die hektische

Gier der haarigen Kreatur, mit der sie sich auf tote Käfer oder papierdünne Fliegenleichen stürzte, sie zerfetzte und verschlang. Sechs Klassen voller Schüler, die alle eine Fütterung sehen wollten, ließen Boris jedoch bald zur Größe einer Faust anschwellen, und nach den Weihnachtsferien lag er tot auf seinem Rücken. Anstatt die tote Spinne zu beseitigen, ließ Mr. Capers sie zur Erbauung zukünftiger Biologieschüler in einen durchsichtigen Kunststoffblock einschweißen und benutzte sie fortan als Briefbeschwerer. Leider muß die Versiegelung des Blocks einen Riß gehabt haben, denn schon bald wurde auf den Plastikwänden Feuchtigkeit sichtbar, und eines Tages brachen Boris' Beine ab. Danach löste die tote Tarantel sich komplett in ihre Bestandteile auf und flog klappernd umher, wenn man den Briefbeschwerer umdrehte. Mr. Capers, den der Unterricht an der Highschool schon nach einem Jahr verbittert hatte, fing an, mit dem Kunststoffblock in der Hand das Klassenzimmer zu durchstreifen. Sobald er einen unaufmerksamen Schüler entdeckte, hielt er ihm drohend die losen Spinnenteile vor die Nase.

Grandpas harte kleine Fingerspitzen ließen mich nun unwillkürlich an Boris' zerbrochenen Leib und vor allem an die streichholzdünnen Beine denken.

»Vielleicht solltest du tatsächlich mal zum Arzt gehen«, sagte ich.

»Das war bloß eine kleine Kreislaufschwäche«, sagte er, ließ meine Schulter los, richtete sich auf und ging allein weiter.

Ich folgte ihm ins Gästezimmer. Er setzte sich an das Fenster mit dem orangefarbenen Vorhang. »Weißt du, ich komme mir hier oben manchmal wie dieser Kennedy-Mörder, dieser Schweinehund Oswald, vor.« Eine seiner Hände fiel ihm in den Schoß. Er drückte sie. »Keine Angst. Es war nicht weiter schlimm, George.«

Mir wurde zum erstenmal bewußt, daß Steven Sugar, sofern er es darauf anlegte, meinen Großvater wirklich töten könnte. Falls er Grandpa in die Finger bekam, könnte er den alten Mann in Stücke brechen. Ich sah es förmlich vor mir, wie Sugar ihn packte, über das Knie legte und durchbrach. Mir fiel ein, wie die Spinnenteile zu einem kleinen Haufen schwarzer Späne und Krümel zusammenrutschten, sobald Mr. Caper seinen Briefbeschwerer zur Seite neigte.

Ich beschloß, Grandpa von dem Zwischenfall in der Bücherei zu erzählen.

Als ich fertig war, grunzte er zufrieden. »Er wird allmählich nervös«, sagte er.

Ich fragte, ob wir die Polizei verständigen sollten.

»›Mein privates Vietnam‹? Das hat er gesagt?« Mein Großvater hob den Vorhang an und warf einen Blick zu der Tafel hinunter. »Na, wer von uns beiden ist jetzt der beleidigte Versager?«

»Was ist mit der Polizei?« fragte ich erneut.

»Was soll mit ihr sein?« Grandpa hob die Hand und ballte sie ein paarmal zur Faust. Alles schien wieder in Ordnung zu sein.

»Er hat gedroht, dein Haus anzuzünden.«

Mein Großvater lachte. »Das kommt mir irgendwie bekannt vor.« Er bildete mit Daumen und Zeigefinger eine Pistole und schoß auf das Foto von Joseph Hillstrom. »Drohen sie nicht immer damit, Joe?«

Einige Minuten später schlief mein Großvater mit dem IL-47 in der Hand ein. Ich breitete eine Decke über ihm aus. Seine Finger blieben fest um die geölten hölzernen Griffschalen geschlossen.

Als ich nach unten kam, traf ich dort Gil an. Er saß vor dem Fernseher und drehte sich aus den Stummeln im

Aschenbecher einen neuen Joint. »Setz dich her, Junge. Was sagt die Uhr?«

Ich schaute zu der Wanduhr. »Mittag?«

Gil zerkrümelte etwas Tabak auf sein Blättchen. »Falsch. Es ist Nacktarschzeit.«

Mehr brauchte ich nicht zu wissen. Ich nahm auf Grandpas Lehnsessel Platz.

Gil war gekommen, um sein Lieblingsprogramm anzusehen, einen obskuren Kabelkanal am Ende der Skala, auf dem kaum etwas anderes ausgestrahlt wurde als eine Reihe namens *Nackte Tatsachen*, die unbekleidete Europäer zum Thema hatte.

In den Monaten nach Grandmas Tod und Gils Krebsdiagnose hatte ich den beiden alten Männern häufig Gesellschaft dabei geleistet, wie sie einen Joint nach dem anderen rauchten und stundenlang *Nackte Tatsachen* sahen. Völlig gebannt hatten wir verfolgt, von welch erstaunlichen Wundern dort berichtet wurde. So gab es beispielsweise in einem Vorort von Zagreb eine Konditorei, in der barbusige Kellnerinnen Gebäck servierten, das wie Brüste geformt war. Eine populäre und umstrittene Garagenband aus Lettland trug bei ihren Auftritten lediglich Lincoln-Bärte. Am Ende jeder Show kam es auf der Bühne zur Massenfellatio, während die Jungs gleichzeitig eine (bemerkenswert gute) Coverversion von *Won't Get Fooled Again* spielten. Andere Folgen drehten sich um nackte spanische Bauern, deren Haut so tief gebräunt war, daß ihre Farbe der von Fotonegativen ähnelte, einen nackten Bürgermeister in Finnland, der andere nackte Leute miteinander verheiratete, und eine wohltätige Nudistenvereinigung, deren Mitglieder in Vaduz mit der Straßenbahn fuhren und alten Leuten anboten, ihnen die schweren Einkaufstaschen nach Hause zu tragen. Es schien so, als würden überall auf der Welt Menschen leben und arbeiten, ohne sich dabei von Kleidung behindern zu lassen.

Die erste Folge des heutigen Nachmittags betraf eine nackte Zirkustruppe, die durch Spanien tourte.

»George?« Gil hielt mir den glühenden Restejoint hin. Er steckte sich eine Hand unter die Achsel und brachte einen saftigen Furz zustande. Er zwinkerte mir zu. »Wenn du aufs College gehst, wirst du froh sein, es schon mal ausprobiert zu haben.«

Das ließ mich wieder an die hübsche rothaarige Myrna Carp mit den weichen Brüsten denken, die aufs Vassar College ging, dank der Pille niemanden umbringen mußte und mich auf die Stirn geküßt hatte. Auf dem Vassar Collage war Hasch bestimmt etwas völlig Alltägliches. Ich dachte außerdem daran, wie sauer meine Mutter sein würde. Mit Hasch fing alles an, und auch bei Ty hatte es so begonnen.

»Ach, was soll's«, sagte ich.

»Das ist die richtige Einstellung«, sagte Gil.

Er verfolgte, wie ich ein paar abgehackte Züge nahm. Dann reichte ich die Kippe an ihn zurück. »Morgens ein Joint, und der Tag ist dein Freund«, sagte Gil kichernd.

Eine dunkelhaarige Kunstturnerin verschaffte mir einen steinharten Ständer, aber danach kam ein Clown, bei dem mir fast übel wurde. Der dürre Mann hatte sich die Eier rot angemalt, und sein bester Trick bestand darin, aus dem Haar der Frauen, die am Rand der Manege saßen, kleine Dildos zum Vorschein zu bringen. Gil saß auf dem Sofa in dichte Qualmwolken gehüllt.

Ich wurde nervös und fing an zu schwitzen. Die Härchen auf meinen Unterarmen richteten sich auf, und das krächzende Gelächter des alten Mannes schien in meinem Kopf widerzuhallen.

»Da möchte man doch am liebsten alles stehen- und liegenlassen und mit dem Zirkus durchbrennen, was?« Der Rauch schien an Gils Kopf zu haften, so wie in einem Gruselfilm Nebel über einem Sumpf schwebte.

»Nein«, sagte ich. »Der Clown ist beschissen.«

»Sieht er nicht irgendwie wie Nader aus? Der Clown, meine ich.«

»Was?«

»Ralph Nader«, sagte Gil. »Stell ihn dir einfach mal ohne Klamotten vor.«

»Das will ich gar nicht«, sagte ich. Nichts lag mir derzeit ferner als Ralph Nader. »Niemals.« Jetzt fühlte mein Gesicht sich erschöpft an. Im Fernsehen lieferte der Clown sich eine alberne Verfolgungsjagd mit einem Löwen, der einen löwengroßen Slip trug.

»Für mich besteht da eine echte Ähnlichkeit«, sagte Gil.

Ich döste ein paar Minuten vor mich hin, schreckte kurz hoch, als Gil den Fernseher ausschaltete und den Raum verließ, und schlief dann richtig ein. Ich träumte von meiner Mutter. Wir saßen wieder am Tisch und schoben uns die Notizblöcke zu, als würden wir ein Gespräch führen, aber unsere Stifte schrieben mit unsichtbarer Tinte. Wir gackerten wie Verrückte und warfen mit Papier um uns. Dann besuchte ich eine Kundgebung vor dem Haus meines Großvaters. Auf dem Podium trat Ralph Nader ans Mikrofon und fing an zu sprechen. Seine Stimme klang ernst, und seine maskengleiche Miene mit den hängenden Wangen war sogar noch ernster. »Liebe Mitbürger, ich habe Sie heute hergebeten, weil unsere Demokratie zu einem Einparteiensystem verkommen ist, das auf Geheiß einer Handvoll monströser Konzerne funktioniert.« Er hielt inne, um der folgenden Aussage Nachdruck zu verleihen. »Und ich habe Sie hergebeten, weil ich mir die Eier rot angemalt habe.« Ich träumte, ich würde auf meinem Fahrrad fahren. Kilometer um Kilometer schlängelte ich mich durch einen Stau, der ausschließlich aus Kombiwagen mit Taxischildern bestand.

Mein Kopf tat weh, und der Uhr nach war es kurz vor vier. Ich ging in die Küche, um mir etwas zu essen zu holen, aber der Kühlschrank enthielt nur Gemüsesaft und Gewürze. In den anderen Schränken fand ich mehrere halbleere Gläser Erdnüsse und ein paar Brühwürfel.

Durch das Fenster über der Spüle konnte ich den Pool sehen. Gil lag nackt auf einer violetten Luftmatratze und schlief. Auf seinem Schoß lag ein aufgeschlagenes Wörterbuch, doch unter den Seiten ragte wie der Kopf eines Maulwurfs die dunkle Spitze seines Penis hervor.

»Um Himmels willen«, sagte ich laut und machte mich dann hastig auf den Weg.

9.

Am Ende der Dundee Avenue versteckte ich mich mit meinem Fahrrad hinter einer Hecke und schlang ein Glas Erdnüsse herunter. Nachdem Dr. Vics BMW vorbeigefahren und hinter der Biegung verschwunden war, stieg ich wieder auf und fuhr einen weiten Bogen nach Süden, der mich auf Umwegen nach Hause bringen würde. In der Nähe der Stadtgrenze machte ich, ohne groß nachzudenken, einen weiteren Abstecher und gelangte in das Viertel, in dem Dale wohnte.

Die unscheinbaren Häuser hier sahen sich alle ziemlich ähnlich und waren entweder weiß oder himmelblau gestrichen. Sie standen entlang einer Reihe kurvenreicher schmaler Straßen, die offenbar den Anschein erwecken sollten, die Siedlung sei nicht am Reißbrett entstanden, sondern natürlich gewachsen. Ich jedoch verlor völlig die Orientierung und kam mir wie in einem Spiegelkabinett vor. Mein letzter Besuch lag eine Weile zurück, und so glaubte ich hinter jeder Ecke ein Haus wiederzuerkennen, nur um im nächsten Moment zu bemerken, daß irgendeine Kleinigkeit nicht stimmte – oder daß ich mich irrte und bloß im Kreis gefahren war. Ich mußte daran denken, wie ich eines Abends aufgeblieben war, um mir eine Neuverfilmung von *Die Dämonischen* anzusehen. Erst später grübelte ich darüber nach, wie die Geschichte wohl weitergehen würde: Was geschah, wenn alle Menschen durch Körperfresser ersetzt waren? Ich meine, was kam dann? Vielleicht würden die Duplikate ja versuchen, so wie wir zu leben, aber nicht genau wissen, wie das im einzelnen ging. Am Ende würden sie dann Siedlungen wie diese hier errichten, in der Dale wohnte. Alles würde exakt gleich aussehen, denn das entspräche ihrer Vorstellung vom Menschsein.

Schließlich fand ich Dales Haus doch noch, aber nur wegen der Silhouette einer schwarzen Katze im Fenster der Garagentür. Ich war bei ihm gewesen, als er den Aufkleber am vorletzten Halloween dort angebracht hatte.

Das Planschbecken im Vorgarten war allerdings neu. In Anbetracht der Hitze der letzten Zeit hatten Mrs. Dahls Kinder sich gewiß gern darin ausgetobt. Die Auffahrt war leer.

Bestimmt spielten Dale und die Kinder hier draußen Fangen, so wie wir früher. Das lag erst ein Jahr zurück. Wenn wir Fangen spielten, machte Dale die vorderen Fenster weit auf und drehte den Fernseher laut, damit wir gleichzeitig das Baseballspiel hören konnten. Meine Mutter, die das Mittagessen zubereitete, schob den Grill in die Auffahrt und sah uns zu.

Ich fischte eine SpongeBob-Figur aus dem Becken, riß ihr die Beine ab und warf die Teile auf den Rasen. Noch im selben Moment tat es mir leid. Ich hob alles wieder auf. Der grinsende schwammförmige Torso des Spielzeugs sah für mich wie ein jämmerliches Wrack aus, nicht zuletzt wegen seiner fröhlichen Miene, aber irgendein Kind hing vermutlich sehr daran.

Ich steckte die Beine wieder auf. Dann legte ich die Figur auf den Rand des Planschbeckens, als würde sie ein lässiges Sonnenbad nehmen.

Vielleicht hatte Dale dem Kind dieses Spielzeug geschenkt. Vielleicht hatte er ihm auch eine Kleinanzeige geschrieben:

Neues Leben: Meeresgeschöpf gesucht!

Meeresgeschöpf benötigt für wunderbares neues Leben. Muß liebenswert, schwammig und bizarr sein. Ferner erforderlich: Erstklassiges Kind, weitere Spielzeuge, scharfe Mutter.

Jetzt nach Hause zu fahren wäre mir wie das Eingeständnis irgendeiner undefinierbaren Niederlage vorgekommen. Ich fuhr zum Flughafen.

Dort am Zaun setzte ich mich unter eine vom Wind gebeugte Eiche und beobachtete, wie die Inlandmaschinen und Privatjets landeten. Sie kamen aus Richtung Süden herein und überflogen die Interstate an immer derselben Stelle, als folgten sie einem unsichtbaren Korridor. Dann glitten sie mühelos über die Landebahn, als würde eine Hand sich in einen Ärmel schieben.

In den Flugzeugen saßen Sommergäste, Urlauber aus Connecticut und New York, die übers Wochenende nach Kennebunkport und Cape Elizabeth fuhren, um dort zu angeln, Jetski zu fahren und Getränkedosen in die Landschaft zu werfen. Eine Woche oder zehn Tage lang würden sie saufen, in den See pinkeln, grotesk überteuerte Antiquitäten kaufen und Hummer essen, bis ihre Plastiklätzchen voller Butter und weißer Fleischfetzen waren. Dann würden sie sich ächzend und sonnenverbrannt wieder in ein Flugzeug zwängen und ganz wild darauf sein, zurück in die Zivilisation zu gelangen.

Als wir in Blue Hill wohnten, hatte Paul Bagley, der Exfreund meiner Mutter, sich sein Einkommen mit Töpferkursen für Touristen aufgebessert – oder für ihre gelangweilten lieben Kleinen, die nun lernten, wie man Kaffeebecher oder andere simple Souvenirs modellierte und brannte. Paul war von Natur aus ein beinahe überirdisch sanftmütiger Mensch und töpferte in seiner Werkstatt meistens kleine Männer, die sich ausruhten, oder irgendwelche dicken Fische mit großen, traurigen Schnurrbärten. Kurz gesagt, er bildete sich in seinen Skulpturen selbst ab: harmlos, anfällig für überaus lange Nickerchen, ein wenig melancholisch und ziemlich bärtig. Bei der alle zwei Jahre stattfindenden Bürgermeisterwahl kandidierte Paul stets pflichtgetreu für die Grünen und erhielt 1994 ganze zwölf Stimmen, darunter nicht mal seine eigene, weil er die Wahl vergessen hatte.

Doch sogar Paul, der einschläfernde und unkritische Paul, der zweihunderteinunddreißig Konzerte der Grateful Dead besucht hatte und jedes einzelne für unerreicht grandios hielt, empfand für die Leute, mit denen er seinen Lebensunterhalt verdiente, nichts als Verachtung. »Jedes Jahr kommen sie wieder und richten nichts als Chaos an«, sagte er eines Abends zu mir, als ich ihm beim Aufräumen half. »Sie versauen meine Brennöfen, und sie versauen meine Vorräte. Ihre Kinder versauen mein Klo. Ich meine, man kann die Brille hochklappen, oder? Ist das denn so schwierig? Du klappst die Brille doch hoch, nicht wahr, George? Natürlich machst du das, aber diese Leute sind komplett anders. Wenn sie fertig sind, sieht's bei mir aus wie nach dem Stones-Konzert in Altamont, nur leider mitten in meiner Werkstatt. Überall nur Trümmer und Dreck.«

»Zahlen sie wenigstens dafür?« fragte ich.

»Klar, sie zahlen«, sagte Paul und bückte sich, um einen breitgetretenen Tonklumpen vom Boden zu kratzen. »Sie bezahlen immer. Das ist ja das Schlimme. Diese Leute glauben, mit Geld ließe sich alles regeln. Für die hat alles und jeder ein Preisschild.«

Ich sah, wie die Reifen eines Learjets mit kurzem Quietschen und einer Qualmwolke aufsetzten. Als die Maschine am Terminal hielt, stieg eine fünfköpfige Familie aus. Alle fünf waren dick und trugen bunte Shorts und Hawaiihemden. Der Sohn der Familie, dessen Leib unter dem weiten gelben Hemd wie ein Haufen Eiskugeln aussah, zerrte an einer Leine einen Cockerspaniel mit sich und trank aus einer Zweiliterflasche Limonade. Der Spaniel kläffte und verspritzte seine Pisse auf dem Rollfeld. Die beiden Piloten des Jets schleppten der Familie einen gewaltigen Schrankkoffer hinterher. Ihre Krawatten flatterten im Wind und schlugen ihnen in die Gesichter.

Kurz darauf verschwanden alle in der Abfertigungshalle. Dann liefen die Piloten zurück zum Flugzeug, um den Rest des Gepäcks zu holen.

Die dicke Familie war eindeutig reich, was bedeutete, daß es sich bei den Leuten vermutlich um Konservative handelte, wahrscheinlich sogar um Republikaner. Das wiederum hieß, daß ihnen entweder alle anderen Menschen egal waren oder daß sie es für unter ihrer Würde hielten, sich schicklich zu benehmen.

Ich stellte mir vor, was für ein selbstsüchtiges Leben diese Sommergäste führten, sobald sie zu ihren Hochhäusern zurückgekehrt waren und die Kinder wieder auf ihre Privatschulen gingen: Ich sah sie auf dem Weg zur Arbeit, wie sie meilenweite Umwege in Kauf nahmen, nur um ja nicht in den Teil der Stadt zu geraten, in dem Schwarze aufeinander schossen. (Daß ich in meinem ganzen Leben höchstens drei Afroamerikaner kennengelernt hatte, schränkte mein Urteilsvermögen selbstverständlich in keiner Weise ein.) Ich sah die Sommergäste in ihrem Mercedes zur Kirche fahren und belauschte ihre stummen Gebete, in denen sie Jesus um niedrigere Steuern anflehten. (Daß ich erst vor wenigen Tagen im Bett gelegen und Gott gebeten hatte, er möge mich irgendeinen Beweis dafür finden lassen, daß Dr. Vic einen Mord begangen hatte, und mir außerdem eine neue Angelrute verschaffen, schien nicht von Belang zu sein.) Ich sah, wie sie beifällig nickten, als der Priester verkündete, Abtreibung sei eine Todsünde, und natürlich stand niemand auf und fragte: »Und was machen wir dann mit all den zusätzlichen Kindern? Wer übernimmt die Kosten?« (Obwohl ich eines dieser zusätzlichen Kinder war, das meine Mutter problemlos hätte abtreiben können, fühlte ich mich den Christen keineswegs verpflichtet. Man durfte das nicht so eng sehen.)

Meine Denkweise unterschied sich womöglich kaum von der jener Leute, die ernsthaft glaubten, sie könnten wegen der Antidiskriminierungsgesetze keine Arbeit mehr finden und es sich wegen der kargen Sozialhilfe nicht leisten, ihre Kinder zum Zahnarzt zu schicken. Ich setzte mir eine einseitig gefärbte Brille auf und fand daraufhin all das bestätigt, was ich ohnehin schon längst gewußt hatte.

Der Grund, aus dem ich das Leben der Sommergäste so deutlich vor mir sehen konnte, war der gleiche, aus dem mein Großvater sehen konnte, was für ein großartiger Präsident Al Gore gewesen wäre: Es mußte einfach wahr sein.

Für Ausnahmen war kein Platz. Es ging darum, wofür diese Leute insgesamt standen und auf welche Weise sie machten, was sie wollten, ohne sich um andere Meinungen zu scheren. Von ihren politischen Ansichten ganz zu schweigen. Ich mochte erst fünfzehn Jahre alt sein und noch bis vor vier Jahren rückhaltlos an den Weihnachtsmann geglaubt haben, doch mir war klar, daß es hier nicht um Al Gore ging. Zwischen Albert Gore jr. und einem Mann wie Henry McGlaughlin, der den Text der *Internationale* auswendig kannte und so sehr mochte, daß er das Lied als eine »Hymne« bezeichnete, die an seinem Grab gesungen werden solle, bestand nicht unbedingt eine ideologische Seelenverwandtschaft.

Steven Sugar beschmierte mit seinen Parolen nicht Al Gore, sondern die Identität meines Großvaters, sein geistiges Zuhause.

Ein Haus wurde bisweilen baufällig: Die Farbe blätterte ab, die Veranda verrottete, die Türöffnungen verzogen sich. Bewohner starben. Trotzdem war dieser Ort immer noch ein Zuhause und bewahrte all die dazugehörigen Erinnerungen, so wie ein verstaubtes Einmachglas die Marmelade des letzten Winters bewahrte. Meinem Großvater blieb keine Zeit mehr, ein neues Heim zu errichten.

»Und was ist deine Ausrede?«

Ich erschrak über meine eigene Stimme. Ich stand am Zaun, hatte die Finger durch den Maschendraht geschoben und starrte den geparkten Learjet an. Die Pisten waren leer, der Himmel ebenso, und die Kiefern am Rand des Rollfelds hatten sich an den Spitzen braun verfärbt.

»Ach, leck mich«, sagte ich zu mir selbst.

Die grell gekleidete birnenförmige Familie kam auf der anderen Seite des Terminals mitsamt ihrem Gepäck wieder zum Vorschein. Der fette Junge zerrte an der Leine seines Hundes; der Hund versuchte das Bein eines Gepäckträgers zu bespringen.

Sie beluden den vordersten Wagen am Taxistand, einen klapprigen Kombi, und stiegen dann selbst ein. Die Tür des Taxis schloß sich mit metallisch-rostigem Knirschen. Der Wagen setzte sich gemächlich ruckelnd in Bewegung. Ich versteckte mich hinter einem Baum und preßte mich dicht an den Stamm, um nicht gesehen zu werden.

Ein paar Minuten später kam Dr. Vic in seinem BMW die Zufahrt herauf. Er hupte und öffnete per Knopfdruck den Kofferraum. Ich wartete eine Weile ab, aber er blieb einfach sitzen, trommelte mit den Fingern aufs Lenkrad und schaute stur nach vorn.

»Ich steige nicht zu einem Fremden ins Auto«, sagte ich.

»George, beweg gefälligst deinen Hintern hierher, ja? Der Wagen ist klimatisiert.«

Ich verstaute mein Fahrrad im Kofferraum und stieg vorn ein.

»He, möchtest du ein Pfefferminz?« Dr. Vic verlagerte das Gewicht und wühlte in seiner Hosentasche herum. Er zog einen zerbrochenen Hundekuchen hervor, gab ein Brummen von sich und suchte weiter, bis er einen Bonbon zum Vorschein brachte. Mit freundlichem Lächeln hielt er ihn mir entgegen.

Ich starrte das Pfefferminz an.

»Dann eben nicht.« Er wickelte den Bonbon aus und steckte ihn sich in den Mund.

Wir fuhren los.

»Woher haben Sie gewußt, daß ich am Flughafen bin?« fragte ich.

Dr. Vic zuckte die Achseln. »Ich dachte mir, du wolltest vielleicht die Flugzeuge beobachten«, sagte er.

»Falsch gedacht«, sagte ich.

10.

Als wir das Haus am See erreichten, wurde es in den umliegenden Wäldern allmählich dämmrig, wenngleich noch einige Stunden Tageslicht blieben. Dr. Vic sagte, er wolle mir etwas zeigen.

»Ich möchte Ihnen auch etwas zeigen«, sagte ich.

»Okay, prima«, sagte er dermaßen erpicht, daß er mir fast leid tat.

Er bat mich, einen Moment zu warten, und als er aus dem Haus zurückkam, hatte er seine Pekinesen dabei. Bei diesem Anblick verbrannte der winzige Funken von Sympathie, der soeben erst in meinem Herzen entstanden war und zaghaft zu glimmen begonnen hatte, unverzüglich zu einem Häuflein Asche.

Dr. Vic ging in Richtung Wald, und seine Hunde liefen voraus. Ich stieg auf mein Fahrrad und fuhr hinterher.

Als Dr. Vic das Quietschen der Kette hörte, wandte er sich um, schnalzte mit der Zunge und kratzte sich unschlüssig die kahle Stelle am Hinterkopf. Für seine Verhältnisse war das ein regelrechter Gefühlsausbruch. »Ich dachte, wir würden einen Spaziergang machen.«

»Ich fahre lieber«, sagte ich.

»Na gut«, sagte Dr. Vic.

Wir bogen auf einen Fußweg ein, der in weitem Bogen um den Lake Keynes verlief, vorbei an hohen Fichten und weißen Birkenstämmen. Überall wuchsen üppige Farne und Beerensträucher. Die Schlingel zerrten winselnd mit aller Kraft an ihren Leinen wie hektische kleine Möpse. Ich fuhr stehend, um auf dem harten und holprigen Untergrund nicht zu sehr durchgeschüttelt zu werden. Durch Lücken im Laubwerk blitzten vereinzelte Lichtstrahlen auf, die von der Wasseroberfläche reflektiert wurden. Es roch schwach nach Grillkohle.

»Die beiden wissen gar nicht, wie klein sie sind, was?« Dr. Vic stolperte den Hunden hinterher und wandte unbeholfen den Kopf, um mir zuzulächeln.

»Die wissen überhaupt nichts«, sagte ich.

»Kann sein«, erwiderte Dr. Vic, wie immer, wenn er sich durch meine Abneigung verletzt fühlte.

Nach einem knappen Kilometer gabelte sich der Weg, und

wir folgten der rechten Abzweigung, weg vom See und in Richtung der Hügel.

»Wie geht es deinem Großvater?« Dr. Vic wandte sich beim Sprechen nun nicht mehr zu mir um.

»Gut.«

»Dieser Sugar ist offenbar ein echter Unruhestifter.«

»Grandpa sagt, er sei bloß ein gewöhnlicher Durchschnittsfaschist.«

»Kann sein.«

Wir gingen ein Stück weiter.

»Was macht ihr beide da drüben eigentlich, George?« Dr. Vic bog einen Zweig zur Seite und sah mich stirnrunzelnd an.

»Gar nichts«, sagte ich und fuhr vorbei. Dann hielt ich an und wartete, daß er wieder vorangehen würde. Er ließ den langen schwarzen Zweig zurückschnellen. »Blödsinn«, sagte Dr. Vic.

»Was soll das denn heißen?«

»Ihr habt doch etwas vor.«

»Wie Sie meinen.« Mir stieg erneut dieser verbrannte Geruch in die Nase, wie von alter Holzkohle.

»Und ich vermute, du wirst mir genausowenig wie deine Mutter verraten, wohin ihr gestern abend gefahren seid?«

»Das vermuten Sie richtig.«

»Hör mal, George. Ich stimme allem zu, was dein Grandpa auf diese Tafel geschrieben hat. Al Gore wurde von hinten mächtig einer reingeschoben, und zwar ohne Gummi.« Er hüstelte. »Es wäre mir lieb, wenn du deiner Mutter gegenüber nicht erwähnen würdest, welche Worte ich gewählt habe, aber du verstehst, was ich sagen will.«

»Klar«, sagte ich. »Ich werde ihr nicht verraten, daß man Al Gore Ihrer Meinung nach in den Arsch gefickt hat.«

Dr. Vic atmete tief durch.

Nach einigen Sekunden fuhr er dennoch fort: »Andererseits wurde ja nun nicht gerade Adolf Hitler ins Weiße Haus gewählt. Sieh mal, Bush ist vielleicht gar nicht so schlimm. Er scheint ein halbwegs anständiger Kerl zu sein. Ich meine, er mag ja vieles sein, aber er ist kein ›Durchschnittsfaschist‹, wie dein Großvater ihn nennen würde. Er ist lediglich ein bißchen ungehobelt, ein Kumpeltyp. Unser Land wird ihn schon überleben.«

Dr. Vic blieb stehen, um die Schlingel hochzuheben. Sie jaulten und sabberten vor Freude. So wie ein Pendler es mit der zusammengerollten Zeitung tun würde, klemmte Dr. Vic sich nun auf jeder Seite sorgfältig einen der wurstförmigen Hunde unter den Arm, ging in die Hocke und kroch unter einem niedrigen dicken Ast hindurch. Ich stieg ab und lehnte mein Fahrrad an einen Baum.

»Also, was auch immer ihr beiden im Schilde führt, macht bitte keine Dummheiten. Und stellt ja nichts Gefährliches an.«

Ich kroch hinterher. »Oder was?«

Der Pfad wurde durch eine schlammige Senke unterbrochen. Die Schlingel stürzten sich sogleich in den Dreck und tollten winselnd darin herum. Dr. Vic deutete auf einen bemoosten Baumstamm im Unterholz. Er nahm ein Ende, ich das andere. Wir schoben den Stamm über die Senke und benutzten ihn als Brücke. Dr. Vic stieß die Hunde mit einem Zweig an; sie rannten voraus durch das Gestrüpp. Offenbar kannten sie den Weg.

»Nun?« fragte ich. »Oder was?«

»Gibt auch dein Großvater mir die Schuld an Gerrys Tod?«

Grandmas voller Name hatte kaum auf den Grabstein gepaßt: *Geraldine Sarah Niven McGlaughlin*. Und darunter stand: *Ehefrau, Mutter, Arbeiterin, »Klagt nicht! Organisiert euch!«, 1928–2000.*

»Nein, tut er nicht. Ich übrigens auch nicht. Das hab ich bloß gesagt, um Emma eins auszuwischen.«

Er ging ein paar Meter, bevor er antwortete. »Ich bin erleichtert. Ich mag deinen Großvater. Und dich mag ich auch, George.« Ich hörte das verräterische Schnalzen seiner Zunge. »Ich halte dich nicht für bösartig, aber das war eine ziemlich niederträchtige Äußerung, auch wenn du sie nicht so gemeint hast. Du hast damit sowohl mir als auch deiner Mutter weh getan. So etwas darfst du nicht machen.«

»Ich kann machen, wozu ich Lust habe«, sagte ich.

Schweigend legten wir die letzten vierhundert Meter zurück. Dann stießen wir auf eine Lichtung, auf der das verrostete Wrack eines alten Studebaker-Lasters stand. Der Boden unter dem Fahrzeug war eingesunken, als würde der Studebaker sich nach und nach selbst begraben. Aus der leeren Ladefläche wuchs ein junger Baum empor, und von den Sitzen waren nur noch die Metallrahmen übrig. Ganz in der Nähe lagen ein Haufen geschwärzter Steine und verkohlte Äste, die frischen Überreste eines Lagerfeuers.

»Prima, was?«

»Klar«, sagte ich. »Prima.«

Er setzte sich auf das Trittbrett des Studebaker und klopfte auf die Stelle neben sich. Ich tat so, als hätte ich es nicht bemerkt, schlenderte zu dem Lagerfeuer und trat einen der Steine weg. Dann steckte ich mir eine Hand unter die Achsel und ließ ein paar laute Fürze ertönen, so wie Gil es mir beigebracht hatte.

Dr. Vic nickte. Unter seinen Armen und an seiner Bauchfalte hatten sich dunkle Schweißflecken gebildet, und schon wieder hielt ich es beinahe für möglich, so etwas wie Sympathie für ihn zu empfinden. Er war ein rundlicher Mann, sanft und ungeschickt, schon teilweise ergraut und mit beginnender Glatze. Und ein fünfzehnjähriger Junge machte ihm beständig das Leben schwer. Ich schätzte, er hatte langsam genug davon. Ich vielleicht auch.

»Vor ein paar Jahren bin ich zufällig auf diesen Laster gestoßen. Einfach so, bei einem Spaziergang. Plötzlich stand dieses erstaunliche Relikt vor mir, an einem ziemlich unmöglichen Ort. Es hat mich nicht mehr losgelassen, George, und ich habe viel darüber nachgedacht, wie der Studebaker wohl hergekommen sein könnte. Weißt du, der nächstgelegene Zufahrtsweg für die Feuerwehr ist anderthalb Kilometer entfernt. Das heißt, wer auch immer durch den Wald gefahren ist, wurde heftig durchgerüttelt. Was bedeutet, daß der Wagen anfangs in recht gutem Zustand gewesen sein muß.«

Die Hunde lagen glücklich hechelnd zu seinen Füßen. Er streichelte ihnen die Köpfe. »Daraus ergeben sich für mich nur drei denkbare Szenarien: Erstens, der Laster gehörte Alkoholschmugglern. Irgendein alter Gangster ist blindlings von der Straße abgebogen, kam hier angesaust, hat Wagen und Fusel zurückgelassen und ist zu Fuß in die Hügel geflohen.«

Ich stellte mir einen hageren Schwarzbrenner mit Overall, Gummistiefeln und bleistiftdünnem Schnurrbart vor, wie er hier durch das Unterholz rannte, mit einer Hand seinen Strohhut festhielt und mit der anderen eine abgesägte Schrotflinte umklammerte. Er warf verzweifelt einen Blick über die Schulter und verschwand in einem Kiefernwäldchen.

»Das gefällt dir, was?« Dr. Vic grinste mich an.

Ich zuckte die Achseln, konnte aber nicht umhin, ebenfalls ein wenig zu lächeln.

»Okay, weiter. In meiner zweiten Geschichte kommt ein Mann vor, ein Ehemann und Vater, der komplett die Nase voll hatte. Ihm stand es bis hier, und er sagte: ›Scheiß drauf. Mein Job, meine Frau, meine Kinder, das kotzt mich alles total an. Ich hau ab.‹ Dieser Typ ist bis hierher tief in den Wald gefahren, damit niemand den Wagen finden würde.

Dann ist er zu Fuß zur Straße gegangen, per Anhalter weitergefahren und nie mehr zurückgekehrt.«

In meinem Kopf hörte ich den dumpfen, schmerzlichen Knall, mit dem ein Lackschuh auf eine längst verschwundene Radkappe traf, als der Mann, dem alles egal geworden war, seinem alten Leben einen letzten Tritt verpaßte. Er humpelte davon und zog dabei den Fuß wie eine Schlange hinter sich her.

»Aber« – Dr. Vic hob die Hand – »keine dieser beiden Möglichkeiten erscheint mir vollständig überzeugend, George, und ich will dir auch den Grund verraten. Zunächst mal würde ein Schmuggler, ein Krimineller, seinen Laster hier draußen allenfalls verstecken, aber wohl kaum dauerhaft entsorgen. Dafür wäre er viel zu gierig. Und ein Mann, der seine Familie im Stich läßt und sich aus der Verantwortung stiehlt, würde vermutlich nicht mal daran denken, seinen Wagen loszuwerden. Wieso auch? Ein solcher Kerl hat kein Gewissen, also warum sollte er sich schämen und versuchen, seine Tat zu verbergen? Nein, ich bin mir fast hundertprozentig sicher, daß unser Mann sich einfach in den Laster setzen und wie vom Teufel gehetzt losfahren würde, damit er einen guten Vorsprung hat und noch ein paar weitere Leben zugrunde richten kann.«

»Okay«, sagte ich, hockte mich neben die Feuerstelle und nahm geistesabwesend eine verkohlte Pappschachtel in die Hand, die Verpackung eines Feuerwerkskörpers oder einer Leuchtpatrone. Ich sah den Gangster und den entflohenen Ehemann an einem anderen Lagerfeuer sitzen, irgendwo tief in den Hügeln. Es war eine sternenlose Nacht, und die Schatten der Flammen züngelten hektisch über die zerklüftete Wand einer Schlucht. Die Männer hielten jeder einen Stock mit einer aufgespießten dampfenden Wurst in der Hand und beäugten einander mit wölfischem Grinsen.

»Was mich zu einem dritten und meines Erachtens dem

wahrscheinlichsten Szenarium bringt. Hörst du mir zu, George?«

Dr. Vics breites, weiches Gesicht war nun ernst. Ich fragte mich, ob er in genau diesem Tonfall auch mit seinen Patienten sprach, wenn er ihnen mitteilte, daß sie unheilbar erkrankt waren und daß die schwarzen Ranken, die sich in ihren Körpern ausbreiteten, weder durch chirurgische Eingriffe noch durch eine Chemotherapie bezwungen werden konnten. Ich sah ihn an und nickte, bereit für seine Diagnose.

»Meiner Meinung nach ist folgendes geschehen: Der Besitzer dieses Lasters war zu Beginn vielleicht nur etwas eigenbrötlerisch, aber im Laufe der Zeit hat irgend etwas ihn immer mehr zermürbt. Ich weiß nicht, was es war, Pech im Beruf, Pech in der Liebe oder irgendein anderer Rückschlag. Keine Ahnung. Was auch immer es gewesen sein mag, tief im Innern hatte der Mann schreckliche Angst, und als dann etwas in seinem Leben sich änderte, kam er nicht mehr damit klar. Das, was er am meisten fürchtete, war direkt vor seiner Nase. Also beschloß der Typ auf einmal, niemandem mehr zu vertrauen. Und er zog sich mehr und mehr zurück. Er versteckte sich. Er härtete ab. Und weißt du was?«

Ich zerdrückte die Pappschachtel und ließ die Asche durch meine Finger rieseln. »Nein«, sagte ich.

»Es spielte keine Rolle. Die anderen Menschen konnten ihn immer noch sehen. Da machte der Einzelgänger sich auf die Suche nach einem Zufluchtsort und fand diese Stelle im Wald, die außer ihm niemand kannte. Aber hier hatte er kein Dach über dem Kopf, richtig? Was mich zu dem ersten Gedanken bringt, der mir über diesen Kerl in den Sinn gekommen ist: Ich dachte, ›Was wäre, wenn jemand den Laster hier Stück für Stück hergebracht hätte?‹ In Hunderten oder Tausenden von Teilen. Von den kleinsten Schrauben über die Spiegel und Reifen bis zum Motor. Und dann hat er das ganze verfluchte Ding hier mitten im Wald wieder zusammengebaut.

Was für eine unglaubliche Anstrengung, nicht wahr? Doch gleichzeitig ist es ein absolut perverses und sinnloses Werk. Der Lastwagen ist hier draußen nutzlos. Hier im Wald ist er nicht besser als eine Höhle.

Und daher versuchte ich mir auszumalen, was für eine Art von Person aus lauter Angst wohl dermaßen viel Energie verschwenden würde, bloß um sich nicht an irgendwelche neuen Umstände anpassen zu müssen. So bin ich auf meinen Einzelgänger gekommen, und so ist meiner Ansicht nach der Laster an diesen Ort gelangt. Er hat ihn hergetragen, ein trauriges kleines Stück nach dem anderen.«

Plötzlich herrschte Stille, und ich begriff, daß Dr. Vic mit seiner Geschichte fertig war.

»Was ist dann passiert?« fragte ich.

Er zuckte die Achseln. »Ich weiß es nicht. Vielleicht hat er hier gesessen, bis er gestorben ist. Vielleicht ist er nach Hause gegangen.«

»Glauben Sie denn nicht, daß die anderen Leute es bemerkt hätten, wie sein Laster Stück für Stück verschwand. Vor allem nachdem der Typ den Motor und die Türen weggeschafft hatte.«

»Natürlich«, sagte Vic. »Sie haben es ganz bestimmt bemerkt.«

»Hätten sie denn nichts unternommen?«

»Vermutlich haben sie es versucht, aber falls jemand unbedingt sein Eigentum demontieren will, kann man ihn kaum davon abhalten, oder?« Dr. Vic stand auf und atmete tief durch. »Wir sind spät dran«, sagte er.

»Wollen Sie behaupten, ich würde lieber alles niederreißen als mich anpassen? Glauben Sie das, Dr. Vic? Tja, womöglich werden manche Dinge nicht grundlos auseinandergenommen, sondern weil sie nicht funktionieren. So ist es auch bei uns, Dr. Vic. Bei Ihnen und mir. Zwischen uns funktioniert es einfach nicht.« Bei den letzten Worten überschlug sich meine Stimme, doch davon abgesehen blieb ich standhaft und starrte ihn in Grund und Boden.

»Du kannst dir denken, was immer du willst, George.« Er klopfte einmal heftig gegen die verrostete Tür des Studebaker. Dann hielt er seine Hand hoch und blies sich den roten Staub von den Knöcheln. »Ich habe lediglich davon gesprochen, daß vor vielen Jahren ein komischer Kauz hergekommen ist und beschlossen hat, ein vollkommen einwandfreies Fahrzeug zu zerlegen.«

Beim Abendessen fiel Dr. Vic ein, daß ich gesagt hatte, ich wolle ihm ebenfalls etwas zeigen. »Was war es denn?« fragte er.

Meine Mutter und ich hielten uns auch beim Essen an unsere Vereinbarung und sprachen nicht miteinander. Allerdings lagen Block und Stift griffbereit neben unseren Tellern, fast als gehörten sie zum Gedeck.

Das hier, schrieb ich und zeichnete einen Pfeil, der auf mich zeigte. Dann schob ich den Block zu ihm herüber.

Er las die Nachricht und sah mich an.

Ich hob langsam meinen Mittelfinger.

Dr. Vic zog eine Augenbraue hoch. Einen Moment lang herrschte absolute Stille, in der man weder das Klirren des Bestecks noch das Ticken einer Uhr hörte. Dann machte sich auf dem Gesicht des großen Mannes ein mächtiges Grinsen breit. Er erhob sich halb von seinem Stuhl, beugte sich mit ausgestrecktem Arm über den Tisch und hielt mir nun seinen fleischigen Mittelfinger dicht vor die Nase. Ich zuckte unwillkürlich zurück und lehnte mich nach hinten. Dr. Vic verharrte in dieser Haltung, zeigte beim Grinsen sämtliche Zähne und ließ den Finger mehrere Sekunden dort vor mir schweben.

Meine Mutter gab ein leises Geräusch von sich, als würde Luft aus einem Fahrradschlauch entweichen. Dann stand sie auf und verließ den Raum. Dr. Vic setzte sich wieder und aß einfach weiter. Ich saß da und ließ den Blick umherschweifen – von den Fenstern, die hinaus aufs Wasser wiesen, hin zu dem Eakins-Druck, auf dem Männer durch Licht und Schatten ruderten –, schaute aber wie ferngesteuert immer wieder zu Dr. Vic. Er blieb unbeirrt, schnitt seelenruhig ein Stück nach dem anderen ab, streute Salz und Pfeffer darauf und kaute dann jeden Bissen gründlich durch. Als er den Teller geleert hatte, erhob er sich abermals halb von seinem Platz, und ich zuckte wieder zusammen. Er aber ignorierte mich, nahm die Schüssel und gönnte sich einen Nachschlag. Ich sprang auf und ging nach oben.

Etwas später rief mein Großvater an und wollte mit meiner Mutter sprechen. »Zieh heute abend lieber den Kopf ein«, sagte er zu mir, bevor ich das schnurlose Telefon weiterreichte.

Meine Mutter sprach mit ihm in der Küche. Ich lauschte an der Tür und bekam ein paar Gesprächsfetzen mit. Offenbar äußerte mein Großvater irgendeine Ahnung. Meine Mutter sagte, er solle nicht so neugierig sein. Dann fragte sie, was er und ich den ganzen Sommer gemacht hätten. Grandpas Ahnung kam trotzdem noch mehrmals zur Sprache, und meine Mutter klang allmählich verärgert. Schließlich legte sie auf, ohne sich mit dem üblichen »Ich hab dich lieb« zu verabschieden.

Danach hörte ich, wie mehrere Schubladen aufgerissen und wieder zugeschlagen wurden. Emma kam aus der Küche zum Vorschein, warf mir einen kurzen Blick zu, runzelte die Stirn und ging nach draußen. Ich sah, daß sie ein kleines Buch mit Kunststoffumschlag in der Hand hielt.

Durch die Glastür konnte ich Dr. Vic im Schein der Außenbeleuchtung auf der Terrasse sitzen und ein Bier trinken sehen. Winzige Insekten umkreisten seinen Kopf. Er blickte von seinem Kreuzworträtsel auf und stellte fest, daß meine Mutter geradewegs auf ihn zumarschierte. Sie hielt das Büchlein, ein Scheckbuch, behutsam zwischen Daumen und Zeigefinger, als wäre es etwas Dreckiges.

Um das nun folgende Gespräch zu belauschen, brauchte ich mich nicht sonderlich anzustrengen; das Geschrei meiner Mutter drang mühelos durch das Glas, und Dr. Vics verlegener Protest wirkte dank seiner tiefen Baßstimme nur um so verschämter. »Halt, immer langsam. Du verstehst das völlig falsch. Er war nicht meine erste Wahl, Emma. Ich wollte mir bei einigen Leuten im Krankenhaus, die für die Kapitalbeschaffung zuständig sind, nur alle Optionen offenhalten. Und Gore habe ich den gleichen Betrag gegeben. Das hebt sich doch gegenseitig auf.«

Ich fühlte mich angewidert und wollte nichts mehr davon hören, also schloß ich mich im Badezimmer ein. Dort setzte ich mich auf den Toilettendeckel und hielt mir vor Augen, daß nun eintrat, was ich die ganze Zeit erhofft hatte. Mein Verdacht bestätigte sich, und die Wahrheit über Dr. Vic kam endlich ans Licht. Es handelte sich zwar nicht um Beweise für einen Mord, aber um etwas beinahe genauso Schlimmes, nämlich den Beleg, daß Dr. Vic Geld für den Wahlkampf von George W. Bush gespendet hatte.

Vom Badezimmer aus klangen die Stimmen der beiden gedämpft und wie aus weiter Ferne, aber irgendwie wirkte der Streit dadurch näher, als fände er in meinem Kopf statt und würde von zwei Seiten meiner eigenen Persönlichkeit ausgetragen. »Was, zum Teufel, fällt dir überhaupt ein, in meinem Scheckbuch herumzuschnüffeln?« fragte Dr. Vic, der nun ebenfalls in Fahrt kam.

Die Tatsache, daß Dr. Vic insgeheim zweihundert Dollar für die Präsidentschaftskampagne von George W. Bush gespendet hatte, erwies sich lediglich als Ausgangspunkt der

Debatte, denn nun stand auf einmal die komplette Beziehung in Frage. Meine Mutter wollte wissen, ob Dr. Vic sie von Anfang an hinters Licht geführt und nur so getan habe, als würde er ihre Arbeit beim Zentrum für Familienplanung gutheißen; und ob er log, wenn er sagte, er glaube daran, daß eine Frau das Recht habe, sich frei zu entscheiden. Was war mit Empfängnisverhütung? Wußte er eigentlich, daß nach Ansicht des Mannes im Weißen Haus, des Mannes, dem er Geld gegeben hatte, seiner Verlobten die ewige Verdammnis gewiß war, weil sie die Todsünde begangen hatte, Teenagern beizubringen, wie man Kondome benutzte? Kümmerte es einen großkotzigen Republikanerfreund wie ihn denn überhaupt, daß ... und so weiter und so fort. Sogar als ich mich in mein Zimmer flüchtete, verfolgten ihre Stimmen mich durch die Fenster und Böden. Ich vergrub meinen Kopf in einem Kissen und flehte inständig, daß sie aufhören würden.

Dann schlief ich für ein oder zwei Stunden ein. Als ich aufwachte, war alles ruhig. Meine Mutter hatte einen Zettel unter der Tür hindurchgeschoben. *Ich habe Dir immer gesagt, Du könntest alles erreichen, was Du Dir vornimmst. Was Du Victor und mir gerade antust und wobei Dein Großvater Dir hilft, stellt keine Ausnahme dar. Ich wünschte, ich könnte wieder stolz auf Dich sein. Ich weiß nicht, ob Dein Großvater Dich dazu angestiftet hat, aber das spielt keine Rolle, denn ich habe Dich nicht so erzogen. Ich schäme mich für euch alle beide.*

Die Stille erwies sich leider nur als kurze Atempause. Ich hatte kaum fertiggelesen, da ging das Wortgefecht von vorn los. Im selben Moment brachen die Schlingel in lautes Gejaule aus und warfen sich wie zwei randalierende Irre gegen den Maschendrahtzaun des Zwingers. Meine Mutter und Dr. Vic stritten sich nun auf dem Anleger, wo sie vor kurzem noch Wein getrunken, getanzt, sich geküßt und über all die ulkigen Dinge gelacht hatten, die man voneinander erfuhr, wenn man sich verliebte. Ihre Stimmen waren nicht mehr zu verstehen, sondern bloße Geräusche; Dr. Vic grummelte protestierend, und meine Mutter zeterte zurück. Jedes Wort war wie ein Stück Zunder, das über einem Knie zerbrochen wurde. Neben all dem Gebell und Geschrei ertönte dann auch noch mehrmals ein lautes Platschen, aber zu diesem Zeitpunkt brachte ich es nicht einmal mehr über mich, aufzustehen und nachzusehen, ob die beiden sich gegenseitig ertränkten.

11.

Ich träumte, ich bin irgendwo mit einer Panne am Straßenrand liegengeblieben. Der Mond hing wie ein Bullauge am Nachthimmel, wie ein Zugang zum Tag.

Ich ging los. Ein Studebaker-Taxi fuhr an mir vorbei und bremste auf dem Seitenstreifen. Es rollte langsam weiter, so daß es immer dicht vor mir blieb, aber ich hatte es satt, zurückgelassen zu werden. Ich nahm einen Stein und warf ihn gegen die Heckscheibe. Das Taxi hielt an.

Myrna Carp stieß die Tür auf und sagte, ich solle einsteigen. Aus dem Bob-Dylan-Album, das sie in der Hand hielt, zog sie mit vielsagendem Blick ein riesengroßes Kondom hervor.

»Ich dachte, du nimmst die Pille«, sagte ich.

»Steig einfach in das verdammte Taxi«, sagte sie.

Also stieg ich ein.

12.

Bei Tagesanbruch weckte mich der Schrei eines Vogels. Ich stand auf und sah aus dem Fenster.

Der Nachthimmel hatte sich zu einem wollenen Grau verfärbt, aber der See war immer noch schwarz, so daß die silbernen Kreise, die beim Steg im seichten Wasser trieben, sich deutlich abzeichneten. Es waren ungefähr drei Dutzend dieser funkelnden Gegenstände, die dort wie winzige orientierungslose Ufos auf der glatten Oberfläche schwammen.

Ich öffnete das Fenster ein Stück und ließ frische Luft herein. Dann rieb ich mir die Augen und atmete ein paarmal tief durch, um die letzten Traumreste aus meinem Kopf zu vertreiben.

Als ich wieder hinsah, waren die silbernen Kreise immer noch dort und drehten sich gemächlich auf der Seeoberfläche. Am Südufer schoß der erste Sonnenstrahl über die Hügel und traf genau auf die Kreise, die daraufhin wie ein einziges großes Blitzlicht erstrahlten.

Diese seltsamen Dinger waren CDs, erkannte ich. Der Anblick der kleinen Plastikscheiben, die dort im Sonnenschein glänzten, hatte etwas Faszinierendes an sich. Es sah gar nicht sonderbar aus, nur traurig und hübsch.

Mir war natürlich sofort klar, daß es in unserem Haus nur eine einzige Person mit einer dermaßen umfangreichen Musiksammlung gab. Und nun begriff ich auch, was die Platschgeräusche vom Vorabend bedeutet hatten: Im Verlauf des Streits auf dem Anleger hatte meine Mutter offenbar die gefühlsduselige CD-Sammlung ihres Verlobten in den Lake Keynes befördert.

Das war irgendwie ziemlich lustig. Es kam mir wie die wohlverdiente Strafe für alles vor, das so typisch für Dr. Vic war. »Erstaunlich, daß der See sie nicht wieder ausgespuckt hat«, sagte ich laut, denn auch im Moment des Sieges sollte der Held niemals seine unbekümmerte Haltung verlieren. Doch seltsamerweise wollte mir einfach kein angemessen zufriedenes Lächeln gelingen.

Ich hielt mir die Situation erneut vor Augen: Es gab eine Linie, unsere Linie, und wir mußten uns die Leute, die wir auf unsere Seite kommen ließen, sehr sorgfältig aussuchen. Es war eine Angelegenheit wechselseitigen Vertrauens, so wie in einer Gewerkschaft, wo alle für das gemeinsame Wohl eintraten. Mir war in diesem Moment so bewußt wie noch niemals zuvor, weshalb ich nicht an Dr. Vics vorgebliches Engagement glauben konnte und was ihn so eklatant von den Exfreunden meiner Mutter unterschied, von Paul, Jupp und Dale und den anderen, die diese Linie respektiert und genau verstanden hatten, wie weit sie sich ihr vorsichtig nähern durften. Dr. Vic war nicht wegen seines großen, plumpen, lächerlichen Körpers anders oder wegen seiner Taschen voller Hundekuchen und Pfefferminzbonbons oder wegen der schmalzigen Gedichte, die er an den Kühlschrank hängte. Er unterschied sich durch seine opportunistische Anmaßung von den anderen, durch den gleichen Charakterzug, der aus Tom Hellweg einen Streikbrecher gemacht hatte. Falls er einfach nur der Ehemann meiner Mutter hätte sein wollen, wäre das vielleicht noch in Ordnung gegangen und wir hätten womöglich zu irgendeiner Übereinkunft gefunden. Ich konnte einsichtig sein. Leider hatte Dr. Vic von Anfang an seine Grenzen überschritten: Er setzte sich zu mir, um mit mir über das Leben zu reden, nahm mich auf einen Spaziergang mit, um irgendwas zu erörtern, versuchte ständig, der Mann im Haus zu sein, das Familienoberhaupt, das einem erklärte, wo es langging und wie die Welt funktionierte, der Mann, der mich mit seinem Wagen nach Hause fuhr.

Die ersten Sonnenstrahlen blieben auf die Silberscheiben gerichtet und ließen sie golden glitzern. »Erstaunlich, daß der See sie nicht wieder ausgespuckt hat«, wiederholte ich leise, weil es einfach so lustig war.

Bevor ich aufbrach, blieb ich kurz vor dem Schlafzimmer stehen und preßte mein Ohr an die Tür. Dr. Vics Geräuschtherapiegerät lief und erzeugte ein wohltuendes Meeresbrausen, bei dem Woge auf Woge ans Ufer brandete und wieder zurückströmte. Hinter dem sanften Rauschen hörte ich Stimmen. Das Gespräch verlief gedämpft, beinahe stockend, als würde in einem Fremdsprachenkurs für Anfänger über das Wetter geredet. Der Streit war anscheinend vorüber, wenngleich ich nicht wußte, was das zu bedeuten hatte. Ich wartete ab, war erschrocken, nervös und aufgeregt zugleich, doch die leise Unterredung wurde nicht lauter, und die kleinen Wellen plätscherten unaufhörlich an den unsichtbaren Strand.

Als ich beim Haus meiner Großeltern eintraf, fand ich die beiden alten Männer im Wohnzimmer vor. Die Klimaanlage lief auf vollen Touren, eine frische Haschpfeife brannte, der Fernseher lief ohne Ton, und aus dem Radio auf der Fensterbank ertönte der örtliche Talksender. Gil lag in seinem Pyjama auf dem Sofa und hatte den kahlen Kopf auf ein Kissen gebettet. Mein Großvater saß krumm auf seinem Lehnsessel, und die Pfeife kreiste von einem zum anderen. Er hob den Kopf und musterte mich aus Augen, die blutunterlaufenen Schlitzen glichen. »Enkel«, sagte er. »Genosse.« Er schien nach weiteren Worten zu suchen, begnügte sich letztlich aber mit einem Nicken und wandte sich wieder dem Fernseher zu.

»Du kommst gerade noch rechtzeitig, Junge«, sagte Gil. »Es gibt jetzt nacktarschige Schweden.«

Mein Großvater hatte den Ton des Fernsehers abgeschaltet, um gleichzeitig das Radioprogramm hören zu können.

Ich setzte mich auf den Boden. Ich war erleichtert, von dem Haus weg zu sein, erleichtert und in Sicherheit und irgendwie mehr ich selbst. Auf einmal merkte ich, wie müde ich war und wie unruhig ich geschlafen haben mußte, während meine Mutter und Dr. Vic sich die halbe Nacht angeschrien hatten. Ein Teil von mir wollte fragen: »Wie konntest du nur?« und von meinem Großvater eine Erklärung dafür verlangen, daß er meine Mutter angerufen und die ganze Angelegenheit ins Rollen gebracht hatte. Ein anderer

Teil von mir erhob sogleich Einspruch: War es nicht genau das, was ich wollte? Wieso sollte ich plötzlich an ihm zweifeln?

Die alten Männer reichten hustend die Pfeife hin und her, der eine fast tot, der andere verrückt, doch sie waren die einzigen Menschen, denen ich wirklich vertrauen konnte. Hier an diesem Ort war ich mir absolut sicher, daß wir alle auf derselben Seite standen.

»Seht euch bloß mal diese nacktarschigen Schweden an«, sagte Gil. »Die haben's gut, was?«

Eine Gruppe schwedischer Exhibitionisten mittleren Alters unternahm eine Wanderung, bekleidet nur mit robustem Schuhwerk und schwarzen Kniestrümpfen. Sie kamen soeben an einer grasenden Herde Hochlandrinder vorbei, und im Hintergrund ragten blaue Berge auf.

Ich sah mit übergeschlagenen Beinen zu, einerseits ein wenig entsetzt, andererseits gebannt von den geschmeidigen Körpern der Schwedinnen und ihrer beim Aufstieg immer wieder dunkel aufblitzenden Genitalien. Es kam mir wie eine Art Traum vor: mittleren Alters zu sein, schwedisch und nackt inmitten einer Viehherde.

»Sieh gut hin, mein Sohn. Deshalb haben wir den Zweiten Weltkrieg geführt«, sagte Gil und schenkte mir sein unverkennbares anzügliches Zwinkern. Die wächserne Färbung seiner Haut und die tiefliegenden Augen ließen die Geste nur um so zweideutiger wirken, so als wäre er tot, aber immer noch aufgegeilt.

»Nein, wir haben den Zweiten Weltkrieg geführt, um die Welt vor schäbigen faschistischen Imperialisten zu bewahren, die sich durch göttliche Eingebungen dazu berufen fühlen, Massenmorde zu begehen und ihren Freunden ganze Länder zum Geschenk zu machen.« Mein Großvater schien mit sich selbst zu sprechen. Sein glasiger Blick war geistesabwesend auf den Fernseher gerichtet.

»Na, bravo«, sagte Gil. »Gerade als es gut wurde.«

Doch während der nächsten paar Minuten sagte mein Großvater gar nichts mehr, sondern saß bloß nickend und mit zitternden Lidern auf seinem Sessel. Die Schweden machten ein Picknick, und ihre Brüste und Schwänze hingen schlaff über den Schalen voller Kartoffelsalat und Frikadellen. Der rechte Radiokommentator bedachte sein Publikum mit einer Litanei über die Verbrechen der Demokraten und Liberalen: hohe Steuern, milde Richter, die ACLU, Antidiskriminierungsgesetze, Homo-Ehen, alleinerziehende Mütter, die von der Sozialhilfe lebten – all die Dinge, die wahre Amerikaner nicht mehr länger tolerieren wollten. »Ich will Ihnen mal was sagen, meine Freunde. Ich bin für die ursprüngliche Art der Sozialhilfe«, sagte die Stimme im Radio und klang dabei wie der Weihnachtsmann. »Sie heißt Arbeit. Besorgt euch einen Job, ihr Schmarotzer!

Um Himmels willen, diese Leute sind nicht mal schlau genug, ihren Wahlzettel auszufüllen! Gott sei Dank, würde ich sagen!«

Während einige der Schweden ein Netz aufspannten und eine außerordentlich schwungvolle Partie Badminton spielten, ließ der Kommentator sich hämisch darüber aus, daß sieben Monate nach der Wahl der rechtlich bindende Beschluß des obersten Bundesgerichts ergangen war, in Florida keine weitere Auszählung der Stimmen zu gestatten. »Wir haben diesen Liberalen mächtig Feuer unter dem Hintern gemacht, Freunde!« rief er. Das Trompetensignal zum Angriff ertönte, gefolgt von vorbeizischenden Kugeln und dann dem Schluchzen mehrerer Frauen. »Aber mal im Ernst, Leute, wenn all diese Liberalen nichts für die Demokratie übrig haben, wieso wandern sie nicht einfach aus? Das wäre doch mal …«

Ich schaltete das Radio aus. Ich hatte aus dem Augenwinkel eine Bewegung wahrgenommen und war aufgesprungen, um vor Grandpa die Fensterbank zu erreichen. Mein Großvater war wortlos aufgestanden und hatte die lange Klinge seines Schweizer Armeemessers ausgeklappt. Er atmete schwer, seine Miene war verhärmt, und die weißen Haare in seinem Nacken standen ihm zu Berge. Sie hatten sich an der Wolldecke, die auf dem Lehnsessel lag, mit statischer Elektrizität aufgeladen.

Gil verstaute seine Bonbondose in der Brusttasche des Schlafanzugs und zog sich ächzend zu seiner Gehhilfe hoch. Die Sendung war vorbei: Die Schweden hatten ihr Ziel, einen Bergsee, erreicht und tollten darin herum, während der Abspann lief. Die nächste Folge war eine uninteressante Wiederholung und hatte eine nackte Aerobicgruppe aus Warschau zum Thema.

Mein Großvater musterte stirnrunzelnd das Messer und dann mich. Er wirkte irgendwie unschlüssig, als sei er sich nicht ganz sicher, wie das Messer in seine Hand gelangt war. Behutsam klappte er die Klinge ein. »Das ist nicht rechtens, Gil. Dieser Mann hat die Wahl nicht gewonnen. Es war ein Staatsstreich, und alle wissen es.«

»Du kannst die Welt nicht retten, Henry. Du kannst dir nur selbst einen Herzinfarkt verschaffen.« Gil schlurfte um das Sofa herum und zur Tür. »Es spielt doch ohnehin keine Rolle«, fügte er leise hinzu. »Ein weiser Mann hat mal gesagt: ›Nicht daß es derzeit einen wirklichen Unterschied zwischen den Republikanern und den Demokraten gäbe.‹«

Grandpa legte das Messer auf einen Beistelltisch. »Ich glaube, ich bin ein wenig mitgenommen, George«, sagte er und ging zur Treppe. Dort zog er sich am Geländer bis zum Treppenabsatz hoch und verschwand außer Sicht.

Gil kam zum Fenster und klopfte mir auf die Schulter. »Du bist ein guter Enkel, George.« Dann schob er sich wieder auf die Tür zu, hielt inne, drehte sich um und wies lächelnd auf meinen Schritt. »Paß bloß auf, daß du damit niemandem ein Auge ausstichst.«

Ich schaute nach unten und bemerkte, daß mein Ständer sich unter den Shorts überdeutlich abzeichnete. Mir wurde heiß. Ich hielt die Hände davor.

»Das braucht dir nicht peinlich zu sein, Junge. Es ist gesund«, sagte der Sterbenskranke. »Falls dich nicht mal mehr eine nacktarschige Schwedin in Wallung bringt, kannst du dich auch gleich beerdigen lassen.«

13.

Mein Großvater lag auf dem Bett im Gästezimmer und musterte das Bild von Joseph Hillström. Mir war sofort klar, woran er dachte. Ich verharrte an der Tür und wußte nicht, ob ich eintreten sollte.

Joseph Hillstroms berüchtigt kühle Augen waren so klein und untot wie immer, seine Lippen schmal und angespannt. Wen oder was sah der furchtlose Gewerkschafter auf sich zukommen? Für den Betrachter ergab sich diese Frage unausweichlich, und das Foto würde sie noch bis in alle Ewigkeit stellen. Ich dachte wieder an den Morgen, an dem ich meine Großmutter tot aufgefunden hatte, und an den mißmutigen Ausdruck auf ihrem Gesicht.

Hillstrom hat es getan, dachte ich. Indizien hin oder her, wir alle wissen, daß er diese beiden Männer getötet hat. *Klagt nicht! Organisiert euch!* Die Worte waren wahr, aber der Mann war ein Lügner.

»Weißt du, Gerry sagte, sie könne es nicht ertragen. Die Leute von der Firma hielten sie alle für so unglaublich hart. Sie haben sie gehaßt. Sie hat vor diesen Mistkerlen niemals klein beigegeben. Sogar unsere Leute haben nie so recht verstanden, wie das mit uns funktionierte, wie eine Frau ein Teil davon sein konnte.« Mein Großvater schloß die Augen. »Aber ich war so erleichtert. Ich habe keinen Einspruch erhoben, keine Sekunde lang.«

Der letzte Satz klang irgendwie endgültig. Ich spürte, daß er wichtig war, konnte dem Gedankengang aber nicht folgen. Womöglich glichen die Gedanken meines Großvaters inzwischen eher einem steten Auf und Ab, wie bei der grünen Linie auf dem Monitor eines Lebenserhaltungssystems, das in jeder Krankenhausserie vorkam. Oder seine Gedanken verliefen nicht einmal mehr in ein und dieselbe Richtung; vielleicht war er so verwirrt, traurig und wütend, daß seine Gedanken nur noch Blitze waren, ein kurzes Aufflackern in Neonfarben: *FIND DICH DAMIT AB, DU LUMP! DU HAST VERLOREN! ... SCHLUCK'S RUNTER ODER ERSTICK DRAN, DU LUMP! ... KOMMUNISTENLUMP! ...*

»Ich verstehe nicht, wovon du redest, Grandpa«, sagte ich.

Der alte Mann seufzte, öffnete aber nicht seine Augen. Er nahm eine Ecke der Steppdecke und putzte sich damit lautstark die Nase. »Ich konnte nicht anders«, sagte er. Seine Stimme war kaum lauter als ein Flüstern.

Ich dachte, er meinte die Bettdecke. »Soll ich dir ein paar Taschentücher holen?« fragte ich und blieb an der Tür.

»Gerry hat gesagt: ›Wir behaupten immer, wir müßten unbedingt zusammenhalten. Tom Hellweg ist alt genug, es zu begreifen, und seine Frau ist inzwischen alt genug, um zu wissen, welchen Charakter ihr Mann hat, aber was ist mit den Kindern? Was können die denn dafür?‹ hat Gerry mich gefragt.

Weißt du, die beiden Kinder standen morgens immer vor dem Tor, und ihr Vater hatte ihnen aufgetragen, jeden einzelnen der Männer zu fragen: ›Können Sie heute ein paar Cent erübrigen, Mister, oder wollen Sie dem Großkotz

Henry McGlaughlin helfen, uns weiterhin auszuhungern?‹ Und wenn alle drinnen waren, kamen sie zu den Fenstern und haben die Leute angestarrt. Haben sie einfach nur angestarrt, während die Männer versuchten zu arbeiten. Einer der Metallarbeiter war dabei, einen Stahlträger zu entgraten. Als er zufällig den Kopf hob, hatte das kleine Mädchen auf der anderen Seite des Fensters inzwischen das Hemdchen hochgezogen und den kleinen Bauch gegen die Scheibe gedrückt. Der Mann hat sich dermaßen erschrocken, daß er abrutschte und mit der Flamme seiner Lötlampe das Hemd des Nebenmannes erwischte, der daraufhin beinahe verbrannt wäre.

Irgendwann verscheuchte jemand die Kinder, aber am nächsten Tag kamen sie wieder. Wenn jemand ihren Vater auf der Straße erwischte und grün und blau prügelte, tauchten am folgenden Tag trotzdem diese beiden Kinder auf, schauten durch die Fenster und fragten: ›Wollen Sie dem Großkotz Henry McGlaughlin helfen, uns weiterhin auszuhungern?‹

Als Gerry schließlich sagte, wir müßten etwas unternehmen, war ich so erleichtert.«

Mein Großvater öffnete die Augen und schaute zu Joseph Hillstrom. Der erwiderte den Blick mit seinem unerschütterlich in die Ferne gerichteten Starren. Ich hatte mich nicht von der Stelle gerührt.

»Was habt ihr gemacht?« Meine Stimme klang merkwürdig zögernd. Ich erkannte, daß ich mich vor der Antwort fürchtete. Ich sah das Mädchen vor mir, wie es sich an die schmutzige Scheibe preßte. Ihr Gesicht war ausdruckslos wie das einer Puppe, und ihr Bauch war ein kleiner Ballon, der sich gegen das Glas wölbte. Ich hatte Angst, daß meine Großeltern den Tod dieser Leute angeordnet hatten, daß der Streikbrecher und seine Familie ermordet worden waren, weil sie die Linie überschritten hatten.

Die lilafarbenen Tränensäcke unter den Augen meines Großvaters hatten die Größe von Schmetterlingsflügeln. Er mußte während der letzten Wochen kaum geschlafen haben. Nacht für Nacht hatte er bis Tagesanbruch am Fenster ausgeharrt und mit Gewehr und Zielfernrohr auf den Vandalen Steven Sugar gewartet.

»Gleich am nächsten Morgen rief ich einen alten Kumpel an, der auf der Werft in Norfolk arbeitete, und fragte ihn, ob er eine Stelle für einen Freund der Familie hätte, der einen Tapetenwechsel benötigte. Gerry überbrachte das Angebot, und der Mistkerl Hellweg sagte, er könne sich mit der Idee durchaus anfreunden, aber nur unter zwei Bedingungen: Erstens, er fahre nicht gern mit dem Bus, weil dann sein Bein weh tue, das er sich als Kind gebrochen habe. Zweitens, er bekomme auf langen Reisen immer einen trockenen Hals. Noch am selben Abend saßen sie mit einem Kasten Bier und einer Flasche Whiskey in einem Erste-Klasse-Abteil von Portland über Boston nach Norfolk.«

Mein Großvater lachte abrupt auf und bekam einen Hustenanfall. Er hielt sich die Decke vor den Mund und hustete stoßweise noch mehr als eine Minute weiter. Als der Anfall vorüber war, fuhr er flüsternd fort. »Danach hörte ich nur noch ein einziges Mal von ihm. Mein alter Freund Tom Hellweg arbeitete als Nieter, erwarb einen Rentenanspruch, wurde mit der ganzen Familie krankenversichert, bekam Überstunden doppelt vergütet und hatte Anspruch auf fünf Wochen Jahresurlaub, so wie jeder Arbeiter es verdient. Ein ausreichender Lohn und etwas Respekt ... Gerry und ich haben den Großteil unseres Lebens dafür gekämpft, daß auch unsere Leute wenigstens das erhalten.«

Ich ließ den Atem entweichen, den ich angehalten hatte.

Mein Großvater blickte hinab auf den nassen Schleim, der an der Bettdecke klebte. Er berührte ihn mit der Fingerspitze. »Es war ein schwacher Moment, das mußt du verstehen, George«, sagte er. »Falls es nach Tom gegangen wäre, hätten das die Töchter eines jeden der hundert Arbeiter sein können, die ihre Jobs verloren hätten. Das verstehst du doch, oder? Begreifst du, daß Mitleid völlig zwecklos ist, wenn es um einen Mann geht, der nicht einmal Mitleid für die eigenen Kinder empfindet?«

»Ja«, sagte ich, und Grandpa nickte. Dann sagte er noch so manches über die schamlose Skrupellosigkeit des Präsidenten, die ungehindert agierenden Konzerne, die systematische Demontage der Zusatzartikel der Verfassung, die Widerlichkeit eines »mitfühlenden Konservatismus« und viele andere Dinge, die ebenfalls wahr seien und bei den Menschen schon auf Ablehnung stießen, wenn man bloß darüber reden wollte. Aber man müsse darüber reden, verdammt noch mal. Das Schweigen sei der Hauptgrund dafür, daß wir in solchen Schwierigkeiten steckten, und er jedenfalls werde sich nicht den Mund verbieten lassen. Außerdem lasse er weder auf sich herumhacken (*FIND DICH DAMIT AB!*) noch sich einschüchtern (*SCHLUCK'S RUNTER ODER ERSTICK DRAN*!), und verleumden (*KOMMUNIST!*) lasse er sich schon gar nicht, von niemandem, ob Junge oder Mann. Nein, nein, nein. Nicht in seinem Alter.

Als er erschöpft innehielt, breitete ich eine andere Decke über ihm aus. Er schloß die Augen und schlief ein. Ich setzte mich auf den Sessel am Fenster und zielte auf den Vorgarten, die blaue Kunststoffrückseite der Tafel und die leere Straße. So wachte ich auch wieder auf – über das Gewehr gebeugt. Auf der Straße war immer noch kein Ziel in Sicht.

Am späten Nachmittag kam auch mein Großvater wieder zu sich. Der Wind hatte plötzlich aufgefrischt, hatte Staubfahnen und Gras über die Straße geweht und die Äste der Bäume erzittern lassen. Eine Bö drang zum offenen Fenster herein und blähte den orangefarbenen Vorhang auf.

»Ein Gewitter«, sagte ich.

Mein Großvater setzte sich auf, wiegte sich vor und zurück, klopfte sich auf die Arme und rieb sie sich, als sei ihm kalt. Dabei war es hier oben mindestens fünfundzwanzig Grad warm und dazu schwül. »Ich muß richtig wach werden und die Säfte in Bewegung bringen«, sagte er.

Ich bot an, über Nacht zu bleiben. Er sagte, das sei nicht nötig. Sein Augenlid zuckte, und er massierte es sich. »Falls du einem alten Mann einen Gefallen tun möchtest, könntest du allerdings mal nach nebenan gehen und Gil fragen, ob er nicht ein paar Kräuter erübrigen kann.« Seine Unterarme färbten sich rot, so kräftig hatte er sie gerieben.

»Was hältst du von Dr. Vic?« fragte ich. Ich hatte die Situation bei uns zu Hause noch nie mit meinem Großvater erörtert. Ich nahm an, daß er und meine Mutter darüber geredet hatten und daß er mir den Freiraum lassen wollte, das Thema von selbst zur Sprache zu bringen.

Grandpa zuckte die Achseln. »Als Arzt oder als Schwiegersohn?«

»Beides«, sagte ich.

»Als Arzt hat deine Großmutter ihn gemocht. Darauf kam es in erster Linie an. Lipscomb war aufrichtig und geradeheraus, und er hat nichts versprochen, das er nicht halten konnte. Bei ihr bestand von Anfang an keine Chance auf Heilung, und das hat er ihr unumwunden gesagt. Lipscomb sagte, er würde es ihr so bequem wir möglich machen, und ich glaube, das hat er getan.« Grandpa rieb sich die Oberschenkel und klatschte in die Hände. »Als Schwiegersohn ist er zunächst mal zu dick, was mir angesichts seines Berufes ziemlich peinlich vorkommt. Außerdem ist er zu alt für Emma, was wahrscheinlich bedeutet, daß sie ihn letzten Endes wird pflegen müssen. Ferner hat er Geld für diesen frevlerischen Hurensohn gespendet, der die Wahl gestohlen hat. Das war mindestens eine bodenlose Frechheit, und es bleibt eine gottverdammte Schande. Darüber hinaus ist er langweilig und eine persönliche Enttäuschung.«

Er streckte den Arm aus, und sein langer, faltiger Finger hing auf einmal dicht vor meinem Gesicht. Ich erstarrte; ich dachte, er würde mir nun den Mittelfinger zeigen, so wie Dr. Vic am Abend zuvor. Dann würde er mir vorwerfen, daß ich trotzig und grausam war und daß ich Steven Sugar für seinen Mut bewunderte und um seine Zerstörungswut beneidete. Er würde mir all diese und die vielen anderen Frevel vorwerfen, deren ich mich schuldig gemacht hatte. Ich wollte mich rechtfertigen. Fast hätte ich geschrien: »In Wahrheit bin ich gar nicht so. Ich will alles wieder in Ordnung bringen!«

Mein Großvater fischte mir ein Körnchen Schlaf aus dem Augenwinkel. Ich erinnerte mich an diese Geste. Früher, als ich noch sehr klein war und das Haar an seinen Schläfen noch schwarz, hatte er das häufig getan. »Aber Enttäuschungen bin ich gewohnt. Seit der Kongreß den Taft-Hartley-Act verabschiedet hat, wurde ich regelmäßig enttäuscht. Falls deine Mutter also nach allem, was sie nun weiß, dennoch darauf beharrt, diesen Mann zu lieben, werde ich mich damit abfinden, einen Westentaschenrepublikaner zum Schwiegersohn zu bekommen. Wenigstens ist er kein Fan der Yankees.

Mein ganzes Leben lang habe ich Tarifverhandlungen mit Arbeitgebern geführt. Tarifverhandlungen sind ein Synonym für Enttäuschungen. Es ist im Grunde, als würde man bei einem leckgeschlagenen Schiff Wasser schöpfen, obwohl weder Land noch Rettung in Sicht ist. Es besteht keine Hoffnung, und trotzdem macht man weiter, bis man ertrinkt.«

»Warum?« fragte ich.

»Weil nur ein Verrückter freiwillig ertrinkt.«

Er lächelte ein starkes gelbes Lächeln, so stark und so leuchtend gelb, daß es aussah, als hätte es ihm aus dem

Mund rutschen und zu Boden fallen können, ohne auch nur den kleinsten Kratzer davonzutragen. Ich roch seinen schlechten Atem, das Marihuana und die Erdnüsse, die das einzige Nahrungsmittel zu sein schienen, das er noch zu sich nahm.

Ich lächelte zurück.

Der alte Mann griff nach dem Erdnußglas auf dem Nachttisch und nahm sich eine Handvoll.

»Und wenngleich ich der Meinung bin, daß Arbeiter Demokratie verdienen, echte Demokratie, so glaube ich doch auch, daß wir im Leben allenfalls auf Tarifverhandlungen hoffen dürfen.« Mein Großvater zuckte die Achseln. »Aber das brauche ich dir sicherlich nicht zu erzählen, George. Falls ich mich recht entsinne, hast auch du schon einige Enttäuschungen erlebt.«

Gils Frau bat mich ins Haus der Desjardins', einen zierlichen Backsteinbau, der mich immer an das Märchen vom großen bösen Wolf denken ließ. Das letzte Schweinchen wohnte in genauso einem Steinhaus, und sosehr der Wolf auch schnaufte und pustete, er konnte es nicht zum Einsturz bringen. Mit ihrer Baumwollschürze und den Pantoffeln paßte die stämmige, nicht mehr ganz junge Mrs. Desjardins ziemlich gut in das Märchenbild.

»Genau zur rechten Zeit«, sagte sie in ihrem eigentümlich überdrehten Sitcom-Tonfall und ging voran ins Wohnzimmer. »Gilbert ist mal wieder unverbesserlich.«

Sie war Gils vierte oder fünfte Frau und eine frühere Professorin der University of Southern Maine, hatte meine Großmutter mir mal erzählt. »Ich glaube, sie hat Literaturtheorie unterrichtet«, hatte Grandma bei dieser Gelegenheit gesagt und mit ihrer Meinung wie üblich nicht hinter dem Berg gehalten. »Nebenbei bemerkt, ein absolutes Schwachsinnsfach.«

Obwohl Mrs. Desjardins die Fünfzig längst überschritten hatte, kannte ich außer ihr niemanden, der sich so treffend mit dem Begriff »exaltiert« beschreiben ließ. Bei dem Empfang nach Grandmas Beerdigung war sie mit einer Mülltüte in der Hand durch das Wohnzimmer patrouilliert und hatte jeden abgestellten Pappteller sogleich forsch eingesammelt und entsorgt, als handle es sich um medizinischen Sondermüll.

Ich konnte nie begreifen, was Gil an ihr fand, aber es hatte vermutlich mit seinem Alter zu tun, mit dem Wunsch nach einem geregelten Sexualleben und dem Versuch, aus einer begrenzten Anzahl von Möglichkeiten das Beste zu machen. Ich versuchte jedoch, nicht weiter darüber nachzudenken.

Gil jedenfalls behauptete stets, ihre Beziehung beruhe größtenteils auf Scrabble. Ich hatte ihn mehrfach über dieses Thema referieren hören. Meistens waberten dabei Marihuanaschwaden um seinen Kopf, und Grandpa verzog das Gesicht. »Bei unserer ersten Partie hat sie die Worte dicht an dicht gelegt, bis wir beide in einer Ecke festsaßen, und dann darauf gewartet, daß ich die Geduld verlieren würde. Als ich schließlich nervös wurde und *Kat* legte – es war das einzige Wort, das ich zu diesem Zeitpunkt hinbekam, und ich wollte bloß das Feld erweitern –, hängte sie ein *afalk* ans Ende und machte *Katafalk* daraus. Das hat ihr hundertsechzehn Punkte gebracht.« Gil sagte, in dem Moment sei es ihm klargeworden. »Ich wollte schon immer Frauen flachlegen, George, aber sie ließ mich daran denken, was danach kommen würde, wenn all das Pimpern vorbei war. Und ich ahnte plötzlich, daß ich eine fähige Scrabble-Partnerin brauchen würde.«

Als Mrs. Desjardins mich nun also ins Wohnzimmer führte, wunderte es mich nicht, daß das Spielbrett auf dem Tisch lag und Gil grübelnd davor saß. Durch das Erkerfenster hinter ihm konnte man den sich rasch verfinsternden Nachmittagshimmel sehen; über den fernen Baumwipfeln zogen Gewitterwolken vorbei. Gil saß in dem Rollstuhl, den er im Haus benutzte, und um seine Stirn lag ein seltsames dünnes Band, das eine Art Hut an seinem kahlen Hinterkopf festhielt.

»Du hast Besuch, Gilbert. Der Junge ist hier, um dich um Drogen zu bitten, die er seinem Großvater bringen kann.«

»Hallo, Gil«, sagte ich.

Gil hob eine Hand. »Einen Moment bitte, Junge.« Er trug lediglich ein Unterhemd und blaue Boxershorts, so daß man seine dünnen, hellbehaarten Beine und die knorrigen Knie sehen konnte.

Mrs. Desjardins verdrehte die Augen. Hinter ihr an der Wand hing ein übergroßer Helmut-Newton-Druck. Die Frau auf dem Foto war mit hochhackigen Schuhen und einer ledernen Maske bekleidet, die ihr Gesicht halb verdeckte. Davon abgesehen, trug sie keinen Fetzen Stoff am Leib. Das Bild war aus einer tiefen Perspektive und vor dem schmiedeeisernen Tor einer Burg aufgenommen worden. Auf diese Weise kam die blonde Scham der Frau besonders zur Geltung, und der kleine Wehrturm im Hintergrund schien wie ein Horn ihrem Kopf zu entspringen.

»Siehst du die Symbolik?« fragte Mrs. Desjardins, die meinem Blick gefolgt war. Ihre hellen, aufmerksamen Augen erinnerten mich an eine Seemöwe, die ein Stück Einwickelpapier oder Folie begutachtete, bevor sie mit dem Schnabel danach schnappte.

»Ja«, sagte ich.

»Natürlich tust du das«, sagte Gil, ohne seine Aufmerksamkeit von den Buchstaben abzuwenden. »Mittlerweile empfinde ich dieses spezielle Foto als ziemlich entmutigend. Den Grund dafür kannst du dir selbst denken, George.«

Der Rahmen hing ein wenig schief, und Mrs. Desjardins rückte ihn mit einem Finger zurecht. »Es ist eindeutig, aber das ist ja gerade der Witz. Ich meine, wir reden hier schließlich nicht von Immanuel Kant.«

»Du bringst ihn in Verlegenheit«, sagte Gil. »Und laß, um Gottes willen, Kant aus dem Spiel.«

»Ich will doch bloß sagen, daß es hierbei nicht um Atomphysik geht, sondern um etwas, das alle tun.« Mrs. Desjardins rollte achselzuckend die Augen und formte stumm das Wort »Griesgram«.

Ich fühlte mich irgendwie unbehaglich; in meinem Bauch machte sich ein Kribbeln breit und stieg mir in Wellen bis in die Brust. Dieses Gefühl kannte ich noch von früher, als ich klein war und meine Mutter abends mit Männern ausging. Meine Großmutter, die bei diesen Gelegenheiten häufig als Babysitter einsprang, spürte im Laufe der Stunden, wie ich immer nervöser wurde. »Hör auf, so herumzuzappeln, Georgie, mein Schatz. Du siehst aus, als hätte man an deinem Grab soeben ein Lied von Irving Berlin gesungen. Sie kommt bald nach Hause.« Und nun, im Angesicht der hoch aufragenden nackten Deutschen, der mich neugierig musternden Mrs. Desjardins und des am Tisch sitzenden Gil, der sich irgendwas an den Kopf geschnallt hatte, überkam mich die gleiche unbestimmte, aber hartnäckige Unruhe.

Doch im nächsten Moment verflog die Anwandlung. Ich erkannte, daß ich keine Zeit hatte, beunruhigt zu sein. Mir wurde schlagartig klar, daß ich nach Hause fahren und versuchen mußte, mit den beiden zu reden. Ich wußte, daß es an der Zeit war, Tarifverhandlungen einzuleiten.

»Grandpa möchte bloß ein paar Krümel, falls Sie welche erübrigen können. Er ist ziemlich erschöpft.«

Gil hockte weiterhin über seinen Buchstaben. »Das kann ich gut verstehen. Das geht vielen so.«

Seine Frau seufzte auf.

Ich kämpfte gegen den Impuls an, ungeduldig von einem Bein auf das andere zu hüpfen. Ich war kein schlechter Mensch. Ich war nicht Steven Sugar. Ich wollte bloß respektiert und angehört werden. Es war wie in meinem Traum von dem Einkaufszentrum. Falls alle einfach etwas langsamer werden würden, langsamer werden, stehenbleiben und zuhören, dann könnte ich loswerden, was ich zu sagen hatte.

»Der Junge wartet, Gilbert«, sagte Mrs. Desjardins.

»Gut«, sagte er und stellte auf seiner Tafel ein paar Buchstaben um. »Was meinst du dazu, Dick?« Er rutschte herum, stemmte sich auf den Armlehnen des Rollstuhls hoch und drehte den Kopf, so daß die Richard-Nixon-Maske, die an seinen Hinterkopf geschnallt war, das Wort betrachten konnte. Die Miene des in Ungnade gefallenen Präsidenten war zu ihrem üblichen dümmlichen Grinsen verzogen, eingerahmt durch die lächerliche rote Knollennase und die hängenden Wangen. Gil gab ein Summen von sich und nickte bedächtig, als würde Nixon angestrengt nachdenken.

Mrs. Desjardins verschränkte die Arme. »Hab Nachsicht mit ihm, George. Er macht das, weil er mich aus dem Konzept bringen will. ›Psychologische Kriegführung‹ nennt er das.« Zu meiner Überraschung lag in dem Seitenblick, den sie mir zuwarf, tatsächlich so etwas wie ein Hauch von echter Gereiztheit. Dann seufzte sie, zuckte die Achseln und lachte kopfschüttelnd in sich hinein. »Was habe ich nur für einen komischen alten Knacker zum Ehemann? Erst die Sache mit dem Krebs, und jetzt holt er sich von Richard Nixon Ratschläge beim Scrabble.«

Gil ließ sich ächzend wieder auf den Stuhl sinken. »Okay, Dick hält es für eine gute Idee.« Dann bat er mich, seine Bonbondose aus der Hausapotheke im Obergeschoß zu holen. Als ich zurückkam, zeigte Gil mir sein Wort: *werdend*. »Das bist du, Junge«, sagte er und legte einige getrocknete Brösel auf ein Stück Zigarettenpapier.

Mein Großvater war unterdessen wieder eingeschlafen und saß mit offenem Mund zusammengesunken am Fenster. Bei jedem Ausatmen machte sich an seiner Zungenspitze ein kleiner Speichelfaden selbständig, nur um beim rasselnden Einatmen jäh wieder eingesogen zu werden. Eine seiner Hände lag zur Faust geballt auf seinem Schoß und zerquetschte eine Packung Farbpatronen zu Brei. Ich wand ihm die Schachtel aus den Fingern und legte den Joint auf die Fensterbank.

Als ich ihn an der Schulter rüttelte, sackte der alte Mann wie eine Gliederpuppe zur Seite. Sein Hemd war mit Erdnußkrümeln übersät. Er schnaubte, wachte jedoch nicht auf.

Falls Steven Sugar wollte, konnte er nun nicht nur die Tafel verunstalten, sondern Al Gores Porträt in Ruhe mit Hörnern und einem Ziegenbart versehen, auf den Rasen kacken, mit seinem Lieutenant Tolson im Gefolge im Stechschritt hin und her marschieren, dabei ein lautes Indianergeheul ausstoßen, die gestohlenen Beilagen der *New York Times* in kleine Fetzen zerreißen und als Konfetti in die Luft werfen. Er konnte all das und noch mehr tun, und mein Großvater würde sich vermutlich nicht mal rühren.

Mein dringender Wunsch, nach Hause zurückzukehren, vermischte sich mit einer umfassenden Erkenntnis: Steven Sugar kam mir plötzlich viel kleiner vor, und auch ich selbst fühlte mich unbedeutender, als wären wir irgendwie verbündet gewesen. Hier saß ein alter Mann an einem Fenster und wollte unbedingt mit einer Waffe, die nicht mal eine richtige Waffe war, auf seine Feinde schießen. Steven Sugar war kein Faschist, sondern bloß ein bescheuerter Teenager. Ich war regelrecht erstaunt. Das hier war kein Kampf; das hier war sinnlos.

Das bringt doch nichts, dachte ich. Warum steigert Steven Sugar sich so in die Sache hinein? Ich sah meinen Großvater an, wie er zusammengesackt dasaß und die Spucke ihm inzwischen über das unrasierte Kinn lief. Warum steigert *er* sich so hinein? Es war, als würde man etwas auseinandernehmen, bloß weil man es konnte.

»Das bringt doch nichts«, sagte ich.

Während ich meinen Großvater im Sessel aufrichtete, seine Hände zurechtlegte und ihm die Krümel vom Hemd wischte, wiederholte ich die Worte laut für ihn, doch er bekam nichts davon mit.

14.

Auf der Rückfahrt zu Dr. Vics Haus wechselte sich der heraufziehende Donner mit dem Geräusch der Fenster ab, die angesichts des Gewitters überall geschlossen wurden. Es war, als würde ich verfolgt und könnte gerade noch knapp in Führung bleiben.

Ich versuchte mir zurechtzulegen, was ich den beiden sagen wollte. Der Umfang des Vertrages, den ich anzubieten hatte, überraschte mich selbst. Ich fühlte mich groß und stark. Ich würde ihnen eine Chance geben. Sie würden mich umarmen wollen; ich würde es zulassen. Sie würden weinen; und auch ich war gewillt, in Tränen auszubrechen. Das alles stand so klar und deutlich vor mir wie die Dinge, die ich mit dem Zielfernrohr des Gewehrs anvisiert hatte, so deutlich und so klar, daß ein Kind oder ein Narr vielleicht versucht hätte, die Hand auszustrecken und das vergrößerte Bild zu berühren.

Die zunehmende Schwüle legte sich wie ein Wollschal um meine Schultern. Garagentore wurden geschlossen, während ich vorbeifuhr – so als hätten meine Reifen unsichtbare Schalter betätigt.

Als ich die Auffahrt erreichte, war ich schweißgebadet. Noch während das Fahrrad ausrollte, sprang ich bereits ab und ließ es ins Gras fallen. Oben auf der Veranda wandte ich mich um und sah, daß die Fenster von Dr. Vics BMW geöffnet waren. Meine Beine taten weh, aber ich lief dennoch zurück und fuhr die Scheiben hoch.

Dann ging ich ins Haus. »Hallo? Ich bin wieder da!« Meine Rufe hallten durch die hohen, geräumigen Zimmer.

Ich lief den Flur hinunter und platzte ins Wohnzimmer. »Ich bin wieder da!« rief ich erneut, obwohl ich sah, daß auch hier niemand war. Die Vorhänge bauschten sich vor dem offenen Fenster, und eine Fliege summte um die Koffer herum, die vor der Wand aufgereiht standen.

Die Fliege drehte noch ein paar Kreise und setzte sich dann auf den Griff des ersten Gepäckstücks, des unverwüstlichen alten Samsonite meiner Mutter. Die babyblaue Oberfläche war eingedellt von all den Greyhound-Gepäckfächern, in die ich den Koffer getreten hatte, rissig von all den Wohnungen im zweiten Obergeschoß, auf deren Treppen ich ihn als Schlitten benutzt hatte, und dermaßen ordentlich mit Isolierband geflickt, daß es beinahe wie eine Marotte wirkte.

Diese sorgfältigen Ausbesserungsarbeiten hatten mich schon immer irritiert. Ich sah wieder vor mir, wie meine Mutter auf dem Boden des Apartments saß, das wir in Boothbay gemietet hatten, eine triste kleine Bude genau über einer Imbißstube, so daß uns permanent der Geruch von gebratenem Speck in die Nase stieg und uns schon bald vorkam wie ein widerlicher, nie aufhörender Furz. Sogar im Alter von acht Jahren erstaunte es mich, Emma in ihrem Pyjama und einer billigen Sonnenbrille auf dem ockerfarbenen Flokati hocken zu sehen, wie sie gewissenhaft die Fransen von jedem Stück Textilklebeband abschnitt und es dann wie einen Pappmachéstreifen vor sich hinlegte. Glaubte sie ernsthaft, diesen alten, heruntergekommenen Koffer auf eine Weise reparieren zu können, die einen Außenstehenden zu dem Glauben verleitet hätte, wir würden tatsächlich irgendwo hingehören, zu einem Haus und einer Familie, zu der wir zurückkehrten?

Der Anblick der Koffer beunruhigte mich. Ich redete mir ein, Emma wolle offenbar einen Teil von unserem alten Krempel wegwerfen oder womöglich der Heilsarmee stiften, der wir den größten Teil der Sachen ohnehin zu verdanken hatten. Natürlich, das mußte es sein. Die beiden würden heiraten und sich bestimmt neue Koffer kaufen.

Die Fliege erhob sich wieder in die Luft, flatterte ein paar Sekunden umher und landete auf dem letzten Gepäckstück in der Reihe, einem schwarzen Koffer mit Lufthansa-Aufkleber. Jupp Boger, der Exfreund meiner Mutter, hatte ihn zurückgelassen, nachdem er damals durch seine Prüfungen gerasselt war und beschlossen hatte, fortan in Holland zu leben, wo Freunde von ihm in Gewächshäusern Gemüse züchteten. »Weißt du, ich liebe sie. Sie ist verdammt zäh, ein Kind großzuziehen und gleichzeitig ihren Abschluß zu machen«, sagte Jupp, als ich ihn zum letztenmal sah. Meine Mutter war in die Flughafendrogerie gegangen, um ihm eine Zahnbürste und ein Deo zu kaufen. »Ich habe noch nie was auf die Reihe bekommen, aber seit ich sie kenne, ist es nicht mehr ganz so schlimm mit mir.« Er stand da in seiner offenen Lederjacke mit den rosafarbenen Nähten, hielt seinen Rucksack wie ein kleiner Junge umklammert und schüttete mir sein Herz aus. »Deine Mutter ist sehr großzügig. Falls ich meinen Koffer vergessen hätte, glaubst du, sie würde nach Amsterdam kommen, um ihn mir zu bringen?« Er rang sich ein hinterlistiges Grinsen ab, aber seine Augen schimmerten feucht. »Ich habe meinen Koffer vollkommen vergessen, nur um mich daran erinnern zu können.«

Wir hörten nie wieder etwas von Jupp, aber seinen Koffer nahmen wir überallhin mit, nur für den Fall. Es war mein Lieblingskoffer, denn er wog am wenigsten; er enthielt lediglich ein paar mittelgroße schwarze Unterhosen, eine leere Schachtel deutsche Zigaretten und eine vergilbte *Interna-*

tional Herald Tribune vom 22. Oktober 1995, deren Kreuzworträtsel zur Hälfte gelöst war. Bei unseren Umzügen folgten meine Mutter und ich einem kleinen Ritual: Wir luden alles in den Wagen und drehten eine letzte Runde durch die leeren Zimmer unserer Wohnung, um uns zu vergewissern, daß wir nichts vergessen hatten. Dann nahm ich Jupps Koffer und sagte: »Laß uns fahren, Jupp«, und meine Mutter schloß hinter uns die Tür ab.

Der Wind ließ die Vorhänge gegen das Fensterbrett schlagen. Ich stand im Eingang und wurde mir plötzlich meiner eigenen Atmung bewußt. Ich hatte ganz vergessen, wie es sich anfühlte, auf ein paar Koffer zu blicken und zu wissen, daß sie unser ganzes Leben enthielten.

Auf meinem Weg durch das Haus warf ich einen Blick in das große Schlafzimmer und sah, daß der Schrank meiner Mutter bis auf ein paar Drahtbügel leer war. Oben im zweiten Stock stand meine Zimmertür offen, und auch hier war alles ausgeräumt, und die Wände waren vollständig kahl, abgesehen von ein paar Löchern im Putz. Auf dem noblen Eichenholzschreibtisch, für den ich mich nie bei Dr. Vic bedankt hatte, lag nichts mehr. Das Bett war frisch bezogen; der abgenutzte alte Quilt voller Friedenssymbole, den Grandma für mich genäht hatte, war ebenfalls weg und zusammen mit allem anderen verpackt.

Ich ging zum Fenster. Ein Regentropfen fiel auf die Scheibe, dann noch einer. Die Seeoberfläche kräuselte sich unter zahllosen kleinen Einschlägen.

Dr. Vic jedoch schien der Wetterumschwung nichts auszumachen. Der Verlobte meiner Mutter stand am Ende des Stegs, hatte in einer Hand einen Besen und in der anderen einen Drink, an dem er gelassen nippte.

Als er meine Schritte auf den Planken hörte, drehte er sich um und schielte durch die nassen Brillengläser. Ich blieb am

Anfang des Stegs stehen, aber er hob grüßend den Besen. »He, wie geht's?«

Ich wußte nicht, was ich machen sollte. So war das alles nicht geplant. Ich war bereit, ihre Entschuldigung zu akzeptieren. Ich war bereit, an den Verhandlungstisch zurückzukehren.

Der Nieselregen hatte sich derweil in einen ausgewachsenen Schauer verwandelt, und die Schultern von Dr. Vics Hemd färbten sich dunkel.

Bei ihm auf dem Anleger stand eine Bank. Ich sah darauf einen Karton Orangensaft und eine Flasche Wodka stehen, gleich neben dem Stapel CDs, den er bislang aus dem Wasser gefischt hatte. Unter der Bank lagen die Schlingel dicht nebeneinander flach auf dem Holz, wie zwei Landstreicher, die sich unter einer Brücke zusammenkauerten.

Dr. Vic trank seinen Drink aus und hob das leere Glas, damit ich es sehen konnte. Regentropfen fielen hinein. Der Wind nahm zu, strich über den See und ließ kleine Wellen entstehen.

»Ich brauche mehr Eis!« schrie Dr. Vic.

Ich begriff nicht, was er meinte. »Ich habe die Fenster von Ihrem Wagen geschlossen, damit die Sitze nicht naß werden!« rief ich.

Dr. Vic sah mich verständnislos an.

Ich machte mit der Hand eine Kurbelbewegung. »Damit die Sitze des Wagens nicht naß werden!«

»Ich brauche mehr Eis!« Er lächelte und schüttelte demonstrativ das leere Glas.

Jetzt begriff ich und bekam ein wenig Angst.

»Wo ist meine Mutter?«

Dr. Vic neigte den Kopf. Sein Lächeln wurde breiter. »Sie hat mich verlassen! Ist auf den ersten Zug nach Trennungsdorf aufgesprungen!« Er hob den Besen und klopfte mit dem Stiel gegen das leere Glas, so wie ein Zauberer mit einem Stab auf den Rand seines Zylinders klopfte. »Abrakadabra!« brüllte er. »Hat einfach Schluß gemacht! Und jetzt auch noch kein Eis!«

In der Küche fand ich die eilig hingekritzelte Nachricht meiner Mutter vor. Der gelbe linierte Zettel klebte am Kühlschrank:

George, ich hole beim Makler die Wohnungsschlüssel ab. Bin um sechs Uhr zurück. Warte auf mich.

Mom.

Ich war zu spät.

Mein Blick fiel auf das Gedicht, das neben der Nachricht hing, eines von Dr. Vics älteren Kunstwerken, inspiriert durch den Unabhängigkeitstag.

Falls sie Tee wäre
(aber das ist sie nicht!)
von Victor Lipscomb

Der Himmel erstrahlte im Glanz der Raketen,
wie ich, als sie mich in ihr Leben gebeten.
Und wär sie eine Ladung Tee,
der Abschied tät mir viel zu weh.
George Washington, du mußt es verstehen,
ich kann nie mehr von ihr gehen.

Selbst wenn ich zu den Briten überlaufen muß.

Ich nahm eine Plastikform mit Eiswürfeln aus dem Gefrierfach, holte mir eine Regenjacke und kehrte zum Steg zurück. Dr. Vic lag bäuchlings auf den Planken, als hätte man ihn in den Rücken geschossen. Ich wußte sofort, daß er einen Herzinfarkt erlitten hatte. Er hatte einen Herzinfarkt erlitten, und alles war meine Schuld. Ich hatte das Leben eines vollkommen harmlosen Mannes zerstört und ihn wegen Dingen terrorisiert, für die er nichts konnte, nämlich meine Mutter zu lieben und ein Trottel zu sein, und jetzt war er tot. Ich hatte ihn umgebracht.

Einer der Schlingel kam unter der Bank zum Vorschein und stupste Dr. Vics Achselhöhle an. Der schob die Hundeschnauze beiseite. Der Pekinese trollte sich winselnd. Dann hockte er sich auf die Planken und kackte. Dr. Vic setzte sich auf; am Ende des Besenstiels hing eine CD. Sie rutschte ein Stück am Stiel hinunter, und Dr. Vic schaute triumphierend zu mir.

»Ich habe das Eis«, sagte ich.

»*No Jacket Required*!« rief er und schüttelte den Stiel mit der CD wie ein Indianerkrieger eine Lanze mit einem Skalp. »Oh, wie ich dieses Album liebe!«

Als ich ihm die Eiswürfel gab, grinste er immer noch. Wasser lief über seine Brillengläser. »Danke, George«, sagte er. »Du hast was bei mir gut.«

Der Regen prasselte nun gleichmäßig auf die Planken. Dr. Vic setzte sich auf die Bank, deren Beine leise knarrten, und bog die Eiswürfelform auf seinem Knie. Einige der Würfel fielen zu Boden, einige andere warf er in das Glas. Sein orangefarbenes Flanellhemd war völlig durchnäßt, und der schwere Stoff klebte an seinem Bauch. Er goß sich etwas Orangensaft ein und nahm den Wodka. Das Glas rutschte ihm aus der Hand, fiel klappernd auf das Holz, rollte flink über die Planken und fiel in den See. Man hörte ein Platschen, gefolgt von einem Blubbern. Der Orangensaft auf dem Steg vermischte sich mit dem Regen.

Dr. Vic seufzte auf. Sein Atem klang plötzlich tief und emotional.

Ich wandte den Blick ab; ungefähr fünfzehn Meter voraus trieb eine der Silberscheiben auf dem Wasser und entfernte sich immer mehr vom Ufer.

Dann hörte ich ein Schlürfen und drehte mich wieder zu Dr. Vic um. Er hatte Orangensaft und Wodka in die Eiswürfelform geschüttet und trank nun vorsichtig aus den kleinen Vertiefungen. Und er zwinkerte mir zu.

»Man muß sich ja schließlich irgendwie behelfen, nicht wahr?«

»Äh, ja«, sagte ich.

»Improvisieren«, sagte er. »Man muß improvisieren.«

Dr. Vic trank einen Schluck und leckte sich die Lippen. Er lächelte mich an und schluchzte. Ich senkte den Kopf und musterte die dunklen Planken. Sein schwerer Atem zitterte. Ich konnte spüren, daß gleich alle Dämme brechen würden, und war wie betäubt. Aber Dr. Vic fing an zu kichern. Aus dem Kichern wurde ein schallendes Gelächter.

Ich folgte seinem Blick zum anderen Ende des Stegs, wo die beiden Schlingel nebeneinander hockten und an einem frischen Haufen Kacke knabberten.

»Weißt du, George, ich glaube, es gibt nur eines, was schlimmer als ein scheißefressender Hund ist, und das sind zwei scheißefressende Hunde«, sagte Dr. Vic.

Es dauerte noch ein wenig, dann hörte er auf zu lachen. Er räusperte sich, seufzte und stellte die Eiswürfelform auf die Bank. Sein Kinn zitterte.

»George«, sagte Dr. Vic, »ich wollte dir bloß noch sagen, daß ich dich für einen großartigen Jungen halte. Es hat eben einfach nicht funktioniert.«

Meine Turnschuhe trugen mich wie von selbst den Steg entlang, und auf dem Rasen lief ich sogar noch schneller, schlitterte durch den Matsch und das nasse Gras, rutschte aus, fiel hin, rappelte mich wieder auf und hielt nicht einmal inne, als ich den Wagen meiner Mutter in die kiesbedeckte Auffahrt einbiegen hörte. Ich rannte weiter, bis der Himmel aus meiner Sicht verschwand, ein Zweig über meine Stirn schrammte und ich mich in den Wald gerettet hatte.

15.

Eine Zeitlang folgte ich einfach dem schlammigen Pfad, ohne ein Ziel vor Augen zu haben. Ich konzentrierte mich auf das hohle Geräusch des Regens, der auf die Kapuze meiner Jacke trommelte. Mir war kalt, und meine Knie zitterten. Aus irgendeinem Grund mußte ich an die Arktis denken, wo im ewigen Eis mitunter die perfekt erhaltenen Leichen von Forschern aus dem achtzehnten Jahrhundert gefunden wurden. Ich stellte mir vor, ich selbst würde irgendwann in einem Museum ausgestellt. »Hier sehen Sie ein undankbares Kind, laut Radiokarbondatierung aus dem frühen einundzwanzigsten Jahrhundert«, näselte ein Museumsführer. »Laut unseren Nachforschungen hat dieses spezielle Exemplar die Ehe seiner Mutter vereitelt und seinem Großvater bei einem hirnlosen Racheplan geholfen. Ein überaus niederträchtiges kleines Ungeheuer. Ist als Jungfrau gestorben.«

Ich setzte mich auf das nasse Laub und lehnte mich gegen einen Baum. Es war fast dunkel, und der Regen wurde immer lauter. Der Boden war kalt. Ich roch Rauch.

Sie hatten im leeren Motorraum des herrenlosen Studebaker ein kleines Feuer aus Zweigen entzündet, und man konnte den öligen Qualm in der Luft fast schmecken. Die beiden Soldaten saßen im Führerhaus des Lasters und waren im Halbdunkel kaum zu erkennen, doch ich sah, daß einer sich zu mir umdrehte, als ich näher kam.

»Wir hatten einen Unfall«, sagte Sugar, als ich die Beifahrertür erreichte. Ich hatte keine Angst.

Neben ihm saß Tolson. Er hatte den Kopf in den Nacken gelegt und die Augen geschlossen. Auf seiner Wange schimmerte ein großer violetter Striemen. Sein Haar war versengt, und über seiner Schläfe befand sich ein blutiger kahler Fleck.

Er öffnete ein Auge, sah mich an, zwinkerte zweimal trübsinnig und machte es wieder zu.

»Eine defekte Leuchtfackel«, sagte Steven.

»Wie schlimm ist es?«

»Ich bin völlig im Arsch«, sagte Tolson. Er klang verständlicherweise mürrisch.

»Nun übertreib mal nicht«, sagte Steven.

»Braucht er Hilfe?«

»Ach was, ein paar Tage Ruhe, und er ist wieder ganz der Alte.«

Ein wahrer Sturzbach rauschte durch die Bäume hinab und ging als Trommelfeuer auf das Dach des Führerhauses nieder. Ich wedelte mir den feuchten Rauch aus dem Gesicht. Sugar saß so ruhig auf dem Vordersitz, als würde er an einem Sonntagnachmittag eine kleine Spazierfahrt unternehmen.

»Und was macht ihr jetzt?« fragte ich.

»Rumhängen«, sagte Steven.

Ich nickte. Er nickte.

»Willst du reinkommen?« Steven trat mit genau bemessener Wucht gegen die Tür des Studebaker, und sie öffnete sich kreischend. »Klar«, sagte ich und stieg ein. Sie rückten zusammen, und Tolson grummelte protestierend. Steven sagte ihm, er solle sich nicht so anstellen. »Du hast doch bloß ein paar Haare verloren, Kumpel.«

Eine Weile saßen wir einfach nur da und beobachteten den Regen, der auf die Bäume prasselte. Der Rauch des Feuers quoll unter der offenen Haube hervor und breitete sich in Fetzen auf dem Boden der Lichtung aus. Im Führerhaus war es trocken und dank der Enge auch warm.

»Wir haben noch jede Menge Torfstücke für das Feuer. Es kann die ganze Nacht lang brennen. Bis der Sturm aufhört.«

»Seid ihr oft hier draußen?« fragte ich.

»Eigentlich nicht«, sagte Steven. »Wir haben erst kürzlich

unser Lager hier aufgeschlagen. Nachdem wir beschlossen hatten, dein Haus abzufackeln.«

Ich ging auf das Spielchen ein. »Das ist nicht mein Haus. Es gehört dem Verlobten meiner Mutter.«

»Tja, kann sein, spielt aber keine Rolle. Wir wollten das verdammte Ding jedenfalls dem Erdboden gleichmachen. Als Botschaft für den alten McGlaughlin.« Der größere Junge sah mir direkt ins Gesicht. »Das Verhalten deines Großvaters hat mir mächtig viel Ärger eingebracht.«

Ich hielt dem Blick stand und zuckte die Achseln. »Kollateralschaden, richtig? So läuft das eben. Also, was ist passiert?«

Steven Sugar grinste. »Tolson hat sich selbst außer Gefecht gesetzt.« Er stieß seinen Partner mit dem Ellbogen an. »He, warum versuchst du nächstes Mal nicht, mit dem Ding auf was anderes als auf dein eigenes Gesicht zu zielen?«

»Ich werd auf dich zielen, du fetter Sack«, sagte Tolson, ohne die Augen zu öffnen.

»Heißt daß, ihr habt nun nicht mehr vor, Dr. Vics Haus niederzubrennen?« fragte ich.

»Vielleicht«, sagte Steven. »Das ist noch nicht entschieden.« Er schaute wieder nach vorn. »Und was machst du so, Kleiner?«

Die Frage war eigentlich gar keine Frage, sondern eine Herausforderung. Rechtfertige dich, wollte Steven Sugar damit sagen. Stell dich selbst in das bestmögliche Licht, beeindrucke mich. Der Wind fuhr in feuchten Böen durch das Laub. Regen trommelte blechern auf das Dach.

Ich dachte an meinen Sommer zurück: an die Stunden, die ich mit Grandpa verbracht hatte, an die nächtliche Mission mit meiner Mutter.

»Ich bin ein Aktivist«, sagte ich.

Sugar warf mir einen Seitenblick zu.

»Aktivisten setzen sich für ihre Mitmenschen ein. Ich möchte das auch.« Mit meinem Ärmel wischte ich mir das Wasser aus dem Gesicht. »Allerdings bin ich noch nicht besonders geübt darin.«

Später am Abend brachten die beiden Jungs eine Einkaufstüte mit Crackern, Marshmallows, Schokolade und einer einzelnen Dose Bier zum Vorschein. »Sabber nicht ins Bier«, sagte Steven. Wir ließen die Dose kreisen und rösteten Marshmallows, bis alles aufgegessen war. Ich hatte einen üblen Geschmack im Mund und war pappsatt.

Steven erzählte mir, daß er sich nach der Schule beim Militär verpflichten wollte. Nicht weil er Lust hatte, andere Leute in den Hintern zu treten, sondern bloß weil es eine kostenlose Fachhochschulausbildung bedeutete. »Wohlgemerkt, ich hab nichts dagegen, den einen oder anderen Arschtritt auszuteilen«, sagte er.

Ich sagte, ich sei mir noch nicht sicher, würde aber vermutlich gleich aufs College gehen. »Vassar«, sagte ich.

Tolson zupfte sich geistesabwesend angesengte Haarbüschel vom Kopf und warf sie ins Feuer.

Wir redeten, bis der Regen aufhörte und die Sterne zu sehen waren. Tolson sagte, ich solle mir wegen meines Großvaters keine Vorwürfe machen. »Meiner ist auch verrückt. Er hat Alzheimer und glaubt unbeirrbar, er würde sich in einem Kaufhaus befinden. Uns hält er für die Angestellten, die sich weigern, ihn zu bedienen. Immerzu ruft er Sachen wie: ›Bedienung! Wo bleibt die Bedienung?‹ Die Scheiße macht ihn völlig fertig.«

Steven sagte, seine Großeltern seien tot, aber er habe eine Großtante. »Die ist total cool. Sie hört den lieben langen Tag den Polizeifunk ab, und ansonsten macht sie höchstens ein bißchen Gartenarbeit und so 'n Zeug.«

Ein Fuchs schlich über die Lichtung. Seine grünen Augen

leuchteten im Dunkeln, und sein Schwanz wand sich langsam im Kreis. Wir sahen einfach zu; niemand sprach ein Wort. Der Fuchs verschwand geräuschlos im Unterholz.

Wir legten weitere Torfstücke ins Feuer. Die Flammen loderten hoch; Funken flogen in die Nacht hinaus und verglühten; die Schatten zauberten lange, reglose Gesichter auf die Baumstämme.

»Sieh mal«, sagte ich und stieß Steven an. Ich zog meinen Schuh und meine Socke aus.

Tolson beugte sich ebenfalls neugierig vor.

Ich stellte meinen rechten Fuß auf das ehemalige Armaturenbrett.

»Wow«, sagte Tolson.

»O Mann«, sagte Steven.

»Ihr wißt ja, was man sich über Kerle mit sechs Zehen erzählt«, sagte ich zu meinen neuen Kameraden.

Im Morgengrauen wachte ich auf und wußte sofort, daß ich längst vermißt wurde. Die anderen beiden schliefen noch. Bei Tageslicht sah Tolsons Gesicht irgendwie eingesunken aus, und es hatte die Farbe einer Pflaume. Stevens Schnarchen klang wie das leise und gleichmäßige Rattern eines Generators.

Ich stieg aus dem Studebaker und ging zum Pinkeln ins Gebüsch. Während ich dort an einem Baum lehnte, legte ich mir einen Plan zurecht: Ich würde mich bei allen entschuldigen und sagen, daß es mir leid tat. Falls nötig, würde ich betteln. Ich würde alles in Ordnung bringen. Ich mußte alles in Ordnung bringen.

Steven nahte mit torkelnden Schritten. »Morgen«, sagte er und fing an, sich zu erleichtern.

»Ich muß los«, sagte ich.

»Laß dich nicht aufhalten.« Steven salutierte mit seiner freien Hand und seufzte wohlig auf. »Und richte deinem

Großvater aus, daß ich nicht mehr sauer auf ihn bin. Der Job als Zeitungsjunge war ohnehin ätzend. Sag ihm, ich hoffe, daß er diesen Nixon-Typ erwischt.«

»Wen?« fragte ich.

»Diesen Kerl mit der Nixon-Maske.« Steven zog den Reißverschluß hoch. »Tolson und ich haben ihn eines Abends gesehen. Den Mann, der diesen ganzen Mist auf die Tafel deines Großvaters sprüht.«

Ich brauchte zwanzig Minuten, um im Dauerlauf das *Beachcomber Motel* zu erreichen und dort den Münzfernsprecher zu benutzen. Während ich wartete, ging ich unruhig auf dem Parkplatz auf und ab. Hoffentlich würde mein Vater sich beeilen.

Davor hatte ich zuletzt am Tag von Grandmas Beerdigung mit Ty Claiborne gesprochen, bei dem Empfang.

Ich hatte keine Lust mehr auf Beileidsbekundungen gehabt und wollte mich irgendwie ablenken. Also beschloß ich, den Pool im Garten zu reinigen und mit dem Netz die toten Insekten von der Oberfläche zu fischen. Mein Vater kam zu mir nach draußen.

»Hallo, George«, sagte er. »Ich wollte dir sagen, wie leid es mir tut. Wegen deiner Grandma, aber auch wegen allem anderen.«

Ty trug einen dunkelblauen Anzug und nippte an einer Pepsi Light, während ich das Becken umrundete, die Insekten einsammelte und kein Wort mit ihm sprach. Er war ein dünner blasser Mann mit strohblondem Haar. Er sah aus, wie ich mir einen Bestattungsunternehmer vorgestellt hätte, blutleer und irgendwie fade. (Der Bestatter bei Grandmas Beerdigung war hingegen ein rundlicher und beinahe vergnügter Mann gewesen, der mit einer Blume im Knopfloch geschäftig durch seine Räumlichkeiten geeilt war.)

Tys Aussehen hatte sich seit unserer letzten Begegnung deutlich verändert, seit dem Zwischenfall auf dem Parkplatz in Blue Hill, vier Jahre zuvor. Damals hatte er gedroht, meine Mutter zu töten, und Paul hatte ihm mit einer Schneeschaufel die Nase gebrochen. Sein Haar war sehr lang gewesen, und er hatte blutüberströmt im Schnee gelegen. Sogar nachdem meine Mutter mich eilends nach drinnen gebracht und im Badezimmer eingeschlossen hatte, konnte ich ihn immer noch jammern hören.

Als ich nun genauer hinsah, bemerkte ich den deutlichen Höcker auf seinem Nasenrücken.

Meine Mutter hatte mir von Tys zweijähriger Abstinenz erzählt, seinem neuen Job, dem Studienabschluß, den er in der Haft nachgeholt hatte, und der gemeinnützigen Arbeit, die er bei der YMCA verrichtete. Emma sagte, er wolle gern mit mir reden. Sie sagte, ihrer Meinung nach solle ich ihm eine Chance geben. (Ironischerweise hatte ich gerade zu jener Zeit aufgehört, mit meiner Mutter zu sprechen.)

»Ich weiß, daß das wie eine Ausrede klingt, aber das ist es nicht. Es tut mir wirklich leid, George. Im Entzug gibt es keine Ausreden. Ich war ein lausiger Ehemann und ein noch schlimmerer Vater. Ich bin ein Alkoholiker, ein Drogensüchtiger und ein Stück Scheiße auf dem Weg der Besserung. Das ist die Wahrheit. Ich habe zwanzig Jahre meines Lebens im Klo runtergespült und jeden, der sich mir nähern wollte, mit Dreck beworfen.« Er atmete tief durch. »Und es tut mir leid.«

Mrs. Desjardins gesellte sich lächelnd mit einer Mülltüte zu uns. Sie sammelte Tys Pappbecher ein und hielt dann geduldig die Tüte auf, damit ich das Netz voller toter Insekten ausschütteln konnte.

»Grandma hat mir beigebracht, wie man den Pool reinigt«, sagte ich zu meinem Vater, nachdem sie wieder gegangen war.

»Tja, dann paßt es wohl irgendwie zum heutigen Tag«, sagte er.

Wir standen noch ein paar Minuten dort herum, und ich sagte nichts mehr. Der Pool war sauber. Dann bot Ty an, mir seine Telefonnummer zu geben. »Falls du möchtest«, sagte er.

»Ich bin nur einverstanden, wenn du nicht von dir aus anrufst«, sagte ich.

Ty versprach es mir und hielt sein Versprechen.

16.

Als das Taxi vor dem *Beachcomber* auftauchte, dachte ich nicht über das Versprechen nach, sondern über die Insel Rhodos und den Artikel des mehrfach geschiedenen Professors. Ich erinnerte mich an die bizarre Idee des Verfassers, die Ritter des Johanniterordens hätten sich in voyeuristische streunende Katzen verwandelt, die Sonnenbäder nahmen und die strammen braunen Brüste der europäischen Touristinnen bewunderten. Und ich erinnerte mich an den Kassierer der Tankstelle, den Gothic-Typen mit der Gabel auf dem Adamsapfel, der sich so sehr für die Desjardins interessierte. »Damn it. Janet.«

Die Reifen des Kombi knirschten über den Kies, und ich lief von der Telefonzelle hinüber.

Ich öffnete die Tür und ließ mich auf das rissige Leder der Rückbank fallen. Der Wagen roch nach Kiefernholz und Zigaretten.

»Hallo«, sagte Ty. »Ich bin froh, daß du angerufen hast. Weißt du, daß deine Mutter nach dir sucht?«

»Ich muß zum Haus meiner Großeltern«, sagte ich.

»Rufst du von dort aus deine Mutter an?«

»Ja.« Dann fügte ich hinzu: »Bitte sprich nicht mit mir.«

»Okay«, sagte er. »Haben wir es eilig?«

»Ja«, sagte ich.

Ty wendete auf dem Parkplatz, bog auf die Route 12 ab und schaltete das Kassettenradio ein. Bob Dylans Stimme und seine Mundharmonika erklangen. Bob sagte, er könne es kaum fassen; erst letzte Nacht seien sie noch zusammen gewesen, und nun benehme sie sich, als würde sie ihn gar nicht kennen.

Der Wagen holperte über einen Ast, der auf der Fahrbahn lag. Ohne sich umzudrehen, streckte Ty den Arm nach hinten aus und wies auf den Sicherheitsgurt neben meiner Schulter. Ich schnallte mich an.

»›Damn it. Janet.‹ Sagt dir das was?«

»Ein Song aus der *Rocky Horror Picture Show*. Einer der Filme, die ich damals vorgeführt habe.«

»Verbindest du sonst noch etwas damit?« fragte ich.

»Nein, es sei denn, du trägst gern Frauenkleider oder interessierst dich für Tim Curry.«

»Danke«, sagte ich. Ich war mir immer noch nicht ganz sicher, was das alles zu bedeuten hatte, aber ich sah allmählich die Konturen vor mir.

»Keine Ursache.« Mein Vater bog auf die Interstate ein. Dann streckte er abermals die Hand nach hinten aus und machte eine Kurbelbewegung. Ich sagte, ich hätte nichts dagegen. Er kurbelte sein Fenster herunter. Wir fuhren an einem Sattelschlepper vorbei, der mit blinkenden Warnlichtern auf dem Seitenstreifen stand; die Granitmauer rechts neben der Fahrbahn glitzerte feucht. Die Morgenluft war frisch und duftend.

»Hast du ein Mobiltelefon?« fragte ich.

»Klar«, sagte er und gab es mir.

Ich rief meinen Großvater an. Das Telefon klingelte fünfmal, und dann hob Grandma ab. »Klagt nicht, organisiert euch«, sagte sie und gluckste asthmatisch. »Und hinterlaßt gefälligst eine Nachricht.« Der Piepton erklang. Ich unterbrach die Verbindung.

Das Taxi sauste die Ausfahrt hinunter und bog nach links in die Dundee Avenue ein. Ich starrte den Hinterkopf meines Vaters an, das kurze blonde, grau gesprenkelte Haar. Nur noch ein paar Kilometer bis zu unserem Ziel. Ich war nervös und ein wenig ängstlich, aber gefaßt. Ich dachte an ihn eigentlich nicht wie an meinen Vater. Das war womöglich ganz gut so.

Mein Vater war ein übler Kerl; ein Süchtiger und Krimineller, ein jähzorniger Mann, der schrie und Blut auf den Schnee verspritzte. Ty Claiborne jedoch war ein Taxifahrer mittleren Alters, der mich in seinem Wagen mitgenommen hatte, als ich in einer Notlage steckte. Jemand brauchte Hilfe, und du reichtest ihm die Hand und umgekehrt.

Wir hielten mit quietschenden Reifen am Straßenrand, und ich sah meinen Großvater dort auf dem Rasen liegen. Noch bevor das Taxi richtig zum Stehen gekommen war, hatte ich schon den Gurt und die Tür geöffnet.

Ich stolperte vorwärts, ruderte mit den Armen, um nicht das Gleichgewicht zu verlieren, fiel aber trotzdem hin. Ich rappelte mich vom feuchten Gras auf, lief zu ihm und kniete mich neben ihn.

Er lag auf dem Rücken, und die Schöße seines Bademantels klafften weit auseinander. Sein Atem klang pfeifend, und sein glasiger Blick war von schräg unten auf die Tafel gerichtet, so daß sie ihm wie die hoch aufragende Fassade eines Gebäudes vorkommen mußte. Da war das ernste Porträt des früheren Vizepräsidenten Albert Gore jr., gefolgt von der unerschrockenen und zutreffenden Aussage:

DER WAHRE PRÄSIDENT
DER VEREINIGTEN STAATEN

Aber man konnte nicht übersehen, was jemand mit grüner Farbe quer über die Bildunterschrift gesprüht hatte: *WÄHLT NADER, IHR LUMPEN!*

»Es wird alles wieder gut, Grandpa«, sagte ich. »Es wird alles wieder gut.« Nichts an seiner Miene ließ erkennen, ob er mich gehört hatte. Er hatte nur Augen für Al Gore.

Ich hatte immer noch das Mobiltelefon meines Vaters. Ich fing an, eine Nummer zu wählen.

»Wir haben bereits einen Krankenwagen gerufen«, sagte Mrs. Desjardins.

Gil und seine Frau standen natürlich auch dort.

Zu diesem Zeitpunkt kannte ich noch nicht die Einzelheiten; daß Gil schon seit Jahren Reiseberichte für unbedeutende Zeitungen verfaßte (unter dem Pseudonym G.T. Flowers); daß er dabei meistens über Orte schrieb, die er nie besucht hatte; daß in diesen Artikeln häufig nackte Europäer, streunende Katzen, seine Exfrauen und noch ein paar andere Dinge erwähnt wurden, die für ihn von bleibendem Interesse waren; daß es ihn ungeheuer überrascht hatte, in der Sonntagsausgabe der *New York Times* abgedruckt zu werden, und er vor lauter Ungeduld nicht erst zum Supermarkt fahren wollte, um sich ein Exemplar zu besorgen; daß er statt dessen einfach nach nebenan gegangen war und aus der bereits gelieferten Zeitung meines Großvaters den Reiseteil geklaut hatte.

Und genausowenig wußte ich bislang, daß Gil die Zeitung meines Großvaters auch danach noch geplündert hatte, weil er schlicht zu geizig für ein eigenes Abonnement war und zu faul, sich ein Exemplar von der Tankstelle zu holen; daß es einen weiteren Grund gab, aus dem er ungern die Tankstelle betrat, nämlich den Manager (Mr. Tätowierter Adamsapfel), der Gil einst in einer vollkommen anderen Umgebung begegnet war: auf dem Campus der Universität, bei einer Mitternachtsvorstellung der *Rocky Horror Picture Show*; daß Gil an dem besagten Abend eine Lederhose mit ausgeschnittenen Pobacken getragen hatte und nacktarschig auf einem Dreirad durch die Gänge gefahren war.

Vor allem aber hatte ich noch nicht begriffen, daß die Verunstaltung von der Tafel meines Großvaters nicht das geringste mit der *New York Times* oder Steven Sugar zu tun hatte. Ich wußte nichts von der Vorgeschichte, die Gil und Ralph Nader verband, nichts von seiner tiefen und inbrünstigen Verehrung für diesen Mann. Erst einige Monate später, nachdem Gils fünfte Scheidung eingereicht war, erhielten wir einen Brief von Mrs. Desjardins, der diese letzte Wissenslücke füllte.

Um es kurz zu machen, sie behauptete, Gil glaube mit absoluter Sicherheit, er habe einst im Verlauf einer Orgie, deren Teilnehmer allesamt maskiert waren, Ralph Naders nackte Schenkel gestreichelt. Laut Gil sei diese mystische Vereinigung 1973 während einer ausgedehnten nächtlichen Party im *Beverly Hills Hyatt* zustande gekommen, im Anschluß an eine Vorlesung über die Anwendbarkeit von Kants Thesen auf den Watergate-Skandal. Der angebliche Nader habe zwar eine violette Zorro-Maske getragen, doch Gil sei dennoch felsenfest davon überzeugt, es habe sich bei dem Mann um den furchtlosen Verbraucheranwalt gehandelt. Ferner schrieb Mrs. Desjardins (deren Wortwahl nicht über einen Anflug von Eifersucht hinwegtäuschen konnte), daß Gil beteuerte, der Maskierte habe sein Streicheln sanft erwidert, mit all der Anteilnahme und Aufmerksamkeit, die man von einem Mann erwarten konnte, der sein Leben selbstlos dem Gemeinwohl gewidmet hatte.

Zumindest stand das in ihrem Brief.

Das alles mochte stimmen oder auch nicht. Ich hätte jedenfalls nie vermutet, daß Gil, der witzige alte, unanständige alte Gil, überhaupt dazu fähig gewesen wäre, im Laufe der Jahre einen derartigen Groll auf meinen Großvater zu entwickeln, weil dieser ständig über seine Gewerkschaften, Solidarität und das Gemeinwohl schwadronierte. Ich wäre nie darauf gekommen, wie sehr er sich offenbar genervt fühlte.

Mit anderen Worten, ich hatte Gil völlig falsch eingeschätzt.

Ich sah ihn ungläubig an. Der Name Tom Hellweg kam mir in den Sinn und verflog genauso schnell wieder wie ein schlechter Geruch.

Gil stand klein und gebrechlich im Kimono seiner Frau da. Er hatte die Hände mürrisch in den Taschen versenkt und sich die Richard-Nixon-Maske hoch auf den kahlen Schädel geschoben. Sein Hals und die Maske waren mit roter Farbe bespritzt, denn mein Großvater hatte aus seiner Scharfschützenstellung im Gästezimmer einen Volltreffer mit dem IL-47 gelandet.

Mrs. Desjardins trug einen ledernen Overall, bis zu den Ellbogen reichende Handschuhe und eine Autofahrerhaube, die mit einem rosafarbenen Hakenkreuz verziert war. »Der Krankenwagen müßte gleich hier sein.« Sie lächelte strahlend wie immer. »Ich glaube, es ist bloß ein Schlaganfall.«

»Er hat immer nur über Politik geredet«, sagte Gil. »Er verstand dabei nicht den kleinsten Spaß.«

Ich sagte das Offensichtliche, das einzige, worauf es wirklich ankam. »Sie waren sein Freund.«

»Und er hat sich nie an den Kosten für mein Gras beteiligt«, sagte Gil.

»Sie waren sein Freund«, wiederholte ich.

Er vergrub die Hände noch tiefer in den Taschen. Die Nixon-Maske auf seinem Kopf sah wie ein zusammengefallenes Soufflé aus.

»Außerdem ist Ralph Nader diesem Al Gore noch nie etwas schuldig gewesen.«

Die Wagentür wurde zugeschlagen. Tys Schuhe hämmerten über den Asphalt.

Der alte Mann im Kimono verzog das Gesicht.

Ty blieb neben mir stehen. »Ist das eine Kostümparty?« fragte er.

»Mir reicht's. Ich geh nach Hause«, sagte Gil, drehte sich um, eilte in raschelnder Seide die Auffahrt hinunter und verschwand hinter der Hecke. Mrs. Desjardins folgte ihm kichernd in ihren schweren Motorradstiefeln.

Wir drei blieben allein zurück, mein Vater, mein Großvater und ich, dort auf dem Rasen, im Schatten der Tafel mit dem Bild jenes Mannes, der Präsident hätte sein sollen.

»Grandpa«, sagte ich, »kannst du mich hören?«

Seine Augen richteten sich im Zeitlupentempo auf mich, wie rostige Schrauben, die nur ganz langsam gelöst wurden. Sein Gesicht war schlaff und aschfahl. Er öffnete den Mund, brachte aber lediglich ein Krächzen zustande.

»Du brauchst nicht zu reden«, sagte ich und schloß seinen Bademantel.

Ty lief zur Straße, um den Krankenwagen abzupassen, bevor dieser womöglich die Abzweigung übersah.

Mein Großvater starrte mich an. Seine blauen Augen wirkten verängstigt. Eine Träne lief ihm über die Wange und folgte dem Verlauf einer Falte, bevor sie zu Boden tropfte.

Ich nahm seine Hand. »Du wirst wieder gesund, Grandpa«, sagte ich und drückte seine Finger, um ihm Mut zu machen. »Wir ziehen das gemeinsam durch.«

Er öffnete den Mund, um etwas zu sagen, und bekam wieder nur ein Husten über die Lippen. Es klang irgendwie ruckartig, ein nasses Gurgeln, und ich konnte sehen, daß er zu schlucken versuchte. Er fing an, hektisch zu blinzeln, und seine Wangen färbten sich rot.

Es war soweit; dies war die Stelle, an der mein Großvater starb.

Dies war die Stelle vor der Stelle, an der wir zu einer weiteren Beerdigung gingen. Ich sah die alten Männer in den schwarzen Vinyljacken der Ortsgruppe 219 hinten im Saal des Bestattungsinstitutes stehen. Ich hörte sie über die Zeiten flüstern, in denen Henry McGlaughlin seinen Daumen in die Höhe gereckt und einen einflußreichen Vertragspartner des Verteidigungsministeriums gefragt hatte, ob er beim Draufsetzen Hilfe benötige. Ich sah uns einen weiteren Sarg in die Erde hinunterlassen und hörte alle die *Internationale* singen, während der Geistliche nervös abwartete.

Das alles sah und spürte ich.

Ich hatte immer noch Tys Mobiltelefon. Ich rief zu Hause an.

»Hallo?« Ich war unglaublich erleichtert, Dr. Vics Stimme zu hören.

»Ich fürchte, er erstickt«, rief ich. »Ich fürchte, Grandpa erstickt.«

Einen Moment lang herrschte Stille. Mein Großvater zitterte inzwischen am ganzen Leib, vibrierte wie eine Gitarrensaite. Er verdrehte die Augen. Von fern hörte ich die Sirene des Krankenwagens.

»Wie kommst du darauf, George?«

»Sein Gesicht verfärbt sich lila. Er sieht aus, als versuche er zu schlucken.«

»Okay, ich glaube dir.«

»Danke. Es tut mir leid«, sagte ich.

»Nicht jetzt«, fiel er mir ins Wort. »Ich wette, deinem Großvater steckt eine Erdnuß in der Kehle. Ich möchte, daß du seinen Mund öffnest und ihm einen Finger auf die Zunge legst. Dann schiebst du deinen Finger so weit wie möglich nach unten und versuchst das Ding zu lösen.«

Der Mund meines Großvaters stand bereits weit offen. Ich steckte ihm meinen Zeigefinger in den Hals. Als ich etwas Hartes spürte, kratzte ich mit dem Fingernagel daran. Im nächsten Augenblick keuchte Grandpa auf und biß zu.

Der Krankenwagen kam zum Stehen, und die Sanitäter rannten quer über den Rasen.

Ich hielt mir meinen Finger vor die Nase, um ihn zu begutachten. Er war schief. Ich ließ ihn wieder sinken, blieb im Gras liegen und atmete. Die Sonne stand über dem Haus und ließ die Dachschindeln golden erglänzen. Ich lag einfach da.

Ty hockte sich neben mich. »Deine Mutter ist am Telefon«, sagte er. »Sie möchte mit dir sprechen.«

Ich setzte mich auf und nickte ihm zu. Er war fast schon ein alter Mann. Wenn ich ihn ansah, konnte ich erkennen, wie ich im Alter aussehen würde. Das war in Ordnung. Uns beiden blieb noch jede Menge Zeit. So ein Menschenleben dauert verdammt lange.

»Mom?«

Ihre Stimme überschlug sich beinahe. »Geht es dir gut? Bitte sag mir, daß es dir gutgeht, George. Ich muß wissen, daß es dir gutgeht.«

Es ging mir gut. »Ich bin okay«, sagte ich ihr, und sie keuchte auf. Dann fingen wir beide gleichzeitig an zu reden.

ORGANISIERT EUCH!

Als die beiden Wolkenkratzer einstürzen, sind wir gerade im Krankenhaus. Mein Großvater wurde auf die Pflegestation verlegt, wo die Therapeuten ihm helfen, wieder sprechen und gehen zu lernen. Meine Mutter, Dr. Vic und ich sitzen an sei-

nem Bett und schauen zu dem Fernseher, der unter der Zimmerdecke angebracht ist. Schockiert und schweigend bedienen wir uns immer wieder von Grandpas Teller, da er sein Mittagessen nicht angerührt hat. Das Gesicht des alten Mannes ist auf einer Seite zu einem schiefen Grinsen erstarrt; er sieht nun immer betrunken aus. Er versucht nicht, etwas zu sagen. Irgendwie ist keinem von uns nach Reden zumute. Einer der Fernsehreporter versucht zu beschreiben, wie es sich anhört, wenn ein Mensch einhundert Stockwerke im freien Fall zurücklegt und dann auf das Dach eines Wagens aufschlägt. Die Beschreibung ist unzulänglich.

Irgendwann wird der Präsident zugeschaltet. Er sagt uns, wir sollten Ruhe bewahren. Er sagt uns, alles sei unter Kontrolle.

Mein Großvater fängt an zu weinen. Seine Stimme klingt, als hätte er Helium eingeatmet und sich Baumwolle in den Mund gestopft. »Der Präsident sieht so stark aus, nicht wahr? Ich glaube, er wird gute Arbeit leisten. Ehrlich, das glaube ich.« Das halbe Lächeln ist grotesk, und ich hasse mich selbst dafür, daß ich ihn am liebsten gar nicht ansehen möchte.

Emma schaltet den Fernseher aus und geht zu Grandpa.

»Kann ich meinen Pudding haben?« fragt er.

»Den hab ich gegessen«, sage ich.

Er schluchzt. Er lächelt halb. »Schon in Ordnung, George. Die geben uns hier alles, was wir nur wollen.«

Bei ihrer Hochzeit tanzen meine Mutter und Dr. Vic ihren ersten Tanz zu einem Lied der Flying Burrito Brothers. Ich habe mittlerweile wenigstens die Zuverlässigkeit meines Stiefvaters schätzengelernt, seine Konsequenz. Er liebt Bands mit den Namen von Nahrungsmitteln, und meine Mutter liebt ihn. Ich akzeptiere es.

Während ihrer Flitterwochen im Dezember machen die Frischverheirateten eine Reise zu den Inseln des Mittelmeers.

Ich verbringe Weihnachten bei Ty. Wir fahren nach Portland und besuchen dort im State Theater ein Konzert von Bob Dylan. Bob ist spindeldürr wie ein Grashüpfer. »Meinst du nicht auch, daß Bob Ähnlichkeit mit der Königin von England hat?« fragt Ty. Wir kommen ganz gut miteinander aus, mein Vater und ich.

Auf der Rückfahrt frage ich ihn nach seinem überzähligen Zeh. Er lacht. Er sagt, der Zeh sei während seines ersten Drogenentzugs abgefallen. »Ich hab ihn in meiner Socke gefunden. Er ist einfach abgefallen.«

Ich glaube ihm nicht, aber er fährt rechts ran und zeigt es mir. Es stimmt. Außen an seinem Fuß ist eine kleine Narbe, sonst nichts.

»Hat es weh getan?« frage ich.

»Nein«, sagte er, »aber ich vermisse ihn.«

»Warum?«

»Weil er ein Teil von mir war«, sagt er.

Ich bin der letzte sechszehige Mann in meiner Familie.

Wir besuchen meinen Großvater in dem Zentrum für betreutes Wohnen, in das er verlegt wurde. Es gibt dort einen fetten orangefarbenen Kater, der auf dem ganzen Flur zwischen den alten Leuten umherläuft, und Grandpa ist sein bester Freund geworden. Der Kater heißt Softball. Während wir versuchen, mit Grandpa ein Gespräch über das Wetter oder die Bowlingliga der Senioren anzufangen, ignoriert er uns und redet mit der Katze. »Softball würde jeden Terroristen fressen, der es auf die Greise hier abgesehen hat, nicht wahr? Würde er diese Terroristen nicht einfach fressen?«

Wenn wir uns in der Schule über den Weg laufen, nicke ich Steven Sugar und Tolson, seinem früheren Lieutenant, zu. Sie salutieren lässig. Tolsons Gesicht ist verheilt, aber eine Seite ist dunkel, als würde er stets finstere Gedanken hegen.

Meine Mutter erzählt mir, daß das Mittelmeer wunderschön

sei, und »ja, die Berichte über zahllose nackte Brüste, die auf Rhodos zur Schau gestellt werden, sind wahr«. Sie bricht in schallendes Gelächter aus, aber mir ist es peinlich. Also darf sie mich nur oben auf den Kopf küssen. Das letzte, was sie zu mir sagt, ist: »Ich komme zu spät zur Arbeit.«

Am späten Nachmittag desselben Tages sind meine Mutter und Charlie soeben dabei, die Tür der Klinik abzuschließen, als der rostige blaue Kleintransporter mit quietschenden Reifen auf den Parkplatz einbiegt. Die GLA-Frau, die immer was von Hurenmeistern schreit und eine Baseballmütze mit glitzerndem Kreuz trägt, springt mit einem Eimer aus dem Wagen. Meine Mutter tritt vor, und Charlie greift nach seiner Waffe. Die GLA holt aus, überschüttet meine Mutter mit Erde und Regenwürmern und erwischt sie mit dem Plastikrand des Eimers mitten im Gesicht. Emma fällt nach hinten, und es ertönt ein Knacken, als würde jemand ein Ei auf dem Rand einer Schüssel zerschlagen. Das Ei ist der Kopf meiner Mutter, und der Rand ist der Bordstein. Sie ist sofort tot.

Sie habe nichts gespürt, heißt es, aber wer kann das schon wissen?

Und dann wird meine Vision real, und die drei Männer in schwarzen Anzügen treffen sich beim Beachcomber. *Mein Vater, Dr. Vic und ich holen sie ab. Dale ist aus Boston angereist, wohin er mit seiner neuen Frau und Familie gezogen ist. Paul ist aus Blue Hill gekommen, und Jupp ist aus seinem Gewächshaus aus den Niederlanden hergeflogen.*

Jupp zeigt mir eine herrliche Tomate, die er durch den Zoll geschmuggelt hat. Ich gebe ihm seinen Koffer zurück. »Wir haben ihn überallhin mitgenommen«, sage ich, und er fängt an zu heulen und läßt seine herrliche Tomate in den Dreck fallen.

»Mann«, sagt Paul im Wagen, »o Mann.«

»Ich hab mich ja schon öfter beschissen gefühlt, aber das hier

ist neu. Das ist der ultimative Tritt in die Eier.« Dale kurbelt das Fenster nach unten und streckt wie ein Hund den Kopf heraus. Jupp gibt Dale die Tomate und sagt, er solle sie wegwerfen.

»Tut mir echt leid«, sagt Jupp.

Paul sagt, er solle sich deswegen keine Gedanken machen. »So was kommt vor.«

Statt der Internationale *singen wir aus naheliegenden Gründen* Amazing Grace.

Nach der Beisetzung will Myrna Carp mit mir unbedingt unter vier Augen sprechen. In einem dunklen Zimmer stößt sie mich auf ein Sofa. Die Wimperntusche ist ihr über das ganze Gesicht gelaufen. Schniefend drückt sie meinen Kopf an ihre Brüste. Es sei ihre Pflicht, beharrt Myrna, während sie meinen Gürtel öffnet. Etwas, das sie meiner Mutter schuldig sei.

»Nein«, sage ich. »Hast du ein Kondom?« frage ich, und Myrna erinnert mich daran, daß sie die Pille nimmt, doch ich bestehe darauf.

Am Abend nach dem Begräbnis meiner Mutter knülle ich meine schmutzige Unterhose zusammen und werfe sie unter das Bett. Ich glaube nicht an ein Leben nach dem Tode, aber ich weiß, daß Emma sich gefreut hätte, weil ich ein Kondom benutzt habe.

Ich tue, was jeder tun würde: Ich weine, als könnte ich nie mehr damit aufhören. Niemand kommt, um nach mir zu sehen.

Drei Jahre später hat mein Großvater kein Interesse mehr an den Nachrichten. Es ist unklar, wieviel er noch weiß, aber er spielt gern mit Snowball und läßt sich im Rollstuhl über das Grundstück des Pflegeheims schieben. Wir sitzen unter einer großen Ulme, und er ist neben mir eingeschlafen. Ich gehe seit einem Jahr aufs College und habe derzeit Semesterferien.

Ich weiß nicht, wie es mir geht. Ich wünschte, jemand könnte mir alles erklären, könnte mir schlichte und klar getrennte Alternativen bieten, so wie bei einer Wahl. Ich würde einfach mein Kreuzchen machen und müßte keinen Gedanken mehr an meinen freien Willen verschwenden.

Ich frage mich, wo Steven wohl gerade steckt. Er hat sich natürlich gleich nach der Schule bei der Armee verpflichtet.

Da drüben muß es jetzt Nacht sein, eine Nacht wie blaue Seide über der Wüstenstadt und über dem Staub und dem Sand und der Stille zwischen den Feuergefechten.

»Okay«, sagt Captain Sugar. »Okay, Männer.« Seine Soldaten haben sich im Kreis um ihn versammelt. Von dem zerschossenen Marktplatz aus verlaufen gewundene kleine Gassen in alle Richtungen und bieten ein Dutzend verschiedener Möglichkeiten, das Kampfgebiet zu verlassen.

Das Gesicht des Captains ist sonnenverbrannt und ausgezehrt, aber er schaut allen nacheinander in die Augen. »Falls wir zusammenhalten, können wir immer noch heil aus dieser Sache herauskommen«, verspricht er.

Eiskalte Tiere

Die drei Männer gingen dicht hintereinander und waren durch ein Hanfseil gesichert: Kosskoff, der größte von ihnen, übernahm die Spitze, gefolgt von Funt, dem anderen Trapper; Pinet, ein Zahnarzt, bildete den Abschluß. Der heftige Schneefall erschwerte das Vorankommen und verlangsamte sie immer mehr. Sie trugen Laternen, und falls irgend jemand sie aus der Ferne beobachtet hätte, wären sie ihm womöglich wie ein einzelnes großes Ungetüm aus flackerndem Licht vorgekommen, das sich wankend dahinschleppte, weil es vielleicht verletzt war. Doch es beobachtete sie niemand.

Sie waren unterwegs zu Kosskoffs Frau. Auf der Südseite des Berges, fünf oder sechs Kilometer von hier, hatten die Trapper eine Hütte und einen Schuppen zum Zerlegen der Tiere. Kosskoffs Frau litt unter Zahnschmerzen. Sie war schwanger; es wäre für sie zu riskant gewesen, sich auf den Weg ins Tal zu machen.

Der Pfad zwischen den Steilwänden war eine Rinne voller Schnee. Sie verlief im Bogen immer weiter hinauf und konnte nicht besonders weit eingesehen werden. Die Felsen zu beiden Seiten waren mit Eis überzogen und ragten Dutzende von Metern in die Höhe, wo die zerklüfteten Schieferplatten schließlich auf den Himmel zu treffen schienen, eine rasch vorüberziehende grauschwarze Wolkendecke, die wie feste Materie aussah. Alles war in wirbelnden Schnee gehüllt.

Der dritte Mann, der Zahnarzt, hatte offenbar Probleme, mit den anderen Schritt zu halten. Er blieb immer wieder stehen, ruhte kurz aus und rieb sich die Arme. Danach preßte er sich die Kapuze an den Kopf, als wolle er etwas nicht daraus entweichen lassen. Dann erst stapfte er weiter.

Hinter den Männern verwehte der Wind alle Spuren.

Funt, der zweite Trapper, wurde durch die starken Böen fortwährend eingehüllt und verschwand zeitweise aus Pinets Blickfeld. Der Zahnarzt verspürte immer noch die Auswirkungen seiner morgendlichen Dosis; er hörte den Schnee zu laut: Für seine Ohren klang es wie das Kratzen von Metall auf Metall, ein Geräusch, das nichts mit fallendem Schnee oder böigem Wind zu tun hatte. Pinet war derartige Wahrnehmungsstörungen eigentlich gewohnt, aber diese Situation stellte etwas Neues für ihn dar, und so trug der Lärm nur noch mehr zu seinem Unbehagen bei.

Am meisten fürchtete er, daß das Seil reißen und er von den beiden anderen getrennt werden könnte. Pinet räumte ein, in seinem Leben schon so manche Schuld auf sich geladen zu haben, zum Beispiel, indem er seiner Frau untreu geworden war, aber ein Tod durch Erfrieren erschien ihm als zu heftige Bestrafung und sollte für größere Sünden als die seinen reserviert bleiben. Er wußte, daß er ein schwacher, für Versuchungen anfälliger Mann war, der vor jeglicher Konfrontation zurückschreckte. War dieses Wissen nicht schon Strafe genug? Solcherlei Gedanken beschäftigten den Zahnarzt, während er einen schweren Stiefel vor den anderen setzte, die Nase in seinem Gesicht sich wie ein Stalaktit anfühlte und sein Kopf von dem idiotischen Geräusch einer Gabel widerhallte, die über einen Blechteller gezogen wurde.

Und das alles mit der morbiden Aussicht, die Nacht – oder, Gott behüte, eine noch längere Zeit – in Gesellschaft der beiden Trapper und der Frau zuzubringen. Er würde sich erst wieder auf den Rückweg machen können, wenn das Wetter sich gebessert hatte.

Pinet kannte Funt flüchtig aus Limestones einziger Kneipe und fand ihn so abstoßend wie die meisten anderen Gäste. Die Schenke, ein namenloses schwarzes Dreckloch ohne Fenster und Belüftung, enthielt lediglich eine Handvoll Tische, und bei seinen zweimonatlichen Besuchen im Ort hatte der Zahnarzt sich schon mehrfach gezwungen gesehen, neben dem schmächtigen Trapper zu sitzen. Funt war primitiv und stank und kannte nur zwei Gesprächsthemen: Huren und das Töten von Tieren. Er schien all das zu verkörpern, was Pinet an dem trostlosen Leben in den Ansiedlungen haßte, zu dem er als wandernder Zahnarzt verdammt war. Einmal hatte Funt ihm bei einem großen Glas ranzigem Kartoffelschnaps genüßlich die entsetzliche Geschichte einer beinlosen Prostituierten in Ontario erzählt, die sich auf obszöne Zauberkunststücke verstand. Danach hatte der Zahnarzt wochenlang Alpträume über die arme Frau gehabt.

Kosskoff kannte er nicht. Der andere Trapper war sehr groß und vermutlich sehr dumm, aber er schien das Sagen zu haben.

Als sie den Zahnarzt aus seiner Benommenheit wachrüttelten – Pinet war mal wieder umgekippt, und der Wirt hatte ihn wie üblich auf den Heuboden verfrachtet –, war es Kosskoff, der die Situation erklärte: Die Frau hatte Zahnweh, sie war schwanger, und Pinet würde auf den Berg steigen müssen, um sie zu behandeln. Dann stopfte er dem Zahnarzt ein schmieriges Bündel Banknoten in die Hemdtasche und verkündete, sie würden sogleich aufbrechen. Sein breites Kreuz und sein Verhalten duldeten keinen Widerspruch, und für Pinet, einen Mann mit gewissen Bedürfnissen, bedeuteten zehn Dollar eine Menge Geld.

Nun marschierte Kosskoff vor Funt und Pinet unermüdlich voran, und die Schleppe seines langen schwarzen Pelzmantels schien hinter ihm über den Schnee zu gleiten.

Der Wind wehte ihnen genau entgegen und peitschte ihnen

den Schnee in die Gesichter. Pinet versuchte sich vorzustellen, wie es für die Frau wohl sein mochte, mit zwei solchen Männern in ein und derselben Hütte zu wohnen, vielmehr dort gefangen zu sein. Die Schmerzen kamen ihr womöglich wie eine Erleichterung vor. Der Zahnarzt erschauderte; er war müde und benötigte eine weitere Dosis. Das Schaudern konzentrierte sich auf seine Leistengegend, und Pinet erkannte, daß er dringend pinkeln mußte.

Er zog an dem Seil. Die beiden anderen blieben stehen und wateten dann zu dem Zahnarzt zurück.

Kosskoff bedeutete den Männern, sie sollten die Köpfe zusammenstecken. Sie beugten sich vor und legten einander die Arme um die Schultern. Auf diese Weise konnten sie sich relativ mühelos verständigen, während der Wind heulend gegen ihre Rücken schlug. Alle drei Männer hatten sich die Klappen ihrer Kapuzen fest vor den Mündern verknotet, daher war ihre Sprache gedämpft.

»Du hast angehalten«, sagte Kosskoff.

»Ich muß pissen«, sagte Pinet. »Bleibt bitte stehen. Wenn ich mich in den Wind stelle, friere ich ein. Nur eine Minute.« Er zog sich einen der vereisten Fausthandschuhe mit den Zähnen von der Hand und spuckte ihn zu Boden.

»Mach doch einfach in die Hose, *mon ami.*« Funt klang belustigt.

Pinet ignorierte ihn und tastete unter der Jacke nach den Knöpfen des Hosenschlitzes. Seine Fingerspitzen waren taub.

Der Schnee fiel immer dichter und rieselte von ihren Schultern. Die Gabel in Pinets Kopf kratzte immer schneller, vor und zurück, vor und zurück, scharrend und kreischend.

Er bekam die Knöpfe auf, nahm seinen Penis und zuckte bei der kalten Berührung zusammen.

Auf einmal wurde ihm die Nähe der anderen beiden Männer bewußt, die weiterhin ihre Arme um ihn gelegt hatten. Er blickte auf und sah ihre Augen in den Schlitzen der Kapuzen. »Geht ein Stück zurück«, sagte Pinet. »Ich muß pinkeln.«

Kosskoff blinzelte ein paarmal, sagte aber nichts. An seinen Wimpern hingen Eiskristalle.

»Geht zurück«, sagte Pinet. »Es dauert nicht lange. Sonst werde ich euch noch auf die Schuhe pissen.«

Funt kicherte und stieß seinen Partner mit dem Ellbogen an.

»Was?« Der Zahnarzt hielt seinen Penis unter dem Schoß der Jacke umklammert. Seine Blase schmerzte. Die Gabel kratzte und kratzte.

Pinet schaute wieder zu Kosskoff. Der große Trapper zuckte die Achseln und wich ein paar Schritte zurück. Funt tat es ihm nach.

»Danke«, sagte Pinet. Er kannte die Geschichten, die man sich über Trapper erzählte, über Männer, die zusammen in den Bergen lebten. Es gefiel ihm nicht, daß sie dort vor ihm standen, aber es war zu kalt, um gegen den Wind zu pinkeln.

Der Zahnarzt hob den Schoß der Jacke ein wenig an. Er fühlte, wie seine Hoden sich zusammenzogen, und hatte kurz mit einem Anflug von Übelkeit zu kämpfen. Dann konzentrierte er sich auf das Wasserlassen. Nichts geschah. Eine Sekunde lang glaubte er, in seiner Harnröhre habe sich ein Stück Eis gebildet, doch als er nach unten blickte, war seine Eichel zwar leicht bläulich verfärbt, ansonsten aber in Ordnung.

»Dreht euch um!« Pinet schwang die Laterne kraftlos in Richtung der anderen Männer. »Dreht euch um, verflucht noch mal. Ich kann nicht, wenn ihr mich dabei beobachtet.«

Die beiden Trapper sahen sich an. Pinet registrierte, daß Funts Unterkiefer sich bewegte, aber das Lachen ging im

Heulen des Windes unter. Dann drehten die zwei Männer sich langsam um, bis sie dem Zahnarzt ihre Rücken zuwandten.

Pinet zitterte und fühlte sich weich in den Knien. Er legte den Kopf in den Nacken, um sich zu fangen. Die Wolkendecke war schmutziggrau wie Waschwasser und schien jeden Moment herabstürzen zu wollen. Ihm wurde schwindlig bei dem Gedanken, gleich zu Boden gedrückt und von dem massiven Himmel zu Brei zerquetscht zu werden. Pinet fragte sich, was wohl zuerst kommen würde, die Pisse oder die Kotze.

Das Wasser entwich in einer Folge schmerzhafter Spritzer. Der Urin prasselte in den Schnee zu Pinets Füßen, und ein paar Tropfen wurden auf seine Stiefel geweht.

Pinet verstaute sein Glied wieder in der Hose und atmete mehrmals tief durch. Vielleicht würde ihm doch nicht übel werden.

Er zog an dem Seil, und die anderen beiden Männer drehten sich um. Dann steckten sie erneut die Köpfe zusammen.

»Wenn du das schon für schlimm hältst, solltest du mal lieber keinen Tripper bekommen, *mon ami*«, sagte Funt. »Der fühlt sich nämlich an, als müßtest du mit zerbrochenen Zähnen kauen.«

Pinet beugte sich würgend vor, schaffte es aber, sich nicht zu übergeben. Die Gallenflüssigkeit schmeckte kupfern. Er fiel auf die Knie. Am liebsten hätte er sich hingelegt und zusammengekauert. Kosskoff packte ihn am Ellbogen und zog ihn wieder hoch.

»Es ist nicht mehr weit«, sagte Kosskoff. »Meine Frau wird uns etwas zu essen machen. Und was zu trinken gibt's auch.«

Der Schnee wehte gegen ihre Körper. Das Wetter schien immer stürmischer zu werden. Nachdem er ihn der Kälte ausgesetzt hatte, brannte Pinets Unterleib. Der Zahnarzt war derartige Strapazen nicht gewohnt.

»Nicht mehr weit?« fragte er.

Kosskoff schüttelte den großen Kopf: Nein.

»Und es gibt etwas zu trinken? Etwas Starkes? Ich muß mich aufwärmen.«

»Aber klar«, sagte Funt mit einem Zwinkern. »Wir haben Wodka, Huren, Karten und einen Akkordeonspieler, der sich den Hals wund singt. Und Steaks. Riesengroße Steaks. Jawohl, Sir, wir haben da oben einen Saloon, und zwar einen verdammt hübschen.«

»Hört ihr ein metallisches Geräusch?« fragte Pinet. »Ein kratzendes Geräusch?«

Kosskoff starrte ihn an. Funt schnaubte verächtlich.

Er wollte es erklären. »Es ist wie Metall. Metall, das über Metall schrammt.« Pinet hielt sich ein Ohr zu.

»Hast du Messer im Kopf, Doc?« Funt lachte.

Pinet nickte.

»Weiter«, sagte Kosskoff, legte ihm eine Hand auf die Brust und stieß ihn.

Pinet stolperte und fiel auf den Hintern. Die beiden anderen Männer drehten sich um und gingen los.

Als der Zahnarzt sah, wie das Seil sich allmählich wieder spannte und durch den frischen Schnee schnitt, fiel ihm etwas ein. Das kam in letzter Zeit häufig vor. Wie aus dem Nichts tauchte plötzlich eine Erinnerung vor seinem geistigen Auge auf und bedrängte ihn wie ein Bettler oder Verrückter. Pinets Herz schlug schneller, sein Atem stockte, sein Kopf blockierte. Die Felswände blickten mit ihren Bärten aus Eis drohend auf ihn herab, der Schnee wehte und wirbelte und stürzte sich auf ihn.

Als Junge hatte er sich stets Haustiere gehalten, und einmal fand er unter einem Bodenbrett der Scheune zwei Mäusebabys. Sieh mal, Laurent. Sie sind Zwillinge, sagte seine Mutter.

Pinet nannte sie Molly und Polly, nach zwei Mädchen aus einem Märchenbuch, die von zu Hause wegliefen, eine Hexe befreiten und einen magischen Gegenstand bekamen, ein goldenes Auge, das blinzelte, sobald es eine Unwahrheit hörte. Er hoffte inständig, daß auch die Mäuse Hexen waren – das könnte die Abwesenheit ihrer Mutter erklären – und daß er vielleicht derjenige sein würde, der sie von ihrem Fluch erlöste. *Zwei Hexen*, dachte er.

Er hielt die Mäuse in einer Kiste, die er aus Holzresten zusammengezimmert hatte. Beim Abendessen steckte Pinet manchmal heimlich etwas Wildbret ein, um die Tiere später damit zu füttern.

Piepsend und mit leuchtenden Augen liefen Molly und Polly seine Arme hinauf und wieder hinunter. Er streichelte behutsam ihr feines braunes Fell, aber nur mit dem Zeigefinger, weil sie so klein und zerbrechlich waren. Wenn er sah, wie sie sich bisweilen die winzigen Pfoten rieben, glaubte er in dieser Bewegung etwas Menschliches zu entdecken. Der zukünftige Zahnarzt betete, daß seine Haustier-Hexen sich verwandeln und ihn mit einem Geschenk dafür belohnen würden, daß er sie so sehr liebte: zwei goldenen Augen; eines, um Lügner durch Blinzeln zu enttarnen, das andere, um sie verdorren zu lassen.

Aber eines der Tiere – er wußte nicht mehr, welches – erlag einer Krankheit, und als seine Mutter den Kadaver entdeckte, sah sie die überlebende Maus am Bein ihrer Schwester nagen. Daraufhin erklärte seine Mutter ihm, daß sich das Tier an dem toten Fleisch gewiß infiziert habe und nun leider ebenfalls getötet werden müsse. Aus Barmherzigkeit, sagte sie.

Gehorsam verfolgte Pinet, wie seine Mutter das überlebende Tier in das stählerne Eisfach setzte. Zum Abschied durfte er die Maus noch ein paarmal streicheln.

Sie würde nicht leiden müssen, hatte seine Mutter ihm

versprochen, aber nun war Pinet sich da nicht mehr so sicher.

Er zog abermals an dem Seil. Kosskoff machte kehrt. Funt warf die Arme hoch.

»Ja?« fragte Kosskoff.

»Wir werden doch nicht erfrieren, oder?« fragte Pinet.

Kosskoffs Augen verengten sich.

»Ich will nicht erfrieren«, sagte Pinet. »Ich will bloß einen Drink.« Er wußte, daß es unvernünftig und vielleicht sogar verrückt war, aber die Erinnerung an die zweite Maus, wie sie gekrümmt und steifgefroren dalag, mit weißem Reif auf den schwarzen Augen, erschien ihm wie eine böse Vorahnung.

»Du wirst am Leben bleiben, und du kriegst einen Drink«, sagte Kosskoff. »Aber nur, wenn du deinen Hintern bewegst.« Er stieß den Zahnarzt kräftig vor die Brust. Pinet taumelte zurück.

Der große Trapper drehte sich um und ging weiter. Funt ließ ihn vorbei und folgte ihm dann.

Auch Pinet schleppte sich Schritt für Schritt weiter.

Der Schneefall wurde noch dichter, und sogar Funt blieb nun dauerhaft außer Sicht. Der Zahnarzt konzentrierte sich auf das Seil. Ein Schritt und noch einer. Es war wie schlafwandeln, aber er träumte nicht.

Wo er auch hinsah, überall war Schnee.

Als er wieder zu sich kam, hämmerten die Männer soeben an die Tür, damit das Mädchen sie einlassen würde, hinaus aus dem Sturm.

Funt fragte ihn, ob das Mal auf seinem Hals ein Knutschfleck sei. Sie waren in der Hütte.

»Nein. Meine Frau ist abgehauen. Nach Hause. Zu ihrer Familie.« Der Zahnarzt winkte mit einer Hand wie zum Abschied.

Gleich nach dem Eintreten hatte das Mädchen ihnen aus der gefrorenen Kleidung geholfen und sie in trockene Pelze gehüllt. Jetzt saßen sie in ihrer langen Unterwäsche auf einem Bärenfell vor dem Herd.

Die Frau des Trappers hatte Fisch gekocht, und es roch im ganzen Raum danach. Sie war noch ein Mädchen und zudem zierlich, so daß ihr großer Babybauch nicht wie ein Teil von ihr wirkte, sondern sie eher wie ein Teil von ihm. Ihr Gesicht war glatt, flach und von heller Farbe. Als sie dem Zahnarzt einen kurzen Blick zuwarf, lag absolut nichts darin, nicht einmal Desinteresse – was zu belegen schien, daß Pinet keine besonders stattliche Erscheinung abgab, eine Einschätzung, die er durchaus teilte.

Er trank Wodka aus einem Blechbecher. Sein Kopf tat immer noch weh, aber das war normal. Das metallische Kratzgeräusch hatte aufgehört, und er war wieder zuversichtlich. Wenn die bevorstehende Aufgabe erledigt war, würde er sich mit einer doppelten Dosis dafür belohnen, dem Kältetod entronnen zu sein.

Die Hütte bestand aus einem einzelnen Zimmer. Der Herd nahm die Mitte des Raumes ein, und an den Wänden standen mehrere Regale, willkürlich vollgestopft mit Gefäßen und verbeulten Pfannen. Auf den Betten häuften sich Felle. An dem zentralen Deckenbalken hingen zwei Öllampen.

Pinet stellte sich vor, wie Kosskoff das Mädchen besprang, während Funt vom Nachbarbett aus zusah und sich mit der schwarzen Zunge hektisch den Schnurrbart leckte.

Der Wind zerrte an den Wänden und ließ die mit Brettern verbarrikadierten Scheiben wackeln.

»Ich schätze, dann wirst du deine Lektion wohl gelernt haben«, sagte Funt. Er war immer noch beim Thema Ehefrau. »Begnüg dich mit Huren, rein geschäftlich. Ich mach es jeder Hure von vornherein klar. ›Hure‹, sag ich, ›ich hab hier einen kleinen Geschäftsfreund, der eine Transaktion mit dir abwickeln möchte.‹ Ganz einfach.«

»Ich halte nicht viel von Bordellen«, sagte Pinet.

»Aber du kannst die Huren doch trotzdem ficken.« Wenn Funt grinste, streckte sein spärlicher Schnurrbart sich wie eine Raupe.

Der Zahnarzt trank Schluck um Schluck. Er würde dennoch imstande sein, die Zähne der Frau zu untersuchen.

Dann servierte sie ihnen auf Blechtellern den Fisch und sah ihnen stehend beim Essen zu. Sie hatte noch kein Wort gesprochen, und Pinet rechnete auch nicht mehr damit.

Das Essen schmeckte angebrannt und fade, und auch wenn der Zahnarzt Appetit gehabt hätte, wäre es ihm schwergefallen, viel davon herunterzubekommen. Funt und Kosskoff verschlangen die Tiere vollständig, samt aller Körperteile und Gräten. Die Geräusche, die sie dabei von sich gaben, drehten Pinet fast den Magen um. Er wollte nicht, daß ihm schlecht wurde. Sein Benehmen während des Aufstiegs war ihm peinlich. Der Zahnarzt goß sich noch eine Tasse ein.

Als Kosskoffs Frau sicher war, daß Pinet nicht länger in seinem Essen herumstochern würde, nahm sie seinen Teller und setzte sich auf eines der Betten. Sie aß mit den Fingern.

Nach dem Essen beschloß Kosskoff, daß der Zahnarzt sich an die Arbeit machen sollte. »Bring ihren Mund in Ordnung«, sagte er.

Pinet bat das Mädchen, auf einem Stuhl mit hoher Rückenlehne Platz zu nehmen. Dann stellte er seine Tasche auf das Bett und nahm die Kopfstütze sowie seinen Instrumentenkasten heraus. Er ging zu dem Stuhl und schraubte die Kopfstütze an der Lehne fest.

Der Lederbezug der Kopfstütze war abgenutzt, stellenweise eingerissen und verströmte einen ausgeprägten Geruch.

Pinet schätzte, daß im Verlauf seiner Reisen durch die Dörfer, Ansiedlungen und Holzfällerlager mehr als tausend ungewaschene Häupter darauf gelegen hatten.

»Lehn dich zurück«, wies er das Mädchen an.

Aus dem Kasten nahm er das einzige Instrument, das dort samt einiger austauschbarer Aufsätze auf dem Samtfutter lag. Es besaß zwei Schenkel, einer etwas länger als der andere, der kürzere spitz und hakenförmig. In gewisser Weise ähnelte es einem Nußknacker.

»Was ist das?« fragte Funt.

»Eine Forzeps«, sagte Pinet.

Funt kratzte sich die stoppelige Wange.

»Ähnlich wie eine Zange«, sagte Pinet.

Funt grinste. Eine Zange war etwas, das er kannte.

Der Zahnarzt wandte sich seiner Patientin zu. Die Trapper versammelten sich dicht hinter ihm.

Von Angesicht zu Angesicht sah Pinet nun, daß das Mädchen keine Weiße war, sondern eine Indianerin, vermutlich eine reinrassige Passamaquoddy, mit bemerkenswert blauen Augen. Ihre Nase war leicht nach links geneigt, weil man einen alten Bruch niemals gerichtet hatte. Irgendwie hübsch, dachte der Zahnarzt und hätte die verheilte Stelle am liebsten berührt, um mit dem Finger über den winzigen Höcker zu streichen.

»Wo liegt das Problem?«

Das Mädchen blinzelte ihn an.

»Sie kann nicht schlafen. Ihr Mund tut ständig weh«, sagte Kosskoff. »Auch beim Essen.«

Pinet nickte und trank einen Schluck aus der Tasse. Er entdeckte eine deutliche Schwellung an der linken Seite des Kiefers, dicht unter der Kinnlade. »Weit aufmachen«, sagte er.

Ihr Atem roch übel; das überraschte den Zahnarzt weder, noch störte es ihn. Er hatte sich längst an die desolaten

Münder der Landbevölkerung gewöhnt. Die Zähne des Mädchens waren rotgelb verfärbt, was auf den regelmäßigen Konsum von Kautabak hindeutete. Pinet bezweifelte, daß sie sich in ihrem Leben jemals die Zähne geputzt hatte. Die Farbe des Zahnfleisches ließ auf beginnende Parodontose schließen. Zwischen dem oberen rechten Eckzahn und dem benachbarten Schneidezahn klemmte ein Stück Fleisch.

Kosskoffs Frau würde in spätestens zehn Jahren eine vollständige Gebißprothese benötigen. Welch eine Schande, dachte der Zahnarzt. Er konnte sich gut vorstellen, was für hübsche und gleichmäßige Zähne das Mädchen bei entsprechender Pflege und Behandlung gehabt hätte. Pinet sah den gelblichen, von Fleischfasern umrankten oberen rechten Eckzahn, wie er hätte sein sollen: ein kleiner Gipfel aus schimmerndem Zahnschmelz, auf dem ein winziges Stückchen Schokolade klebte, bevor eine liebliche Mädchenzunge ihn sauberleckte. Pinet hob die Tasse an die Lippen; sie war leer.

Die Schmerzen des Mädchens waren auf Karies zurückzuführen, und zwar an dem Schneidezahn und dem Backenzahn, die beidseits des unteren linken Eckzahns saßen. Bei dem Schneidezahn war es nicht ganz so schlimm. Pinet prüfte die beiden Zähne mit dem längeren Schenkel der Forzeps; unter dem Druck der Spitze gaben sie verräterisch nach. Das Mädchen zuckte zusammen, blieb aber ruhig.

»Wo im Mund hältst du normalerweise deinen Kautabak?« fragte der Zahnarzt.

Das Mädchen wies auf den schmerzenden Bereich.

»Tja, zwei deiner Zähne sind kariös.« Pinet berührte sie sanft. »Der und der.«

Nachdem er seine Diagnose gestellt hatte, richtete der Wanderzahnarzt sich auf und ließ die Stille in der Hütte einige Sekunden lang wirken. Im matten Schein der zwei Öllampen hätte man den Siebenunddreißigjährigen ebensogut auf sechzig schätzen können. Er trug fleckige lange Unterwäsche, die eine Witwe ihm als Bezahlung für das Aufstechen einer Beule auf ihrer Zunge gegeben hatte. Und falls das ausgezehrte Gesicht und die ungewaschenen Unterhosen eines Verstorbenen nicht ausreichen sollten, einen zufälligen Beobachter von der absoluten Erbärmlichkeit seiner Person zu überzeugen, würde Pinet zudem noch auf seine gescheiterte Ehe, seine Drogensucht und notfalls auch auf die winzigen Gespenster seiner längst toten Haustiere verweisen können. All das ließ sich nicht leugnen; er akzeptierte es und machte sich nichts vor.

Dennoch war er ein Fachmann, ein Absolvent des Baltimore College und ein Veteran mit siebzehn Jahren Praxiserfahrung. Pinet war ein echter Zahnarzt, kein dahergelaufener Quacksalber. Also machte er diesen Bewohnern der Wildnis durch ein paar Sekunden Stille seine Autorität klar, um zu verdeutlichen, daß er wußte, was er tat.

Pinet faßte die Lage kurz und bündig zusammen. »Karies ist eine Zahnerkrankung. Eine Art Fäule, wenn man so will. Ich nehme an, du ißt meistens Fleisch. Der Befall geht wahrscheinlich auf deine einseitige Ernährung zurück – und auf deine Vorliebe für Kautabak. Der hintere Zahn muß raus. Er ist bereits abgestorben, und die Stelle hat sich entzündet. Den anderen könnte ich vermutlich aushöhlen und mit einem Stück Metall füllen, aber in deinem Fall würde ich das nicht empfehlen. Die Prozedur ist unangenehm, und ich glaube nicht, daß du dem Zahn zukünftig die notwendige Pflege angedeihen lassen würdest.«

Das Mädchen blinzelte und rümpfte die Nase.

»Zieh sie alle beide«, sagte Kosskoff.

»Einverstanden«, sagte der Zahnarzt und deutete auf den Bauch des Mädchens. »Wie weit bist du?«

»Am Ende des achten Monats«, sagte Kosskoff.

Funt johlte auf. »Also noch einen Monat und dreizehn

Jahre, bis ich den kleinen Scheißer runter zu *Maisie's* mitnehme und ihm eine Hausrunde spendiere. Die Mädchen werden's ihm besorgen, bis ihm der Schwanz abfällt.«

»Sei still«, sagte Pinet.

»Ist sie zu weit?« Kosskoff klang besorgt. »Ist es sicher?«

»*Pardon, mon ami*«, sagte Funt.

»Es dürfte kein besonderes Risiko bestehen«, sagte Pinet. »Doch ich wage es nicht, ihr ein starkes Schmerzmittel zu verabreichen. Außerdem kann natürlich trotzdem immer irgendwas passieren. Aber ich glaube nicht …«

»Zieh sie«, sagte Kosskoffs Frau und nickte eifrig. »Zieh sie einfach raus.«

Um das Gewebe wenigstens leicht zu betäuben, tupfte Pinet dem Mädchen Wodka auf das Zahnfleisch. Außerdem badete er seine Forzeps in dem Alkohol. Er legte ein paar saubere Stoffstreifen bereit und beschlagnahmte eine leere Zigarrenkiste für die gezogenen Zähne. Eine Illustration auf der Seite der Kiste zeigte eine fette Krähe, die wie ein englischer Dandy gekleidet war und einen dicken Stumpen qualmte. *Vergiß den Rest*, lautete die Aufschrift. *Meine Marke heißt Weidmann. Steck dir einfach eine in den Hals, und du wirst mir zustimmen!* Die Krähe hatte einen Flügel lässig hinter den Hosenträger geklemmt und ließ mit dem anderen einen Gehstock herumwirbeln.

Pinet wies die beiden Trapper an, nicht so dicht hinter ihm zu stehen.

Die junge Frau legte den Kopf nach hinten auf die Stütze und verschränkte die Hände ruhig und ordentlich vor dem Bauch. Pinet konnte in ihrem Gesicht mit den blauen Augen und der hübsch verformten Nase keinerlei Regung erkennen. Sie wartete mit offenem Mund wie ein Kind, das einen Bonbon erhoffte. Pinet ging davon aus, daß sie sich tapfer halten würde.

Der Zahnarzt war angetrunken, aber nicht allzusehr. Das metallische Scharren in seinem Kopf wurde allmählich wieder lauter, doch er konnte bis nach dem Eingriff warten. Pinet hatte sich schon unter weitaus schlechteren Bedingungen auf seine Fähigkeiten verlassen können.

Er stellte sich hinter den Stuhl und schaute zu dem Mädchen hinab. »Weit aufmachen.«

Sie gehorchte, und er legte flink die Forzeps um den ersten der Zähne. Um seinen Griff zu verstärken, zog Pinet die Schraube am Scharnier des Instruments immer weiter an, bis der Backenzahn ein Geräusch von sich gab, als würde ein Stück Zunder über einem Knie zerbrechen. Der verfaulte Zahn war unter dem zunehmenden Druck geborsten.

Etwas grauroter Eiter floß aus dem Infektionsherd über die Lippen des Mädchens. Sie stöhnte leise auf, mehr nicht.

»Stillhalten«, sagte Pinet.

Er griff um ihren Hals herum, konzentrierte sich und zog: Der Zahn löste sich sofort. Es ertönte ein leises Schmatzen, das Mädchen keuchte auf, und das war alles.

»Gut«, sagte der Zahnarzt und warf den faulen Zahn in die Zigarrenkiste. Dann griff Pinet in den Mund der Patientin und preßte mit den Fingern das entzündete Zahnfleisch zusammen. Immer mehr Eiter quoll hervor. Das Mädchen ballte die Hände zu Fäusten. Pinet hörte erst auf, als nur noch Blut aus der Öffnung drang. Er säuberte den Bereich mit Wodka und gab der Frau einen eingerollten Stoffstreifen, den sie auf die Wunde drücken sollte.

»Der Zahn war überreif. Ihr habt mich praktisch gar nicht gebraucht.«

Sie lächelte, um ihrem Mann und Funt die neue blutige Lücke zu zeigen.

Kosskoff atmete vernehmlich aus. Pinet bemerkte, daß auf Stirn und Wangen sowie im Bart des großen Mannes Schweißperlen glitzerten. »Sie hält sich prima«, sagte der

Zahnarzt, um ihn zu beruhigen. Kosskoff starrte ihn bloß aus leeren Augen an.

Funt klopfte dem Zahnarzt auf die Schulter und reichte ihm eine neue Tasse Wodka. »Du machst das gut, Doc.«

Pinet bedankte sich und nahm die Tasse. »Einer noch.« Er stellte die Forzeps in den Becher. Dann nahm er dem Mädchen das Stück Baumwolle ab und inspizierte die leere Zahnhöhle.

»Okay«, sagte Pinet. »Sehr gut.« Er nahm die Forzeps und trank einen großen Schluck, um sich zu stärken.

Kosskoff hatte sich genähert, kratzte sich am Bart und betrachtete seine Frau mit einer gewissen Verwunderung. Pinet bat ihn, wieder zurückzutreten.

Das Mädchen öffnete den Mund. Der Zahnarzt ging wieder so vor wie beim erstenmal und legte die Forzeps um den äußeren linken Schneidezahn im Unterkiefer der Patientin. Er zog die Schraube an. Diesmal war es schwieriger; dieser Zahn barg im Kern noch lebendige Substanz. Pinet zog die Schraube fester an. Das Mädchen erbebte. In seinem Schädel hörte der Zahnarzt schlagartig tausend Nadeln auf eine Stahlplatte fallen und dann laut quietschend und kreischend auf dem Metall umherrutschen. Seine Hand fing an zu zittern, seine Finger krampften sich um die Schraube und drehten sie noch einen halben Zentimeter weiter. Der Zahn barst mit feuchtem Splittern. Pinet stolperte zurück. Die Forzeps glitt ihm aus der Hand, wirbelte durch die Luft, prallte gegen die Wand und fiel klappernd zu Boden. Aus dem Mund des Mädchens spritzte Blut hervor und lief am Kinn herunter. Der dünne Strahl besudelte sogar die Unterhose des Zahnarztes. Das Mädchen schrie gellend auf.

Funt hielt Pinet fest, bevor dieser stürzen konnte. Kosskoff stieß einen Wutschrei aus, schob seinen Partner beiseite und ging auf den Zahnarzt los. Der große Trapper holte zum Schlag aus. Seine Faust war wie ein riesiger Holzhammer.

»Es tut mir leid«, sagte Pinet. »Herrje, es tut mir leid. Der Zahn, so was kann passieren, herrje, es tut ...«

Das Mädchen lachte auf. Ihr Mann hielt inne und ließ die Faust sinken.

»Seht mal«, sagte sie. Ihre Stimme klang ganz undeutlich vor lauter Blut in ihrem Mund. Die drei Bruchstücke des Schneidezahns lagen auf ihrer Handfläche. Sie grinste breit und enthüllte die neue blutige Lücke. Ein paar Tränen liefen über ihre Wangen.

Das Lachen des Mädchens war volltönend und klar, zart und melodisch. Pinet mußte an seine Hochzeitsfeier denken und wie sein Schwiegervater mit einer Silbergabel gegen ein kristallenes Champagnerglas geklopft hatte, um die Gäste um ihre Aufmerksamkeit zu bitten.

Das Mädchen strich sich über den Babybauch. »Er wird schon bald mehr Zähne haben als ich.«

Um den erfolgreichen Eingriff zu feiern, öffneten die Trapper einen Topf Branntwein, während Pinet sich beeilte, den Inhalator vorzubereiten. »Ich bitte um Verständnis«, sagte er, obwohl niemand einen Einwand erhoben hatte. »Es ist wegen meines Asthmas.« Aus einem schlichten Arzneifläschchen schüttete er drei Verschlußkappen einer klaren Flüssigkeit in die Einfüllöffnung des Geräts.

Kosskoffs Frau mischte den Branntwein mit Ahornsirup und Schnee und garnierte ihn schließlich mit braunem Zucker. »Ja!« rief Kosskoff. »Mach ihn schön stark!« Sie nahmen sich jeder einen langen Holzlöffel und teilten sich eine Schale.

Pinet hielt den Inhalator in der linken Armbeuge und bediente mit der rechten Hand die Pumpe. Dann nahm er die Tülle in den Mund und atmete tief, aber behutsam ein. Schon beim ersten Atemzug überkam ihn ein Gefühl großer Erleichterung, als würde jegliche Last von ihm genommen.

Als der Zahnarzt den Inhalator absetzte, kitzelte das Gelächter ihn bereits hinten in der Kehle. Er sah, daß die anderen ihn angrinsten; er grinste zurück.

Eine der Lampen erlosch, und im Raum wurde es dunkler. Durch einen unsichtbaren Spalt pfiff der Wind.

»Also«, setzte Pinet an und fing an zu lachen. Die anderen fielen ein. Funt rollte sich wie ein ausgelassener Hund auf dem Boden umher und stieß gegen das Mobiliar.

Pinet erzählte dem Mädchen, wie er draußen im Sturm versucht hatte, Wasser zu lassen. Sie prustete und zeigte ihr blutiges Zahnfleisch.

Kosskoff hämmerte übermütig mit einem Löffel auf einem Topf herum. »Das stimmt«, sagte er. »Das stimmt.«

»Ich dachte schon, du würdest ihn dir abfrieren«, sagte Funt, streckte den Arm aus und schlug Pinet aufs Knie.

»Dann hättest du ihn meiner Frau schicken können!«

Kosskoff jauchzte und trommelte auf dem Topf.

Das Mädchen lachte ebenfalls, lachte und lachte. Dann weinte sie, weil das Lachen ihre Schmerzen noch verstärkte.

Um sich zu trösten, holte sie ihren Beutel Kautabak hervor und biß ein Stück ab. Pinet wollte sie eigentlich warnen, daß dies schlecht für ihre Zähne sei und mit Sicherheit die Entzündung des Zahnfleisches verschlimmern würde, doch statt dessen hörte er, wie er sie um eine Kostprobe bat.

Er hatte noch nie zuvor Tabak gekaut und empfand den penetrant süßen Geschmack als überaus abstoßend. Er spuckte den Tabak aus. »Widerlich«, sagte er. »Das ist ja widerlich.«

Die anderen lachten. Kosskoff schlug den Topf.

Aus seiner Tasche holte Pinet seine Zahnbürste und ein Glas Paste. Dann bürstete er sich mit flinken Bewegungen die Zähne, bis Schaum aus seinen Mundwinkeln drang. Etwas davon lief ihm über das Kinn.

Erst als er fertig war, sich den Mund mit Wasser ausspülte

und es in einen Becher spuckte, registrierte er, daß die beiden Trapper und das Mädchen ihn fasziniert beobachtet hatten.

»Tut das weh?« fragte das Mädchen. Der Tabakklumpen wölbte ihre Wange.

»Nein. Es reinigt. Es fühlt sich gut an.«

Das Mädchen schüttelte zweifelnd den Kopf.

»Ich kannte mal 'ne Hure, die hat sich auch ständig die Zähne gereinigt«, log Funt. »Sie hatte eine ganze Sammlung vornehmer Zahnkratzer. Das war eine echte Attraktion.«

Was auch immer der Grund sein mochte, das spektakuläre Zähneputzen ließ die Gruppe still werden. Die junge Frau kaute nachdenklich auf ihrem Tabak herum. Funt und Kosskoff tranken und schienen an gar nichts zu denken. Kosskoffs Bart wirkte so groß und verfilzt wie ein Adlernest.

Der Zahnarzt war seltsam verlegen, als habe er etwas Falsches getan. Er fühlte sich an den unglückseligen Zwischenfall erinnert, dank dessen seine Frau ihn schmählich davongejagt hatte: Mrs. Pinet hatte ihn mit einer anderen Frau erwischt, einer weiteren Witwe, wie es sich gerade traf, die nicht nur an einem schmerzenden Kiefer, sondern zudem an einem freigebigen Naturell litt. Pinet konnte nichts für die Witwe tun – sie benötigte einen Chirurgen, keinen Zahnarzt –, aber sie bestand darauf, ihren Teil der Abmachung trotzdem einzuhalten, wenngleich der vereinbarte Sexualakt ihren Zustand nur noch verschlimmert haben konnte. Genau in jenem Moment war Mrs. Pinet ins Zimmer gekommen.

»Ich hätte darauf bestehen sollen, daß wir zu *ihr* gehen«, sagte der Zahnarzt plötzlich ohne jede Einleitung. Dann gluckste er. Keiner der anderen begriff, wovon er da redete, aber es schien sich auch niemand daran zu stören.

»Wer soll euch eigentlich bei der verdammten Entbindung

helfen?« Pinet war mit einemmal beleidigt und wollte beachtet werden. Er bekam einen Schluckauf. »Das Kind«, rief er. »Wer soll bei der Entbindung helfen?«

Funt öffnete den Mund, so daß der Zahnarzt seine schiefen gelbgrünen Zähne sehen konnte, und ließ ein langgezogenes und stinkendes Rülpsen entweichen. Dann kreischte der kleine Trapper vor Vergnügen.

Kosskoff schlug einige Male auf den Topf.

Alle füllten ihre Becher nach.

Der Zahnarzt sagte nichts mehr. Die Droge übernahm die Kontrolle; sein Mund schien zu verschwinden; seine Augen fühlten sich an, als würden sie in ihren Höhlen zu Stein erstarren; um den Docht der noch brennenden Öllampe breitete sich ein Strahlenkranz aus, und Pinet starrte in eine Wintersonne, die zehn Jahre zurücklag.

Der Zahnarzt, seine zukünftige Frau und ihr Bruder reisten mit dem Zug nach Westen. Die jungen Liebenden konnten sich nicht einfach irgendwohin zurückziehen, doch sie bewiesen Hartnäckigkeit und Phantasie. Einmal schliefen sie miteinander im Gepäckwagen und wälzten sich auf dem sperrigen Frachtgut, obwohl sich Griffe und Riemenschnallen in ihre Rücken und Hinterteile bohrten. Inmitten der Ekstase trat der Zahnarzt einen Papageienkäfig um, und der Vogel entkam. Er flog ein paar Sekunden im Wagen umher und fing dann an, nach Bratensoße zu schreien. »Wo ist meine Bratensoße? Wo ist meine Bratensoße, du alte Schnepfe?« Der Papagei kreischte immer weiter, doch Pinets zukünftige Frau hielt ihren Geliebten fest umschlungen und sagte, er solle ja nicht aufhören.

Irgendwo jenseits der Rockies legte der Zug einen Halt in der Wüste ein, und das Paar teilte sich eine Tüte Lachgas. »Für die Wissenschaft«, sagte Pinet, obwohl es in Wahrheit nicht sein erster Selbstversuch war. Sie torkelten vom Zug weg und krochen in den Schatten unter dem Bahnsteig. Dort lagen sie dann im Sand und schauten durch die Schlitze zwischen den Bohlen auf die Stiefel und Schuhe ihrer Mitreisenden.

Der Zahnarzt hatte eine Vision, behielt aber keine Erinnerung daran zurück. Seine Frau erzählte ihm später davon: »Du hast gesagt, du würdest einen riesigen Mund sehen, der alles verschlingen wollte. ›Er frißt die ganze Welt!‹ hast du geschrien, und dann hast du angefangen zu weinen. Nur eine oder zwei Minuten danach hast du gesagt: ›Oh, oh, es tut mir leid! Er ist auf unserer Seite. Der Mund ist auf unserer Seite.‹ Du warst verrückt«, sagte seine Frau und warf ihm einen verliebten Blick zu. Die Zugfahrt lag eine Weile zurück, und sie hatten erst kürzlich geheiratet.

»Verrückt. Das stimmt. Ich war verrückt.« Er packte ihre Handgelenke.

»War?« fragte sie und öffnete gierig den Mund.

»Ich hab nach deiner Frau gefragt«, sagte Funt. »Kommt sie wohl je zu dir zurück, *mon ami*?«

Pinet starrte ihn an. »Leck mich.« Er grinste einfältig und schlief ein.

Der Trapper war jedoch nicht beleidigt. Er betrachtete nachdenklich ein ausgefranstes Loch in seiner langen Unterwäsche und zupfte mit schmutzigen Fingern an den Fäden.

Als der Zahnarzt die Augen öffnete, hatten die anderen beiden Männer ihn soeben unter den Achseln gepackt. Pinet hörte seine schlaffen Füße über den Boden schleifen und schaute nach unten. Ja, das waren seine Füße. Man legte ihn auf eines der Betten.

Er blinzelte zu den großen Gesichtern der beiden Trapper empor: Kosskoff mit dem buschigen Vollbart, Funt, der sich den Schnurrbart leckte. Dann tauchte das Mädchen auf. Sie beugte sich über den Zahnarzt, bis ihre Lippen über seine Nase, sein Kinn, seinen Mund strichen. Pinet roch den Tabak in ihrem Atem. Zwei Finger teilten sanft seine Lippen. Eine Zunge leckte langsam über seine Zähne.

Pinet stöhnte.

Ihr blutiger Mund verharrte an dem wunden Mal auf seinem Hals. Sie küßte es.

Die Erde unter ihm bebte. Pinet begriff, daß die beiden Betten zusammengeschoben wurden. Er konnte sich nicht rühren. »Bitte«, sagte er, aber niemand außer ihm verstand, was das kurze Krächzen bedeuten sollte.

Irgendwie war plötzlich seine Unterwäsche verschwunden. Der Zahnarzt nahm an, man habe ihn bei lebendigem Leib gehäutet. Ein Fisch mußte gehäutet werden, bevor man ihn kochen konnte. Mäuse mußten nicht gehäutet werden. Mäuse konnten ihre Haut behalten. Mäuse wurden am besten kalt gegessen. »Bitte.«

Kosskoff legte sich neben ihn und fing an, sein Ohr zu küssen. Der drahtige Bart des großen Trappers kitzelte.

Der Bauch der schwangeren Frau drückte gegen Pinets Schenkel. Ihr Atem erklang aus unmittelbarer Nähe, aber der Zahnarzt konnte ihren Mund nicht finden.

Eine Hand griff zwischen seine Beine, begleitet von einer sehr vernünftigen Stimme. »Da ist er ja, *mon ami*.« Es war die Stimme eines Arztes, erkannte Pinet. Der Tonfall des Doktors verriet ihm, daß es sich um eine ernste Diagnose handeln mußte.

Der Arzt legte ihm eine Hand auf den Mund.

»Wird es weh tun?« fragte er in die Handfläche hinein und schmeckte den Schweiß des Doktors, aber es war keine Antwort nötig. Wenn es ums Zähneziehen ging, wußte niemand besser als Pinet, wie unangenehm diese Prozedur war.

Am Morgen wachte er allein in einem einzeln stehenden Bett auf. Jemand hatte ihn auf die Seite gerollt – vielleicht um ihn vor dem Ersticken zu bewahren, falls er sich übergeben mußte. Tageslicht fiel in mehreren Strahlen zwischen den Brettern hindurch, die man vor den Fenstern angebracht hatte.

Der Zahnarzt lag nackt unter den Fellen. Ihm tat alles weh.

Er wankte zu der winzigen Kammer, die als Badezimmer diente. Dort stand ein Eimer kaltes Wasser, und Pinet wusch sich, so gut es ging. Danach fühlte er sich zwar nicht besser, konnte jedoch klarer denken. Außer ihm hielt sich niemand in der Hütte auf. Seine Kleidung lag zusammengelegt auf einem Stuhl.

Nachdem er sich angezogen hatte, suchte Pinet nach etwas zu trinken, um sich zu stärken. Dabei fiel ihm die Zigarrenkiste in die Finger; die Zigarre der Krähe war überproportional groß. *Vergiß den Rest. Meine Marke heißt Weidmann. Steck dir einfach eine in den Hals, und du wirst mir zustimmen!*

Der Zahnarzt stellte die Kiste auf den Boden und zertrat sie. Dann schob er die Einzelteile mit dem Fuß unter das Bett.

Da er keinen Alkohol fand, mußte er sich mit einem laschen, eiskalten Becher Tee begnügen, den jemand auf einer Anrichte stehengelassen hatte. Nach allem, was Pinet über diese Leute wußte, konnte das durchaus schon einige Tage hersein. Er überlegte kurz und traf dann die mutige Entscheidung, mit seiner nächsten Dosis bis zur Rückkehr nach Limestone zu warten.

Der Zahnarzt sammelte seine Instrumente ein und verstaute alles in der Tasche.

Dann öffnete er die Tür der Hütte, lehnte sich an den Rahmen und genoß das Panorama, das sich ihm bot: Schnee,

Licht, Konturen, Himmel. Der Tag war sehr klar, und in der Ferne entdeckte Pinet den Paß, den sie am Vorabend überquert hatten; die gewaltigen Klippen erwiesen sich als schlichte Felsvorsprünge. Sehr viel weiter im Hintergrund sah er den See, den die Kinder der Gegend während der kurzen Sommer des Nordens zum Schwimmen nutzten. Hinter einem kleinen, kahlen Birkenwäldchen ragte der Turm der Methodistenkirche des Ortes hervor.

Ein Stück abseits der Hütte stand ein mit Eis überzogener Bretterschuppen, aus dessen steinernem Schlot grauer Rauch aufstieg.

Pinet folgte den Fußspuren zur Tür des Schuppens.

Die anderen waren drinnen und arbeiteten an einem Nerzfell. Funt und Kosskoff hielten die Haut straff über einen Tisch gespannt, und das schwangere Mädchen schabte mit einer Klinge die Knorpel- und Muskelreste von der Innenseite. Im Kamin brannte ein Feuer. Die Eingeweide und der Leib des Nerzes lagen dampfend in einem Eimer.

Beim Anblick der drei kam Pinet zu dem Schluß, er habe sich den vergangenen Abend nur eingebildet. Immerhin war er drogenabhängig, hielt er sich vor, und der Verstand eines Süchtigen ließ sich mühelos verwirren. Das schwangere Mädchen kaute sich auf der Unterlippe herum und zog unterdessen die Klinge zentimeterweise über die Tierhaut. Wangen und Stirn der jungen Frau waren von Fieber gerötet.

»Ich muß los«, sagte Pinet.

Kosskoff blickte auf und schaute wieder weg. »Wir haben dich bereits bezahlt.«

»*Tabernac*«, fluchte Funt, der mit aller Kraft an seiner Seite des Fells zog.

Mrs. Pinet, eine sparsame Hausfrau, hatte beim Metzger oft Kaldaunen und nicht die teureren Fleischsorten gekauft. Pinet hatte sich nie beklagt; genaugenommen mochte er die Innereien sogar, ihren intensiven und salzigen Geschmack.

Eines Abends kicherte seine Frau beim Essen und sagte, der Geruch von rohen Kutteln erinnere sie irgendwie an die Liebesnächte des Paars. Pinet war verwirrt. »Rieche ich etwa?« fragte er. »Nein, Laurent, nein«, sagte seine Frau. »Du hast mich falsch verstanden. Ich habe uns beide gemeint, wenn es zwischen uns heiß hergeht. Gar nicht so schlecht, dieser Geruch.« Sie zwickte ihn in die Wange und küßte ihn. Dann schob sie ihm mit den Fingern einige Fleischstücke in den Mund.

Das alles lag nun mehrere Jahre zurück, in einem früheren Leben, und Pinet bedauerte, sich daran erinnert zu haben.

»Was stehst du da herum?« fragte Kosskoff.

»Hier riecht's wie frisch gefickt«, sagte Pinet, stieß ein kurzes, gellendes Lachen aus und deutete auf den Eimer. Dann nahm er die Hand wieder herunter, mußte aber erneut kichern.

Das Mädchen spuckte etwas Dunkles in den Schnee.

Wunder

Spiel 1

Der beste Abschlag fühlte sich gar nicht an wie ein Schlag, sondern als würde man den Schläger glatt durchziehen und als wäre der Baseball nur eine Art Echo der Bewegung. Das Spiel war so hart, dieser Moment jedoch ganz simpel: Der Ball flog, Eckstein rannte, und es bestand keine Chance, daß sie ihn kriegen würden. Eckstein fühlte sich häufig mies, gehetzt und verunsichert; wenn es abends Zeit zum Schlafengehen war, konnte er mitunter immer noch den dumpfen Nachhall des morgendlichen Weckers hören, ein schwaches Klingeln im Hinterkopf. Das Spiel war der einzige Teil seines Lebens, der sich jemals absolut natürlich angefühlt hatte. Außer heute abend. Heute abend konnte ihn nicht mal die Aussicht auf einen solchen Volltreffer besänftigen. Er hatte ziemlichen Mist gebaut und wollte gar nicht erst zum Spiel antreten, geschweige denn zum Schlagmal marschieren.

Eckstein, der zweite Baseman der Coney Island Wonders, blieb während der Partie gegen die Hoboken Gentlemen auf der Bank. Er war zu Gordy Wheelock, dem Manager, gegangen und hatte ihm gesagt, er habe sich offenbar den Magen verdorben und sei krank.

Wheelock fand das gar nicht lustig. »Dann kauf dir mal lieber ein paar Magentabletten, Junge. Ich bin nicht dazu da, dir das Bäuchlein zu reiben.« Doch niemand schlug so gut wie Eckstein, und der Manager wollte kein Risiko eingehen. Also gab der alte Mistkerl ihm für den Abend frei.

Daher saß Eckstein nun zusammengesunken da und verfolgte das Spiel unter dem Schirm seiner Mütze. Er versuchte, nicht daran zu denken, was für ein erbärmliches Geschöpf er war, doch es fiel ihm schwer, die winzigen Stahlzähne zu ignorieren, die sich durch seine Eingeweide fraßen. Und um dem Ganzen die Krone aufzusetzen, war auch der Zwischenrufer wieder da und ließ sich über Burnham aus, den Neger, der als linker Feldspieler für Coney Island auf dem Platz stand.

Cleatus »Woodpecker« Burnham harrte mit ungerührter Miene auf seiner Position aus. Zwischen den Würfen verschränkte er die Arme und rollte einen Zahnstocher von einem Mundwinkel zum anderen. Er hätte ebensogut in einer Warteschlange oder in der U-Bahn stehen können. Seine Haltung schien vollkommene Geduld zum Ausdruck zu bringen – oder vielleicht auch nur Resignation.

Um den Zwischenrufer zu überhören, hätte man taub sein müssen. Sein Gebrüll schien endlos von allen Seiten des Stadions widerzuhallen, wie eine Hummel, die von den Wänden eines verschlossenen Einmachglases abprallte.

»Du bist das letzte, Burnham! Du siehst nicht nur aus, als hätte dich der Blitz getroffen, du spielst auch so.« Der Zwischenrufer war ein spindeldürrer Kerl mit einem wirren schwarzen Vollbart. »Ein verfluchter Wirbelwind sollte dich zurück nach Afrika blasen, am besten nach *Niggeria.*« Ein paar Leute lachten schallend, und der Zwischenrufer verneigte sich vor den umstehenden Zuschauern. Eckstein wünschte, der Spinner würde die Klappe halten; der Lärm tat ihm in den Ohren weh.

Als die Wonders am Ende des siebenten Innings vom Feld trabten, kam der Platzwart, um die Wege zwischen den Malen und die Abwurfstelle zu harken. Es war an der Zeit für die Pause und die abendliche Vaudeville-Darbietung. Zwei Attraktionen des Monstrositätenkabinetts rollten auf das Feld: der Rückwärtsmann und Jenny Zweikopf. Sie fuhren auf winzigen Dreirädern die Aufwärmbahn entlang, und der Organist spielte »Muskrat Ramble«.

Woodpecker setzte sich neben Eckstein. Die Bank knarrte. Er war der älteste Spieler des Teams und hatte seine beste Zeit hinter sich. In der Hudson League gab es sonst keine Neger, denn es verstieß gegen die Regeln, aber Coney Island besaß eine Ausnahmegenehmigung für besondere Attraktionen. (In der letzten Spielzeit hatten sie die Genehmigung für einen kleinwüchsigen Muskelprotz namens Udolfo der Unaufhaltsame genutzt, der wie ein einziger gewaltiger Bizeps ausgesehen hatte, auf seinen Stummelbeinen einherstolziert war und gedroht hatte, den anderen in die Eier zu beißen. »Ich kau dir die Klöten ab!« schrie er fast jeden an, der ihm zufällig im Weg stand. Er provozierte eine stattliche Anzahl Fehlwürfe, aber schnell laufen konnte Udolfo nicht und war deshalb weder als Feldspieler noch als Schlagmann geeignet. Da er zudem ein Säufer war, mit deutschem Akzent sprach und – wie bereits erwähnt – andere Leute bedrohte, machte er sich weder bei der Mannschaft noch bei der Geschäftsführung beliebt. Am Ende hatte Coney den Zwerg – sogar mit Zahlungsaufschub – an eine Schaubude in Utica verkauft, die einen Liliputaner brauchte.) So kam es, daß die Wonders in der aktuellen Saison Woodpecker Burnham aufstellten, einen Neger, der Baseball spielen konnte.

Früher einmal mußte Woodpecker ein mordsmäßig guter Schlagmann gewesen sein. Auch heute noch landete er manchmal beachtliche Treffer und schickte den Ball weit auf den Platz hinaus, aber sein Durchschnittswert war nicht sehr hoch. Im Außenfeld wirkte er unbeholfen und als würde er durch zähflüssigen Schlamm waten.

Sie nannten ihn Woodpecker, weil er immer einen selbstgemachten Zahnstocher im Mund hatte. Er trug ein Taschenmesser bei sich und schnitzte damit an allem möglichen herum. Die Mannschaftsbank wies bereits Hunderte von Scharten auf, als wäre ein Biber darüber hergefallen.

Ein paar der Jungs erlaubten sich bisweilen Scherze mit ihm. Pelky, der dritte Baseman, bat ihn zum Beispiel, sein Autogramm auf eine Wassermelone zu schreiben. Der Neger ging freundlich darauf ein und unterschrieb groß und deutlich mit Woodpecker Burnham. Nun lag die Melone oben in Pelkys Spind, trug eine Wonders-Mütze und hatte einen Zahnstocher in ihrem aufgemalten Mund.

Burnham war anders als die anderen, aber Eckstein mochte ihn. Zunächst mal konnte man mit ihm immer über die neuesten Filme plaudern. So gut wie jedesmal wenn Eckstein ins *Odeon* ging und zum Balkon hochschaute, saß dort in der ersten Reihe Woodpecker über das Geländer gebeugt, und an seiner Unterlippe klebte der Zahnstocher.

Nun beobachtete der zweite Baseman, wie sein Teamkamerad einen alten geborstenen Baseballschläger ein paarmal auf dem Knie herumdrehte, sich dann für eine Stelle oben am Schaft entschied und mit einer schnellen Bewegung der Messerklinge einen hübschen kleinen Span abschnitt. Woodpecker spuckte den alten Zahnstocher aus und steckte sich den neuen zwischen die Lippen.

Im Außenfeld, das durch die Lichtmasten taghell erleuchtet wurde, fiel der Rückwärtsmann mit einem Purzelbaum von seinem Dreirad. Er stand auf und rannte verwirrt in die falsche Richtung davon, weg von der Ziellinie. Die Aufseher eilten herbei, um ihm zu helfen, aber es fiel ihnen nicht leicht, die Aufmerksamkeit des Rückwärtsmannes zu erregen; sein schielender kleiner Kopf blickte nach hinten über die Wirbelsäule.

»Wie läuft's heute?« fragte Eckstein.

Woodpecker rollte den Zahnstocher von einer Seite des Mundes auf die andere. »Könnte besser sein.«

»Dieser Scheißkerl auf der Tribüne hält nie das Maul, was?«

»Ich achte gar nicht auf ihn«, sagte Woodpecker. Er

kratzte sich den Bauch und rieb mit den hellen Spitzen seiner langen dunklen Finger über die sanfte Wölbung unter dem Trikot.

»Hast du in letzter Zeit was Gutes gesehen? Im ›Odeon‹?«

»Ich hab mir den neuen angeschaut. Nicht schlecht. Vampire.«

»Viele Tote?«

»Ein paar.«

»Mädchen.«

»Nur eines. Aber sie zeigt nicht viel«, sagte Woodpecker. »Ein wenig Bein. Keine Schenkel.«

Woodpecker schnitt noch ein Stück Holz ab und gab es Eckstein. Für den zweiten Baseman schmeckte das Ding wie Staub, aber er wollte höflich sein und kaute fleißig darauf herum.

Als die Pause vorbei war, führten die Aufseher den Rückwärtsmann und Jenny Zweikopf vom Feld. Einer von Jenny Zweikopfs Köpfen schlief. Dieser Kopf, der mit der Glatze, war nur selten wach und sprach nie, aber der andere Kopf streckte dem Rückwärtsmann frech die Zunge heraus.

In der zweiten Hälfte des Innings schlug Woodpecker den Ball weit ins rechte Feld, schaffte es aber nicht ganz bis zum zweiten Base und flog raus.

Noch bevor Woodpecker sich den Staub von der Hose geklopft hatte, fing der Zwischenrufer auch schon an zu schreien. »Du fetter Sack! Hast du etwa Blei im Arsch?«

Woodpecker schien keine Notiz von ihm zu nehmen und lief zurück zur Bank. Er hatte immer noch den Span des Baseballschlägers im Mund.

Im neunten Inning ging Wheelock zu Eckstein und sagte ihm, er solle sich »einen Knoten ins Gedärm machen« und für seinen Teamgefährten einspringen. Eckstein konnte sehen, daß der gegnerische Pitcher müde war, denn seine Würfe wurden langsamer und hatten immer weniger Effet.

Der Treffer würde ein leichtes sein, ohne Frage. Doch als er schlug, rutschte er mit dem Fuß weg, und der Ball kullerte zur Abwurfstelle zurück. Der Pitcher stürzte sich darauf, und warf zum zweiten Baseman, der den Ball sofort zur ersten Base abgab. Punkt für den Gegner.

»Mensch, Eckstein! Was war das denn?« Eckstein hatte einmal mit angesehen, wie ein Pferd sich beim Hindernisrennen ein Bein brach und wie der Jockey dann in seinem ramponierten Streifendreß zu ihm ging und es mit einer Pistole höchstpersönlich von seinem Leiden erlöste. Der laut hallende Schuß fiel ihm nun wieder ein. Die Stimme des Zwischenrufers glich einem Nebelhorn. »Was soll das, Eckstein, bist du jetzt etwa auch zum Nigger geworden?«

Die Zuschauer – Urlauberfamilien, Jungen mit Jarmulkes und kurzen Hosen, leger gekleidete Männer mit Strohhüten, Mädchen in Sommerkleidern, ein paar Nonnen sowie die sieben oder acht Neger, die am rechten Feldrand hinter dem Zaun standen und ihre Finger durch die Maschen geschoben hatten – atmeten aus und machten sich auf den Weg nach draußen, um entweder nach Hause zu fahren oder zur Strandpromenade zurückzukehren. Der Mann an der Anzeigetafel hängte das Endergebnis auf: Hoboken Gentlemen 4, Coney Island Wonders 3.

Eckstein kehrte zur Bank zurück und setzte sich. Die anderen Spieler einschließlich Woodpecker gingen weg. Der Mann an der Anzeigetafel ersetzte die Resultate der einzelnen Innings durch Werbetafeln für Red Giraffe extra lange Hotdogs. Mit metallischem Quietschen wurden nacheinander die Schalter der drei Lichtmasten umgelegt, die über dem Feld aufragten. Die Glühfäden erloschen. Die Dunkelheit brach über das Feld herein und färbte den Rasen schwarz.

Im Anschluß an das Spiel ging Eckstein zum *Odeon*. Lillian musterte ihn stirnrunzelnd und ließ ihn ohne Karte ein.

Der Film hieß *Black Mansion*. Die Vorfreude munterte Eckstein ein wenig auf. Es gab kaum etwas Besseres als einen Vampirfilm.

Zwei Landstreicher, Gooch und McMasters, sind als blinde Passagiere in einem Güterwagen unterwegs nach Kalifornien, als sie am Rand einer texanischen Kleinstadt beschließen, vom Zug abzuspringen und sich etwas zu essen zu besorgen. Dieser Teil ist lustig, denn Gooch ist ein unbekümmerter Geselle und nicht der Schlaueste. »Falls es hier nichts Anständiges zu beißen gibt, Mac, zum Donnerwetter, dann könnt ich mich glatt an dir vergreifen«, sagt Gooch und stellt sich gleichzeitig ein riesiges Schweinekotelett vor, das die Kleidung und den Hut von McMasters trägt.

Nicht ganz so lustig sind die Vampire, die den Ort heimsuchen und in einer Villa auf dem Hügel hausen, wo ihnen von den Dorfbewohnern zur Beschwichtigung Menschenopfer dargebracht werden. Auch Gooch und McMasters sollen dieses Schicksal teilen, und so verspricht man ihnen ein reichhaltiges Abendessen und ein warmes Bett, um sie in jener Nacht zu dem Herrenhaus zu locken. Allerdings haben die Blutsauger nicht damit gerechnet, daß McMasters, der knallharte Exboxer, ein Kruzifix seines Onkels, eines Priesters, trägt und es niemals abnimmt, wenngleich er nicht mehr an Gott glaubt, seit seine kleine Schwester an Kinderlähmung gestorben ist. Folglich gelingt es McMasters, die Vampire abzuwehren und irgendwie zu entkommen. In der Zwischenzeit wird Gooch in die Enge getrieben; man sieht die Szene aus dem Blickwinkel der Vampire, und plötzlich wird aus Gooch ein Schweinekotelett, das seine Kleidung und seinen Hut trägt.

Lillian setzte sich neben Eckstein.

»Die Stadt wird von Vampiren beherrscht«, flüsterte Eckstein. »Einer der Landstreicher ist entwischt.«

»Schrott«, war alles, was Lillian darauf erwiderte.

McMasters versucht ein Aufgebot zusammenzustellen,

um die Villa zu stürmen, aber die Leute haben zuviel Angst vor den Vampiren. Nur Kelly-Anne, die Tochter des Bürgermeisters, will ihm helfen. McMasters schleicht sich zurück in das Haus, während Kelly-Anne draußen Dynamit anbringt und McMasters bei der Seele seiner kleinen Schwester versprechen mußte, die Ladungen in dreißig Minuten zu zünden, falls er nicht vorher herauskommt. Drinnen tötet McMasters den Vampirkönig, indem er sein Herz mit einem Stuhlbein durchbohrt. Aber er benötigt so lange, daß Kelly-Anne den Sprengstoff zünden muß. Sie ist untröstlich, denn ihr wird klar, daß sie den Trottel geliebt hat, trotz seines harten Getues. In diesem Moment gräbt er sich mit seinem Kruzifix einen Weg aus den Trümmern, die Sonne geht auf, und ein neuer Tag bricht an.

Während des ganzen Films gab Lillian immer wieder kleine Unmutsseufzer von sich, aber Eckstein bemerkte es kaum. Einen solchen Film konnte man sich durchaus zwei- oder dreimal ansehen. Seine Lieblingsstelle war die, an der McMasters den riesigen Vampirthron umwarf und den kreischenden, zappelnden Blutsauger darunter einklemmte. Der Landstreicher hatte eines der Thronbeine abgebrochen, dessen Ende wie eine Bärentatze geformt war, und nun stieß er es in das schwarze Herz des Vampirs.

Während er darauf wartete, daß Lillian das Kino abschließen würde, ging Eckstein den Bürgersteig auf und ab und trat nach Kieselsteinen. Er fühlte sich wieder schuldig. Nach allem, was er getan hatte, verdiente er vermutlich das gleiche Schicksal wie Gooch. Er wußte, daß es witzig gemeint war, als Scherz über einen Scherz, aber die Stelle, an der die Vampire Gooch musterten und er zu einem Schweinekotelett wurde, trieb Eckstein den Schweiß auf die Stirn und ließ ihn sich wieder elend fühlen. Er erinnerte sich daran, was sein Vater einst zu ihm gesagt hatte: »Ich glaube wirklich, daß das Leben dich auffressen wird, mein Junge.«

Er dachte daran, wie die Vampire den Landstreicher einkesselten, unendlich langsam näher kamen, sich über den Mann beugten, ihre Umhänge hoben und die sich krümmende Gestalt verhüllten, scheinbar mit der Wand verschmolzen und zu einer dunklen, wallenden Masse wurden, einem lebenden Schatten.

»Was soll daran lustig sein?« fragte Eckstein sich. Er kam zu dem Schluß, daß der Film ihm doch nicht gefiel.

Unten beim Vergnügungspark animierte ein Mann die Leute zu einem Spielchen. Gewonnen hatte, wer mit einem Vierteldollar am dichtesten vor eine Hauswand warf. Ein Streifenpolizist stand daneben und sammelte in seiner Mütze die Wetteinsätze ein. Auf der anderen Straßenseite saß ein Herumtreiber mit übergeschlagenen Beinen in einer Gasse und rührte mit einem Stock in einer Pfütze herum. Ein Model T rumpelte über das Kopfsteinpflaster. Das Riesenrad im Luna Park blinkte grün und weiß, grün und weiß, grün und weiß.

Lillian kam nach draußen und zog den stählernen Rollladen herunter. Eckstein wollte ihr helfen, doch sie sagte, er solle aus dem Weg gehen. Das Metalltor rastete ein, und Lillian schloß es ab. »Ich habe Hunger«, sagte sie.

Sie steuerten wortlos den Imbiß an, der gleich um die Ecke lag. Lillians Absätze klickten über den Gehweg. Sie war ein kräftiges Mädchen mit üppigen Rundungen und hatte ihr Haar zu einer modischen Welle frisiert, die bei jedem Schritt wippte. Sie roch immer frisch, nach Puder und Flieder. Heute abend jedoch gingen die beiden nicht nah genug nebeneinander, als daß Eckstein auch nur ein winziger Dufthauch in die Nase gestiegen wäre, und Lillians Dauerwelle wirkte erschlafft.

Sie setzten sich in eine der hinteren Nischen. Lillian wartete, bis die Kellnerin ihnen Kaffee eingeschenkt hatte und wieder gegangen war. »Ich weiß, was du fragen willst, und die Antwort lautet nein«, sagte sie dann. »Ich habe sie nicht bekommen. Das macht neun Wochen, Freundchen.«

Sie starrte ihn durchdringend an, und er sah aus dem Fenster.

Sie hatte ihn an einem Abend im April angesprochen, bei einem Spiel. Mit rotem Gesicht hatte sie sich über das Geländer der Tribüne gebeugt und ihm eine Karte für die Spätvorstellung geschenkt. Wie sich herausstellte, lief ein Liebesfilm über ein schönes Mädchen mit Gedächtnisschwund und einen steinreichen Playboy. Eckstein erfuhr nie, wie die Geschichte ausging. »Ich langweile mich«, flüsterte Lillian in Ecksteins Ohr, während der Playboy die schöne Unbekannte zu einer Wahrsagerin begleitete. »Ihnen ist etwas Schreckliches zugestoßen«, sagte die Frau. »Ich sehe einen heimtückischen Fremden. Ich sehe, daß er nach Ihnen sucht, auch jetzt noch.« Das Mädchen stieß einen Schrei aus. »Aber, aber«, sagte der Playboy. »Ich glaube, das reicht.«

Lillian hatte unterdessen Eckstein von seinem Platz gezogen. Sie waren durch eine Seitentür verschwunden und die Treppe hinauf zu dem dunklen Vorführraum gegangen.

Aus einem geborstenen Gullydeckel in der Mitte der Fahrbahn stiegen Dampfschwaden empor. Eckstein hauchte die Scheibe an und malte ein E.

Die Kellnerin kam zurück. Lillian bestellte ein Steak, eine Pellkartoffel und ein Stück Erdbeerkuchen. Eckstein blieb bei Kaffee. Die Kellnerin ging wieder.

»Es war ein Mißgeschick«, sagte Eckstein. »Und du wußtest, was du tust …«

»Das ist alles deine Schuld. Ich war bloß nett zu dir, und nun das.« Sie blinzelte ein paarmal und rieb sich die Augenwinkel.

Der Zwischenfall im Vorführraum war sein erstes Mal gewesen. »Komm nicht in mir«, sagte sie. In der winzigen Kammer war kaum Platz für die beiden. »Was meinst du?« fragte Eckstein. Dann stöhnte er auf, und es war zu spät.

Die Magie des Augenblicks nahm ein jähes Ende, als Lillian ihn hektisch wegstieß. Eckstein stolperte rückwärts in ein Regal voller Filmrollen. Sie sagte, er sei ein Idiot. Eckstein sagte, er habe nicht nachgedacht, das sei alles. Seitdem hatten sie es nie wieder getan; sie ließ sich ja kaum noch von ihm küssen. Eines verzweifelten Abends, als er für eine weitere Kostprobe alles getan hätte, bot er an, sie zu heiraten, schwanger oder nicht. »Du machst wohl Witze«, sagte Lillian. »Meine Familie wäre begeistert von dir, einem Ballspieler mit jüdischem Namen.«

»Ich bin kein Jude«, sagte Eckstein. »Ich bin Deutscher.«

»Na sicher.« Lillian grinste spöttisch. »Aber klar.«

Dann platzte er damit heraus, daß er sie liebe, von ganzem Herzen. Lillians Augen weiteten sich und musterten ihn eingehend. Eckstein spürte, daß sie tief in ihn hineinsah. Seine Kehle verengte sich. Dann seine Augen. »Du bist ein Scheusal«, stellte Lillian schließlich mit ruhiger Stimme fest.

»Ich werde fett werden und meinen Job verlieren«, sagte Lillian und fing an zu weinen.

Die Kellnerin brachte das Essen. Lillians Gesicht war tränenüberströmt. Sie warf einen angewiderten Blick auf den Teller und schob ihn weg. »Habe ich was von Bratensoße gesagt? Und was ist mit Servietten? Sehe ich etwa nicht wie jemand aus, der eine Serviette nötig hat?«

Er begleitete Lillian nach Hause, zu der Wohnung, die sie sich mit drei anderen Mädchen in einer Frauenpension an der Mermaid Avenue teilte.

»Die Stelle in dem Film, wo der Kerl, der Landstreicher … wo die Vampire ihn angeschaut haben und er plötzlich wie ein Schweinekotelett ausgesehen hat, die fand ich gar nicht lustig«, sagte Eckstein in der Hoffnung, ein Gespräch anzufangen.

»Spinner«, sagte sie und sonst nichts. Die letzten vier Blocks legten sie schweigend zurück.

»Sobald du morgen mit der Arbeit fertig bist, lasse ich alles in Ordnung bringen«, sagte Eckstein. Lillian schluchzte auf und schlug kraftlos mit ihrer Handtasche nach ihm.

»Nimm Kleidung zum Wechseln mit«, sagte Eckstein, denn er hatte gehört, ein Mädchen in einer solchen Situation sei gut beraten, dies zu tun.

In jener Nacht fühlte Eckstein sich dermaßen schrecklich, daß er seinem Zimmergefährten Bobby Pelky, dem dritten Baseman der Wonders, alles beichtete und seine Entscheidung sogleich wieder bereute. Es laut auszusprechen, machte es nur noch schlimmer. Er war schuldig; die Wahrheit strahlte so hell wie eine Lampe.

Pelky verstand nicht, wo das Problem lag. Er stammte aus dem Süden, aus Alabama oder so, und manchmal diktierte er Eckstein Briefe an seine Mutter. »Hat sie einen Bruder oder sonst jemanden? Einen Cousin? Will dir jemand ans Leder?«

»Nein«, sagte Eckstein. »Ich glaube nicht, daß sie jemanden hat.«

»Dann ist doch alles in bester Ordnung«, sagte Pelky. In den Briefen an seine Mutter versprach er stets, sich beim Werfen und Schlagen möglichst nicht die Schulter zu verrenken, und er forderte sie auf, es ihn sofort wissen zu lassen, falls Bauer Garrison von nebenan ihr immer noch Ärger machte und sie womöglich schon wieder auf den Jahrmarkt einladen wollte. *Der alte Krautjunker sollte lieber auf seine Manieren achten*, hatte Pelky bei einer Gelegenheit diktiert. *Sonst knall ich seinen Hund ab, und das ist bloß der Anfang.*

Nun versuchte Eckstein das Thema zu wechseln. »Ich hab den neuen Film im ›Odeon‹ gesehen, den Vampirstreifen.«

Pelky setzte sich auf die Fensterbank und zündete ein Streichholz an. Er war drahtig, wendig und schnell, ein geschickter Feldspieler, der sich so ruhig bewegte, daß es bisweilen den Anschein hatte, als würde er einschlafen, anstatt den gefangenen Ball zum ersten Base zu werfen. Sein Schlagweg war allerdings ziemlich lang, und wenn der gegnerische Werfer auf seine Innenseite zielte, bekam er manchmal Probleme.

»Aber sie tut dir leid.« Es war keine Frage.

»Ich hab zwanzig Dollar.«

»Das reicht nicht.« Die Flamme brannte bis zu Pelkys Fingern herunter, und er drückte sie aus. »Du brauchst vierzig oder fünfzig.«

Eckstein zuckte die Achseln.

»Du weißt, wohin du mußt?« Pelky ging zu seinem Nachttisch, nahm seine Geldbörse und holte drei oder vier Dollar heraus.

»Ja«, sagte Eckstein. »Klar, ich hab davon gehört.«

»Okay, Eck. Wir machen bei den Jungs eine Sammlung. Es dürfte kein Problem sein.« Der dritte Baseman legte die Scheine auf Ecksteins Tisch, ging zurück zum Fenster und zündete noch ein Streichholz an.

»Du weißt doch noch, wie wir letztes Jahr für den Zwerg gesammelt haben, den Kraut-Zwerg. Allerdings nicht für eine Frau, sondern für einen Arzt. Er hatte sich einen Tripper eingefangen. Von irgendeiner Hure. Zumindest hat er das behauptet. Die Hure würde ich gern mal sehen.«

Eckstein wollte sich ein Kichern abringen, brachte aber nur ein Husten zustande. Seine Augen brannten. Er schneuzte sich.

Jenseits des offenen Fensters, über der Schulter des dritten Baseman, rasten die flackernden Lichter der Achterbahn vorbei. Irgendwo unten grölten ein paar Betrunkene zum Klang einer Dampforgel und begleitet von Gelächter. »Kannst du dir vorstellen, wie es wäre, wenn diese große Bahn einstürzen würde?« fragte Pelky. »Einfach in sich zusammenfallen, wie ein Haufen Bretter? Die Fahrgäste würden bestimmt schreien, oder?«

Eckstein lag wie ein Häuflein Elend in seinem Bett. Er streckte einen Arm unter der Decke hervor, berührte das Geld mit einem Finger und zog die Hand wieder zurück. »Ja. Ich wette, die würden ganz schön brüllen.«

Der Mann am Fenster blies das Streichholz aus. »Komm schon, Eck«, sagte er. »Kopf hoch. Laß uns ein paar Zeilen an meine Mami schreiben.«

Spiel 2

Als Woodpecker im dritten Inning unter einem hohen Flugball in Stellung ging, warf der Zwischenrufer eine Flasche. »Lahmarschiger Nigger!« Die Flasche traf Woodpecker seitlich am Kopf, und er ging zu Boden. Bevor auch nur jemand daran dachte, den Täter aufzuhalten, rannte dieser bereits die Haupttribüne hinauf und floh zum Ausgang.

Ein paar Jungs aus dem Team halfen Woodpecker auf die Beine und führten ihn vom Platz. Eckstein stellte erschrocken fest, daß der Feldspieler an der Schläfe verletzt war; das Blut durchtränkte den Rand seiner Mütze und tropfte auf den Kragen des gestreiften Trikots. Woodpeckers Blick war glasig und benommen vom Schmerz; als er und Eckstein sich ansahen, war da nichts zwischen ihnen; sie waren wie Fremde.

Wenige Minuten später, nachdem ein Ersatzspieler sich aufgewärmt hatte, ging die Partie weiter.

Eckstein hatte gehofft, beim Spiel nicht an Lillian denken zu müssen – und daran, was sie tun beziehungsweise ungeschehen machen würden. Aber er konnte nicht anders: Er stellte sich Lillian vor, wie sie mit obszön gespreizten Beinen auf einem Tisch lag, weinte und schrie, während überall Blut spritzte. Als es ihm endlich gelang, dieses Bild zu verdrängen, sah er plötzlich Goochs Tod in *Black Mansion* vor sich. Nur daß es nicht Gooch, sondern Eckstein war, der dort an der Wand hinabrutschte, bevor die Vampire ihre Umhänge hoben und die Sicht versperrten.

An einem ihrer letzten Abende, nachdem die Tuberkulose bereits in ihr Hirn vorgedrungen war, hatte Ecksteins Mutter zu ihm gesagt: »Ich hätte dafür sorgen müssen, daß jemand sich um dich kümmert. Und jetzt sieh mich an.« Zu diesem Zeitpunkt war es drei Jahre her, daß sein Vater das Weite gesucht, und zwei Jahre, daß er zuletzt Geld geschickt hatte. Mutter und Sohn lebten allein in ihrem Zimmer im vierten Stock. Er hörte ihr nicht zu und starrte die Wände an, und sie blieb meistens wortkarg. In diesem kahlen Raum gelang es ihm schließlich, sich über so manches klarzuwerden, den Blick immer fest auf den braunen Fleck gerichtet, der über dem Bett seiner Mutter die Wand verunzierte.

Bei Anbruch der Pause nach dem siebenten Inning hatte der zweite Baseman nicht nur dreimal erfolglos am Abschlag gestanden, sondern zudem zwei Fehler begangen.

»Du spielst heute beschissen«, sagte Wheelock. »Daß mir ja niemand Eckstein anrührt! Er spielt beschissen, aber wehe, es rührt ihn jemand an. Habt ihr verstanden? Ganz egal, wie sehr Eckstein nach einem Haufen Abfall aussieht, der hier auf der Bank zwischen lauter Baseballspielern sitzt, ich möchte nicht, daß jemand ihn packt und wegwirft. Falls ich diesen kleinen Mistkerl nämlich in meinem schönen Mülleimer wiederfinde, weiß ich nicht, was ich tun werde.«

Eckstein spuckte auf den Boden, sagte aber nichts.

Im Verlauf der Vaudeville-Darbietung hüpften Jenny Zweikopf und der Rückwärtsmann auf Pogostäben über das Außenfeld. Der Organist spielte eine überdrehte Fassung von »Sugarfoot Stomp«, begleitet vom Violetten Mädchen auf der Blockflöte und Drei-Tonnen-Timmy auf der Trompete. Eine

Nonne im Publikum warf dem Violetten Mädchen einen Hotdog zu; es tanzte daraufhin wild umher und ließ viel Bein sehen. Drei-Tonnen-Timmy brachte die Trompete zum Wimmern; in seinen riesigen Pranken sah sie winzig wie eine Mundharmonika aus, und seine feisten Wangen schwabbelten dabei auf und ab, als wären sie Satteltaschen auf einem galoppierenden Pferd.

Der Rückwärtsmann stürzte auch diesmal und wickelte sich wie eine Brezel um seinen Pogostab. Dann lag er da und verdrehte die kleinen Augen in seinem zierlichen Kopf. Die Menge johlte. Jenny Zweikopf verneigte sich; der wache Kopf leckte am Ohr des schlafenden kahlen Kopfes, aber der reagierte nicht. Das Publikum jubelte und applaudierte. Ein Lieferwagen transportierte Drei-Tonnen-Timmy durch die Feuerwehrzufahrt auf der rechten Feldseite ab. Die vielen anerkennenden Pfiffe ließen das Violette Mädchen grün erröten.

Bei seinem letzten Auftritt am Abschlag wurde Eckstein von einem der Würfe an der Hüfte getroffen. »Paß gefälligst besser auf, du dämlicher Provinztrottel«, rief er dem gegnerischen Pitcher zu und humpelte zum ersten Base.

Endstand: Hoboken Gentlemen 9, Coney Island Wonders 1.

Im Klubhaus bat Pelky jeden der Spieler um eine kleine Spende von mindestens einem Dollar. Wenn jemand Wechselgeld wollte, sagte er lächelnd: »Komm mir jetzt bloß nicht mit jüdischem Geiz, Junge«, und schon verzichteten die Leute auf den Rest. Sogar Manager Wheelock gab zwei Dollar, nachdem er kopfschüttelnd in Ecksteins Richtung geblickt hatte.

Eckstein saß einfach da und kaute an den Fingernägeln. Dann floh er unter die Dusche und blieb so lange unter dem heißen Strahl stehen, daß seine Haut sich anfühlte, als würde sie bis auf die Knochen einschrumpfen.

Als er zurückkehrte, stand Pelky neben Woodpecker.

Der Neger lag ausgestreckt auf einer Bank und hatte einen Eisbeutel um den Kopf gewickelt. Das Fleisch rund um sein rechtes Auge war prall angeschwollen. Ein roter Holzspan, der offenbar von der Bank des Umkleideraums stammte, ragte aus seinem Mund.

»Ist das etwa alles, Bimbo?« Pelky hielt ein Zehncentstück hoch und grinste sein typisches kleines Grinsen. Alle Augen waren auf ihn gerichtet.

Der schwarzhäutige Mann wandte den Kopf ab und starrte die Wand an.

»Tja, was machen wir denn da, Woody?«

»Ich kann dir den Rest morgen geben.«

Pelky ließ seine Faust auf den weichen Bauch seines Teamkameraden hinabsausen. Woodpecker keuchte auf und krümmte sich. Pelky schlug ihm den Zahnstocher aus dem Mund. Ein paar der Jungs rutschten unbehaglich umher, aber niemand sagte etwas.

»Okay«, sagte Pelky, »bring es morgen vorbei. Aber sorg dafür, daß es mindestens fünf Dollar sind, Kumpel. Na, was hältst du davon?«

Woodpecker sagte nichts.

»Ich hoffe, du hältst ziemlich viel davon, denn sonst hole ich mir deine Eier. Das ist dir doch klar, Nigger, oder?« Pelky nickte. »Und das ist bloß der Anfang.«

Eckstein, der sich ein Handtuch um die Taille geschlungen hatte, stand wie erstarrt da. Es war ein kleiner, schmutziger Raum, zudem feucht von den Duschen. Die Männer saßen auf Hockern vor ihren Spinden. Die meisten waren nackt und nur im Gesicht und an den Armen von der Sonne gebräunt, so daß ihre Körper mit bleichen Anzügen bekleidet zu sein schienen. Woodpecker, ebenfalls nackt, war wie ein schwarzer Fleck in ihrer Mitte. Seine Brust hob und senkte sich, und der Eisbeutel lag wie ein Turban um seinen

Kopf. Pelky gähnte und brach damit das Schweigen. Er wandte sich von Woodpecker ab und sammelte die letzten noch fehlenden Spenden ein.

Der Dunst des Umkleideraums, die Mischung aus Schweiß, Schimmel, Sportsalbe und Tabak stieg Eckstein in die Nase, und er hätte sich am liebsten übergeben.

Als der zweite Baseman sich anzog, kam Pelky zu ihm und drückte ihm ein Bündel Geldscheine in die Hand. »Das sind dreißig, die fünf von dem Bimbo noch nicht eingerechnet.« Pelky legte Eckstein einen Arm um die Schultern und drückte ihn an sich. »Das ist zwar ein bißchen zuwenig, aber ich schätze, diese Leute werden dem Anblick der Knete nicht widerstehen können.«

Es dauerte ein paar Sekunden, bis Eckstein etwas über die Lippen bekam. »Danke. Ich bin dir was schuldig.«

»Ach«, sagte Pelky. »Du weißt doch, was für ein weiches Herz ich hab.«

Er ging ins Kino und hoffte, vielleicht einen Fehler zu entdecken. In einem Cowboyfilm hatte er einst den Kotflügel eines Ford hinter einem der Häuser hervorragen gesehen. Die Filme steckten voller Fehler, und normalerweise empfand der zweite Baseman eine solche Nachlässigkeit lediglich als Ärgernis. Heute jedoch wollte Eckstein sich dadurch selbst beweisen, daß alles nur vorgetäuscht war, daß *Black Mansion* nicht der Wahrheit entsprach.

Als die Ungeheuer ihn einkreisten, fielen dem Landstreicher fast die Augen aus dem Kopf. Die Vampire schlichen näher und immer näher, und ihre Umhänge glitten hinter ihnen über den Boden, wanden und ringelten sich wie lebendige Tiere. Schwarze Zungen fuhren über schwarze Lippen in weißen Gesichtern. Sie bleckten ihre Zähne nicht, doch unter der straffen Haut der gespenstischen Antlitze konnte man die Form dennoch erkennen, wie winzige Schwerter unter dem Fleisch. Der Blickwinkel änderte sich, und plötzlich sah man alles aus der Position der Vampire: Gooch wurde zu einem riesigen Schweinekotelett, das die verschlissene Kleidung und den verbeulten Hut eines Landstreichers trug.

Mehrere Leute lachten; ein Mann in derselben Reihe wie Eckstein gackerte laut und hämmerte auf die Rückenlehne vor ihm.

Gooch stöhnte. »O Gott, o Gott«, sagte er. »O Gott, o ...« Umhänge und Schatten hüllten seinen Körper ein.

Eckstein sprang auf und drängelte sich an dem gackernden Kerl am Ende der Reihe vorbei. Es war der Zwischenrufer. Er warf mit ein paar Stückchen Popcorn nach dem Ballspieler. »Paß auf meine Knie auf, du Hornochse.«

Auf der Toilette konnte Eckstein sich endlich übergeben. Das meiste war Kaffee, doch er erkannte außerdem ein Stückchen Frühstücksspeck, das oben auf der dunklen Brühe schwamm. Dann würgte er noch ein paarmal, aber es kam nichts mehr nach.

Sobald er sich besser fühlte, richtete er sich auf, wusch sich die Hände und spritzte sich Wasser ins Gesicht. Als er pinkelte, ließ das Knistern der kleinen grünen Würfel in dem Becken Eckstein erschaudern.

Er ging nach draußen, um sich die Beine zu vertreten, bis das Kino schließen und Lillian Feierabend machen würde.

Es war Wochenende und der Andrang entsprechend groß. Im Tanzlokal klimperte ein Klavier. Zwei Landstreicher rangen kraftlos miteinander, hatten sich gegenseitig gepackt und schlurften umher, während die Passanten einen Bogen um sie machten. Ein Mann zog ein kicherndes Mädchen in eine Gasse. Eckstein öffnete die obersten Hemdknöpfe und schob sich die Mütze in den Nacken. Es fühlte sich gut an. Er ließ sich von der Menge bis zum Ende der hölzernen Strandpromenade treiben. Überall blinkten bunte Lichter, und Kundenwerber priesen lauthals die neuesten Attraktionen. Eckstein kaufte sich eine Limonade. Der Verkäufer erkannte ihn.

»Habt ihr ein Formtief?« fragte der Mann.

»Nein«, sagte Eckstein. »Wir wollten Hoboken bloß eine Chance geben. Morgen machen wir sie fertig, schätze ich.« Er tippte sich grüßend an den Schirm der Mütze, und der Verkäufer tat es ihm mit seiner rotgestreiften Papierkappe gleich. Eckstein ging zu einer Baseballbude und schlug dort einen Ball nach dem anderen durch die baumelnden Ringe, während der Betreiber eine Zigarre qualmte.

»Nun hör schon auf, du Witzbold«, sagte der Mann. »Für dich gibt's sowieso keinen Preis.«

Als er etwas später zu der Straße zurückkehrte, saß dort Woodpecker auf dem Bordstein und schnitzte Zahnstocher aus einem Stück Treibholz, das quer über seinen Knien lag. Noch bevor Eckstein sich vorbeischleichen konnte, blickte der Außenfeldspieler auf, lächelte und winkte den Mannschaftsgefährten zu sich. Eckstein spürte, wie er vor Verlegenheit errötete.

Zu Woodpeckers Füßen lag bereits ein kleiner Haufen neuer Zahnstocher. Er ließ das Taschenmesser ein weiteres Mal über das graue Holz gleiten, schnitt noch einen Span ab und grunzte zufrieden. »Gutes Holz«, sagte er.

»Glaub ich gern«, sagte Eckstein.

»Ich hab die fünf Dollar«, sagte Woodpecker.

»Nein, schon in Ordnung. Ich brauche sie nicht«, sagte Eckstein. »Es tut mir leid wegen Pelky, er wollte mir bloß helfen und, na ja, hat dabei über die Stränge geschlagen.«

»Das war nicht weiter schlimm«, sagte Woodpecker, zog einen Geldschein hervor und steckte ihn Eckstein in die Hemdtasche.

Die Geräusche von der Promenade waren weit weg und

nur schwach zu vernehmen. Die Wolken des Nachthimmels schimmerten im Rhythmus des Riesenrads grün und weiß, grün und weiß, grün und weiß.

Lillian würde bald abschließen.

»Danke«, sagte Eckstein. »Ich schätze, ich muß jetzt los.«

»Hast du den Film gesehen?« fragte Woodpecker.

»Ja«, sagte Eckstein. »War ganz schön furchteinflößend.«

»Die sahen ziemlich echt aus, diese Vampire, nicht wahr?«

»Höllisch«, sagte Eckstein.

»Ja, stimmt«, sagte Woodpecker. Der schwarzhäutige Mann rollte nachdenklich den Zahnstocher über die Lippen, sagte jedoch nichts mehr.

Lillian sah Eckstein nicht ins Gesicht, als sie sich vom Kino aus auf den Weg machten. Er ging mit hängenden Schultern neben ihr her und tat häufig so, als müsse er sich die juckende Nase kratzen, obwohl er sich in Wahrheit die Tränen aus den Augen wischte. Sie entfernten sich von der Promenade. Die Häuser der Surf Avenue wurden immer schmaler, die Farbe der Gartenzäune blätterte ab und sah wie Schorf aus, der Rasen verdorrte. Im Rinnstein häufte sich der Abfall, und es stank penetrant nach Fisch. Das Gebell zweier Kampfhunde ließ ihn zusammenzucken. »Verdammt«, fluchte er, und Lillian wies ihn nicht dafür zurecht.

Eckstein erkannte die kleine Straße an dem berüchtigten Schild: dem herausgebrochen Stück einer Holzkiste, das man an einen schiefen Laternenpfahl genagelt hatte. Der Name war in rissigen schwarzen Buchstaben aufgemalt: *Wretch Lane, die Gasse der armen Teufel.*

Lillian bekam einen Schluckauf und fing an zu schluchzen. »Ich werde eines Tages wunderschöne Babys haben«, sagte sie. Ihre Stimme hob und senkte sich mit jedem Schlucken. »Und du wirst bloß ein abgewrackter Ballspieler in irgendeinem kleinen Kaff sein.«

Auf der Straße lag eine leere Flasche. Eckstein ging hin, hob sie auf und schleuderte sie mit aller Kraft über die Hausdächer der anderen Straßenseite hinweg.

Lillian hörte auf zu weinen. Er hielt ihre Handtasche, während sie die kleine Puderdose nahm und im Mondschein neues Make-up auflegte.

Dann hielt er ihr seine Hand hin, die sie ergriff. Ihre Handflächen waren beide feucht und saugten sich förmlich aneinander fest.

Am Ende der Gasse stießen sie auf einen kleinen Innenhof voller Abfall. An einer der Wände lehnte ein verbogenes Einrad. Vor einer anderen Mauer stand ein Tierkäfig, der für einen Löwen gereicht hätte. Etwas sehr Großes lag darin, entweder reglos oder tot. An den Hof grenzte ein dunkles, baufälliges Haus mit geschlossenen Fensterläden. Von der Veranda führten zwei Türen ins Innere: eine schwarze und eine rote.

»Wir müssen durch die rote Tür«, sagte Eckstein.

Er klopfte zögernd, während Lillian unten vor den Stufen wartete und sich die Ellbogen hielt. Ecksteins Augen waren schlagartig ausgetrocknet. Er ertappte sich dabei, daß er hektisch blinzelte und sein Gewicht von einem Fuß auf den anderen verlagerte.

Nach einer Minute hörte der zweite Baseman Schritte, begleitet von einem seltsamen Schlurfen, eins-zwei-*schhh*, eins-zwei-*schhh*. Er ballte die Fäuste.

Die Tür öffnete sich. »Willst du vögeln?« fragte das Violette Mädchen verschlafen. »Es ist schon spät. Das kostet extra.« Im Mondlicht sah ihre Haut aus, als wäre sie verprügelt worden. Aus irgendeinem Grund hatte sie einen Besen hinter sich hergezogen, was das merkwürdige Geräusch erklärte.

Eckstein bekam kein Wort heraus. Er blinzelte und starrte den Besen an.

Das Violette Mädchen folgte seinem Blick. »Manchmal ist mir einfach nach Fegen zumute«, sagte sie. »Das kann ganz plötzlich kommen.«

Sie nahm den Besen und strich damit über Ecksteins Schuhe. Sie trug ein weißes Nachthemd, und ihre Haut schimmerte schwärzlich durch den Stoff. Eckstein fühlte sich auf erschreckende Weise erregt.

»Wir brauchen den Arzt«, sagte er, als auf einmal seine Stimme wiederkehrte.

Das Violette Mädchen schaute über seine Schulter, entdeckte Lillian und rümpfte die Nase. »Kommt mit«, sagte sie, drehte sich um und fegte den Flur entlang.

Sie folgten dem Violetten Mädchen durch einen verwahrlosten Korridor. Am Ende des Ganges hing eine nackte Glühbirne über der offenen Kellertür. Das Violette Mädchen nickte in Richtung der hölzernen Treppe und fegte von dannen. Lillian umklammerte Ecksteins Hand. Sie stiegen die Stufen hinunter.

»Ihr müßt warten, bis er aufgegessen hat«, sagte Jenny Zweikopfs wacher Kopf. Die Frau stand neben dem Tisch in der Mitte eines nur trübe beleuchteten Raumes mit einem Boden aus blanker Erde. Auf einem Stuhl, der vom Tisch weggedreht war, saß der Rückwärtsmann, dessen Körper zur Wand wies, und öffnete gehorsam seinen Mund, damit Jenny ihn mit Suppe füttern konnte.

Von irgendwo über ihren Köpfen ertönte wie zur Ermahnung das Geräusch des fegenden Violetten Mädchens, *schhh-schhh-schhh*.

Aber der Rückwärtsmann hielt nicht viel von Ermahnungen. »Mampf, mampf«, sagte er mit zarter Stimme, die einem Windhauch glich, der durch ein zersprungenes Fenster hereinwehte. Seine Hände rieben fröhlich die Oberschenkel, während sein Kopf hinter seinem Rücken Suppe aß.

»Bitte entschuldigt meinen Bruder. Er kann sich selbst nur

schwer ernähren«, sagte Jenny. Ihr schlafender Kopf, der mit der Glatze, baumelte auf widerliche Weise an ihrer Schulter.

»Mampf, mampf, mampf«, sang der Rückwärtsmann.

Eckstein und Lillian standen sprachlos da und hielten sich so fest an den Händen, daß sie kaum noch ihre Finger spürten.

Als die Mahlzeit beendet war, brachte Jenny Zweikopf den Rückwärtsmann nach oben.

Sie kehrte mit einem großen, staubigen Einmachglas und einer Lampe zurück, stellte beides neben dem Tisch auf den Boden und nickte Lillian zu. »Schaff deinen Hintern hier rauf.« Sie wandte sich an Eckstein. »Und du gibst mir das Geld.«

Lillian ging zum Tisch und schob sich unbeholfen hinauf. Sie fing wieder an zu weinen.

Eckstein gab der Frau das Geld.

»War's das wert?« fragte Jenny gackernd und stopfte sich die Geldscheine zwischen die Brüste.

Eckstein hockte sich hin und hoffte, auf Höhe des Bodens wäre die Luft vielleicht besser. Leider war sie das nicht, und er stand wieder auf. Ihm wurde schwindlig.

Dann fiel ihm auf, daß sich in dem Glas etwas bewegte. Er wischte mit einer Hand den Staubfilm weg. Auf dem Boden des Glases wand sich ein Knäuel aus dicken weißen Würmern, die wie längliche Sahnebonbons aussahen.

»Wofür sind die denn da?« fragte Eckstein.

»Sie essen es«, sagte Jenny Zweikopf. »Das ist ihr Job.«

Eckstein stellte sich neben den Tisch und hielt Lillians Hand. Die Frau klappte Lillians Kleid hoch und riß ihr mit einem brutalen Ruck die Unterhose vom Leib. »Du würdest sie danach sowieso nicht mehr wollen, Schätzchen«, sagte sie.

Jenny stellte die Lampe zwischen Lillians Beinen auf den Tisch. Aus einer Schublade holte sie ein Pincenez und zwei

Instrumente, einen abgenutzten Löffel und eine Sonde, deren Ende in einen langen, dünnen Haken auslief.

Nachdem sie die Sonde bereitgelegt und die Brille aufgesetzt hatte, beugte Jenny sich mit dem Löffel vor und begutachtete die Geschlechtsteile des Mädchens. »Weiter auseinander«, knurrte sie und versetzte dem stämmigen blassen Oberschenkel einen Klaps.

Lillian stöhnte und spreizte die Beine.

Eckstein dachte an einen sauberen weißen Baseball, der hoch in den erleuchteten Abendhimmel aufstieg, viel höher als jeder andere Baseball zuvor. Er stellte sich vor, wie der Ball immer weiter emporflog, wie die Wassertröpfchen der feuchten Luft an ihm abglitten, wie er dann in einer weiten, eindrucksvollen Bahn zurückfiel, in die Sheepshead Bay *klatschte* und tiefer, tiefer, tiefer sank, bis er zwischen wogendem Seetang anmutig im Schlick landete. Einen Moment lang befand Eckstein sich nicht mehr in diesem Keller, dieser Stadt, diesem Körper. Es blieb nichts als Leichtigkeit und Bewegung. In diesem Augenblick war Eckstein perfekt, so wie er schon immer perfekt gewesen war, wenn die Oberfläche des Balls mit der Oberfläche des Schlägers zusammentraf und eine dritte Fläche entstand, nämlich die Tragfläche, die den Himmel durchschnitt und den zweiten Baseman ins Allerheiligste hob. Er hatte alles unter Kontrolle, war in Sicherheit und stellte für niemanden ein Ärgernis dar. Er war ein Volltreffer.

Jenny Zweikopf schnaubte verächtlich und richtete sich auf. Der kahle Kopf hob sich unversehens, öffnete die Augen und rülpste. Genauso plötzlich schloß er die Augen dann wieder, sackte zur Seite und legte sich auf Jennys Schulter.

Schhh-schhh-schhh erklang das Besengeräusch des Violetten Mädchens.

»Heute ist dein Glückstag, Süße.«

»Was soll das denn heißen?« Lillian zog die Beine an und umklammerte ihre Knie.

»Dein Apparat taugt nichts. Er funktioniert nicht. Total hinüber. In dem wird niemals ein Baby heranwachsen. Da kannst du noch so viel ficken, es wird nichts passieren.«

Lillian ließ Ecksteins Hand los.

»Mampf, mampf, mampf«, säuselte die Stimme des Rückwärtsmannes von irgendwo oben zu ihnen herunter.

»Also gut«, sagte Jenny. »Meinetwegen.« Sie nahm das Geld aus der Bluse. »Ihr könnt die Hälfte zurückhaben, aber das ist alles. Wir sind hier schließlich nicht bei der Wohlfahrt.«

Sobald sie draußen waren, rannte Lillian einfach von ihm weg, stolperte durch den Innenhof und dann weiter die Wretch Lane hinauf.

Als Eckstein an dem Käfig vorbeiging, wandte das massige Ding im Innern sich mitleiderregend an ihn. »Bitte sorg dafür, daß die mich nicht mehr vollstopfen. Die lassen mich nicht aufhören und füttern mich immer weiter. Bitte. Ich habe keinen Hunger. Ich bin schon seit Jahren nicht mehr hungrig gewesen. Bitte. Mach, daß sie aufhören. Mach, daß sie aufhören!«

Spiel 3

Der erste Wurf sauste in Schwarzweiß auf ihn zu, und sein Dilemma war überwunden; Eckstein sah den weißen Ball als schwarzen Fleck und die bunte Umwelt als farblose Fläche. Er zog den Schläger durch und katapultierte den Ball mitten ins Innenfeld, wo er vom Knöchel des Werfers der Hoboken Gentlemen abprallte und ins Aus flog. Als der dritte Baseman ihn endlich wiederfand, stand Eckstein bereits auf dem zweiten Base.

Bei seinem nächsten Abschlag schickte er den Ball in einem flachen Bogen davon, der ihn zischend durch die Luft trug und mit lautem Knall erst an der Anzeigetafel endete.

Auch diesmal schaffte Eckstein es bis zum zweiten Base, wo er mit knirschenden Zähnen abwartete.

»Guter Schlag«, sagte Gordy Wheelock, als Eckstein zur Bank zurückkehrte. »Wie mit dem Lineal gezogen.«

»Steck's dir sonstwohin«, murmelte Eckstein.

Beim drittenmal sah Eckstein die Angst des gegnerischen Pitchers. Die Wangen des Mannes glänzten verschwitzt; er biß sich auf die Unterlippe, nahm die Mütze ab, fuhr sich durchs Haar. Eckstein ließ den Mann zappeln und wartete geduldig. Als der Pitcher dann schließlich warf, schickte Eckstein den Ball auf eine weite Reise über die Anzeigetafel hinweg.

Nach dem siebenten Inning lagen die Wonders sieben zu eins in Führung, und Eckstein hatte alle bis auf einen der Punkte erzielt.

Auf der Bank bot Woodpecker ihm einen Zahnstocher an. »Gutes Holz«, sagte er. »Fast wie Kiefer.«

Eckstein lehnte einsilbig ab.

Woodpecker musterte ihn und schüttelte den Kopf. »Du bist gar nicht richtig anwesend, was?«

»Nein.« Eckstein schüttelte den Kopf. Er dachte an die Würmer in dem Glas, wie sie sich gierig umeinander wanden. Womöglich hatte seine Mutter letzten Endes Glück gehabt, womöglich gab es sogar noch erbärmlichere Geschöpfe als ihn selbst. »Nein, ich schätze, das bin ich nicht«, sagte er.

Heute gab es kein Wettrennen im Außenfeld. Statt dessen lud der Lieferwagen den gigantischen Drei-Tonnen-Timmy auf der rechten Seite des Platzes ab. Dort saß er dann wie ein kleiner Berg. Das Violette Mädchen, der Rückwärtsmann und Jenny Zweikopf liefen im Kreis um ihn herum. Drei-Tonnen-Timmy brüllte und streckte mühsam die Arme nach ihnen aus, als wolle er sie verschlingen. Der Organist spielte »The Moten Swing«.

Kurz vor Ende des neunten Innings schlug ein Spieler der Hoboken Gentlemen einen hohen Ball in spitzem Winkel ins linke Feld. Woodpecker lief los, folgte dem Ball ins Aus und weiter zur Haupttribüne. Dort an der Balustrade sprang er hoch und streckte sich, aber der Ball ging in der zweiten oder dritten Sitzreihe nieder. In diesem Moment griff eine Hand aus der Menge zu und zog Woodpecker die Mütze vom Kopf.

»Ich hab deinen Hut, Nigger!« Der Zwischenrufer hüpfte im Mittelgang der Tribüne auf und ab und schwenkte die Beute.

Woodpecker stand vor der Trennwand und rührte sich nicht.

Eckstein rannte los. »Kommt schon, ihr Säcke«, rief er den restlichen Spielern der Wonders zu. Pelky und einige der anderen sahen sich an, zuckten die Achseln und liefen hinter ihm her.

Der Zwischenrufer schlug Woodpecker die Mütze ins Gesicht. »Bei Fuß, Boy! Mach Sitz, Boy!«

Eckstein erreichte die Balustrade und sprang hinüber.

Der Zwischenrufer drehte sich um, ließ die Mütze fallen und hetzte die Stufen der Haupttribüne hinauf.

Vier weitere der Wonders schoben sich an Woodpecker vorbei und kletterten über die Trennwand. Der schwarze Mann schaute ihnen hinterher. Einer der Zuschauer gab ihm seine Mütze zurück.

»Vielen Dank, Sir«, sagte Woodpecker.

Kurz vor dem Ausgang holte Eckstein den Zwischenrufer ein. Er hechtete dem Mann ins Kreuz und riß ihn auf den Zementboden. Der Zwischenrufer heulte auf. »Niggerfreund! Niggerfreund!«

Doch Ecksteins Faust ließ ihn verstummen. Beim ersten Schlag platzte seine Lippe, beim zweiten ging irgend etwas im Gesicht des Zwischenrufers zu Bruch. Der Mann sackte zusammen. Eckstein packte ihn an den Haaren und hämmerte seinen Kopf auf den Boden. Blut spritzte über den Zement. Eckstein ließ den Schädel noch zwei weitere Male niedersausen.

Dann betrachtete er seine blutige rechte Faust. In seinem Knöchel steckte ein gelblicher Zahnsplitter. Der Zwischenrufer stöhnte und rang nach Luft, was wie ein Schlürfen klang. »Tja«, sagte Eckstein halb zu sich selbst und halb zu dem Zwischenrufer, »tja, du hast es so gewollt.«

Er stand auf und hielt sich die verletzte Hand vor den Bauch, so daß sein Trikot mit Blut befleckt wurde. »Tja, du hast es so gewollt«, wiederholte Eckstein, nur damit es ganz klar war und damit jeder, nicht zuletzt er selbst, seine Unschuld zur Kenntnis nahm. Ein guter Satz, dachte er und beschloß, ihn ab jetzt häufiger zu gebrauchen.

Die anderen Spieler hatten sich unterdessen in einem lockeren Kreis um den Zwischenrufer versammelt. Dann kamen sie näher, näher, noch näher. Pelky trat als erster zu. Der Zwischenrufer gurgelte erschrocken auf. Sie fingen alle an, auf ihn einzutreten.

Schlange

Nachdem Franks Vater ihn am Straßenrand abgesetzt hatte, drehte er mit dem Honda auf dem Parkplatz ein paar enge Kreise. Frank konnte sehen, wie Ken eine Kassette in das Radio schob und sofort anfing mitzusingen, auf das Armaturenbrett zu trommeln, mit dem Kopf zu wippen und sich in den Schultern zu wiegen. Zum Abschluß des Auftritts zwang sein Vater den Civic – eine tapiokafarbene Schachtel, die mit ihrem 1996er Clinton/Gore-Aufkleber und der unpassenden schrottplatzgrauen Beifahrertür praktisch schon von weitem »Lehrer an einer staatlichen Schule« schrie – in eine schiefe Acht, die zwischen einem rostigen Impala und einem langen schwarzen Lieferwagen hindurchführte, den er um ein Haar gestreift hätte. Dann rollte Ken zur Ausfahrt und hupte zum Abschied eine kleine Melodie.

Es war Sonntag, kurz vor zwölf Uhr mittags, und das Jetport-Einkaufszentrum würde in wenigen Minuten öffnen. Frank setzte sich auf den Bordstein und sammelte ein paar Kiesel ein. Als er genug Munition beisammen hatte, fing er an, damit nach dem rostigen Impala zu werfen. Frank zielte auf die geborstene Windschutzscheibe, um den hellen Klang des Glases zu hören. Der Wagen war ein Wrack, seine Reifen platt.

Die Sonne stand hoch am Himmel und hatte den morgendlichen Frost von den Dächern der Wohnsiedlung geschmolzen, die auf der anderen Straßenseite lag. Die Reihe identischer grüner Kästen erstreckte sich entlang der Kammlinie eines Hügels und dann den Hang hinunter, was den merkwürdigen optischen Eindruck erweckte, die Häuser würden irgendwohin geführt – oder sich gar von allein wegschleichen.

Frank war sechzehn Jahre alt und ging auf die Highschool, aber sein langes, strähniges schwarzes Haar ließ ihn älter aussehen. Er trug einen fleckigen Trenchcoat und alte Leinenturnschuhe mit eingerissenen Sohlen. Seine Eltern waren geschieden, und dies war eines der Wochenenden, die seinem Vater gehörten.

An diesem speziellen Wochenende waren die üblichen Vater-Sohn-Veranstaltungen – Hamburger in einer Sportkneipe, Videos, Bowling – jedoch kürzer ausgefallen als sonst, und zwar wegen der Penobscot-Union-Touch-Football-Meisterschaften, Lehrerverband gegen Stadtwerke. Sein Vater hatte Frank gefragt, ob es ihm etwas ausmache, und Frank hatte nein gesagt, und sein Vater hatte gesagt: »Los, sag schon«, und Frank hatte erwidert: »Ehrlich, Dad, es ist mir scheißegal«, und sein Vater hatte es akzeptiert.

»Okay«, hatte Ken gesagt und ächzend eine Packung Roastbeef aus dem Kühlschrank genommen.

»Setz mich einfach beim Einkaufszentrum ab.« Frank nahm die Kanne von der Warmhalteplatte und schenkte seinem Vater einen Kaffee ein. Der Becher war mit einem Grundschulfoto von Frank bedruckt. Auf dem Bild trug Frank eine karierte Krawatte und lächelte ohne Vorderzähne.

Ken schob sich eine Scheibe Fleisch in den Mund und drückte sich den Rest der kühlen Packung gegen die geschwollene Nase. Die Augen seines Vaters waren blutunterlaufen, und die Tränensäcke glichen – wie Frank es einmal in einem der knallharten Krimis von Bernie Varrick gelesen hatte – »zwei dazu passenden schwarzen Hängematten«. Frank wußte nicht, ob sein Vater die geschwollene Nase einem Unfall oder seiner neuen Freundin zu verdanken hatte, aber ihm war instinktiv klar, daß es genaugenommen aufs gleiche hinauslief.

»Wieviel, damit deine Mutter mir nicht ans Bein pinkelt?« fragte Ken.

»Vierzig«, sagte Frank und reichte seinem Vater den Kaffeebecher.

»Zwanzig«, sagte Ken, »und du wärmst mich auf.«

Frank nahm die kleine Flasche Whisky aus dem Brotkasten. Sein Vater schaute zur Decke empor, seufzte und rollte den Kopf von einer Schulter zur anderen. Dann nahm er die Flasche und verabreichte dem Kaffee einen großzügigen Schuß. »Danke, Frankie. Aber wenn du eines Tages deinem Psychiater von dieser Episode erzählst, denk dran, daß ich nicht darum gebeten habe. Du hast es mir angeboten.«

Er ließ die Packung Roastbeef in den Mülleimer fallen und holte den Football aus dem Wandschrank.

In der Auffahrt warfen sie sich im Sonnenschein ungefähr zwanzig Minuten lang Pässe zu, meistens schweigend. Ken bat Frank, ihm die Bälle in den Lauf zu werfen. Dann joggte er unbeholfen von links nach rechts und wieder zurück, ruderte mit den Armen und atmete schwer, schaffte es aber immerhin, die meisten der Pässe zu fangen.

»Diese Kerle von den Stadtwerken«, sagte Ken und rang zwischen den Worten nach Luft. »Die Hälfte von denen ist teilweise arbeitsunfähig geschrieben, aber kaum betreten sie ein Footballfeld, scheinen sie alle seit dem letzten Check-up in Lourdes gewesen zu sein. Sie sind geheilt.«

Frank kniff im grellen Sonnenlicht die Augen zusammen und lächelte. Es gelang seinem Vater immer noch, ihn zum Lächeln zu bringen, so wie auch jeden anderen, sogar Franks Mutter.

Kurz bevor Frank aus dem Wagen stieg, sagte sein Vater dann, es tue ihm leid.

»Was denn?« fragte Frank.

»Alles mögliche.« Ken klopfte gegen das Lenkrad. »Verdammt viel, um genau zu sein, aber hör mal ...« Dann erklärte er ihm seinen Plan für den Winter. Er wollte sich für ein paar Monate von der Highschool beurlauben lassen, so daß jemand anders sich derweil dieses Affentheater antun konnte, und die Zeit dazu nutzen, sich wie früher in der Universitätsbibliothek zu vergraben, sich richtig dahinterzuklemmen und endlich seine Dissertation zum Abschluß zu bringen.

Ein Kiesel nach dem anderen prallte klimpernd vom Leichnam des Impala ab. Die Wochenenden mit seinem Vater versetzten Frank stets in eine gewisse Stimmung, die sich nur schwer definieren ließ. Es war dieses Sonntagsgefühl, eine Art universelle Trübsal, als habe man stundenlang vor dem Fernseher gesessen und dann bei einem zufälligen Blick aus dem Fenster festgestellt, daß es bereits dunkel war, obwohl man den Tag doch noch nicht einmal begonnen hatte. Tage wie dieser fühlten sich gut an, solange sie geschahen, solange man herumhing, aber wenn sie zu Ende gingen, kam man sich wie ein Trottel vor. Hier saß Frank also nun, die Sonne schien, der Tag war noch jung, und das Gefühl war trotzdem schon da.

Er stellte sich seinen Vater in einem Hörsaal vor, wie er die »Linke Ken-Ackerly-Augenbraue der Skepsis«™ zum besten gab, eine buschige schwarze Augenbraue, die er so weit und prägnant hochziehen konnte, daß sie eines Groucho Marx' würdig gewesen wäre. Die Studenten würden begeistert sein; Frank konnte sie jetzt schon lachen hören.

Um zwölf Uhr öffnete der Wachmann die Glastüren. Frank ließ die restlichen Steine fallen und schlurfte hinein.

Das halbrunde Jetport-Einkaufszentrum war nicht sonderlich beeindruckend und umfaßte nur eine Etage. Es gab ein paar Ramschläden, ein schäbiges Modellbaugeschäft, einen *Mr. Paperback*, der hauptsächlich Grußkarten und kleine Stofftiere verkaufte, eine Tierhandlung, die örtliche Filiale der Kraftfahrzeugzulassungsstelle, einen Blumenladen und eine Spielhalle voller alter und teilweise defekter Videospiele.

Ken nannte es das Reagan-Einkaufszentrum, und sofern er genug getrunken hatte, konnte man sich darauf verlassen, daß er einen Vortrag darüber halten würde, wie das ganze Land seit Ronnie einem verblödeten Kind ähnelte, das einen Eimer Bleifarbe getrunken hatte. (Die Hetzrede war natürlich zwangsläufig mit einem Auftritt der »Linken Ken-Ackerly-Augenbraue der Skepsis«™ verbunden.) »Diese Geschäfte, in denen alles nur einen Dollar kostet, sollte man eher Billigscheiße-für-Idioten-Läden nennen«, sagte Ken.

Das war noch vor der Scheidung gewesen, und Franks Mutter, Catherine, hatte erwidert: »Faszinierend, Ken, einfach faszinierend. Warum trinkst du nicht noch ein Bier und erklärst uns dann, worin das wahre Problem des Mittleren Ostens besteht?«

Am Eingang bog Frank nach rechts ab und ging geradewegs auf den *Mr. Paperback* zu, der so ziemlich der einzige Laden war, der ihn hier interessierte. Er hatte vor, den Nachmittag mit Lesen zu verbringen und auf dem Lehnsessel im hinteren Teil des Geschäfts vielleicht sogar ein Nickerchen zu machen. Dieses einzige Möbelstück – das mit Sicherheit aus irgendeinem Räumungsverkauf stammte, ständig nach Feuchtigkeit roch und so weich war, daß Frank sich nur mühsam wieder aus den Tiefen der Polsterung erheben konnte – stellte eine geradezu sarkastische Antwort auf den riesigen neuen Buchladen des Einkaufszentrums von Bangor dar, der nicht nur über mehrere nagelneue Sessel verfügte, sondern auch über ein Café. Frank hatte Lust auf einen Krimi, auf irgendwas Schnelles und Hartes. Die Art von Story, die ein starkes Gefühl in ihm auslöste, die auf ihrem verschlungenen Weg dank zahlreicher Sackgassen und falscher Fährten immer mehr Tempo aufnahm, die unweigerlich Gewalt enthielt, aber auch stets die Gewißheit, daß die ungeschminkte Wahrheit auf die eine oder andere Weise ans Licht kommen würde. Vierzig Dollar reichten mitunter für ein halbes Dutzend Taschenbücher; Frank war der Ansicht, daß dies genügend ungeschminkte Wahrheiten sein dürften, um ihn für ein paar Tage zufriedenzustellen.

Indem er das Geld seines Vaters annahm, traf er eine stillschweigende Übereinkunft mit ihm. Falls seine Mutter ihn fragte, würde Frank behaupten, er und sein alter Herr wären ins Kino oder in die Bücherei gegangen oder hätten etwas Konstruktives getan. Aber auch falls sein Vater nicht so spendabel gewesen wäre, hätte Frank nicht gepetzt. Das würde nämlich relativ schnell zu einer weiteren Familientherapie führen, und die hatte zu diesem Zeitpunkt keiner von ihnen verdient, am wenigsten seine Mutter.

Bei ihrer letzten Gruppensitzung hatte der Therapeut endlos über Streit in der Familieneinheit schwadroniert; es sei, als würde das Telefon abgeklemmt, und wenn es dann wieder freigeschaltet werden sollte, hätten alle längst eigene Vorkehrungen getroffen. »Bevor der ganze Mist hochgekocht ist, habt ihr alle an diesem großen Gemeinschaftsanschluß gehangen, und jetzt plappert jeder in sein eigenes Mobiltelefon«, hatte der Therapeut gesagt. »Ich meine, manchmal war der Gemeinschaftsanschluß echt ätzend, oder? Man hätte wirklich gern mal mit dem alten Kumpel aus Fresno gequatscht, aber es ging nicht, richtig? Doch das gehört nun mal zum Zusammenleben dazu. So läuft das eben bei einem Gemeinschaftsanschluß. Also müssen wir diesen großen Gemeinschaftsanschluß entweder wieder freischalten oder lernen, mit all der Kacke klarzukommen, die mit dem Besitz eines Mobiltelefons einhergeht.«

»Was, zum Teufel, ist der Gemeinschaftsanschluß?« hatte Frank gefragt.

Ein paar Tage nach der Sitzung war Frank in das Schlafzimmer seiner Mutter gekommen und hatte sie dort auf dem

Bett angetroffen, wie sie sich weinend vor und zurück wiegte und einen Stoffpinguin im Arm hielt. »Ich bin zweiundvierzig, Frank. Ich kann nicht von vorn anfangen. Ich kann mir nicht mal eine Katze zulegen. Ich bin allergisch gegen Katzenhaare.« Dann hatte sie laut aufgeschluchzt, dabei versehentlich gerülpst und ein kleines gelbes Etwas auf den Kopf des Stofftiers gespuckt. »Und sieh dir das an«, hatte sie gesagt und die Puppe hochgehalten. »Jetzt habe ich auch noch auf meinen Pinguin gekotzt.«

Nach Franks Überzeugung sollten sie derzeit vor allem eines tun: ihr Leben weiterleben. In gewisser Weise war Frank aus diesem Grund nun im Einkaufszentrum. Sein Vater machte weiter, indem er ein paar Biere trank und mit seinen Freunden Football spielte. Frank machte weiter, indem er im *Mr. Paperback* nach Büchern stöberte. Und da seine Mutter sich nicht anders zu behelfen wußte, machte sie vermutlich bei sich zu Hause weiter, indem sie meditierte oder Tarotkarten für sich und den Pinguin legte. Falls Frank aus der Lektüre von Kriminalromanen auch nur eines gelernt hatte, dann die Tatsache, daß es zwecklos war, Stunk zu machen. Die Spitzel schafften es nie in die Fortsetzung. Sie endeten mit einer Klaviersaite um den Hals oder Betonschuhen an den Füßen. Am besten fuhr man immer noch, indem man es standhaft ertrug, seine Zeit absaß und den Mund hielt.

Frank hatte den Buchladen schon fast erreicht, als eine dröhnende Stimme ihn zusammenzucken ließ. Ein korpulenter Mann drüben im Ausstellungsbereich winkte ihn zu sich.

Der Ausstellungsbereich war eine erhöhte Plattform in der Mitte des Einkaufszentrums und für besondere Aktionen reserviert – für einen Stand, an dem T-Shirts mit mehr als hundert verschiedenen Aufdrucken verkauft wurden, für die gesammelten Werke eines Tierpräparators, für den Osterhasen oder den Weihnachtsmann, für einen Trainer aus

Golds Fitneßcenter, der den Kunden für fünf Dollar auf einem orthopädischen Stuhl eine Nackenmassage verpaßte –, aber nie für etwas Interessantes. Heute stand dort ein dicker Mann vor einem kargen Gerüst aus schlichten Balken.

Das Holzgebilde besaß die Form eines Rechtecks von knapp zwei Meter Höhe und etwa dreieinhalb Meter Breite. Auf dem gefliesten Boden des Ausstellungsbereichs standen mehrere Kisten, zwischen denen man etwas Heu verstreut hatte. Das sah alles recht seltsam aus; vielleicht war der Mann ein Bauunternehmer, dachte Frank, wenngleich sich nur schwer erkennen ließ, was dieses Holzding eigentlich darstellen sollte.

»Ja?« fragte Frank.

Der Mann war ungefähr fünfzig und hatte einen Spitzbart; mit seinem runden Bauch und dem dunklen Schatten einer Tätowierung unter den Haaren seines Unterarms wirkte er wie ein Biker. Er trug eine braune Lederhose und ein T-Shirt, auf dem stand: *Ich jage nur Hühner, Puten und Gänse.* Darunter war ein Mann abgebildet, der mit wölfischem Grinsen und einer sehr langen Elefantenbüchse auf ein Mädchen in einem Bikini zielte, das hoch oben in einem Baum saß.

Um den Hals des Bikers hing eine Polaroidkamera und an seinem Kragen eine dunkle Sonnenbrille mit Metallgestell. Er sah wie eine Art postapokalyptischer Tourist aus, dachte Frank.

»He, Kumpel, hast du mal Feuer?« Der Mann zog eine Schachtel Zigaretten aus der Tasche.

»Klar.« Frank nahm seinen Rucksack ab und holte sein Feuerzeug heraus. »In den meisten Einkaufszentren darf man gar nicht rauchen.«

»Faschisten. Es werden jeden Tag mehr. Das ist wie in dem alten Sci-fi-Streifen mit den Psychopflanzen – in jeder wächst ein Armleuchter mit Krawatte heran.« Er zündete sich die Zigarette an, ohne Frank eine anzubieten.

Am Ende des Ganges schob eine Frau langsam einen Kinderwagen vor sich her. Das Quietschen der Räder hallte bis zu Frank und dem Fremden herüber.

»He, Mann, ich will ja nicht deinen Bürgerstolz beleidigen, aber das hier ist doch ein echter Scheißladen, oder? Meistens stehen wenigstens ein paar Leute vor der Tür und wollen rein. Hier sind es bislang nur du und die da.« Er wies mit dem Daumen auf die Frau mit dem Kinderwagen.

»Sie ist verrückt«, sagte Frank. »In dem Wagen liegt bloß eine Zweiliterflasche Cola, die eine Wollmütze trägt. Ich hab sie hier schon ein paarmal gesehen. Sie dreht hier ihre Runden.«

Der Mann schüttelte den Kopf. »Gibt sie dabei auch Geld aus?«

»Nicht, daß ich wüßte«, sagte Frank. »Die Colaflasche hat manchmal andere Mützen auf. Vielleicht kauft sie die.«

»Scheiße«, sagte der Mann. »Ich bin kein Mützenverkäufer.«

Frank stieg der Körpergeruch des Fremden in die Nase, ein ziemlich unangenehmer Duft, der ihn an Hunde denken ließ. Der Mann schien verärgert zu sein und saugte schmatzend an seiner Zigarette.

»Und was machen Sie hier?« fragte Frank.

Der Mann zog eine Augenbraue hoch. Dann blies er den Rauch lässig aus einem Mundwinkel. »Ich bin ein Schlangenmann. Das hier ist eine Schlangenshow.«

»Ach ja?« Frank war sich nicht sicher, was der Kerl meinte, bis sein Blick auf ein Plakat fiel, das an der Wand hing:

Jimmy »Leatherneck« Federicci und
die Königsboa vom Amazonas:

JULIUS WÜRGER

Fotos mit Julius Würger $ 5
Fütterung von Julius Würger $ 20
Warnung: Julius Würger FRISST ARSCHLÖCHER!!!

Um die Buchstaben wand sich eine furchterregende Schlange, deren Kopf mit den hypnotischen grünen Augen hoch aufragte.

»Willst du mal sehen?« fragte Leatherneck Federicci und wartete gar nicht erst auf eine Antwort. »Einen Moment.«

Der dicke Mann ging zu der größten Kiste. In ihre Seite waren mehrere Löcher gestanzt, und ihr schwerer Metallriegel war mit einem Vorhängeschloß gesichert. Leatherneck nahm einen Schlüssel aus der Tasche und öffnete es. Dann klappte er den Deckel hoch, ging in die Hocke und steckte beide Arme in die Kiste.

Frank war nur mäßig gespannt. Er hatte die Schlangen des Zoos von Portland besichtigt und das Ereignis nicht als ausgesprochen denkwürdig empfunden. Es erschien ihm wenig wahrscheinlich, daß diese Schlange hier interessanter sein würde.

Leatherneck hob das Tier aus der Kiste und legte es sich unbefangen um den Hals. Aus ein paar Metern Entfernung sah es lediglich wie ein dickes grünes Kabel aus.

Dann kam er mit der Schlange zu Frank zurück. Das vordere Ende hatte er sich mit geübter Bewegung um den linken Arm gewickelt. Auf der Flanke des Tiers verlief ein Band aus dunkelgrünen diamantförmigen Zeichnungen, das im Neonlicht des Einkaufszentrums wie poliert wirkte. Die Schlange sah sehr schwer und irgendwie aufgebläht aus, obwohl Leatherneck sie mühelos trug. Ihre Augen glichen gelben Glassplittern; sie hätte ebensogut tot sein können.

»Das ist Julius Würger«, sagte Leatherneck.

»Cool«, sagte Frank. Er war nicht sonderlich beeindruckt.

»Absolut obercool«, sagte Leatherneck. »Das hier ist der große Boß aller Schlangen. Eine smaragdgrüne Boa constrictor.« Er hob seine Hand und ballte sie zu einer stattlichen Faust. »Die schnürt dir glatt die Luft ab.«

Genaugenommen erweckte die Schlange keinen ganz so aktiven Anschein.

»Was macht sie so?« fragte Frank.

Leatherneck bedachte ihn mit einem verächtlichen Blick. »Was er so macht?« Mit einem Finger streichelte er den Kopf der Kreatur. »Er ist eine riesige Boa constrictor. Er macht, was immer er will.«

»Ich meine, er sieht aus, als würde er schlafen.«

»Tja, nun. Der Würger hat seinen eigenen Tagesrhythmus. Er ist kein Tanzbär.«

Frank fragte sich, woher das Tier wohl stammte und wie es dazu gekommen war, als Schal für einen bulligen Biker zu fungieren. Seine Neugier fiel zwar nicht gerade überwältigend aus, aber für einen Sonntag ging das in Ordnung.

»Woher haben Sie ihn?« fragte Frank.

»Das ist eine interessante Geschichte.« Leatherneck tätschelte das dunkle Fleisch, das sich um seinen Bizeps wand.

»Ja? Lassen Sie hören.«

»Du magst gute Geschichten, was?«

»Klar«, sagte Frank.

»Hast du fünf Dollar in deinem Rucksack? Fünf Scheine für ein Polaroid, Junge. Das hier ist keine Benefizveranstaltung. Während ich das Bild mache, erzähle ich dir alles über den Würger.«

Wieso nicht? dachte Frank. Er hatte etwas Geld in der Tasche, und es würde immer noch genug für den Buchladen übrigbleiben. Grund zur Eile bestand auch nicht. Die Verrückte mit dem Kinderwagen war vorbeigegangen, und sie waren wieder allein. Die umliegenden Geschäfte hatten zwar alle geöffnet, doch es war nichts los.

»Okay, ich hab fünf Dollar.«

»Dann los«, sagte Leatherneck, führte Frank zu dem Poster und stellte ihn so auf, daß es im Hintergrund zu sehen sein würde. »Aus Copyright-Gründen.«

Leatherneck packte das reglose Tier an einer bestimmten Stelle unterhalb des Kiefers und zog es mit einer flüssigen Bewegung von sich herunter, als würde er einen Gürtel ablegen. »Schau möglichst böse in die Kamera, damit es ein hübsches Foto wird. Der Würger weiß, daß du zu den Guten gehörst.«

Etwas in Franks Kehle zuckte; ihm wurde plötzlich klar, daß er sich gleich eine Riesenschlange um den Hals legen würde, wie zahm oder sogar tot sie auch wirken mochte. »Also, woher haben Sie ihn?«

»Der Würger stammt ursprünglich aus Costa Rica«, sagte Leatherneck und plazierte das Tier sanft über Franks Schultern. Es lag auf seinem Nacken und wog weniger, als er erwartet hatte. Er hatte damit gerechnet, daß die Schlange sich feucht und klebrig anfühlen würde, aber sie fühlte sich eigentlich nach gar nichts an, abgesehen von dem leichten Druck auf seinem Genick.

»Haben Sie ihn dort im Dschungel gefunden?«

»Nein. Meine Freundin hat versucht, mich umzubringen«, stellte Leatherneck sachlich fest und drapierte die Enden der Schlange vor Franks Körper.

»Was?« Frank registrierte nur undeutlich, wie der Leib der Schlange sich leicht anspannte, um sicheren Halt zu finden. »Ihre Freundin wollte Sie umbringen? Soll das heißen, sie war mordswütend auf Sie, oder meinen Sie das wörtlich?«

»Du bist einer dieser morbiden kleinen Scheißer, was? Ich hätte es gleich wissen müssen, wegen deinem Trenchcoat.« Leatherneck ließ die Zigarette auf die Fliesen fallen und trat sie aus. »Also, ich erzähl dir die Kurzfassung: Ein Kumpel, den ich noch vom Militärdienst kannte, hatte dort unten ein kleines Haus am Strand und hat mich eingeladen, ihn zu besuchen. Meine Freundin und ich haben die Einladung angenommen. Sonne, Schnorcheln, Bier am Strand, vielleicht ein bißchen Dope, was könnte schöner sein, richtig?«

»Richtig«, sagte Frank.

»Aber meine Freundin dachte, ich würde sie betrügen und heimlich eine Nummer mit dieser Einheimischen schieben. Das war übrigens totaler Schwachsinn, ich hab die Alte nie angerührt. Also plädierte ich auf unschuldig und trug meine Argumente vor, so wie bei Perry Mason. Am Ende sagte meine Freundin: ›Okay, ich glaube dir, Schnuckelchen‹, und ich dachte, damit wäre die Sache erledigt und alles wieder in Butter. Großer Fehler. Trau keinem Weibsbild, das anfängt, mit dir zu reden wie mit einem Kleinkind.

Wie sich herausgestellt hat, ist meine Alte zu diesem beschissenen Zaubertypen gegangen. Kein Scherz, ein echter Hexer. Einer von diesen Kerlen, die mit einem verdammten Busch auf dem Kopf herumlaufen.

Dieser Typ hat ihr eine Schlange gegeben, um mich zu erledigen. Es sollte so aussehen, als wäre das Vieh durch ein Fenster oder so gekrochen, was da unten absolut glaubhaft ist. Fünfzehn Minuten nachdem das Gift in meinen Blutkreislauf gelangt war, würde ich angeblich tot sein. Dann noch fünfzig Dollar für ein Leichenhemd, eine Grube, um mich zu verscharren, und schon könnten meine Alte und der Hexer Piña Coladas saufen gehen. Auf dem Heimflug hätte sie dann vielleicht ein bißchen viel Gepäck gehabt, aber ansonsten keine größeren Probleme.«

»Ach du Scheiße«, sagte Frank und warf einen Blick auf die Schlange, die geschmeidig und still um seinen Arm gewickelt war.

»Ganz schön heftig, was?« Leatherneck hob die Kamera, ließ sie sinken, überprüfte den Blitz und hob sie wieder. »Aber zum Glück war der Typ ein Idiot. Er hat meiner Alten eine Boa constrictor gegeben und geglaubt, es handle sich um eine Viper. Das ist ein bedeutsamer Unterschied, mein Freund.

Nachdem ich eines Abends eingeschlafen bin, legt sie mir also den alten Würger ins Bett. Hat wohl erwartet, er würde mich in den Hintern oder sonstwohin beißen. Ich wache auf, weil mich irgendwas an den Füßen kitzelt. Dann sehe ich Julius hier, der sich auf meinen Beinen zusammengerollt hat. Eine Sekunde lang denke ich, ich bin im Arsch, aber dann wird mir klar, daß er bloß eine Boa ist, also setze ich mich auf und fange an, mit dem großen Hurenbock zu kuscheln. Der Hexer hat meine Alte betrogen.«

Der Blitz wurde ausgelöst. »Schon fertig«, sagte Leatherneck. »Du hast dich als würdiger Träger des prächtigen Würgers erwiesen.«

Frank blinzelte die bunten Pünktchen weg, die ihm vor den Augen flirrten, und spürte, wie Leatherneck das Tier von seinen Schultern nahm. Dann trug der Schlangenmann den Würger zu dem Holzgerüst und hängte ihn über einen der Balken. Das Tier hing zunächst schlaff wie ein nasses Handtuch herab, doch plötzlich ringelte es sich zusammen und wand sich um das Holz. Dann erstarrte es in dieser Position, als harte grüne Spirale.

Leatherneck wedelte mit dem Polaroid hin und her. »Das wird ein gutes Foto. Ich hab die Schokoladenseite des Würgers erwischt.«

Frank nahm fünf Dollar aus seiner Geldbörse und bekam im Austausch das Bild. Auf dem Schnappschuß sah die Schlange sogar noch toter als in Wirklichkeit aus.

»Was für eine irre Geschichte«, sagte Frank. »Die Betrügerin wurde betrogen. Solche Geschichten mag ich.«

»Freut mich, daß sie dir gefallen hat, Kumpel«, sagte Leatherneck. »Aber glaub mir, sie leibhaftig zu erleben, hat keinen Spaß gemacht. Wenn du mit einer Schlange im Bett aufwachst, kostet dich das mindestens fünf Jahre deines Lebens.« Er ging zu einer der anderen Kisten und fing an, darin herumzukramen. »Wie dem auch sei, ich wünsche dir noch einen schönen Tag. Und erzähl all deinen Freunden von dem Würger.«

Frank nahm ein paar Bände aus dem Regal und zog sich auf den gepunkteten Lehnsessel im hinteren Teil des Ladens zurück. Die ersten beiden Taschenbücher trugen interessante Titel – *Auf Mord gemünzt* und *Stellungsspiel* –, erwiesen sich aber fast umgehend als enttäuschend.

Ken, ein Englischlehrer, bezeichnete diese Art von Büchern gern als »Räuber-und-Gendarm-Mist«.

»Herrje, immerhin liest du überhaupt irgendwas«, hatte er bei einer Gelegenheit gesagt. »Ich hab in meiner Abschlußklasse Kids, die nicht mal einen Einberufungsbescheid entziffern könnten. Als ich achtzehn war, kamen Jungs, mit denen ich früher in einer Mannschaft gespielt hatte, in Holzkisten zurück, während ihre Eier noch in Südostasien lagen und von Dschungelratten gefressen wurden. Es hieß College oder Tod, Kleiner – he, was lest ihr gerade im Unterricht?«

Frank hatte die Achseln gezuckt. »*Große Erwartungen*.«

»Dickens!« hatte sein Vater geschrien. »Das ist ja klasse, Frankie. Ist er nicht unglaublich komisch? Seine Sprache, meine ich.«

»Er ist langweilig«, hatte Frank erwidert.

»Ach, komm schon«, hatte sein Vater gesagt. »Pip? Joe? Miss Havisham? *Magwitch*, verdammt noch mal! Junge, du mußt dich darauf einlassen. Findest du es nicht auch herrlich, wenn sie ständig ›Viktualien‹ essen?«

»Aber was sind ›Viktualien‹?« hatte Frank gefragt und seinem Vater damit einen ungläubigen Seufzer entlockt.

»Ach, vergiß es«, hatte Ken gesagt. »Wollen wir rausgehen und ein paar Bälle werfen?«

Das Problem bei *Auf Mord gemünzt* und *Stellungsspiel* bestand darin, daß keine der Geschichten besonders glaubwürdig erschien. Das erste Buch drehte sich um einen Bandenkrieg. Im zweiten Kapitel rollte einer der Gangster mit einem Müllwagen rückwärts über einen Privatdetektiv. Nachdem der Laster abgehauen war, konnte das Opfer aus eigener Kraft wegkriechen und hatte bloß ein gebrochenes Bein. O bitte, dachte Frank. Schon der gesunde Menschenverstand verriet dir, daß das Gewicht eines Müllwagens dich komplett zerquetschen und damit garantiert ins Jenseits befördern würde.

In *Stellungsspiel* geriet ein Schachgroßmeister in eine internationale Verschwörung. Frank kannte mehrere Mitglieder des Schachteams seiner Schule, und der Gedanke, daß einer von ihnen jemals eine MI6-Agentin verführen könnte, war einfach zu abwegig. Falls eine Geschichte nicht real wirkte, was hatte sie dann für einen Sinn? Das war jedenfalls Franks Meinung.

Zum Glück hatte er ein As in der Hinterhand, einen sicheren Treffer – das neueste Taschenbuch von Bernie Varrick. Auf der Rückseite war ein kleines Foto des Autors abgedruckt; es zeigte einen alten Mann mit schneeweißer Mähne und finsterem Blick. In den Angaben zum Verfasser stand, Varrick sei ein pensionierter Sheriff aus Florida. Er war einer von Franks Lieblingsautoren. Wenn in Varricks Büchern jemand starb, dann blieb er auch tot; es gab dort keine brillanten Verbrecher, sondern nur verzweifelte Menschen und harte Cops. Der neue Roman hieß *Treibgut*.

Frank fing an zu lesen: Ein Flugzeug stürzt über den Everglades ab; an Bord sind ein Kongreßabgeordneter und sein Bruder. Es kann niemand überlebt haben, und es besteht keine Möglichkeit, die Leichen zu bergen; jeder da draußen im Sumpf ist Futter für die Alligatoren. Und das wäre auch schon alles, gäbe es da nicht den Sheriff einer nahen Gemeinde, einen Alkoholiker namens Charlie Gunther. Er untersucht den Tod einer Prostituierten, die an einer Überdosis gestorben zu sein scheint, und stößt im Wandschrank der Toten zufällig auf einen gepackten Koffer, der dem toten Bruder des Kongreßabgeordneten gehört.

Es war ein typischer Varrick: *Gunther ließ den Lichtstrahl der Taschenlampe über die Kellerwände gleiten. Es hing ein seltsamer Geruch in der Luft, ein feuchter Geruch, stechend und überreif. Gunther mußte an Fleisch denken, das sich in der Sonne von Rot nach Weiß verfärbte und Schmeißfliegen anlockte. Aus den Wänden ragten verrostete Haken.*

Gunther lauschte, und der Geruch stieg ihm bis zu den Augen hoch. Dann fiel es ihm ein: Es war der Gestank alter Köder, womöglich Fischgedärme. Aus der Finsternis ertönte ein Scharren. »Scheiße, wer ist da?« fragte er und bemühte sich, seine Stimme nicht zittern zu lassen …

Aber Franks Gedanken machten sich selbständig. Vielleicht lief sein Vater in diesem Moment einem Paß hinterher, traf genau zum richtigen Zeitpunkt am Ende der Flugbahn ein und erzielte einen Touchdown. Er konnte Ken davon erzählen hören: »Ich hab den Verteidiger weggestoßen, bin nach links ausgebrochen, hab den Ball in vollem Lauf aus der Luft gefischt und meinen Hintern schleunigst in die Endzone verfrachtet. Ich dachte, ich würd's nicht packen, Frankie. Mich hat's dabei fast zerrissen.« Dann sah Frank ein Bild vor sich, das er für wesentlich wahrscheinlicher hielt: Sein Vater, wie er an einem kleinen Baum ein Stück nördlich des Feldes lehnte und mit erleichtertem Seufzen seine biergefüllte Blase ins Gebüsch entleerte.

Gunther griff nach dem Kolben des Achtunddreißigers, der fest unter seine Achsel geschnallt war. Dabei strichen seine Finger über den Verschluß der Taschenflasche, die er letzte Nacht eingesteckt hatte, um für alle Fälle gerüstet zu sein. Er leuchtete den ganzen Raum ab. Der weiße Lichtkegel erfaßte etwas am Boden, etwas, das sich bewegte. Gunther trat einen Schritt vor – das Licht fiel auf zwei winzige gelbe Punkte –, und dann faßte der alte Cop sich an die Brust, stolperte mit erschrockenem Keuchen zurück und eröffnete das Feuer. Julius Würger, die Königsboa vom Amazonas, glitt zischelnd in den Lichtkreis der Taschenlampe.

Frank ließ das Buch sinken. Vielleicht war er doch nicht in Lesestimmung. Außer ihm hielten sich hier nur der Verkäufer und eine Frau in der Grußkartenabteilung auf. Aus den Lautsprechern des Geschäfts ertönte blechern irgendein Klaviergeklimper. Frank zog das Polaroidfoto der Schlange aus der Innentasche seines Trenchcoats. Dann fuhr er sich mit den Fingern durch die Haare und zog an den Knoten. Nachdem er die Aufnahme ein oder zwei Minuten betrachtet hatte, stocherte er sich mit einer spitzen Ecke des Bildes zwischen den Zähnen herum. Dann sah er erneut hin, diesmal noch gründlicher.

Leathernecks Geschichte war ihm wieder eingefallen, und irgendwas daran kam ihm plötzlich merkwürdig vor. Frank fühlte sich an seinen Vater erinnert, an die Art, wie Ken seine Heldentaten während der Footballspiele beschrieb oder die Diskussionen, die er während seiner Sauftouren angeblich für sich entschieden hatte. Der verschwörerische Tonfall, die beiläufige Vertraulichkeit, mit der Leatherneck erzählt und gleichzeitig die Kamera bedient hatte. Es kamen sogar die gleichen Elemente wie in den Geschichten seines Vaters darin vor: heimtückische Frauen, bestürzende Beispiele grenzenloser Dummheit, das frustrierende Gefühl, nur ein einfacher Mann zu sein. Frank begriff, was ihm gerade so schwer zu schaffen machte: die Erkenntnis, daß sein Vater, genau wie die meisten Kriminalromane und Taschenbuchthriller, nur selten glaubwürdig war.

Leatherneck saß auf einer Kiste und aß einsam einen Hotdog.

»He«, sagte Frank.

Der Schlangenmann seufzte. »Die Alte mit dem Kinderwagen ist noch mal vorbeigekommen. Du hast recht – die ist total behämmert. Ich hab sie zu überzeugen versucht, daß es cool wäre, ein Bild von dem Würger im Kinderwagen zu schießen und ihm vielleicht sogar die Mütze der Colaflasche aufzusetzen, aber da hätte ich genausogut mit meinem Fernseher reden können.«

»Ja«, sagte Frank.

Sie schwiegen. Leatherneck aß seinen Hotdog und hob schließlich eine Augenbraue. »Jetzt sag nicht, daß mit deinem Foto etwas nicht in Ordnung ist.«

»Nein, nein, alles bestens«, sagte Frank. »Ich hab mich nur gefragt, na ja ... ich hab noch mal über Ihre Geschichte nachgedacht. Über Sie, den Würger und Ihre Freundin.«

»Es ist alles wahr«, sagte Leatherneck. »Was möchtest du noch wissen?« Er stand auf, schaute sich nach etwaigen Beobachtern um und warf dann das letzte Stück Hotdog und Brötchen in einen nahen Pflanzenkübel. Er kam zurück und stellte sich mit verschränkten Armen vor Frank hin.

»Ich konnte mir nicht erklären, wie Sie ihn durch den Zoll gekriegt haben. Den Würger, meine ich.«

»Wie bitte?«

»Er ist ein exotisches Tier, richtig? Das ist nicht legal, oder?«

»Na klar ist es das«, sagte Leatherneck. »Ich mußte bloß ein paar Geldscheine hinblättern. Das da unten ist eine andere Welt. Die nehmen keine Kreditkarten, wenn du verstehst, was ich sagen will.«

»Was war mit Ihrer Freundin?«

»Die hat sich ihre Klamotten geschnappt und ist mit dem erstbesten Flieger in die Staaten geflohen, weg von mir. Ich war stinksauer. Wahrscheinlich ist sie heim zu ihrer Mami. Sonst noch was, Sherlock?«

»Was ist aus dem Hexer geworden?«

Leatherneck fuhr sich mit dem Daumen über die Kehle.

»Sie haben ihn getötet?«

»Ich sage nicht, daß ich ihn getötet habe.« Leatherneck hielt inne. Sogar sein Spitzbart mit dieser dünnen weißen Strähne sah falsch aus, dachte Frank. »Laß es mich so ausdrücken:

Julius bevorzugt höherwertiges Fleisch, nicht bloß Ratten und Vögel.«

Frank mußte unwillkürlich grinsen.

Sie sahen sich an; die Augen des Schlangenmannes waren grün und sanft, wie Kieselsteine, die im klaren Wasser eines Sees aufblitzten.

Frank warf einen Blick auf den Schatten der alten Tätowierung auf Leathernecks Unterarm. Sie stellte einen kleinen, sorgfältig gezeichneten Kobold dar, der eine lange Pfeife rauchte. Der Qualm bildete das Wort *Woodstock*.

»Nein, das stimmt nicht«, sagte Frank. »Sie haben niemanden getötet. Auf gar keinen Fall, ich glaube Ihnen nicht.« Er war selbst überrascht, diese Worte aus seinem Mund zu hören, und stieß ein nervöses Kichern aus, das freundlich klingen sollte. Allerdings war er sich nicht ganz sicher, ob er weiterhin freundlich zu einem Mann sein wollte, der versucht hatte, ihm eine dermaßen lächerliche Geschichte anzudrehen – als ob er ein Schwachkopf wäre. »Und diese Schlange stammt *nicht* aus Costa Rica«, fügte Frank hinzu. »Nee, nee, José.«

Leatherneck verdrehte die Augen, legte den Kopf in den Nacken und starrte die Decke an. Die Bartstoppeln auf seinem Hals waren wie kleine dunkle Borsten. Dann hielt er Frank die Hand dicht vor das Gesicht und zeigte ihm den Mittelfinger. Unter dem langen Fingernagel klebte schwarzer Dreck. »Leck mich. Leck mich, leck mich, leck mich.« Es klang wie ein Singsang.

Frank wich einen Schritt zurück.

Der Schlangenmann grunzte empört und setzte sich auf seine Kiste.

Frank steckte die Hände in die Taschen und suchte die fünf Dollar, die er noch besaß. »Ich möchte noch ein Polaroid«, sagte er.

»Nein, hau ab, verpiß dich«, sagte Leatherneck. »Ich kann

auf diese Klugscheißerkacke gut verzichten.« Er scheuchte ihn mit einer Geste davon. »Verzieh dich!«

Frank ging und schaute noch einmal über die Schulter zurück: Der Schlangenmann blickte ihm nicht hinterher, sondern saß einfach da, kaute an einem Fingernagel und wirkte stocksauer. Die Schlange hing immer noch um denselben Holzbalken gewickelt, reglos, mit geschlossenen Augen.

Es war nach sechzehn Uhr, und es wurde allmählich dunkel. Sein Vater hatte versprochen, ihn gegen siebzehn Uhr abzuholen, wenn das Reagan-Einkaufszentrum am Ende eines weiteren geschäftigen Tages seine Pforten schloß. Der Wind ließ Einwickelpapier und Blätter über den Parkplatz wirbeln. Frank verschränkte frierend die Arme vor der Brust.

Die Fahrertür des Impala war festgerostet, aber die hintere Tür ließ sich quietschend öffnen, und Frank stieg ein. Der alte, rissige Lederbezug der Sitze knirschte unter seinem Gewicht. Es stank penetrant nach Urin.

Von ganz unten aus seinem Rucksack brachte Frank die Plastiktüte mit den zwei Joints zum Vorschein. Er streckte sich auf der Rückbank aus und zündete sich einen davon an. Dann nahm er einen tiefen Zug und blies den Rauch zum dreckigen Filzhimmel des Wagens empor.

Er hatte einen alten Hippie wegen einer Lüge bloßgestellt. Ganz schön gemein, dachte Frank. Leatherneck war nicht wirklich wie sein Vater, sondern bloß ein Kerl, der versuchte, sich seinen Lebensunterhalt zu verdienen. Ein Teil von Frank wünschte, ein Polizist würde vorbeikommen und ihn wegen Drogenbesitzes festnehmen. Auf dem Himmel des Impala klebten schmutzige Fingerabdrücke.

Jemand hatte diesen Wagen einst gefahren, und zwar über eine lange Strecke, von Zahnarztterminen zu Einkaufszentren zu Schulen zu wer weiß wohin. Er hatte ihn gefahren, bis der Impala verrostet war und nicht mehr weiterfahren konnte. Am Ende war die Kiste einfach stehengeblieben, und das war alles. Einfach stehengeblieben.

Sein Vater würde die Dissertation nicht zum Abschluß bringen, und dieser Wagen würde niemals mehr irgendwohin fahren. Vielleicht war das auch in Ordnung so. Man durfte sich bloß nichts vormachen.

Ein Klopfen an der Scheibe weckte ihn. Es war dunkel, und Frank benötigte einen Moment, um zu begreifen, daß er in dem verlassenen Fahrzeug auf dem Parkplatz des Einkaufszentrums lag. Er war eingenickt, und nun war es an der Zeit, sich auf den Heimweg zu machen.

Verschlafen richtete er sich auf und beugte seine schmerzende Hand. Der Joint war zu Asche verbrannt. Franks Rucksack fiel mit dumpfem Geräusch auf den Boden des Wagens.

Die Tür des Impala wurde von außen geöffnet, und ein Mann streckte seinen Kopf ins Innere. Es war nicht sein Vater, sondern Leatherneck, der Schlangenmann.

»Oh«, sagte Frank. »Hallo.«

»Was machst du da, Kumpel?« In Leathernecks Mund glühte eine Zigarette. In der Abendluft war sein Atem ein weißer Hauch. Er trug eine dicke schwarze Wollmütze. »Es ist scheißkalt.«

»Ich bin eingeschlafen«, sagte Frank. »Mein Dad wollte mich abholen. Er hatte ein Footballspiel. Ich muß ihn verpaßt haben.«

»Soll ich dich mitnehmen?«

Frank rieb sich fröstelnd die Augen und musterte blinzelnd den älteren Mann. Leatherneck verzog das Gesicht. »Ich tu dir schon nichts, Junge«, sagte er. »Aber hier draußen herumstehen werd ich auch nicht. Such's dir aus.«

Der Schlangenmann schloß die Tür und ging weg. Die metallenen Ösen seiner Stiefel klingelten leise.

Nachdem Frank so lange gewartet hatte, daß er nicht verzweifelt wirken würde, sammelte er seine Sachen ein und kroch aus dem Fahrzeugwrack, ohne die Tür hinter sich zu schließen. Der lange schwarze Lieferwagen – der mußte es sein, denn die Innenbeleuchtung brannte – stand nur ein paar leere Parkbuchten entfernt.

Leatherneck stieß die Tür für ihn auf. »Komm rein«, sagte er. Aus dem Radio ertönte laute Rockmusik mit schnellen Gitarrensolos und hämmernden Baßläufen.

Frank stieg ein und spürte sofort, wie seine Wangen in der plötzlichen Wärme kribbelten. Die Vibrationen der leistungsstarken Lautsprecher ließen den Sitz erzittern. Frank mußte sich anstrengen, um den Lärm zu übertönen. »Sie mögen's gern heiß, was?«

»Der Würger braucht das so.« Leatherneck lächelte Frank an und legte ihm eine Hand auf die Schulter. »Mir war so, als hätte ich in dem alten Impala da drüben den unverkennbaren Duft einer einheimischen Pflanze gerochen. Du könntest nicht zufällig noch einen drehen, bevor wir dich nach Hause bringen?«

Frank lachte. »Doch, na klar.«

Leatherneck wies nach hinten. »Los, wir ziehen uns in den Zaubergarten zurück.« Eine selbstgebaute Sperrholzwand trennte das Führerhaus von der Ladefläche des Transporters. Der Schlangenmann schob sich zwischen die Sitze und öffnete die schmale Tür in der Mitte der Wand. »Mach sie hinter dir zu«, sagte er.

Frank folgte ihm geduckt und kam der Anweisung nach.

Die Wände des Lieferwagens wurden von einem kleinen Dschungel verhüllt, einem Gewirr aus glatten, gewundenen Ästen, ein paar kleinen Blumen und dicken grünen Blättern mit glänzenden Oberflächen, allesamt im Schein einer trüben violetten Lampe. Frank blieb einen Moment lang verblüfft stehen. Die Musik schallte durch die Trennwand und erfüllte den kleinen Raum. Auf einem der Äste lag, halb im

Dickicht verborgen, eine langer dunkler Schlauch: Julius Würger – oder wenigstens ein Teil von ihm.

»Laß uns die Tüte anzünden«, sagte Leatherneck und ließ sich auf den laubbedeckten Boden nieder. Er setzte seine Sonnenbrille auf und rieb sich die Hände. Dann klopfte er auf den Fleck neben sich. »Setz dich!«

Frank nahm den Rucksack von der Schulter und kramte darin nach dem Joint.

»Dein alter Herr hat dich also vergessen, ja?«

»Ja. Er ist ein Säufer.« Frank zündete den Joint an. Er kam sich wie in einer Sauna vor und spürte, daß er zu schwitzen begann. Nach einem Zug reichte er die Zigarette weiter.

»Scheiße. Vergiß, daß ich ihn erwähnt habe.« Leatherneck klang allerdings nicht allzu betroffen. Er nahm einen tiefen Zug und behielt den Rauch fast eine Minute in der Lunge, bevor er ausatmete. Er fing an zu kichern. »Alter, das ist echt gutes Dope.«

Frank grinste.

»Ich will dir mal was sagen, Kumpel, du bist eigentlich noch zu jung für so ein großkotziges Getue.« Leatherneck nahm noch einen Zug.

»Es war nicht meine Absicht. Es ist mir einfach so rausgerutscht«, sagte Frank. »Ich kann Lügen nämlich nicht ausstehen.«

Der massige Mann gab den Joint zurück. »Tja, herzlichen Dank. Ich dachte, es sei eine absolut gute Geschichte.«

Frank wollte an der Zigarette ziehen, mußte jedoch husten.

»Der Typ, von dem ich den Würger gekauft habe, war tatsächlich aus Costa Rica. Oder ein Elternteil kam von da oder so. Er war jedenfalls Ausländer. Und meine Freundin hat sich gewünscht, die Schlange würde mich beißen. Das hat ebenfalls gestimmt. Aber ich muß zugeben, daß ich der Esel war, der gedacht hat, es wäre eine Viper.«

»Wie auch immer«, sagte Frank. »Es spielt keine Rolle. Ich

kann ein ganz schönes Arschloch sein.« Er hustete einmal, zweimal und hielt den Atem an.

Leatherneck nahm den nächsten Zug. Im Radio fing ein neuer Song an. »Die Allman Brothers«, stöhnte er. »Ach, Scheiße, ich hasse tote Bands. Das zieht mich immer so runter.«

Frank verspürte immer noch einen starken Hustenreiz, bekam ihn aber unter Kontrolle. Dann atmete er tief ein; die Luft war feucht und verqualmt. Das gute Gefühl erreichte bereits sein Gehirn, machte alles leichter, hellte die dunklen Winkel auf.

Die lange Gestalt auf dem Ast bewegte sich kaum merklich.

»Dieser Wagen ist unglaublich«, sagte Frank.

»Für den Würger nur das Beste«, sagte Leatherneck.

Frank beobachtete, wie die Schlange einen Ast entlangglitt und die Blätter rascheln ließ. Die Haut des Reptils schillerte im Licht, und Frank dachte unwillkürlich an einen alten restaurierten Cadillac mit blitzendem Chrom.

»Du bist ein guter Junge. Außer dir hat heute niemand was bei mir gekauft. Dabei wolltest du nicht mal ein Foto haben, das konnte ich sehen. Du warst einfach cool drauf, das ist alles. Dein Vater verpaßt was.« Leatherneck blies Rauchringe in die Luft.

»Er ist ganz in Ordnung«, sagte Frank und hörte die eigene Stimme wie aus einiger Entfernung. Die Schlange glitt auf dem Ast leise wieder zurück. »Wir gehen zum Bowling. Er kennt ein paar gute Geschichten.«

»Na, das ist doch schon mal was«, sagte Leatherneck.

Die Schlange wand sich einen Baumstamm hinunter und erinnerte dabei an mühelos fließendes Wasser, das sich von selbst einen Weg suchte. Ihre Augen waren endlich zu sehen; sie blitzten gelb, violett und wieder gelb auf. Die Schlange war real, sie war lebendig. Frank streckte die Hand aus, um sie zu berühren.

Meine zweite Frau

Als meine Frau mich wegen eines anderen Mannes verließ, rief ich meinen Bruder Wayne an.

»Ich kann nicht arbeiten, ich kann nicht schlafen«, sagte ich. »Falls ich ein Essay wäre, hätte ich weder eine These noch eine Schlußfolgerung. Jeder Schüler, der so etwas wie mich bei mir ablieferte, würde durchfallen.« Ich war Geschichtslehrer. Ich weinte.

Ich sah eine Parade vor mir, einen jener sich armselig dahinschlängelnden Umzüge, wie es ihn am vierten Juli in jeder traditionsbewußten amerikanischen Kleinstadt gab: Den Anfang machten die Feuerwehr- und Polizeifahrzeuge sowie Heuwagen voller hübscher Mädchen, die alle Latzhosen trugen und auf langen Strohhalmen herumkauten; dann kamen die Kriegsveteranen mit ihren gebügelten Ausgehuniformen in offenen Kabrios und schließlich die prunkvoll ausstaffierten Highschool-Marschkapellen mit den weißen Stiefeln und Pailletten, den hervorzuckenden Posaunen und wirbelnden Taktstöcken. Danach aber wurde es unruhig, denn nun folgten die Arbeiter, die großspurig einherstolzierten, aus Papiertüten tranken und versuchten, sich gegenseitig die geflochtenen Baseballmützen von den Köpfen zu schlagen oder mit Pennys nach dem Hintern des fetten Trommlers zu werfen, der den Abschluß der Kapelle bildete. Die nächsten waren die kleinen, finster dreinblickenden Baseballspieler, die ihre langen Strümpfe bis zu den Knien hochziehen mußten, und die winzigen erschöpften Ballerinas; ihre Eltern hielten Schritt und drängten sich auf den belebten Bürgersteigen voran wie Bundesagenten in einem Actionfilm, schossen Fotos und sprangen gelegentlich auf die Straße, um einen der Kleinen an der Schulter zu packen und warnend zu schütteln. Die Nachhut schließlich bestand aus einem Sammelsurium ungeladener Mitläufer, aus irgendwelchen Vollidioten, die ihren Gummizellen entflohen waren und nun ihre Eistüten schwenkten, aus Straßenkindern, die Knallerbsen warfen und geparkte Autos anrempelten, um die Alarmanlagen auszulösen, und, was am schlimmsten war, aus den Jüngern der örtlichen Sekte, die Anzug und schwarze Krawatte trugen und komplizierte Traktate verteilten, in denen das geheime Universum beschrieben wurde, das unter dem unseren lag wie der Tisch unter dem Tischtuch. Und ganz am Ende der Parade wankte irgendein miserabler Straßenmusikant und krähte »Love Me Do«, immer und immer wieder, überall und jederzeit. All diese armen Leute liefen sich Blasen, bekamen Sonnenbrände und taten so, als würden sie tatsächlich irgendein *Ziel* ansteuern und nicht bloß das letzte Stoppschild der Stadt. Ich sah mein Leben in gleicher Weise weiterziehen, durch all die Jahre und Urlaube. Ich sah mich in einer Parade marschieren, die nicht länger existierte.

»Ich werde einsam sterben«, sagte ich zu meinem Bruder.

»Nein«, sagte Wayne.

Mir fiel plötzlich ein uraltes sexuelles Erlebnis ein, aus unserer Zeit am College, als wir gerade erst zusammengezogen waren. Meine zukünftige Frau kam damals nach Hause und war völlig zugedröhnt, total high, nicht ganz bei Sinnen. Sie stieß mich, ohne ein Wort zu sagen, aufs Sofa und kniete sich vor mich hin. Während sie mir dann einen geblasen hat, fing sie an zu lachen und summte eine schrecklich entstellte Version von »Love Me Do«.

Die Erinnerung schnürte mir die Kehle zu.

»Ich werde nicht einsam sterben?« fragte ich. »Warum? Willst du herkommen und mir dabei zusehen?«

»Du wirst nicht sterben, Punkt«, sagte Wayne. »Aber ich komme tatsächlich zu dir. Um dir beim Packen zu helfen. Wir müssen nach Starke in Florida und einen Wagen abholen.«

Wayne hatte vor, in seinem senfgelben Chevy Malibu nach Starke zu fahren, ihn zu verkaufen und mit dem schwarzen, erstklassig erhaltenen 1974er Jaguar-Kabrio, das dort auf ihn wartete, wieder nach Maine zurückzukehren. Ich wollte wissen, wie Wayne sich ein schwarzes, erstklassig erhaltenes 1974er Jaguar-Kabrio leisten konnte. Es gebe garantiert einen Haken, sagte ich. Man hatte mir Hörner aufgesetzt; über Verarschungen wußte ich Bescheid.

»Du bist zu abergläubisch«, sagte Wayne. »Versteh mich nicht falsch. Du hast noch jede Menge andere Probleme, zum Beispiel deinen Haarschnitt und daß deine Frau in der Gegend herumvögelt, aber dein Aberglaube ist deine größte Schwäche.« Mein Bruder befand sich am anderen Ende der Leitung in seinem gemieteten Zimmer bei der YMCA, aber ich konnte ihn vor mir sehen, wie er entspannt dasaß, eine Hand im Schritt, die andere an dem Stab der Jalousie, den er hin- und herdrehte und damit die Straße wie durch einen Lichtschalter ein- und ausschaltete. Wayne machte so etwas. Er war übergewichtig; er war pleite; er war tätowiert und geschieden, ungebildet und mit Hepatitis B infiziert; er war der letzte Mann der westlichen Hemisphäre, der einen Bürstenschnurrbart trug, ohne das irgendwie ironisch zu meinen; er war mein älterer Bruder, und ich hatte außer ihm noch nie jemanden getroffen, der in einem Zustand derartig umfassender Gewißheit existieren konnte, der niemals Zweifel bekam und nie zögerte.

»Ich hab dich lieb«, sagte ich ihm. Ich hatte aufgehört zu weinen, aber nun fing ich wieder an.

Wayne erklärte, daß in Starke der elektrische Stuhl des Staates Florida stand und der Wagen Virgil Pendergast gehörte, dem sogenannten »Kabrio-Klatscher«, einem Psychopathen von einiger Berühmtheit. Vier Sommer zuvor hatte der Kabrio-Klatscher in Tampa bereits drei von den Kerlen plattgefahren, die unaufgefordert deine Windschutzscheibe putzen und dann auch noch Geld dafür verlangen, bis ein Nachbar ihn dabei beobachtete, wie er in seiner Auffahrt Fleischstückchen aus dem Kühlergrill seines Jaguar entfernte. »Ich hätte ja gedacht, ihm wäre ein Reh oder irgendein anderes Tier vor den Wagen gelaufen«, sagte der Nachbar in einem Zeitungsbericht, »aber ich war mir ziemlich sicher, daß ich einen Finger aus dem Kühlergrill ragen sah.« (Genaugenommen war es ein Daumen.)

Und obwohl der Wagen als Ramme benutzt worden sei, habe er praktisch keine Kratzer davongetragen, teilte mein Bruder mir mit. »Pendergast war ein erstklassiger Karosseriekenner. Wenn ein Auto bei hundert oder hundertzwanzig Sachen mit einem menschlichen Körper kollidiert, kann der Wagen üble Schäden davontragen, doch hier hat der Fahrer einfach Unglaubliches geleistet. Das ist ein todschicker Schlitten, Stan. Ich werd dir ein paar Fotos zeigen.«

Zustande gekommen war dieser Kauf dank eines Online-Chatrooms für Angehörige von Serienmördern. Wayne hatte sich dort mit Yolanda angefreundet, Pendergasts Frau.

»Wie kommst du darauf, dir ausgerechnet dort Gesprächspartner zu suchen?«

»Ich dachte, ich würde ein paar interessante Standpunkte kennenlernen.«

»Herrje, Wayne, weißt du wenigstens, ob man das als Verletzung deiner Bewährungsauflagen ansehen könnte?«

»Ich weiß, daß es eine Verletzung meiner beschissenen Bürgerrechte wäre, falls jemand mir vorschreiben wollte, mit wem ich sprechen darf und mit wem nicht.«

Ich weinte weiter.

»Keine Sorge«, sagte Wayne. »Mein Bewährungshelfer

kauft Pot bei mir. Wir waren zusammen bei einem Konzert von String Cheese Incident. Ich gehe nicht zurück in den Knast.«

»Es ist mir egal, ob du zurück in den Knast gehst.«

»He! Blöder Sack.«

»Ich kann nicht aufhören. Ich wache schon heulend auf.«

»Willst du einen Grund zum Weinen haben? Dann weine Freudentränen über das Auto. Ich jedenfalls habe geweint. Dieser Wagen ist ein Schwanz mit Rädern. Kaum hatte ich die Fotos gesehen, mußte ich heulen, als wäre mein Pimmel im Reißverschluß eingeklemmt worden.«

Einige Sammler von Serienmörder-Souvenirs hatten Yolanda Pendergast beträchtliche Summen für den Jaguar ihres Mannes geboten, doch sie wollte von den Morden nicht profitieren. Und nun, da die Hinrichtung für den ersten April angesetzt worden war, saß Yolanda bis zu dem großen Tag in Starke fest. Ihr Angebot an Wayne lautete folgendermaßen: Sie würde ihm das Auto für die Hälfte des offiziellen Schätzwerts verkaufen, aber Wayne durfte keinen Versuch unternehmen, aus der Vorgeschichte des Wagens jemals Kapital zu schlagen.

Ich wollte meiner Frau von Waynes neuester Schnapsidee erzählen. Meine Frau mochte Wayne. »Warum kannst du nicht ein bißchen lockerer sein, so wie dein Bruder?« hatte sie mich häufig gefragt. Aber meine Frau war weg. Hier gab es nur noch eine leere Küche, der ich die Geschichte erzählen konnte.

»Okay«, sagte ich zu Wayne. »Ich fahre mit dir nach Starke.«

Wir folgten der Interstate 95 die Ostküste hinunter. Der Frühling war noch jung. Wir fuhren mit offenen Fenstern, um den Gestank nach toten Waschbären zu vertreiben.

Bevor Wayne ins Gefängnis gegangen war, hatte er seinen

Wagen am Ende eines Waldwegs geparkt und im Unterholz versteckt. Leider erwies sich irgend etwas an den zwei Kilo Marihuana im Kofferraum als unwiderstehlich für die örtliche Waschbär-Population, und so bahnten sich die Tiere einen Weg ins Innere. Als Wayne drei Monate später auf Bewährung freikam, war von dem Stoff nichts mehr übrig. Statt dessen lagen im Kofferraum des Malibu insgesamt sechs drogentote Waschbären in verschiedenen Stadien der Verwesung. (Nachdem Wayne mir von dieser Tragödie berichtet hatte, stellte er mir völlig zwanglos eine Frage: »Glaubst du, es ist falsch – im moralischen Sinne, meine ich –, den Versuch zu unternehmen, ein Stück von einer Tierleiche zu rauchen?«)

Dies war nicht das erstemal, daß mein Bruder in den schrecklichen Tod eines Tieres verwickelt wurde: Als kleiner Junge war Wayne so etwas wie ein Wunderkind und bastelte aus Alufolie und Kugelschreiberteilen elektrische Schaltkreise, um einen Hund mit Stromschlägen zu ärgern. Einmal baute er eine elektrische Mausefalle, die ihr Opfer genau nach Plan unter Strom setzte. Der Rauch verzog sich, und Wayne und ich standen entsetzt da und sahen das winzige Geschöpf brutzeln.

Während wir nun nach Süden fuhren, um den Wagen des Verurteilten abzuholen, dachte ich über die Waschbären und die schwelende Maus nach. Als wir Worcester durchquerten, goß es in Strömen, und ich schaute hinaus zu den schlammigen Hügeln und den Kirchturmspitzen. Weiter oben stand ein Fabrikschornstein und stieß weiße Rauchwolken aus. Ich fühlte mich an ein Krematorium erinnert. Ich zog in Erwägung, per Testament zu verfügen, daß Wayne meine Asche in einen Joint eindrehen und mich rauchen sollte. Würde ich ein Teil von Wayne werden? Würde ich in die Atmosphäre aufsteigen und eine Luftverschmutzung sein? Würde ich zum Auslöser von jemandes Krebserkrankung werden? Mir gingen viele solcher Gedanken durch den Kopf. Während der Pinkelpausen mußte ich gegen den Impuls ankämpfen, die anderen Männer dort vor den Urinalen einfach mal zu schubsen, und sobald ich eine dünne Frau sah, stellte ich mir vor, wie es wohl wäre, sie zu küssen.

Und ich dachte an meine Frau und ihren Liebhaber, einen Mann namens Albert Michalkiewicz. Er war ein Bäcker. Mein Frau und ich hatten zu fast jeder Mahlzeit sein Brot gegessen: große Scheiben knuspriges französisches Landbrot und weiche, saftige Roggenbrötchen, deren betörend süßer Nachgeschmack noch lange auf der Zunge blieb. Ich liebte sein Brot; er liebte meine Frau. »So was kommt vor«, sagte sie.

An meinem schlimmsten Abend hatte ich betrunken (aber noch nicht sturzbesoffen) ihre Büronummer gewählt, eine Aufnahme von »Love Me Do« in kompletter Länge in ihre Voicemail gespielt und dazu verrückte Schlürfgeräusche von mir gegeben.

Wayne stieß mich an und riß mich aus meinen Gedanken. »Was glaubst du, worum es hier geht, Stan? Glaubst du, es geht um Liebe? Glaubst du, sie hat dich verlassen, weil sie diesen Kerl liebt?«

Das war es jedenfalls, was meine Frau mir erzählt hatte. »Ich liebe einen anderen Mann«, sagte sie, und dann: »So was kommt vor.«

»So was kommt vor«, wiederholte ich vor meinem Fortgeschrittenenkurs in Amerikanischer Geschichte, als ich meinen überraschenden Urlaub ankündigte. »Aber ich weiß, daß meine Frau sich erholen wird. Diese Geisteskrankheiten sind inzwischen sehr viel besser erforscht als früher.« Einige meiner Schüler waren zu Tränen gerührt. Ich hatte ihnen von dem Zustand meiner Frau erzählt, von den Halluzinationen und davon, wie ich für meine Frau sorgte, indem ich sie jeden Tag besuchte und ihr Malbücher mitbrachte. »Ich möchte betonen, wie leid es mir tut, Sie alle vor dem Ende des Schuljahrs zu verlassen. Sie sind eine großartige Klasse. Eine absolut großartige Klasse.«

»Ja, das hat sie gesagt: daß sie ihn liebt.« Vor den Scheiben des Chevy ragte Baltimore auf, kilometerlange Fensterfronten und gigantische Werbetafeln mit lächelnden Gesichtern.

»Falsch«, sagte Wayne. »Das ist es nicht.«

»Weswegen dann?« fragte ich.

»Wegen des Nervenkitzels. Sie vögeln in der Backstube, laufen nackt umher, schmieren sich kreischend Marmelade und Puderzucker auf die Körper, lecken sich gegenseitig ab und vögeln schon wieder. Sie haben Spaß. Reine Dekadenz, Brüderchen, das ist alles, was dahintersteckt.«

Er fuhr rechts auf die Standspur und ging vom Gas, damit ich mich übergeben konnte, ohne die Seite des Chevy allzusehr zu bespritzen.

»Glaubst du, sie will den Rest ihres Lebens mit einem Mann verbringen, der jeden Morgen um vier Uhr aufsteht? Mit einem Mann, der, falls er morgen tot umfiele und man ihn in zwanzig Jahren ausbuddeln müßte, immer noch nach Backhefe stinken würde?«

Während der nächsten Stunden schwiegen wir, und ich konnte in Ruhe darüber nachdenken, wie es wohl sein würde, falls jemand irgendwann *meinen* Leichnam aus der Erde holte. »O Gott! Dieser hier stinkt nach Gediegenheit«, sagte einer der Grabräuber in meiner Phantasie und preßte sich ein Taschentuch vor den Mund. Das war es, was die Leute über mich sagten: »Stan ist durch und durch solide. Jemand, auf den man sich verlassen kann.« Ich vermutete, daß meine Frau einsam geworden war; oder vielleicht hatte sie sich auch bloß gelangweilt, was mit Sicherheit die schlimmere Alternative bedeutete. Dabei hatte ich mich doch stets bemüht und die Fernbedienung des Fernsehers gern auch mal ihr überlassen.

sen. »Leg ihn zurück«, sagte der andere Grabräuber in meinem Kopf. »Er ist wertlos.« Dann sah ich die Diebe weiterhuschen, um sich das ergiebigere Grab eines jener Kerle vorzunehmen, die unaufgefordert deine Windschutzscheibe putzen und dann auch noch Geld dafür verlangen.

Am Abend steuerten wir einen Campingplatz an und rauchten dort Hasch mit einem Rentnerpaar aus Reno, das Verwandte auf Prince Edward Island besucht hatte und sich nun auf dem Rückweg befand. »Meine Schwester lebt dort in einem Heim«, erklärte der alte Mann. »Sie ist eines Tages aufgewacht und konnte sich plötzlich nur noch an ihre ersten zehn Lebensjahre erinnern. Jetzt hält sie mich für unseren Vater und glaubt, Roosevelt sei unser Präsident.«

»Das tut mir leid«, sagte ich.

»Warum?« fragte der Rentner. »Sie ist glücklich. Sie ist wieder Daddys kleines Mädchen. Denken Sie mal darüber nach. Sie hat noch ihr ganzes Leben vor sich.«

Wayne erzählte ihnen die alte Geschichte über seinen zweijährigen LSD-Trip, über Austin und Belize und die entlegene utopische Siedlung der Gehörlosen, wohin ein paar korrupte Polizisten ihn nach einer erfundenen Anklage wegen ordnungswidrigen Verhaltens verfrachtet hatten. »Aber man platzt nicht einfach in irgendein fremdes Utopia hinein, klar? Das können die Leute gar nicht leiden. Nicht mal dann, wenn es sich um einen Haufen überaus friedfertiger Gehörloser handelt, die biologischen Landbau betreiben. Also hatte ich von vornherein kaum Freiräume. Und dazu wurde ich die ganze Zeit überall von diesen winzigen Tieren abgelenkt, die sonst niemand sehen konnte.«

»Kenn ich«, sagte der Rentner und ahmte dann mit seiner Hand ein kleines unsichtbares Tier nach, das dich drangsalierte. »Grrr, grrr«, sagte er und schnappte mit der Hand nach Waynes Knien.

Wayne nickte. »Genau. Ich hasse diesen Scheiß.«

Bei Tagesanbruch wachte ich auf, torkelte aus dem Wohnmobil und pinkelte ins Gebüsch. Als ich fertig war, fing ich fast automatisch an zu masturbieren, immer noch im Halbschlaf und mit einem Ellbogen gegen eine Birke gestützt.

Ein paar Jahre zuvor hatte ich eine Affäre mit der Mutter eines Schülers gehabt und seither niemandem davon erzählt. Sie war keine hübsche Frau, nicht mal annähernd. Unser zweiter Sex fand nach Schulschluß auf meinem Schreibtisch statt. Ihr sich hebender und senkender Körper nagelte mich auf einem Tacker fest. Der Schmerz war unglaublich. Danach beendete ich die Liaison.

Bein Onanieren stellte ich mir nun genau diese Situation vor, nur daß es diesmal meine Frau war, die meinen Rücken wuchtig auf den Tacker drückte.

Die Sonne stieg kalt und glühend über dem Horizont auf. Ihr Licht fiel auf mich, auf die Bäume und auf Waynes Tarnzelt. Ich verlor die Lust und meine Erektion.

Ich wollte Appomattox Court House besichtigen, wo Lee sich Grant ergeben hatte. Vor einigen Jahren hatte ich mal erwogen, ein Buch über den Bürgerkrieg zu schreiben, doch es war mir nie gelungen, einen geeigneten Ansatz, ein Thema zu finden. Meine Frau glaubte, ich würde es schon schaffen, sofern ich mich nur richtig ins Zeug legte. Inzwischen wußte ich es besser.

Wir übernachteten in einem Motel, auf dessen Parkplatz eine Gipsstatue von Lee stand, der kerzengerade auf seinem feurigen Hengst Traveler saß.

Am nächsten Morgen setzte ich mich auf die Stufen des ehemaligen Verwaltungsgebäudes, während Wayne im Motel schlief. Leute gingen an mir vorbei und kauften oben an der Treppe Karten für eine Führung. Auf dem Bürgersteig sprach eine Fernsehreporterin etwas in eine Kamera. Hinter ihr sprang ein Jugendlicher hin und her und versuchte ins Bild zu kommen. Der Kameramann rief, er solle verduften.

»Komm schon, Mann. Bring mich ins Fernsehen«, sagte der Teenager.

Schließlich kam einer der Wachmänner nach unten. Der Junge lief zum Fuß der Treppe. »Was machen Sie nun?« fragte der Unruhestifter.

Der Wachmann zuckte die Achseln. »Gar nichts«, sagte er. »Solange du da drüben bleibst.«

Ich schloß die Augen und hörte das Geräusch von Travelers Hufen auf dem gefrorenen Morast jenes frühen Morgens, sah Dunst gespenstisch von dem zertrampelten Feldweg aufsteigen und die Spitzengardinen schlaff in den Fenstern der verlassenen Häuser des Ortes hängen.

Die Offiziere der Konföderierten liefen in ihren dicken Wollmänteln und schwarzen Stiefeln vor der Treppe auf und ab und sprachen nur flüsternd miteinander, als habe dieses im Schlamm stehende Holzhaus etwas Heiliges an sich, das es von den tausend anderen Orten unterschied, an denen sie gerastet und ihre Wunden versorgt hatten. Doch beim Hallen des Hufschlags hörte das Flüstern auf, und alles erstarrte. Aus dem Nebel kamen der alte Mann und sein Pferd zum Vorschein. Wie erschöpft Lee aussah, so als könnte sein stolzes gerades Rückgrat jeden Augenblick zerbrechen und sein Leib in der Uniform zu einem Häuflein dünner Zweige zerfallen. Traveler wirkte wie der Geist eines Pferdes.

Lee hielt an, stieg aber nicht ab. »Männer, wir haben gemeinsam in diesem Krieg gekämpft«, sagte er. »Ich habe mein Bestes für euch getan; mein Herz ist zu voll, um mehr zu sagen.«

Die Offiziere auf den Stufen erkannten, daß ihr General weinte. Es war vorbei. Ohne es zu wissen, hatten sie alle soeben kapituliert.

Eine plötzliche Bö zerriß die Dunstschwaden, und Traveler

bäumte sich auf. Der General zog die Zügel an, aber der Hengst trat nach hinten aus. Lee zog erneut und diesmal fester. Das Tier wieherte und schnaubte. Dann beugte der alte Mann sich vor und flüsterte etwas in Travelers samtenes Ohr – womöglich irgendein Geheimnis, das sogar General Lees großes besiegtes Herz am Ende nicht für sich behalten konnte.

»He, Mister, kaufen Sie für mich bei dem Kerl da drüben eine Schachtel Marlboro?« Der Junge, der den Kameramann geärgert hatte, stand vor mir. Er deutete auf einen Kiosk am Fuß der Treppe.

Dann gab er mir fünf Dollar, und ich kaufte ihm die Zigaretten.

»Danke«, sagte er, als ich sie ihm gab.

»Stanley, was machst du da? Er ist noch minderjährig. Was ist nur aus dir geworden?« Ich konnte meine Frau diese Dinge sagen hören. Es kam mir auf einmal vernünftig vor, daß sie einen anderen Mann liebte, einen einfachen Bäcker.

Klipp-klapp, klipp-klapp.

Ich wußte, wie eine Kapitulation sich anfühlte. Der Mann und das Pferd taten mir alle beide leid.

Meine Frau war streng und religiös erzogen worden. Als Kind gestatteten ihre Eltern ihr viele Jahre lang nur ein einziges Spielzeug, nämlich die Bibel; und spielen konnte sie mit der Bibel nur auf eine einzige Art und Weise, nämlich indem sie Schutzumschläge dafür bastelte. (Meine Frau konnte binnen ungefähr dreißig Sekunden einen perfekten Buchumschlag herbeizaubern; sie nahm eine Papiertüte, schnipp-schnipp, sechsmal präzise falten und fertig.) Die Wände ihres Elternhauses waren bis zum heutigen Tag mit diesen Kinderkunstwerken geschmückt, die liebevoll gerahmt neben den Familienfotos hingen. Darauf abgebildet waren sorgfältig gezeichnete Actionszenen: Jesus, der den

Tisch der Geldwechsler mit einem Kung-Fu-Tritt zu Kleinholz verarbeitete, oder David, der Goliaths sprudelnde Kehle mit einer Kettensäge durchtrennte. Über den Bildern stand in dicken Großbuchstaben jeweils *DIE BIBEL*, als wäre es ein Steve-McQueen-Film. Auch heute noch nahmen die Eltern ihr Abendessen zufrieden an ihrem Küchentisch ein, während über ihnen ein gerahmter Buchumschlag hing, auf dem Kain seinen Bruder Abel mit einer Machete zerhackte.

Im Verlauf unserer Trauung setzten diese guten Leute sich zu keinem Zeitpunkt auf die Kirchenbank, sondern blieben nebeneinander auf den Knien und beteten, ihre Tochter möge einen gottesfürchtigen Mann mit rechtschaffenem Haarschnitt heiraten.

Meine Frau sagte mir, sie glaube, ihre Kindheit habe ihre Phantasie verkümmern lassen, und vielleicht sei das der Grund dafür, daß sie sich nie so recht als vollständiger Mensch empfunden habe. Die einzigen Geschichten, die sie kenne, seien die Geschichten der Bibel; ihre eigene Geschichte habe erst begonnen, als sie aufs College gegangen sei und mich kennengelernt habe.

»Aber was ist mit damals, als du vor diesen wilden Bären geflohen bist?« fragte ich sie. Wir lagen im Dunkeln. Das war vor vielen Jahren, als wir noch kein Geld hatten, mein Haarschnitt noch als leicht unredlich durchgehen konnte und wir noch nackt schliefen.

»Was meinst du?«

»Ich meine, wie bist du entkommen? Es waren wilde Bären. Die hätten dich töten können. Sie wollten dich töten.«

Meine Frau blinzelte. »Dieses Pärchen auf Hochzeitsreise«, stieß sie dann hastig hervor. »Das Pärchen hat mich gerettet. Ohne sich dessen überhaupt bewußt zu sein.«

»Ja?«

Sie hatten sich ihr immer weiter genähert, diese stinkenden, wankenden Ungeheuer, diese wilden Schwarzbären mit Klauen wie Krummsäbel, rollenden Augen und gefangen im Blutrausch. Ihre Schritte ließen den Boden erzittern. »Ich wußte, meine einzige Chance bestand darin, so zu tun, als sei ich eine von ihnen«, sagte meine Frau. Also schlüpfte sie unter dem größten Bären hindurch und machte sich über die verstümmelten und noch dampfenden Leichen der beiden jungen Flitterwöchner her. Meine Frau riß ein Organ heraus und biß ein großes Stück davon ab. Die wilden Bären waren verwirrt; nachdem sie gesehen hatten, wie meine Frau ein paar Eingeweide verschlang, hielten sie sie für eine der ihren und schliefen alle ein. »Später habe ich sie getötet und gehäutet«, sagte meine Frau. »Mit dem Verkauf der Felle konnte ich die Rückreise nach Sri Lanka bezahlen.«

Dieses Spiel wurde ein regelmäßiger Bestandteil unserer Abende. »Frag mich was«, forderte sie abrupt, wenn wir nebeneinander im Bett lagen. Ich überlegte kurz und fragte dann: »Was war mit den mexikanischen Banditen? Dem spanischen Gold, der alten Mission, dem blinden Mädchen? Wie ist das abgelaufen?« Ich drehte mich auf die Seite und sah ihr zu, während sie von der Flucht, dem betrügerischen Handel und der süßen Rache erzählte. Ihre Augen funkelten dabei, und ihre entrückte Miene begeisterte mich, doch mittlerweile war mir klar, daß ich damals einen Fehler begangen hatte. Ich hatte weder mich selbst je in eines der Szenarien eingebaut, noch hatte ich meine Frau gefragt, wie ich sie retten würde. Ich hatte sie stets allein in die Gefahr geschickt.

Ich versuchte es mal bei Wayne. »Wie bist du den wilden Bären entkommen?« fragte ich.

»Das ist doch dieses Scheißspiel, das du immer mit der Schlampe gespielt hast, oder?« Er aß mit einer Hand ein Barbecue-Sandwich, das wir am Straßenrand gekauft hatten, und steuerte mit der anderen den Wagen durch Virginia, bei etwa hundertfünfzig Kilometern pro Stunde. Auf seinem Hemd lagen zahllose kleine, saftige Fleischfetzen.

»Ja«, sagte ich und wußte bereits, daß es nicht funktionieren würde.

»Okay. Ich hab den Bären mit meiner Kanone das Hirn rausgepustet.«

»Prima«, sagte ich. »Wie einfallsreich.«

»Tut mir leid, aber genauso ist es gewesen. Ich hab die Wichser abgeknallt. Du hast gefragt, ich hab geantwortet.«

»Ich hab sie betrogen, Wayne«, sagte ich. Bis jetzt hatte ich es noch niemandem verraten.

Er stöhnte auf. »Willst du deins noch essen?« fragte er.

»Nein«, sagte ich.

An unserem dritten und letzten Abend während der Fahrt hielten wir bei einem Autokino in South Carolina und wollten uns etwas ausruhen, aber keiner von uns konnte einschlafen. Also drehten Wayne und ich eine Runde über das Gelände und versuchten uns als Spanner. Ein Kerl ließ sich offenbar gerade einen runterholen, aber man konnte es nicht richtig erkennen; wir waren uns nicht sicher. Beide Filme des Doppelprogramms drehten sich um Leute, die an Krebs starben, doch im zweiten Streifen verlieh der Krebs dem Protagonisten übermenschliche Fähigkeiten.

»Du folterst dich regelrecht selbst, indem du immer wieder daran denkst, nicht wahr?« fragte Wayne. Er brauchte mir nicht zu sagen, was mit »daran« gemeint war.

Ich stellte mir vor, wie meine Frau und Albert Michalkiewicz Sex auf den stählernen Arbeitsflächen seiner Backstube hatten. Ich sah das Mehl, das auf dem Hintern meiner Frau klebenblieb, wenn sie sich unter ihm rekelte; den Puderzucker, der sein Brusthaar weiß färbte, so daß er alt, abstoßend und mächtig aussah wie Anthony Quinn als Alexis

Sorbas. Und hinterher würden die beiden sich die Bäuche vollschlagen; nackt und gespenstisch weiß und völlig ausgehungert würden sie hemmungslos Kuchen und Torten verschlingen. Ich malte mir aus, wie Albert Michalkiewicz ein Cremetörtchen über den Brüsten meiner Frau zerquetschte und die Sahnefüllung dann überall auf ihrem Körper verschmierte.

»Nun?« Wayne hatte im Gras eine fast volle Tüte Popcorn entdeckt. Auf der Leinwand war der Superheld unterdessen furchtbar von der Krankheit gezeichnet, aber immer noch stark genug, aus seinen Augen Laserstrahlen zu verschießen und ganze Gebäude zum Einsturz zu bringen, um damit eine Flutwelle aufzuhalten. Grillen zirpten, ein Mädchen kicherte, sagte nein, aber kicherte ja.

»Kann ich da trotzdem noch mein Brot kaufen? Von *ihm*?«

Mein Bruder schüttelte den Kopf und streckte mir die Tüte entgegen. Ich nahm eine Handvoll abgestandenes Popcorn und kaute darauf herum.

An einem Freitagabend trafen wir in Starke ein. Auf der Markise einer Bar stand zu lesen: *SAMSTAG: HAPPY HOUR ZUM GRILLFEST!* Anscheinend wartete Virgil Pendergast immer noch auf die Aussetzung seiner Hinrichtung.

Das Gefängnis thronte in einem Stacheldrahtnest auf einem Hügel oberhalb der Interstate. Ein halbes Dutzend Scheinwerfer leuchtete ziellos in die heraufziehende Abenddämmerung. Entlang der Hauptstraße gab es in regelmäßigen Abständen kleine Einkaufszentren, die mit niedrigen Preisen für hochwertige Waren warben.

Pendergasts Frau wohnte in einem Motel etwa anderthalb Kilometer von der Strafanstalt entfernt. Wie mieteten uns dort ein Zimmer für zwei Nächte, denn der Handel hatte in der Tat einen Haken: Falls Pendergasts Hinrichtung aufgeschoben wurde, konnte Wayne den Jaguar nicht kaufen. Die zukünftige Witwe wurde erst mit Pendergasts Tod zur Eigentümerin des Wagens.

Wayne rief sie an. Wie sich herausstellte, hatte sie das Nachbarzimmer.

Yolanda Pendergast war eine große, schlanke Frau, Ende Vierzig, aber durchaus ansehnlich. Zuerst gab sie mir die Hand, und dann umarmte sie meinen Bruder ein wenig zu lange und etwas zu fest, als es für eine rein freundschaftliche Begrüßung angemessen gewesen wäre. Mir wurde sofort klar, was passieren würde, und ein Teil von mir wollte meinem Bruder eine runterhauen; keine zwei Kilometer von hier entfernt saß ein Mann in der Todeszelle, und Wayne schickte sich an, seine Frau zu bumsen und seinen Jaguar für ein Butterbrot zu kaufen. Im nächsten Moment fragte ich mich, wie ich überhaupt auf solche Gedanken kommen konnte: Wayne war mein Bruder, und Virgil Pendergast war ein Psychopath, der dem vom Gericht bestellten Psychiater herablassend mitgeteilt hatte, er habe schließlich keine Menschen überfahren, sondern nur Franzosen. (»Und dann hat Mr. Pendergast im Hinblick auf seine Opfer zu mir gesagt: ›Das sind bloß verkleidete Froschfresser, vergessen Sie das nicht‹«, sagte der Psychiater bei der Anhörung zum Strafmaß aus.)

Also zog die Frau des Mannes weiter. So was kommt vor.

Yolanda hatte ein Sixpack Bier, und wir setzten uns auf die Plastikstühle am Swimmingpool des Motels.

»Als das letztemal jemand gegrillt wurde, ist in der ganzen Stadt der Strom ausgefallen, und den Generator des Gefängnisses hat's zerrissen. Offenbar sind an der Verkabelung des Stuhls ein paar Schaltkreise vertauscht worden, aber der zuständige Elektriker kommt einfach nicht dahinter«, sagte Yolanda, die nicht sonderlich betrübt wirkte, während sie einen Schluck aus der Flasche trank und die Hand ausstreckte, um mit einem Finger die Konturen von Waynes Gürtelschnalle nachzuziehen. »Wie ihr euch vorstellen könnt, ist Virgil ziemlich beunruhigt.«

Wayne schnalzte mit der Zunge. »Es ist ein schmutziges Geschäft.«

Der Abend war mild. Die Venus leuchtete hell. Ein anderer Gast sah einen Kriegsfilm; ein Soldat schrie nach seiner Mutter. Der Sergeant wies ihn an, er solle die Schnauze halten, aber dalli.

»Ich vermisse Paula. Ich vermisse meine Frau.« Ich platzte mit den Worten heraus, fast als müsse ich sie hektisch loswerden.

Die beiden hatten mich entweder nicht gehört, oder sie ignorierten mich, denn keiner von ihnen sagte etwas. Wayne streichelte Yolandas blondes Haar. Sie blinzelte in die letzten Sonnenstrahlen und lächelte, während sie mit einem ihrer langen violetten Fingernägel an einer kürzlich abgeheilten Entzündung in ihrem Mundwinkel kratzte. Der Krieg endete.

Wir tranken das Bier aus, und Wayne schlug vor, wir sollten irgendwo noch einige Drinks zu uns nehmen. Yolanda sagte, sie kenne eine gute Bar.

Auf dem Parkplatz des Motels bemerkte ich Virgil Pendergasts Mordwaffe, sorgsam versteckt unter einer Plane. Nur die untere Hälfte der silbernen Radkappen war zu sehen. Sie erinnerten mich an einen geheimen Beobachter, der zwischen den Leisten einer Jalousie hindurchspähte.

Wir fuhren mit dem Malibu zu der Bar.

Die bemalte Markise der Bar zeigte einen Alligator, der eine Jacke mit der Aufschrift *Florida State* trug und auf einem Unionssoldaten herumkaute. Die Zunge des Yankees baumelte ihm grotesk aus dem Mund.

Wir setzten uns an einen Tisch auf der Veranda, von der

aus man einen kahlen Grashügel und die nach Norden führende Spur des Highways überblicken konnte. Ein paar große, dämliche Hühner irrten wahllos auf dem dunklen Hang umher, pickten nach dem trockenen Gras und gaben gelegentlich ein krächzendes Kreischen von sich.

Wir tranken eine Runde Schnaps, eine Runde Bier, noch eine Runde Schnaps, noch mehr Bier, und Wayne erzählte die Geschichte, wie wir als Kinder eine Maus unter Strom gesetzt hatten. Nur daß diesmal ich die Mausefalle gebastelt hatte und die Maus explodierte. »Im nächsten Moment war der kleine Scheißer verschwunden, und es hing bloß noch ein ganz feiner Blutschleier in der Luft.«

»Oh, ich hasse Mäuse«, sagte Yolanda.

»Ich will damit zweierlei sagen«, behauptete Wayne. »Erstens, Stanley war als Kind irgendwie gestört; und zweitens, Elektrizität hat einen eigenen Willen.«

»Ich habe außerdem den Hund ordentlich unter Strom gesetzt«, sagte ich.

Yolanda rang sich mit glasigem Blick ein Lächeln ab. »Weißt du, Stan, ich glaube, du würdest dich gut mit Virgil verstehen. Er kennt sich auch gut mit Technik aus.«

Wayne verkündete, er müsse pissen, und stand wankend auf.

Als er weg war, legte Yolanda ihre Hand auf meine Hand. »Ich kann gar nicht genug betonen, wie sehr dein Bruder mir in dieser schwierigen Zeit geholfen hat. Wir haben uns jeden Mittag im Chatroom getroffen. Ich hasse es nämlich, allein zu essen. Ich schwöre, ohne ihn wäre ich wahrscheinlich verrückt geworden und hätte die Kontrolle über meinen Körper verloren; ich hätte einfach aufgehört zu sprechen und mir wie ein Baby in die Hose gemacht. Und als Frau möchte ich dir sagen – weil Wayne sagte, deine Frau sei dünn –, also ich möchte dir sagen, daß eine Menge echt dünner Frauen praktisch jeden dahergelaufenen Esel ficken würden. Es ist nicht deine Schuld. Die können einfach nicht anders.«

»Das sollte ich mir aufschreiben«, sagte ich. Yolanda sagte, das solle ich unbedingt.

Wayne kehrte zurück, und ich ging zum Tresen und spielte ein Videospiel. Auf dem Monitor waren zwei nahezu identische Fotos nackter Männer zu sehen, doch auf dem zweiten Bild fehlten einige Details, wie kleine Frackschleifen oder Tätowierungen, die man per Druck auf den Schirm markieren mußte.

Ein dunkelhaariges Mädchen in roter Jeans und Cowboystiefeln machte sich an mich heran. »Der Junge da rechts hat keinen schwarzen Balken vor seinem Schwanz.«

»Danke«, sagte ich.

»Gern geschehen«, sagte sie und teilte mir mit, ihr Name sei Jesse und das Schicksal habe von allen anwesenden Männern mich erwählt.

»Ja? Was will es denn von mir? Das Schicksal, meine ich.«

»Daß du mich zu einem Tom Collins einlädst. Das ist ein seltsamer Drink, aber das Schicksal ist nun mal eigentümlich.«

Ich hatte keinen Grund, ihr nicht zu glauben. Immerhin hatte das Schicksal mich nach Starke in Florida verschlagen, wo die Regierung Männer mit gewaltigen Stromstößen dafür tötete, daß sie andere Männer mit ihren Sportwagen überfahren hatten. Daß das Schicksal mir nun vorherbestimmt hatte, einer Fremden in enger roter Jeans einen Tom Collins auszugeben, erschien mir viel weniger unglaubwürdig.

»Ich heiße Stanley«, sagte ich und bestellte ihr den Drink. Wir spielten das Videospiel weiter, wiesen auf die fehlenden Socken und Augenbrauen und schafften noch ein gutes Dutzend scharfer Hengste, bis ein hawaiischer Muskelprotz uns an seinem verschwundenen Zopf scheitern ließ.

Jesse begleitete mich zurück zum Tisch, und Wayne erfreute die Anwesenden mit einer Schilderung seiner zwei Jahre an der Cornell University, wo man ihn schließlich hinausgeworfen hatte, als er versuchte, Marihuana mit Seetang zu kreuzen. Ich ertappte mich dabei, daß ich Jesses hübsches Gesicht und ihre Stupsnase betrachtete. Dann wanderte mein Blick zu ihren kleinen Brüsten unter dem engen T-Shirt – sie trug keinen BH – und wieder hinauf zu dem gezackten Schneidezahn in ihrem Lächeln.

»Entlang der Nordostküste gibt es Tausende von Höhlen, in denen sich eine anpassungsfähige Pflanze wie Cannabis anbauen ließe. Natürlich müßte man sich ständig vor den Bundesagenten und Spitzeln in acht nehmen, aber es könnte sich für die notleidende Landbevölkerung als echte Alternative erweisen.« Wayne legte eine bedeutungsvolle Pause ein und trank einen Schluck Bier. »Ich war dicht dran, und gewisse Leute sind nervös geworden.«

»Die Regierung ist eine einzige große Verschwörung.« Yolanda stopfte sich bereits das dritte Bierglas des Abends in ihre Handtasche.

»Ich wußte gar nicht, daß du aufs College gegangen bist, Wayne«, sagte ich und schob eine Hand auf Jesses Oberschenkel.

Sie nahm meine Hand und studierte die Linien auf meiner Handfläche. Dann massierte sie mir die Finger und ließ meine Knöchel knacken. Sie hob meinen Zeigefinger an ihren Mund, nahm einen Niednagel zwischen die Zähne und biß ihn ab. »Hab ihn«, sagte sie.

Ich war angewidert, verwirrt und unbestreitbar erigiert. »Ich fühl mich irgendwie, du weißt schon«, sagte ich zu Jesse und zeichnete dabei einen ungefähren Kreis in die Luft, der überhaupt nichts bedeutete.

Aber sie verstand mich dennoch. »Ich hab dich angetörnt, nicht wahr? Doch gleichzeitig war es eklig, richtig? Ich weiß nicht, wo du herkommst oder wo dein Finger gewesen ist, aber ich hab trotzdem darauf herumgekaut. Ziemlich krank, was?«

»Aber es hat mir gefallen«, sagte ich. »Obwohl es scheußlich war.«

»Die Liebe ist manchmal so«, sagte sie.

Ich nippte an meinem Drink und starrte hinaus auf den Hügel und die riesigen Hühner, die dort im Gras herumliefen. Ich wollte dieser Frau von meinen Defiziten erzählen – von meiner Untreue, meiner Feigheit, meinem ungeschriebenen Buch, meinem unveränderten Appetit auf das gute Brot, das der Liebhaber meiner Frau mit seinen Händen formte. Ich wollte all das und mehr sagen, aber mir fielen einfach nicht die passenden Worte ein.

Ich fuhr mir mit der Zunge über die Lippen. Ich grinste. »Ganz schön große Hühner.«

»Keine Hühner, sondern Emus«, sagte Jesse. »Es sind Emus.«

Waynes Kopf sackte auf die Tischplatte.

»Du Weichei«, stellte Yolanda vergnügt fest.

»Emus?« fragte ich.

Jesse seufzte. Ich sah ihr an, daß sie ein wenig enttäuscht von mir war. Daran wirst du dich wohl bei mir gewöhnen müssen, sagte ich im stillen.

»Unten in Neuseeland werden die Vögel zu Hamburgern verarbeitet«, erzählte Jesse. »Irgendein Kerl hier aus der Gegend hat es mit einer Zucht versucht, aber es hat nicht funktioniert. Ich schätze, die Emus schmecken nicht. Der Typ hat seine Farm verloren, und die Emus sind verwildert. Man sieht sie überall hier. Manchmal laufen sie den Leuten vor die Autos. Das ist alles.«

»Du großes, altes Weichei«, sagte Yolanda.

»F«, sagte Wayne. Er gluckste und wiederholte dann den Buchstaben. »F.«

»Bist du sauer?« fragte ich Jesse.

»Ich dachte nur, zwischen uns wäre was.« Jesse rümpfte die kleine Nase und seufzte erneut. Sie rieb sich beiläufig im

Schritt ihrer roten Jeans. »Du solltest dir vielleicht darüber klarwerden, was du willst, Mister.«

Also machte ich einen kleinen Spaziergang, um mich zu sammeln.

Ich ging zur Hintertür hinaus und zum Fuß des Hügels. Dann machte ich mich an den Aufstieg. Ich war mir nicht sicher, wohin ich eigentlich wollte, aber ich wußte, daß irgendwo jenseits des Hügels die Interstate lag, und falls mir bis dahin nichts einfiel, würde ich auf dichten Straßenverkehr treffen. Oben auf dem Kamm zitterte der Mond.

Bald darauf klebte mir das Hemd am Leib. Ich hielt inne, um Atem zu schöpfen, und blickte zurück zu der Bar und meinen Freunden auf der Veranda. Jesse hob eine Hand. Yolanda packte meinen Bruder an den Haaren und hob seinen Kopf.

»Lebt wohl«, sagte ich und winkte. »Lebt wohl! Ich werde mich vor ein Auto stürzen! Lebt wohl!« Ich schrie es heraus und wußte doch, daß sie es wegen der lauten Musik niemals hören würden.

Ich wandte mich um und machte einen weiteren Schritt, den ersten letzten Schritt, und dann hielt ich inne: Vor dem Mond zeichnete sich die Silhouette eines Emus ab, menschengroß, mit dichtem Federkleid. Das lange, knochige Profil erinnerte mich an meine Frau.

Der Vogel war keine zehn Meter von mir entfernt. Er hob den Kopf vom Boden und schien zu schnuppern. Der Kopf drehte sich, der Schnabel schwang wie ein Gewehrlauf herum, und die Augen des Tiers fixierten mich. Sie funkelten, diese Augen, und sie spiegelten das Mondlicht wider. Ich hatte solche Augen zuvor schon gesehen: Immer wenn ich Paula eine unserer nächtlichen Fragen stellte und sie mir erzählte, wie sie dem Tod entronnen war.

Der Emu stieß einen Schrei aus, halb Zetern, halb Hupen.

Er griff an.

In der nächsten Sekunde wurden mir gleich mehrere Dinge klar: Ich begriff, daß ich keine Waffe außer meinen bloßen Händen hatte und daß meine einzige Chance darin bestand, irgendwie nah genug heranzukommen, um dem Vieh ein Auge auszudrücken; ich begriff, daß es auch dann nur kampfunfähig sein würde; ich begriff, daß ich es erwürgen mußte, um es zu erledigen; ich begriff, daß ich ihm mit meinen Fingern die Luft abschnüren mußte; ich begriff, daß ich erledigt war.

Ich blieb stehen und wartete auf das Ende.

Die Klauen des Emus wirbelten Erde auf, als er mit wenigen großen Schritten den Abstand zwischen uns überbrückte. Seine beiden kleinen Schwingen waren wütend gespreizt. Die winzigen funkelnden Augen durchbohrten mich und forderten, ich solle den Mund halten und der Geschichte lauschen, die nun folgen würde.

Paula, dachte ich abermals, und der Vogel war Paula, deren schwarzes Haar herabfloß, deren roter Bademantel hochwehte und zu einem Umhang wurde, deren bleiche Haut frei lag und deren Finger sich zu Klauen krümmten. Dies war meine Geschichte. Aber wie konnte ich entkommen? Wie sollte ich mich vor einem geliebten Menschen retten, der dich in Stücke reißen konnte, einem geliebten Menschen, der dich am Ende noch genug liebte, um dir die letzte harte Wahrheit mitzuteilen, daß nämlich inzwischen alles anders war?

Stirb, dachte ich und schoß aus meinen Augen Laserstrahlen auf sie ab.

Die Federn streiften mein Bein, als der Vogel mit einem Lufthauch an mir vorbeilief. Noch vier oder fünf Schritte, dann brach er in einer Staubwolke zusammen.

Ich ging zu ihm, kniete mich hin und fühlte nach seinem Puls. Der Hals des Tiers war wie ein riesiger gefiederter Pfeifenreiniger. Er war warm, aber ansonsten ertastete ich nichts.

Der Staub hatte sich auf seine schwarzen Augen gelegt, an deren Rändern einige Blutgefäße geplatzt waren. Ich spürte die eingefallene Haut an seinem Schlüsselbein. Er mußte völlig ausgehungert gewesen sein. Ich bezweifelte, daß das arme Tier mich bei seinem Angriff überhaupt gesehen hatte. Rund um den Leichnam lagen ein paar braune Federn verstreut.

Ich schob meine Hände unter den langen Vogel und erwartete, ihn kaum anheben zu können, doch er erwies sich als überraschend leicht, nicht schwerer als ein Kind. Ich trug ihn weg.

Als ich mit dem toten Emu auf den Armen an der Tür eintraf, wurde ich dort bereits von meinen Gefährten erwartet. Sie hatten alles von der Veranda aus beobachtet und waren geradezu verblüfft. Der Vogel hatte mich töten wollen, doch statt dessen hatte ich ihn mit meinem eisigen Blick zur Strecke gebracht, hatte ihn einfach niedergestarrt.

»Das grenzt ja an Hexerei«, sagte Yolanda und schüttelte ihren ausgestreckten Zeigefinger, als sei ich ein unartiger Junge.

»Bruce Lee«, sagte Wayne, der sich auf Yolanda stützte. Er schüttelte den Kopf und leckte sich die Lippen. »Bruce Lee.«

»Ich glaube, sein Herz hat versagt.«

»Es ist okay zu weinen«, sagte Jesse, nahm meine Hand und führte mich zu ihrem Pick-up, der auf der anderen Seite des Parkplatzes stand.

»Bruce Lee«, sagte Wayne ein weiteres Mal und ließ sich zu Boden rutschen, wo der Vogel lag.

Yolanda winkte. »Was sollen wir damit machen?« rief sie mir hinterher.

»Ich wollte ihn nicht töten«, rief ich zurück. »Ich will niemandem weh tun.«

»Sei still«, sagte Jesse und schob mich in den Wagen.

Wir fuhren los. Ich schaute durch die Heckscheibe und sah Wayne, der im Schein der Neonlampen ausgestreckt im Dreck lag und den toten Vogel wie einen gefallenen Kameraden umklammerte.

Jesse sagte, wir müßten zunächst heiraten, bevor wir unsere Liebe ausleben könnten. Ihr Onkel Bob sei Pfarrer und könne das erledigen. »Ich kann erst bei dir liegen, wenn wir verheiratet sind. Diese Regeln sind nicht verhandelbar. Es sind die Zehn Gebote, und die anderen neun bekommst du gratis dazu.«

»Ich bin bereits verheiratet«, sagte ich.

»Das ist nicht wichtig«, sagte sie. Ich hatte keine Ahnung, wohin wir fuhren. Die Straßenlaternen wurden weniger. Insekten schienen sich von selbst gegen die Windschutzscheibe zu schleudern.

»Okay«, sagte ich und legte meinen Kopf auf ihren Schoß. Ich schaute ihr von unten in die Nasenlöcher. Sie waren haariger als erwartet. »Vielleicht liegt es am Blickwinkel, aber es sieht so aus, als solltest du da drinnen mal mit einer kleinen Schere für Ordnung sorgen.«

»Schätzchen«, sagte sie.

Der Wagen hielt an. Mein Körper richtete sich auf, und mein Kopf folgte ein oder zwei Sekunden später. Wir waren in einem Wohnwagenpark. Meine Aufmerksamkeit richtete sich auf eine Palme, die auf der kleinen Grünfläche im Zentrum des Zufahrtkreisels wuchs. Sie war mit weißen Lichterketten geschmückt. Ich starrte ungläubig auf die Lampen und erlebte ein kurzes, aber angenehmes Gefühl von Amnesie, das die seit Weihnachten vergangenen sechs Monate ausblendete und mich wieder in Paulas Nähe brachte. Sie war zu Hause und wartete auf mich; es gab Geschenke zu öffnen und eine Geburt zu feiern.

Nach dem nächsten Blinzeln befand ich mich wieder hier in dem Wohnwagenpark in Florida. Weihnachten: weg. Frau: weg. Ich schlug meinen Kopf gegen das Armaturenbrett, ein-, zwei-, dreimal.

Jesse öffnete die Tür und zog mich aus dem Pick-up. Meine Beine gingen zu einem Wohnanhänger, einem sauberen weißen Anhänger mit schwarzem Dach, der sich durch nichts von den anderen Wohnwagen unterschied, die hier überall herumstanden. Über dem Feld voller kastenförmiger Behausungen flackerte wie ein fremder Stern einer der fernen Scheinwerfer des Gefängnisses auf.

»Ich hab den Emu nicht getötet«, sagte ich. Dieser Punkt war mir auf einmal sehr wichtig. Haarige Nasenlöcher oder nicht, ich hatte keine andere Wahl mehr. Ich wollte Jesse nicht in dem Glauben belassen, sie würde einen Serienmörder wie Virgil Pendergast heiraten. Ich wollte, daß es diesmal funktionierte. »Er hatte eine schwache Pumpe, das ist alles.«

Jesse klopfte an die Tür eines der Wohnwagen. Man hörte drinnen etwas umfallen, gefolgt von einem Fluch. Ein großer, unrasierter Mann in einem Bademantel kam zum Vorschein. Der Mantel war nicht ganz geschlossen, und so blitzte immer wieder kurz die rote Unterhose auf. Das Gesicht des Mannes wirkte gelangweilt und erschöpft zugleich, als sei er aus einem Traum gerissen worden, in dem er Unmengen von Büroarbeit erledigen mußte.

»Onkel Bob, ich muß mit diesem Gentleman in den heiligen Stand der Ehe erhoben werden«, sagte Jesse.

»Oh, ach so.« Onkel Bob steckte sich einen Finger ins Ohr, zog ihn wieder heraus, musterte ihn, wischte ihn ab und winkte uns hinein.

Ich packte Jesse am Arm. »Ist er ein echter Pfarrer?« Die rote Unterhose ließ sogar in meinem alkoholisierten Zustand gewisse Zweifel aufkommen.

»So echt wie das Leben«, sagte Jesse. »Aber nun keine Fragen mehr.« Mit ihrem Zeigefinger berührte sie sanft meinen Reißverschluß. »Dies ist ein wehmütiger und wunderschöner Moment, an den wir uns ein Leben lang erinnern werden.«

An einem Ende des Wohnwagens hing ein großes Kreuz an der Wand. Onkel Bob schob ein Sofa aus dem Weg und sagte, wir sollten kurz warten. Als er zurückkam, brachte er einen Schuhkarton voller Plastikringe mit. »Greift zu«, sagte er. Ich nahm einen leuchtendblauen. Jesse suchte für mich einen gelben aus.

Onkel Bob wies uns an, einander bei den Händen zu nehmen. Dann las er den Wortlaut der Zeremonie von einem zerknitterten Stück Schreibmaschinenpapier ab. Als er fertig war, gab ich Jesse den Ring, und sie reichte mir meinen. Wir küßten uns. Onkel Bob schoß mit einer Polaroidkamera ein Foto von uns.

Jesse führte mich ins Schlafzimmer. Mir fiel gar nicht ein zu fragen, wo Onkel Bob schlafen sollte. Genaugenommen fiel mir überhaupt nichts ein. Ich sah zu Boden und rechnete damit, in allen Ecken kleine rote Wäscheberge zu entdecken, aber es war zu dunkel, um die Ecken des Raumes erkennen zu können.

Als nächstes weiß ich noch, daß sie mich auszog, und dann war ich nackt, lag auf dem Bett, und sie saß auf mir, und ich war in ihr. Um ihren Hals hing eine silberne Kette, an der etwa zwei Dutzend Plastikringe baumelten. Die Kette schlug rhythmisch gegen ihre Brust; Jesse rümpfte die kleine Nase; ihr kurzer Schopf hüpfte auf und ab.

»Wie bist du den wilden Bären entkommen?« fragte ich und wußte, sie würde es nicht verstehen.

Doch sie verstand es. »Schätzchen«, sagte meine neue Frau und lehnte sich zurück, »ich bin die wilden Bären.«

Ich wachte auf dem Parkplatz der Bar auf. Meine Kleidung saß völlig falsch. Es war Tag. Ich blinzelte. Der irre Florida-State-Alligator und der Unionssoldat ragten drohend über mir auf und wirkten im Morgenlicht ausgeblichen.

Ich ging zurück zu dem Motel. Unterwegs mußte ich mehrmals anhalten, um mich am Straßenrand ins Gebüsch zu übergeben. Dabei trug ich zahlreiche Mückenstiche davon, doch ich war zu schwach, um mich zu kratzen.

Waynes Bett war unberührt. Auf dem Nachttisch lag eine Nachricht.

Bin mit Yolanda los, um zuzuschauen, wie ihr Alter gegrillt wird. Ein Typ von hier hat mir erzählt, daß Yolanda recht hatte, als sie sagte, der Stuhl sei nicht ganz in Ordnung. Beim letztenmal ist dem Grillkandidaten der Kopf weggeflogen. Ist wahrscheinlich alles übertrieben, aber ich würd's gern mal sehen.

Stan, falls man dich jemals auf den elektrischen Stuhl schickt und dein Kopf fliegt weg, mach ich gewaltigen Stunk. Ich hoffe, du weißt das. (Wahrheit: Vielleicht bewahr ich deine alte Birne auch in einem Glas auf, um andere Leute damit zu erschrecken. Ich erlaube dir hiermit, im umgekehrten Fall das gleiche zu tun.)

Melde mich wieder mit Neuigkeiten über fliegende Köpfe oder was sonst noch passiert ist.

Wayne

Ich ging ins Badezimmer, um mir das Gesicht zu waschen. Der tote Emu lag in der Wanne. Um seinen Kopf und Schnabel kreisten ein paar Fliegen. Ich mußte wieder kotzen.

Ich legte mich hin. Die Erde bewegte sich; ich hörte sie stöhnen. Ich stöhnte zurück. Wir waren beide ziemlich müde.

Als ich aufwachte, dämmerte der Abend. Mein Kopf und mein Magen taten weh. Ich bestellte chinesisches Essen und bat außerdem um ein paar Aspirin. Dann brachte ich den Emu zu einem Müllcontainer hinter dem Gebäude und bettete ihn zur letzten Ruhe.

Das Essen kam, aber kein Aspirin. Ich ließ im Pay-TV einen Porno freischalten und aß zu Abend.

Gegen Ende des Films saßen zwei Frauen zusammen in der Badewanne und seiften einander die Brüste ein. Das Wasser schwappte über den Rand und auf die Kerzen, die am Boden standen. Ich wußte, es war alles bloß gespielt, aber es sah sehr spaßig aus.

»Hier unten bin ich aber noch schmutzig«, sagte eine der Frauen schmollend.

»Dann wird Dr. Schwamm wohl operieren müssen«, erwiderte die andere.

Ich wählte meine eigene Telefonnummer. Der Anrufbeantworter sprang an. Meine Frau forderte mich auf, eine Nachricht zu hinterlassen.

Um drei Minuten nach Mitternacht wurde Virgil Armistead Pendergast, der »Kabrio-Klatscher«, wegen dreifachen vorsätzlichen Mordes auf dem elektrischen Stuhl des Staates Florida hingerichtet. Ich wußte das, weil in meinem Zimmer plötzlich der Strom ausfiel, so wie auch im gesamten Rest von Starke. Ich las die Zeit vom Leuchtzifferblatt meiner Armbanduhr ab.

Als Wayne anrief, erzählte er mir, daß Virgils Füße bei dem Stromstoß in Flammen aufgegangen seien. Keiner der Anwesenden habe sich das erklären können. »Aber«, sagte Wayne, »man muß kein Atomphysiker sein, um sich auszurechnen, daß der Mann sich offenbar nur selten die Füße gewaschen hat.«

»Willst du etwa behaupten, Käsefüße seien leicht entzündlich?«

Ich wertete sein Schweigen als Bejahung.

»Ich bin auf einem Schiff«, sagte Wayne.

»Aha«, sagte ich.

»Ich komme nicht zurück«, sagte er.

»Was soll ich unseren Eltern erzählen?« fragte ich.

»Ich meine, ich komme nicht gleich zurück. Yolanda und ich fahren nach Haiti. Also fahr du bitte Virgils Jaguar nach Hause.«

»Haiti?« fragte ich.

»Sie kennt da einen Voodoo-Kerl, der sagt, er könne Virgil von den Toten auferstehen lassen.«

Diese Information ließ sogleich eine Vielzahl von Fragen in meinem Kopf kreisen, doch ich entschied mich für: »Willst du das denn?«

»Nein, eigentlich nicht.« Wayne seufzte. »Aber weißt du, ich will keines von diesen fordernden Arschlöchern sein. Keiner dieser Kerle, die immer allein entscheiden, welchen Film man sich gemeinsam im Kino anschaut.«

»Tja, wenn sie ihn von den Toten auferstehen lassen will, was sagt das wohl über eure Beziehung aus, Wayne?«

»Wir sind uns noch nicht darüber im klaren. Weißt du, wir wollen es langsam angehen.«

Wayne sagte, ich solle den Kopf nicht hängenlassen, und verabschiedete sich.

Ich packte meine Sachen und machte mich auf den Heimweg.

Unterwegs hielt ich wieder in Appomattox an und blieb ein paar Tage. Aus den paar Tagen wurde eine Woche, und irgendwann begriff ich, daß ich anscheinend auf etwas wartete, auf ein Zeichen oder irgendeine Art von Erlaubnis.

Ich besuchte die Statue von Traveler und rieb seine Nase, weil das Glück brachte. Dann lungerte ich auf den Stufen des Verwaltungsgebäudes herum und half den anderen Touristen aus, wenn sie jemanden benötigten, der ein Foto von ihnen schoß. Meistens aber wartete ich einfach, trank Limonade und sprach mit niemandem, der mich kannte.

Als ich schließlich eines Nachmittags auf der Haube des Jaguars saß und zur Statue von Lee und dem sich aufbäumenden Pferd hochsah, kam ein Mann mit einem Eimer Seifenwasser und einem Schwamm auf mich zu. Er hatte sich die Mütze tief ins Gesicht gezogen, so daß ich seine Augen nicht sehen konnte, nur sein unrasiertes Kinn. Und ich roch seine Fahne. »Na schön«, sagte er und streckte die Hand aus. »Soll ich ihn übernehmen?«

Ich gab ihm den Schlüssel und stieg in den nächsten Greyhound-Bus zurück nach Neuengland. Als Wayne zwei Jahre später endlich – und ohne sein linkes Auge – heimkehrte, tat er so, als habe er den Wagen völlig vergessen, und fragte kein einziges Mal danach.

Albert Michalkiewicz erwies sich als Alkoholiker, und meine Frau verließ ihn knapp drei Monate später. Nicht lange danach las ich in der Zeitung, er habe Konkurs angemeldet. Natürlich setzte ich nie wieder einen Fuß in seine Bäckerei, aber wenn ich an den mit Brettern vernagelten Schaufenstern vorbeikomme, bleibe ich manchmal stehen und schnuppere. Der köstliche Duft seines Brotes hängt hier auch nach drei Jahren noch in der Luft.

Meine Frau redet nicht über diese Zeit. Und auch ich bringe das Thema nicht zur Sprache. Als sie nach Hause kam, habe ich ihr keine Vorwürfe gemacht. Welches Recht hätte ich dazu gehabt?

Wir sind glücklich, glaube ich; auf die Weise, auf die Leute wie wir nun mal glücklich sind: Wir teilen uns manchmal eine Flasche Wein in dem Laden, der hier bei uns als französisches Restaurant durchgeht. Wir sitzen zusammen vor dem Fernseher. Wir haben einen Hund, mit dem wir gemeinsame Spaziergänge unternehmen. Nachdem Wayne nun wieder da ist, sitzen wir drei bisweilen beisammen und lachen oder spielen Trivial Pursuit. Er hat mir nie erzählt, was auf Haiti passiert ist oder wo Yolanda steckt oder ob sie Virgil Pendergast mit einem Voodoozauber von den Toten erweckt haben, aber sein am Ellbogen abgetrennter linker Arm und das Foto eines braunhäutigen Babys in einem gepunkteten Pullover, das er in seiner Brieftasche mit sich herumträgt, verraten mir genug. Zur Zeit arbeitet Wayne als Parkwächter am Flughafen und lebt allein. Als ich einmal zu ihm herausgefahren bin, um ihn mit einem Sandwich zu überraschen, sah ich ihn in seiner Kabine sitzen; er hatte sein Glasauge herausgenommen, betastete das Foto von dem Baby in dem gepunkteten Pullover und starrte ins Leere. Ich habe ihn nicht gestört.

Paula und ich haben ein Vogelhäuschen gebaut, und am Wochenende schauen wir morgens gern dabei zu, wie die Finken dort landen, großspurig einherstolzieren, sich untereinander zanken und das Gefieder putzen und wieder wegfliegen. Ja, ich bin überzeugt, daß wir recht glücklich sind.

Erst neulich haben meine Frau und ich zusammen auf dem Sofa gelegen, fast ineinander verliebt, fast dank der behaglichen Wärme des anderen eingeschlafen. Ich schaute mit einem Auge zum Fernseher, wo soeben eine dieser Talkshows lief, in denen die Leute sich anschrien und an den Haaren zogen.

Dann sah ich dort plötzlich Onkel Bob und einen zierlichen dunkelhaarigen Mann, der irgendwie meiner zweiten Frau ähnelte. Sie saßen auf einem Podium, umgeben von einem Publikum auf steil ansteigenden Tribünen. Das Thema des nächsten Abschnitts der Show wurde eingeblendet:

Verrückte Paare!

Die Frau, die ein Mann wurde, nachdem sie über hundert Männer geheiratet hatte, und ihr Bruder/Liebhaber!

Meine Frau lag im Halbschlaf an meiner Seite und rieb meine Brust.

»Sie haben einhundertzwei Männer geheiratet, ist das richtig, Sir? Und Sie haben die Zeremonien abgehalten, Sir?« Der Moderator der Show blickte völlig verblüfft drein. Sein Haarschnitt war außergewöhnlich.

»Ja, das stimmt«, sagte Onkel Bob und nickte versonnen. Jesse schlug die Beine erst übereinander und stellte sie dann wieder gerade hin.

»Und Sie sind außerdem miteinander verheiratet? Sie und Ihr Schwester-Bruder?«

»Ja, Sir«, sagte Onkel Bob.

»Mann und Frau«, sagte meine zweite Frau mit leiser Stimme.

Onkel Bob streckte den Arm aus und tätschelte Jesses Hand. »Ja, Sir. Mann und Frau.«

Der Moderator kratzte sich am Kopf und lief ein paar Sekunden wortlos hin und her. »Wow«, sagte er schließlich.

Die Zuschauer lachten.

»Sie beide sind zwei echte Spinner, was?« Der Moderator zwinkerte dem Studiopublikum zu. Die Leute johlten, pfiffen und trampelten mit den Füßen. Der Moderator tänzelte einmal quer über das Podium und tat so, als würde er mit seinem Mikrofon einen Fechtkampf austragen.

Onkel Bob runzelte die Stirn. Jesse schüttelte sanft den Kopf. Er sah zerbrechlich und alt aus.

»Was denkst du gerade?« fragte meine Frau mit schwerer Zunge.

Ich griff nach der Fernbedienung und schaltete den Apparat aus.

»Schatz?« Sie sah mir in die Augen. Womöglich hatte sie einen Verdacht.

»Ach«, sagte ich, »ich kann bloß diese Talkshows nicht

mehr ausstehen. Man führt diese armen Leute vor und macht sich über sie lustig. Das widert mich an.«

Sie nickte schlaftrunken und schloß die Augen.

»Wie hast du eigentlich damals …«, setzte ich an, aber sie legte mir eine Hand auf den Mund.

»Ich habe dieses Spiel schon immer gehaßt«, sagte sie.

Nach einer Weile schlief sie ein. Ich dachte an Starke und Wayne und die sündigen Stunden, an die Reise und an Appomattox. Ich hatte den Verstand verloren und Halluzinationen erlebt. Nun war ich zurück, und mein Leben war wiederhergestellt. Ich strich meiner Frau durch das Haar und flüsterte, daß ich sie liebte. Ich wußte, daß auch Lee sein Pferd auf diese Weise beruhigt haben mußte, daß er Traveler etwas Tröstendes in die großen Ohren geflüstert und ihm versprochen hatte, es werde alles gut werden. Doch hatte der General jemals selbst den Kopf geneigt und es gewagt, sich bei seinem treuesten Freund einen Rat zu holen?

Danksagung

Es gibt eine Reihe von Leuten, denen ich unbedingt dafür danken möchte, daß sie es mit mir aushalten:

An erster Stelle steht meine großartige Agentin Amy Williams, die stets unerschütterlich an mich geglaubt, mir alles erklärt und – was vielleicht am wichtigsten war – uns zu dem Dylan-Konzert gefahren hat.

Ein vielfaches Hosianna gebührt meiner Lektorin Gillian Blake. Ihr großes Geschick hat dieses Buch zu einem besseren Buch werden lassen, und ihre Begeisterung hat aus mir einen glücklicheren Menschen gemacht. (Ich bitte nochmals um Verzeihung wegen der Couch, GB.)

Unter meinen vielen wunderbaren Lehrern möchte ich vor allem Paul Russell, David Plante und Binnie Kirshenbaum meinen Dank ausdrücken.

Kelly Braffet, Ben Freeman, Barbara Gordon, Lauren Grodstein, Jennifer Guevin, Nathan Hensley, John McNally, Kevin Newman, Christina Saraceno, Daniel Silver und Scott Snyder haben mir ihre Freundschaft, Kritik, Inspiration und den einen oder anderen kühlen Drink geschenkt.

Vielen Dank auch an Matthew Elblonk, Arthur Greene, Marisa Pagano, Surendra Patel und Greg Villepique.

Abschließend möchte ich betonen, daß nichts von alldem ohne den Rückhalt meiner Familie möglich gewesen wäre: Mom, Dad, Joe, Leo und Naomi. Ich liebe euch.